ria
Zagrab
ezia
Goblinzähne
Mitternachtsmeer
ia
Ancona
Napuli
Burion
Golf von Napuli
neer
Fackelberge
Kometensee

Thomas Finn

Der letzte Paladin

Die Wächter von Astaria I

Thomas Finn

Die Wächter von Astaria

Der letzte Paladin

Band 1

Ravensburger Buchverlag

Für Tanja,
den wahren Stern am Firmament

Bibliografische Information der Deutschen Nationalbibliothek:

Die Deutsche Nationalbibliothek verzeichnet diese Publikation in der Deutschen Nationalbibliografie. Detaillierte bibliografische Daten sind im Internet über **http://dnb.d-nb.de** abrufbar.

1 2 3 4 5   12 11 10 09 08

Deutsche Erstausgabe im Ravensburger Buchverlag
Otto Maier GmbH

Umschlaggestaltung: Sabine Reddig
unter Verwendung einer Illustration von Joachim Knappe
Vorsatzillustration: Gottfried Müller

Redaktion: Iris Praël

ISBN 978-3-473-35287-6
www.ravensburger.de

Inhalt

Du wirst fünf Gestirne schauen,
die verschiedene Bahnen wandeln … von ihren
leisesten Bewegungen hängt das Geschick der Völker ab,
nach ihnen gestaltet sich das Größte wie das Kleinste,
je nachdem der Lauf des Gestirns ein günstiger oder
ungünstiger gewesen.

Lucius Annaeus Seneca
Trostschrift an Marcia

Prolog

Kalte Flammen loderten über die Wände des Sternenkerkers. Ein kosmischer Wind entfachte immer wieder aufs Neue das Feuer, das flackerte und knisterte, unaufhörlich gespeist von der Energie der Sterne. Und doch vermochte sein bläulicher Schein kaum, die Tiefen des Verlieses auszuleuchten.

Unten, im Halbdunkel, kauerte ein riesenhaftes Geschöpf. Wenn es wachte und aufsah, dann stach ihm das Sternenlicht schmerzhaft in die Augen. Dabei war das Wesen selbst einmal ein Stern gewesen, der hellste und mächtigste der Stellare. Auf seinen Befehl waren einst die Meere über die Ufer getreten. Sein Wort hatte genügt, um die Welt mit Feuersbrünsten und Wirbelstürmen zu verheeren.

Doch die Zeit lag lange zurück. Jetzt war seine Macht gefesselt und sein Herz von Finsternis erfüllt. All seine Gedanken kreisten um Rache.

In seinen Träumen stürzten seine verräterischen Geschwister, die Stellare, wie Meteore auf die Erde. Ihre brennenden Schwingen ließen das Sphärengefüge des Himmels erglühen. Verzweifelt flehten sie um Gnade, doch ihre Schreie verhallten ungehört im endlosen Raum jenseits des Sternenwalls.

Nein, er war noch nicht geschlagen.

Dereinst würde er eine neue Ordnung errichten.

So wachte und träumte er. Wachte und träumte, während die Jahrhunderte vergingen.

Doch eines Tages wurde er jäh aus dem Schlaf gerissen. Als er an den Flammenwänden des Kerkers hinaufblickte, dorthin, wo ein Teil des fernen Sternenwalls sichtbar war, spürte er schon die Veränderung.

In gespannter Erwartung hob er seine Schwingen, und die Ketten aus Sternenstaub, mit denen er an die Kerkerwände gefesselt war, klirrten. Es waren fünf an der Zahl. Jede von ihnen war von einem der fünf Erzstellare geschmiedet worden, die heute an seiner Statt über die Sphären herrschten. Als Wandelsterne zogen die mächtigsten seiner Brüder und Schwestern über den Himmel, und es verging keine Stunde, da nicht einer der fünf wachsam auf den Sternenkerker hinabblickte.

Und doch schienen die Flammen an den Wänden des Verlieses an Kraft verloren zu haben.

Aus der Kehle des Gefangenen stieg ein lautes Grollen. Prüfend zog er an den Ketten, die noch immer tief in sein Fleisch schnitten. Mit einem Mal zeichneten sich im Feuer Schattengebilde ab, die sich rasch vermehrten, die Flammen schluckten und die Wände des Kerkers zu durchlöchern begannen.

Sein Antlitz wurde zu einer bösen Fratze.

Es war so weit. Endlich!

Seine Saat hatte ihr zerstörerisches Werk entfaltet.

Das Wesen fühlte, dass seine Verbündeten diesseits und jenseits des Sternenwalls bereit waren. Alles, worauf sie warteten, war sein Zeichen.

Es richtete sich mühevoll auf, die Ketten um Hals und Glieder klirrten silberhell. Es packte sie ungeduldig und zerrte an ihnen. Dann brüllte es all seinen Schmerz hinaus und sein Schrei ließ die Welt erzittern.

Dort wo die Splitter seines Herzens lagen, würde dieser Ruf empfangen werden. Jene, die sie hüteten, hatten ihn nicht vergessen.

Denn er war der Herr der Welt.

Und seine Rache würde furchtbar sein.

Bauernritter

Mond und Sterne, die Stellare am nächtlichen Himmelszelt, spiegelten sich im Wasser des kleinen Flusses, der sich rauschend seinen Weg durch den Laubwald bahnte. Der warme Wind roch nach Blättern und feuchter Erde.

Fabio hockte regungslos im Dickicht der Uferböschung und blickte auf die reißende Strömung, die Zweige und Wurzelwerk mit sich fortriss. Offenbar hatten die starken Regenfälle am Mittag den Fluss stark anschwellen lassen. Doch das war Fabios geringste Sorge. Die Fährte endete hier.

Misstrauisch musterte er noch einmal den Wald am gegenüberliegenden Ufer. Leider konnte er nicht erkennen, ob sich die Spuren drüben fortsetzten. Fabio seufzte und blickte kurz zum Mond auf, der halb von einer Wolkenbank verdeckt war. Doch Molunah, die Mächtigste unter den Erzstellaren, verweigerte ihm heute ihre Gunst.

»Und?«

Hinter sich hörte Fabio das Schnauben eines Pferdes und das leise Klirren eines Kettenhemds.

Er verließ die Deckung und straffte sein Schnürhemd, das er unter dem abgewetzten Umhang trug. »Die Goblins waren hier, Herr.« Er zog sein Kurzschwert und teilte damit das hohe

Gras in der Nähe eines verrotteten Baums. In Molunahs Silberlicht wurde ein Fußabdruck sichtbar, der etwas schmaler und kleiner als der eines Menschen war. Ein ungeübter Beobachter hätte die Fährte wohl für die Hinterlassenschaft eines Gnoms halten können, wären da nicht die Vertiefungen gewesen, welche die überlangen Fußnägel im Erdreich hinterlassen hatten. Es bestand also kein Zweifel daran, dass die Spur von einem ihrer Feinde aus dem Osten herrührte.

»Der Abdruck hier stammt von einem anderen Goblin als die Spur, die uns hierhergeführt hat«, fuhr Fabio fort. »Dieser Fuß weist in der Mitte einen verkümmerten Zeh auf. Ich bin mir daher sicher, dass wir es inzwischen mit zwei dieser Kreaturen zu tun haben.«

»Nun, das wird Baron de Vontafei nicht gerade freuen«, antwortete ihm die tiefe Stimme. »Immerhin gehört der Wald zu seinen Ländereien. Aber ich hoffe doch, das ist nicht alles, was dir die Fährte verrät?«

Fabios Herr Ludovico saß hoch zu Ross im Schatten zweier Kastanien, ein bloßer Schemen im fahlen Mondlicht.

Fabio steckte sein Kurzschwert zurück in die Scheide und strich sich leicht verstimmt eine helle Strähne hinters Ohr. Es wurde Zeit, dass er seine Haare wieder auf Kinnlänge schnitt, doch in den letzten Wochen hatte er für Nebensächlichkeiten wie diese keine Zeit gehabt. Es ärgerte ihn, dass ihn sein Herr Ludovico wie einen Pagen behandelte und nicht wie einen Knappen, der kurz vor dem Ritterschlag stand. Immerhin hatte er sein siebzehntes Lebensjahr fast vollendet. In einem Monat würde auch er ein vollwertiges Ordensmitglied sein. Dann würde er mit seinem Herrn an einem Tisch sitzen.

»Nein, Herr, natürlich ist das nicht alles.« Fabio hob einen Zweig vom Boden auf und stocherte damit vorsichtig im Wasser herum, das sich in dem Abdruck gesammelt hatte. »Die Spur ist mit Regenwasser gefüllt. Das bedeutet, dass die Goblins vor dem schweren Gewitter heute Mittag hier waren, also bereits vor etwa zehn oder elf Stunden. Ansonsten wäre die Spur trocken.« Fabio prüfte die Tiefe des Abdrucks. »Der Goblin hat sich hinter diesem Baumstumpf verborgen gehalten. Der Fußballen hat sich etwas tiefer eingedrückt als die Ferse. Vermutlich hat er von hier aus den Wald auf der anderen Seite des Flusses ausgespäht.«

»Denkbar«, brummte sein Herr. »Denn das Anwesen von Vittore de Vontafei und seiner Familie ist nicht weit entfernt. Die Männer des Barons sind sicher kaum weniger aufmerksam als wir.«

Ludovico lenkte sein Pferd an die Seite seines Knappen. Seinen Helm hatte der Paladin an den Sattelknauf gehängt. Sein Haar war schütter, in das Gesicht des Alten hatte die Zeit tiefe Furchen gegraben. Darüber konnte auch der dichte Vollbart nicht hinwegtäuschen. Dennoch war Fabios Herr Ludovico eine stattliche Erscheinung. Er stammte aus der Gegend um Firenze. Wie alle Paladine trug er ein schimmerndes, seitlich geschlitztes Kettenhemd, das von einem zinnoberroten Waffenrock geziert wurde. Diesen hatte Fabio – was in der Dunkelheit nicht zu sehen war – bereits mehrfach geflickt. Auf das feine Tuch war das Wappen der Paladine vom Orden der Morgenröte genäht: eine weiße Sonnenscheibe mit vergoldetem Flammenrand, die von fünf Sternen umrahmt wurde. Darin prangte die geflügelte Gestalt Marsakiels. Die Weber hatten den Erzstellar des Krieges als geflügelten Kämpfer mit Schwert und Schild dargestellt. Natürlich ebenfalls in zinnoberrotem Garn, schließlich zeigte sich der Himmlische in manchen Nächten als roter Wandelstern am Himmel. Selbst Ludovicos Streitross war in einen schmückenden Überwurf aus rotem Stoff gehüllt. Bald würde auch Fabio die Farben des Ordens tragen.

»Das ist aber noch nicht alles, Herr.« Fabio erhob sich und zog prüfend die Luft ein. »Sicher habt Ihr es auch schon gerochen?«

Der Paladin richtete sich im Sattel auf. »Ja …«, meinte er zögernd. »Ich war mir nur nicht ganz sicher. Hier stinkt es nach dem Kot von Riesenfledermäusen. So weit im Westen sind wir schon lange nicht mehr auf die Flugtiere der Goblins gestoßen.«

Fabio ärgerte sich einen Moment lang darüber, dass ihn sein Herr nicht schon früher darauf aufmerksam gemacht hatte. Hatte Ludovico beschlossen, ihn zu prüfen?

»Aber auch diese Spur ist bereits einige Stunden alt«, meinte Fabio. »Anscheinend hat der Regen den Kot fast ganz fortgespült. Das kann nur eines heißen: Der Goblin, den wir verfolgt haben, hat sich hier mit einem Wolkenreiter aus seinem Volk getroffen. Und das wiederum deutet darauf hin, dass es sich bei den beiden um Späher handelte. Wo aber Späher sind …«

»… ist eine ganze Horde Goblins nicht fern«, beendete der Paladin den Satz. »Am Ende hatten die Himmlischen doch noch ein Einsehen mit mir. Aus dem frechen kleinen Rotzlöffel, den ich damals aufgenommen habe, ist ein besserer Fährtenleser geworden, als ich je zu hoffen gewagt hätte. Ich gebe zu, ich habe deine Fähigkeiten unterschätzt.«

»Danke, Herr.« Es kam nur selten vor, dass Ludovico ihn lobte.

»Dann lass uns jetzt zum Anwesen der de Vontafeis reiten.« Ludovico griff nach den Zügeln. Das alte Streitross schnaubte, gehorchte seinem Besitzer aber sofort. »Der Baron muss umgehend von den bedrohlichen Ereignissen in seinem Wald in Kenntnis gesetzt werden.«

Fabio schnalzte mit der Zunge. Langsam trottete Gino, sein Esel, zwischen den Bäumen hervor. Das Grautier war mit Packtaschen und Waffen beladen. Fabio trat ein paar Schritte auf Gino zu und ergriff die Zügel, was dieser mit einem gelangweilten Zucken der Ohren quittierte.

»Und wie sollen wir nun über den Fluss kommen, Herr?«

»Wir werden ihn überqueren, Knappe. Ganz einfach.« Ludovico ritt zum Uferrand.

»Das Wasser scheint mir an manchen Stellen aber recht tief. Wir werden schwimmen müssen. Soll ich Euch beim Ablegen der Rüstung helfen?« Mit dem schweren Kettenhemd würde sein Herr unweigerlich ertrinken.

»Nein, zu umständlich.« Ludovico bedachte Fabio mit einem düsteren Blick. »Wir werden es etwas weiter flussabwärts versuchen. Dort befindet sich eine alte Brücke.«

»Ihr wart schon einmal in diesem Wald?«

»Frag mir keine Löcher in den Bauch, sondern tu einfach, was ich dir aufgetragen habe!« Mit diesen Worten ritt Ludovico in Richtung Unterholz. Das Knacken der Zweige war trotz des Wasserrauschens weithin zu hören. Sollten sich doch noch Feinde in der Nähe befinden, würden diese sie spätestens jetzt bemerken.

Gino hinter sich herziehend, folgte Fabio den Windungen des Flusses, bis sich zu seiner Überraschung eine altersschwache Holzkonstruktion aus dem Dunkel schälte. Das, was eine Brücke hätte sein sollen, entpuppte sich als Stegkonstruktion, die sich wie der gebrochene Flügel eines großen Vogels von Ufer zu Ufer spannte.

»Das Ding hier wirkt aber nicht sehr vertrauenerweckend«, bemerkte Fabio zögernd.

»Ich gebe zu, es ist schon eine Weile her, dass ich die Brücke zum letzten Mal benutzt habe.« Ludovico schwang sich mühevoll von seinem Ross, trat an einen der Pfeiler heran und musterte das Holzgefüge. »Sie wurde errichtet, damit Jagdgesellschaften auch bei Hochwasser über den Fluss gelangen können. Aber offenbar hat Vittore de Vontafei keine Freude mehr an solchen Lustbarkeiten.«

»Lasst mich prüfen, ob sie uns überhaupt tragen kann, Herr.«

Der Paladin nickte und machte seinem Knappen den Weg frei.

Das Holz schien bereits an einigen Stellen verrottet, die Bohlen waren moosbedeckt, dazwischen klafften immer wieder breite Löcher. Fabio seufzte.

»Komm, Gino!« Fabio fasste die Zügel des Tieres und setzte behutsam einen Fuß auf den Brückensteg. Der Esel schrie laut und folgte ihm nur widerwillig. Die Holzkonstruktion knarzte und knarrte, hielt dem Gewicht der beiden jedoch stand. Fabio machte einen zweiten Schritt, dann einen dritten. Noch immer ächzten die Bohlen, doch sie erwiesen sich als belastbarer, als er angenommen hatte.

»Ich glaube, wir machen uns unnötige Sorgen!«, schrie Fabio gegen das Tosen des Wassers an.

»Ich hoffe es«, murrte der Paladin, der jeden Schritt seines Knappen aufmerksam verfolgte. »Hauptsache, du wirst nicht übermütig.«

Fabio tastete sich weiter vor, wich einem Loch aus und zog am Zügel. Auch die Hufe des Esels verursachten ein besorgniserregendes Ächzen. Noch zwei beherzte Schritte und Fabio hatte wieder festen Boden unter den Füßen. Leicht verärgert wandte er sich zu Gino um. Das Tier war vor dem letzten Zwischenraum stehen geblieben und weigerte sich weiterzugehen.

»Na, komm schon. Sind doch nur noch ein paar …«

Da ertönte irgendwo im Wald hinter Fabio ein wütender Schrei. Fabio wirbelte herum und zog heftiger am Zügel, als er vorgehabt hatte. Gino bockte und unter einem seiner Vorderhufe knackste es. Erschrocken tänzelte das Tier zur Seite, wo die alten Bohlen nun ebenfalls nachgaben.

»Pass auf, Junge, unser Gepäck!«

Im nächsten Moment knickte einer der Stegpfeiler ein und die gesamte Konstruktion brach splitternd in sich zusammen. Der Esel schrie in Todesangst, rutschte seitlich weg und stürzte ins Wasser. Fabio, der die Zügel noch immer in der Hand hielt, wurde von dem plötzlichen Ruck nach vorn gerissen und stürzte ebenfalls in den Fluss.

»Gino!« Fabio ignorierte die Kälte, die sich unter seinen nassen Kleidern verbreitete, schnappte nach einem überhängenden Ast und zog verzweifelt am Zaumzeug. Vor ihm tanzten Holztrümmer auf dem Wasser. Die Brücke selbst sah aus, als sei die Faust eines Giganten auf sie niedergefahren.

Endlich tauchte Ginos Kopf aus dem Wasser auf und schwimmend zerrte Fabio den Esel ans Ufer. Nachdem das Tier an Land geklettert war, schüttelte es sich und schnaubte verängstigt. Wie durch ein Wunder war es unverletzt geblieben. Dafür war das Gepäck jetzt vollkommen durchnässt – doch wenigstens war nichts verloren gegangen.

»Alles in Ordnung?«, ertönte von drüben die gedämpfte Stimme Ludovicos.

»Ja!«, rief Fabio, der noch immer Mühe hatte, Gino ruhig zu halten. Am liebsten hätte er einen derben Fluch ausgestoßen. Wasser tröpfelte aus seiner Hose, der Umhang hing ihm klitschnass von den Schultern, und bei jedem Schritt, den er tat, verursachten seine Stiefel einen schmatzenden Laut. Trotz der misslichen Lage zog er beherzt sein Kurzschwert. »Habt Ihr das eben auch gehört, Herr?«, rief er.

»Ich bin vielleicht alt, aber nicht taub«, war die Antwort vom gegenüberliegenden Ufer. Im Nu hatte Ludovico wieder aufgesessen und wendete. »Weiter unten ist eine Sandbank. Warte auf mich!« Kurz darauf war sein Herr in der Dunkelheit verschwunden. Wieder ertönte ein Angstschrei aus dem Wald. Zweifellos eine Frauenstimme. Sie kam aus der Richtung eines Hügels, der dicht mit Schwarzeichen bewachsen war und mehrere Steinwürfe vom Fluss entfernt lag. Fabio glaubte, zwischen den Bäumen einen schwachen Lichtschein zu erkennen. Die Goblins waren also doch noch in der Nähe!

Er warf einen sehnsüchtigen Blick auf den Speer und den ovalen Wappenschild, die auf Ginos Rücken festgeschnallt waren. Doch als Knappe war es ihm verboten, Waffen und Rüstzeug eines Paladins zu tragen. Außerdem hatte sein Herr ihm befohlen zu warten. Dem widersprach allerdings das höchste Ordensgebot, das den Schutz der Schwachen verlangte. Ohne weiter nachzudenken, rannte Fabio mit gezücktem Schwert los.

Er stürmte durch das Unterholz und setzte trotz seiner rutschigen Stiefel beherzt über dicke Wurzeln und Steine hinweg. Keuchend erreichte er den Hügelkamm. Hier hörte er bereits raues Gelächter, das sich in die Schreie einer Frau mischte. Mit einem Blick erfasste Fabio die Situation.

Schräg unter ihm befand sich eine Lichtung, auf der ein bemalter Kastenwagen stand. Im Schein des fast niedergebrannten Lagerfeuers verblassten zwar die Farben, doch die tonnenförmige Form, die Räder mit den sternförmigen Speichen und das blattähnlich geschwungene Dach wiesen den Wagen als Gefährt einer Gnomenfamilie aus. Unter den Fenstern waren sogar Blumentöpfe angebracht. Die Ponys waren ausgespannt und grasten in der Nähe. Vor dem Wagen aber kämpfte eine ältere Gnomin gegen zwei Männer, die sich ganz offensichtlich prächtig amüsierten. Mutig schlug die Frau mit einem langen Stock um sich.

Wie alle Vertreter ihres Volkes reichte die Gnomin einem Menschen nur bis zum Bauchnabel. Allein ihre Knollennase und ihre Ohren schienen im Verhältnis zum Rest ihres Körpers etwas zu groß geraten. Wann immer sie mit ihrem Stock ausholte, flogen ihre Zöpfe durch die Luft, an ihren Ohren blitzten goldene Ringe auf. Ihre Gegner waren mit Knüppeln bewaffnet, mit denen sie die Gnomin provozierten. Geschickt wichen sie ihren Schlägen aus. Beide Männer hatten kantige Gesichter und machten auf Fabio den Eindruck einfacher Landarbeiter. Einer von ihnen trug einen großen Schnauzbart, der andere hatte eine Glatze.

Fabio bahnte sich bereits einen Weg hinab zur Lichtung, als auch hinter dem Wagen Rufe ertönten. »Bleib stehen, du verdammter Strolch!«

Plötzlich tauchte ein schmächtiger Gnomenjunge auf, der von einem dritten Häscher mit feuerrotem Haar verfolgt wurde. Bei dem Fliehenden musste es sich um den Sohn der Gnomin handeln, denn er besaß kaum die Größe eines Hirtenhundes. Dafür verfügte der Kleine über eine Gewandtheit, die Fabio mehr als erstaunte. Er ließ sich direkt vor die Beine des Rothaarigen fallen, brachte seinen Verfolger so zum Straucheln und sprintete sogleich zurück zum Wagen, um dort, flink wie ein Wiesel, aufs Dach zu klettern.

»Haut ab!«, rief er, zog eine Steinschleuder aus seinem Gürtel hervor und spannte sie.

»Willst du mir drohen, Winzling?«, höhnte der Fremde. Der Mann griff rasch nach einer gusseisernen Bratpfanne, die neben anderen Kochutensilien am Wagen hing, und hielt sie sich schützend über den Kopf.

Zwischen den Wagenrädern tauchte überraschend ein Gnomenmädchen mit strubbeligen Haaren auf, das noch zierlicher als der Junge auf dem Dach wirkte. Mit aller Kraft biss sie dem Mann in die Wade. Der Fremde heulte auf und schlug mit der Pfanne nach ihr. Doch die Kleine war längst wieder unter dem Wagen verschwunden. Bevor ihr der Rothaarige nachsetzen konnte, ertönte ein schnalzender Laut, und er wankte abermals schreiend zurück. Stöhnend rieb er sich die Schulter. Der Gnomenjunge auf dem Dach beäugte ihn interessiert wie eine Eule auf der Jagd und wollte zu einem zweiten Schuss ansetzen, als er von einem durch die Luft geschleuderten Knüppel getroffen wurde. In hohem Bogen fiel er vom Wagen und schlug auf dem Waldboden auf. Dabei war ein merkwürdig schepperndes Geräusch zu hören. Längst hatten die beiden anderen Männer die Gnomin überwältigt und wandten sich nun dem Geschehen hinter ihrem Rücken zu.

»Es reicht!«, brüllte der Kerl mit der Glatze. Er drückte die Gnomin unsanft zu Boden, entriss ihr den Stock und deutete damit auf die Reste des Lagerfeuers. »Nehmt euch alles, was wir brauchen können, und dann zünden wir diese Mistkarre an.«

»Vorher werde ich diese Made noch erwürgen«, fauchte der Rothaarige und rieb sich die Schulter.

»Ihr werdet nichts von alledem tun!«, rief Fabio laut.

Die drei Männer glotzten ihn ungläubig an, als er mit erhobenem Kurzschwert den Hügel hinunterschlitterte. So würdevoll wie möglich baute er sich vor seinen Gegnern auf.

»Ich gehöre dem Orden der Morgenröte an«, sprach er feierlich. »Ihr solltet euch schämen, diese armen Leute auszurauben. Lasst sie in Ruhe und verschwindet. Aber ihr könnt euch sicher sein, dass ich euren Lehnsherrn über euer Treiben informieren werde.«

Der Kerl mit der Glatze zerrte die Gnomin wieder auf die Beine und spähte an Fabio vorbei in die Dunkelheit. Offenbar war er der Anführer der kleinen Schar. Als er sicher war, dass Fabio keine Unterstützung hatte, grinste er boshaft.

»Du willst ein Paladin sein?«, höhnte er mit rauer Stimme. »Ich sehe nur eine Witzfigur vor mir, die sich bei unserem Anblick in die Hosen gemacht hat.« Mit dem Kinn deutete er auf Fabios tropfnasse Hose. Seine Kumpane brachen in schallendes Gelächter aus.

Der Rothaarige ließ die Pfanne fallen und zog grinsend ein langes Hackmesser. Der mit der Glatze schubste die Gefangene zum Lagerfeuer und schwang den Stock zweimal durch die Luft, dass es nur so zischte.

Die Gnomin stürmte sofort hinüber zu ihrem Sohn, der sich noch immer das Bein rieb. Auch das Mädchen kam wieder unter dem Wagen hervor. Alle drei blickten Fabio bang an.

Er holte tief Luft. Offenbar verspätete sich sein Herr Ludovico etwas. Hätte er nur auf ihn gehört! Jetzt stand er ganz allein drei erwachsenen Gegnern gegenüber.

Leider wusste er noch immer nicht, worum es hier bei alledem überhaupt ging. Dabei hatte er bereits eine Vermutung. Gnome waren in der menschlichen Gesellschaft nicht wohlgelitten. Als fahrendes Volk zogen sie durch die Welt und erregten das Misstrauen und manchmal auch den Neid der Menschen. Doch für Fabio zählten solche Vorurteile nicht, in dieser Situation waren die Gnome die Schwächeren, und er konnte nicht anders, als ihnen zu Hilfe zu eilen.

»Du bist also auf Streit aus«, sagte Fabio zu dem Anführer seiner Gegner und bemühte sich, dabei so gelassen wie möglich zu wirken. »Doch wenn ihr glaubt, ich ließe mich so einfach von euch aus der Reserve locken, irrt ihr euch. Da noch nicht bewiesen ist, dass ihr die gewöhnlichen Strauchdiebe seid, für die ich euch halte, müsst ihr mich schon dreimal hintereinander beleidigen, um mich gegen euch aufzubringen. Vorher ist es mir als Paladin nicht gestattet, mich mit euch zu messen. Ihr solltet es also besser nicht darauf ankommen lassen.«

»Bauernritter!«, zischte der Anführer mit verschlagenem Blick.

Fabios Augen verengten sich zu Schlitzen. Der Kerl spielte darauf an, dass die Paladine, im Gegensatz zu den übrigen Ritterbünden im Land, auch Gemeinfreie in ihre Reihen aufnahmen. Ein Adeliger galt in ihrem Orden kaum mehr als ein Freier. Weder sein Herr Ludovico noch er selbst gehörten einer vornehmen Familie an. Selbst Seine Exzellenz Silvestro, der Großmeister des Ordens, entstammte ärmlichen Verhältnissen. Doch obwohl die Sternenmystikerinnen die Paladine mit Sonderrechten ausgestattet hatten und den Orden der Morgenröte mit ihren magischen Kräften unterstützten, waren nur wenige Adlige Astarias bereit, ihre Privilegien mit den gemeinen Ordensbrüdern zu teilen.

»Gut, ihr legt es darauf an«, antwortete Fabio und ging einen Schritt auf die drei zu. »Das war die zweite Schmähung. Und nun würde es mich doch brennend interessieren, was diese Gnome ausgefressen haben sollen. Oder ist es unter euresgleichen üblich, sich an Schwächeren zu vergreifen?«

Die drei blickten einander mit offenen Mündern an. Sicher waren sie es nicht gewohnt, dass jemand in einem solchen Ton mit ihnen sprach.

»Das Diebsgesindel war letzte Nacht bei uns im Dorf und hat zwei unserer Wachhunde abgestochen«, murrte der Rothaarige. »Wir haben ihre Spuren gefunden und bis in den

Wald verfolgt. Warum sollten sie hier sonst heimlich ihr Lager aufschlagen?«

»Das ist nicht wahr!«, rief die Gnomin aufgebracht. »Mein Mann arbeitet für Baron de Vontafei. Fragt in seinem Haus nach Meister Arcimboldo, dann wird sich herausstellen, dass wir hier zu Recht kampieren. Wir bleiben nur deshalb am Ortsrand, weil wir Ärger mit den Einheimischen aus dem Weg gehen wollen.«

Fabio hob erstaunt die Brauen. Die Spuren von Gnomen und Goblins ähnelten einander. Auch die Goblins waren kleinwüchsig. Doch im Gegensatz zu den Gnomen waren sie roh und verschlagen. Sollten sich diese Kreaturen etwa bis in das nahe Dorf vorgewagt haben? Das wäre in der Tat mehr als beunruhigend!

»Halt die Schnauze, Gnomenweib!« Der Glatzenmann ballte die Fäuste. »Keiner von uns muss sich rechtfertigen. Vor allem nicht gegenüber einem dahergelaufenen Bengel, der sich als Ritter ausgibt. Wir handeln im Auftrag unseres Herrn Raimondo de Vontafei, dem Neffen des Barons. Und dein Zahnstocher da beeindruckt uns nicht im Geringsten.« Er deutete auf Fabios Kurzschwert.

»Es sieht so aus, als hättest du gerade die dritte Beleidigung ausgesprochen«, meinte Fabio ungerührt.

»Was kümmert dich das, du Wichtigtuer?« Sein Gegenüber spuckte auf den Boden. »Deine Mutter hat dich bestimmt nicht ohne Grund verkauft. Das waren Beleidigung vier und fünf. Reicht dir das?«

»Ja, das reicht«, erwiderte Fabio ruhig.

»Schade, dass du hier allein aufgekreuzt bist. Denn jetzt

wird niemand Zeuge, wie wir dir dein aufgeblasenes Maul stopfen.« Auf einen Wink nahmen seine Kumpane Fabio in die Zange.

»Ich bin nicht alleine.« Fabio steckte sich zwei Finger in den Mund und stieß einen kräftigen Pfiff aus. Aus dem Dunkel trabte Gino heran.

»Ein Esel?« Der Schnauzbärtige lachte. Das Lasttier trottete zur Lichtung hinab und baute sich schnaubend neben Fabio auf. Das Gelächter des Mannes verstummte. Noch immer tropfte aus den Gepäcktaschen Wasser. Doch dafür hatten die drei keinen Blick. Entgeistert starrten sie auf das Wappen des Schildes, der vom Rücken des Esels baumelte und vom Feuerschein angeleuchtet wurde.

»Vielleicht ist der Kerl ja doch ein Paladin, Vasco«, meinte der Rothaarige verunsichert und rieb sich wieder die Schulter.

»Ist mir egal. Wir polieren ihm jetzt die Fresse.« Mit einem lauten Kampfschrei schwang der Anführer den erbeuteten Stecken und stürmte auf Fabio zu. Der tauchte unter dem Hieb weg, wirbelte sein Kurzschwert herum und prellte Vasco mit einem gezielten Schlag die Waffenhand. Fluchend ließ sein Gegner den Knüppel fallen und hielt sich stöhnend das verletzte Handgelenk. Seine Kumpane stürmten nun ebenfalls los.

»Gino!« Fabio parierte das gefährliche Hackmesser des Rothaarigen, während sein Esel brüllend nach dem Schnauzbärtigen auskeilte. Mit zwei gezielten Hieben trieb Fabio den Messerstecher gegen einen Baum und trat ihm die Beine weg. Der Rothaarige knickte ein, und bevor er wusste, wie ihm geschah, hielt ihm Fabio das Schwert an die Kehle.

»Weg mit euren Waffen oder euer Freund hier wird es bedauern! Ich will keinen von euch verletzen, aber das kann sich schnell ändern!«, rief Fabio den anderen Gegnern zu. Längst hatten sich Vasco und der Schnauzbärtige wieder aufgerappelt und sahen einander erschrocken an.

»Tut besser, was mein Knappe euch sagt!«, tönte es vom Waldrand. »Mein Schützling hat ein aufbrausendes Temperament und tut manchmal Dinge, die er später bereut.«

Überrascht wandten sich alle dem Sprecher zu. Den Gnomen war anzumerken, dass sie sich am liebsten in Luft aufgelöst hätten. Ludovico kam aus einem Hohlweg herangaloppiert. Mit Sicherheit hatte der Paladin die Auseinandersetzung schon länger beobachtet. Und etwas in Ludovicos Tonfall verriet Fabio, dass er das Missfallen seines Herrn erregt hatte. Hinter dem Paladin schälten sich plötzlich zwei weitere Bewaffnete aus dem Dunkeln. Auch bei ihnen handelte es sich um Bauern, nur waren sie mit Dreschflegeln bewaffnet. Ihnen folgte, wie Ludovico ebenfalls hoch zu Ross, ein elegant gekleideter Adeliger mit gefiedertem Jagdhut. Der Fremde mochte vielleicht sechs oder sieben Jahre älter als Fabio sein und trug einen Waffenrock mit offenen Ärmeln, die am Handgelenk schmal geschnitten und an den Schultern ausgepolstert waren. Ebenso wie Fabios Herr hatte er sich ein Langschwert umgegürtet, nur dass die Scheide mit Edelsteinen verziert war, die im Sternenlicht funkelten. Also war auch er ein Ritter, aber einer von Adel.

»Was ist hier los, Vasco?«, herrschte der Edelmann den Kerl mit der Glatze an.

»Dieser, äh …« Vasco blickte nervös zu Ludovico auf, der

ihn seinerseits scharf fixierte. »Dieser Knappe hat uns daran gehindert, die Gnome zur Rechenschaft zu ziehen, Herr. Dabei haben wir ihre Spuren bis in den Wald hinein verfolgt. Und das Weib dahinten«, er deutete auf die Gnomenfrau, die ihre Tochter an sich gedrückt hielt, »behauptet auch noch frech, ihr Mann stehe in den Diensten des Barons.«

Fabio schloss aus der Bemerkung, dass es sich bei dem Berittenen um Raimondo de Vontafei handeln musste.

»Nun ja«, Raimondo räusperte sich, »das entspricht der Wahrheit.« Er wandte sich, nach einem Seitenblick auf Fabios Herrn, an die Gnomin. »Dann bist du also Munadella, die Frau von Meister Arcimboldo?«

»Ja.« Sie sah trotzig zu dem Adeligen auf.

»Ich bedaure den Zwischenfall«, fuhr Raimondo fort. »Die Stellare haben es immerhin so gefügt, dass wir hier im Wald mit Signore Ludovico zusammengetroffen sind. So wie es aussieht, hat er uns vor einem Irrtum bewahrt. In Wahrheit haben wir es wohl mit Goblins zu tun. Denkt trotzdem immer daran, dass ihr hier nur geduldet seid. Wenn ich feststellen sollte, dass ihr doch die Wachhunde getötet habt, werden meine Männer zurückkommen. Habt ihr mich verstanden?«

Die Bewaffneten in Raimondos Gefolge feixten und Munadella nickte stumm. Fabio hatte indes ein spontaner Widerwille gegen den jungen Edelmann erfasst. Er war einer dieser typischen Adelsritter, für die die alten Rittertraditionen veraltete Überbleibsel einer längst vergangenen Zeit darstellten. Als echter Ritter hätte er sich auf die Seite der Gnome stellen müssen.

»Doch genug von alledem.« Raimondo wandte sich Ludovico zu. »Signore, ich danke Euch im Namen meines Onkels, des Barons Vittore de Vontafei. Seine Gastfreundschaft wird landauf, landab gepriesen, auch wenn ich bis vor Kurzem selbst nicht wusste, dass bei ihm wirklich jeder, ob hoch, ob niedrig, willkommen ist. Nun ja. All das erklärt allerdings nicht, was Ihr und Euer ... Page zu dieser späten Stunde in seinem Wald zu suchen habt.«

»Wir sind lediglich etwas vom Weg abgekommen. Mein Knappe hat die Goblinfährte entdeckt. Seien wir froh, dass er Goblin- und Gnomspuren auseinanderzuhalten weiß.«

In Raimondos Augen blitzte Zorn auf.

»Wir haben die Order, Celeste, die Tochter des Barons, zur Sternenburg in Stella Tiberia zu geleiten«, fuhr Ludovico unbeeindruckt fort.

»Euer Eintreffen war erst für nächste Woche angekündigt.« Raimondos Pferd tänzelte unruhig, worauf er dem Tier einen Schlag mit dem Zügel versetzte. »Da Ihr nun schon einmal hier seid, gewährt mir die Ehre, Euch zum Palazzo meines Onkels zu führen.«

Mit einem einzigen Wink befahl Raimondo de Vontafei seinen Männern, die Lichtung zu räumen. Auch Ludovico forderte Fabio auf, ihm zu folgen. Mit erhobenem Haupt ritt der Paladin voran und war schon kurz darauf im Hohlweg verschwunden.

Fabio steckte endlich sein Kurzschwert weg, kraulte Gino liebevoll hinter den Ohren und führte den Esel an dem Kastenwagen vorbei. Im Vorübergehen entdeckte er vor einem der Räder eine seltsame Stickerei. Daneben lag die Steinschleuder. Er hob beides auf und trat, von Munadella und ihrer Tochter misstrauisch beäugt, auf den mutigen Gnomenjungen zu.

»Geht es dir gut? Bist du unverletzt?«

Der Junge hob eine Braue und blickte Fabio verwundert an.

»Ich denke schon«, antwortete er merkwürdig monoton.

»Wie heißt du?«

»Yargo«, antwortete Munadella an seiner statt.

»Und Eure Tochter? Das ist doch Eure Tochter, oder?«

»Ambra«, platzte das Mädchen heraus und warf seiner Mutter einen unsicheren Blick zu.

»Ihr drei habt tapfer gekämpft.« Fabio drückte Yargo die Schleuder in die Hand und lächelte. »Beim nächsten Mal ziel auf den Kopf.«

Der Junge nickte. »Ich werde dran denken.«

Fabio fiel auf, wie zierlich die Hände der Gnome waren. Kein Wunder, dass dieses Volk meisterhafte Handwerker und Erfinder hervorbrachte!

Endlich wandte auch er sich dem Hohlweg zu. Dort, zwischen den Schatten, wartete zu seiner Überraschung noch immer Raimondo de Vontafei auf ihn. Fabio wollte soeben an dem Edelmann vorbeigehen, als dieser ihn mit der Fußspitze aufhielt.

»Solltest du es noch einmal wagen, einen meiner Männer – und damit auch mich – vor solchem Gesindel zu demütigen, wirst du es mit mir persönlich zu tun bekommen. Merk dir das, Bauernritter!« Raimondo schnaubte verächtlich, wendete sein Pferd und verschwand in der Dunkelheit. Fabio blickte Raimondo de Vontafei hinterher und zählte in Gedanken.

Eins.

Das Astronos-Siegel

Der kleine Trupp näherte sich dem Anwesen der de Vontafeis über eine von Zypressen gesäumte Allee. Schon vor einer Weile hatten sie in den Schritt gewechselt, sodass Vasco und der Schnauzbärtige vorauseilen konnten, um die Besucher anzukündigen.

Fabio tätschelte Ginos Hals und sog die warme Nachtluft ein, die schwer nach Hibiskus und Jasmin duftete. Da der Mond hell am Himmel stand, konnte Fabio am Ende der Allee ein stattliches Gebäude erkennen.

Der alte Palazzo war ein Überbleibsel aus kriegerischen Zeiten, in denen die Venezianer den Goblins das Land in blutigen Kämpfen abgerungen hatten. Mit seinem quadratischen Grundriss, dem hohen Eckturm und der schroff abfallenden Fassade ähnelte er eher einer Burg als jenen prunkvollen Herrenhäusern, die der Adel andernorts bevorzugte.

Der Familiensitz der de Vontafeis war in eine hügelige Landschaft eingebettet, die bis zum Horizont reichte. Trotz der Dunkelheit war sich Fabio sicher, dass es sich bei den sanft geschwungenen Höhenzügen um Weinberge handelte, wie sie typisch für diesen Landstrich waren.

Die Allee führte geradewegs zu einem Platz, der an eine Freitreppe grenzte, die sich zu einer offenen, von sechs schlanken Säulen geschmückten Vorhalle mit Dreiecksgiebel erhob. Endlich war ein Lichtschein zu sehen. Mehrere Bedienstete kamen mit Fackeln die Stufen hinuntergeeilt.

»Wie Ihr seht, werden wir bereits erwartet«, sagte Raimondo de Vontafei. Er schnalzte mit der Zunge und galoppierte voran. Paladin Ludovico ließ sich zu Fabio zurückfallen, der dem Ritter noch immer böse nachblickte.

»Mir ist dieser Raimondo auch nicht gerade angenehm«, brummte sein Herr. »Eines Tages wird er ernten, was er sät. Verlass dich drauf. Und vielleicht passiert das sogar früher, als er denkt. Bis dahin wirst du mir keinen Ärger machen, hast du mich verstanden?«

Fabio sah den Paladin überrascht an und nickte. »Ich werde Euch nicht enttäuschen, Herr.«

»Gut, denn du solltest nie mit einem Schwein ringen. Dabei werdet ihr beide schmutzig. Der Unterschied ist nur: Das Schwein liebt den Dreck.«

Fabio grinste. »Ich dachte schon, Ihr wärt über mich verärgert.«

»Nur darüber, dass du deinen Esel zu Hilfe rufen musstest, um drei Bauerntölpel zu überwältigen. In all den Jahren solltest du eigentlich mehr von mir gelernt haben. Schließlich wirst du bald ein Paladin sein.«

Inzwischen hatten auch sie die Freitreppe erreicht. Bald waren sie von Fackel tragenden Lakaien umringt, die sich ehrerbietig vor den Gästen verneigten. Kaum hatte Ludovico abgesessen, als aus dem großen Doppelportal auch schon ein beleibter Mann mit sorgfältig gestutztem Backenbart stürmte. Die Schöße seines langen, gürtellosen Mantels wurden nach hinten geweht und eine dunkle Samtweste spannte sich straff über seinem Bauch.

»Raimondo, was höre ich? Unsere Paladine sind schon da? Was war das für ein Zwischenfall im Wald?«

Ludovico und Fabio verbeugten sich vor dem Baron. Raimondo de Vontafei, der sein Pferd gerade einem der Fackelträger übergab, setzte ein gekünsteltes Lächeln auf. »Kein Anlass zur Besorgnis, Oheim. Darf ich bekannt machen: Seine Hochwohlgeboren Vittore de Vontafei. Und das hier sind Signore Ludovico und sein vorwitziger Page.«

»Er heißt Fabio und ist mein Knappe«, bemerkte der Paladin kühl.

»Nehmt ihm sein Ungestüm nicht übel, Bester«, sprach der Baron besänftigend. »Mein Neffe schießt manchmal übers Ziel hinaus. Doch eines ist wahr: Seit Kurzem gehen hier in der Tat beunruhigende Dinge vor sich.«

Raimondo verzog das Gesicht, doch Baron de Vontafei beachtete ihn nicht weiter. Schnaufend kam er die restlichen Stufen herab.

»Aber jetzt kommt erst einmal herein und stärkt Euch, Signore Ludovico. Seid herzlich willkommen! Euer Knappe kann in der Zwischenzeit Euer Pferd versorgen. Anschließend werden wir auch ihm ein anständiges Mahl vorsetzen.«

Fabio seufzte innerlich und versuchte, seinen knurrenden Magen zu ignorieren.

»Ich danke Euch, Euer Hochwohlgeboren.« Der Paladin reichte Fabio die Zügel seines Streitrosses. »Aber macht Euch keine Umstände. Wir Ordensritter sind es gewohnt, mit karger Kost vorliebzunehmen.«

»Eine umso größere Freude wird es für mich sein, Euch zu bewirten. Bei der Gelegenheit könnt Ihr mir Eure Beobachtungen im Wald schildern. Sollten sich tatsächlich Goblins bis hierher gewagt haben, wäre das in der Tat beunruhigend.«

Als Vittore de Vontafei den Paladin die Stufen hinaufführte, trat eine weitere Person aus dem Portal. Langes kastanienbraunes Haar fiel auf ihre schmalen Schultern.

Fabio hielt unwillkürlich den Atem an. Die junge Frau schien dem Gemälde eines alten Meisters entsprungen zu sein, mit so viel Anmut hatten die Stellare sie gesegnet. Sie hatte ein schmales Gesicht mit hohen Wangenknochen und ihre Augen leuchteten im Fackelschein wie Bernsteine. Ihr knöchellanges Seidenkleid war mit Silberfäden durchwirkt. Schräg geschlitzte Öffnungen an den Oberarmen und der runde Halsausschnitt gaben den Blick auf ein weißes, mit Perlen besticktes Unterkleid frei. Noch nie hatte Fabio etwas so Schönes gesehen. Die junge Frau erschien ihm wie eine Märchenprinzessin.

»Vater, willst du mich unseren Gästen nicht vorstellen?«

»Celeste, was machst du denn hier? Ich dachte, du seist längst zu Bett gegangen.«

»Glaubst du wirklich, ich könnte seelenruhig weiterschlafen, wenn ich draußen Leute höre und erfahre, dass Paladine angekommen sind?«

Ludovico verneigte sich tief vor der Baroness. Rasch folgte Fabio seinem Beispiel, nur dass er dabei kaum seinen Blick von ihr wenden konnte.

»Es wird mir und meinem Knappen eine Ehre sein, Euch zu Euren künftigen Lehrmeisterinnen in Stella Tiberia zu geleiten, wie es der alte Brauch verlangt«, erklärte der Paladin, nachdem er einen Kuss auf die dargereichte Hand der edlen Dame gehaucht hatte. Gern wäre Fabio jetzt an der Stelle Ludovicos gewesen. Stattdessen stand er noch immer schlotternd und schmutzig in seinen nassen Kleidern da.

»Danke, Senior.« Celeste machte einen anmutigen Knicks und ihr Blick wanderte zu Fabio. Der spürte, wie ihm das Blut in die Wangen schoss, und ärgerte sich sofort über sich selbst. Celeste de Vontafei lächelte kokett. Offensichtlich wusste die junge Baroness um ihre Wirkung auf Männer.

»Ich bin schon gespannt auf mein neues Leben in der Sternenburg«, erklärte sie, wieder zu Ludovico gewandt. »Ich hoffe, Ihr gebt mir noch einen Tag Zeit für die Reisevorbereitungen. Wir hatten Euch ja erst später erwartet.«

»Eine so bezaubernde Sternenmystikerin, wie Ihr es seid, darf stets über mich verfügen«, parierte Ludovico charmant.

»Ihr schmeichelt mir.«

»Das kann man wohl sagen. Tritt gefälligst erst einmal dein Noviziat an«, murrte ihr Vater. »Und Ihr, Signore Ludovico, lasst ihr bloß nicht alles durchgehen! Und jetzt kommt, wir wollen endlich speisen.« Der Baron führte Ludovico und seine Tochter in die Eingangshalle.

Raimondo de Vontafei bedachte Fabio mit einem spöttischen Lächeln. »Eine hübsche Blume, nicht wahr? So sieht der Preis eines wahren Edelmannes aus. Eines Tages werde ich dieses stolze Pflänzchen pflücken und unsere Familien noch enger aneinander binden.« Mit einem selbstzufriedenen Grinsen, für das ihm Fabio am liebsten eine saftige Ohrfeige verpasst hätte, ging auch er hinein.

Fabio blickte sich suchend nach dem Diener um, dem Raimondo das Pferd seines Herrn übergeben hatte. Zu seinem Leidwesen musste er feststellen, dass es sich ausgerechnet um Vasco handelte. Der Glatzkopf schürzte die Lippen und flötete hämisch: »Komm mit!« Während er die Fackel über den Kopf hielt und den Wallach hinter sich herzog, führte er Fabio um den Palazzo herum auf die Rückseite des Anwesens zu. Fabio folgte ihm, Esel und Streitross im Schlepptau. Hinter dem stattlichen Bau befand sich ein Garten, der sich über drei terrassenförmige Ebenen in ein künstlich angelegtes Tal erstreckte. Von irgendwoher war ein Plätschern zu vernehmen, doch in der Dunkelheit waren Kieswege, Bäume und Beete, Brunnen und Statuen nur zu erahnen. Immerhin wusste er jetzt, wo der liebliche Blütenduft herkam.

Vasco schritt an einer großen Voliere mit schlafenden Lerchen vorbei und führte Fabio hinab zur mittleren Gartenebene. Sein Ziel war ein Holzbau am Rande des Areals, in dessen Nähe es nach Mist roch: die Stallung.

»Wer da?«, rief ein Bewaffneter mit Hellebarde, der vor dem Eingang auf einem kleinen Fass gesessen hatte und nun durch die Hufgeräusche aufgeschreckt worden war. Eine Laterne leuchtete auf und Fabio legte geblendet eine Hand über die Augen.

»Ich bin's«, knurrte Vasco.

»Ach so.« Der Fremde blendete die Laterne ab, setzte sich wieder und deutete mit der Hellebarde in Fabios Richtung. »Und wer ist das?«

»Ein Knappe vom Orden der Morgenröte. Der Baron hat Gäste. Ist wegen seiner Tochter.«

»Aha. Und ich dachte schon, du wärst die Ablösung. Habt ihr die Hundemörder aus dem Dorf erwischt?«

»Nee.« Vasco zog an der Stalltür, die knarrend aufschwang. »Ist denn die Einbrecherin noch immer da drin?«

»Was glaubst du wohl, warum ich hier sitze?«, kam es griesgrämig zurück. »Als ob sie abhauen könnte! So wie die in die Wolfsfalle gestürzt ist, käme sie eh nicht weit. Trotzdem ...«

»Trotzdem was?«

»Na ja, trotzdem sitzt sie einfach nur da und glotzt einen komisch an. Ich sag dir, die bringt uns Unglück!«

Vasco zuckte mit den Schultern, nahm seinem Bekannten die Laterne ab und bedeutete Fabio, ihm in den Stall zu folgen. Das Ross seines Herrn schnaubte. Der Stall war lang gezogen, die Decke wurde von einer Reihe hoher Holzpfeiler gestützt. Staub kitzelte Fabio in der Nase. Lange Leitern führten hinauf zum Heuboden, linker und rechter Hand reihten sich die Pferdeboxen aneinander. Ein gutes Dutzend Pferde war dort untergebracht, von denen einige mit den Hufen scharrten. Fabio fragte sich, warum die Tiere trotz der späten Stunde so unruhig waren. Auch das Streitross seines Herrn ließ ein störrisches Schnauben vernehmen, doch es beruhigte sich schnell wieder, als Fabio seinen Hals tätschelte. Seltsam.

Vasco befestigte inzwischen die Laterne an einem Haken, entzündete mit ihrer Flamme eine weitere Leuchte und deutete auf zwei leere Verschläge.

»Du kannst eure Tiere hier unterstellen. Decken, Striegelbürsten und Futter findest du dahinten.« Er deutete auf eine angelehnte Tür, die offenbar zu einer Kammer mit Arbeitsgerät führte. Ohne Fabio weiter zu beachten, führte er Raimondos Pferd zu einer Box, die sich am hinteren Ende des Stalls befand.

Fabio sattelte das Streitross seines Herrn ab und befreite Gino von Waffen und Gepäck. Noch immer waren alle Stücke klitschnass, auch seine Stiefel, die er nur allzu gern losgeworden wäre. Doch um solche Dinge konnte er sich erst kümmern, wenn ihn sein Herr für diesen Tag entlassen hatte. Fabio striegelte und fütterte beide Tiere und seine Gedanken wanderten unwillkürlich wieder zur schönen Celeste. Doch in seine Träumereien mischte sich auf einmal von weiter hinten im Stall Gemurmel. Hatte es vorhin nicht geheißen, dass sich hier eine Gefangene befand? Angeblich war sie eine skrupellose Einbrecherin.

Angestrengt horchte er. Eine der beiden Stimmen gehörte unzweifelhaft Vasco und klang verärgert.

»... dafür bin ich nicht verantwortlich, also verschon mich mit deinem Gejammer!«

»Selbst euern verdammten Hunden gebt ihr mehr zu fressen!«, fluchte eine weibliche Stimme.

»Die sind auch mehr wert als du, Täubchen! Du bist doch selbst schuld, dass du jetzt hier festsitzt.«

Fabio folgte den Stimmen zum hinteren Teil des Stalls, der zu einem Unterstellplatz für Kutschen ausgebaut worden war. Zu seiner Überraschung entdeckte er dort einen Käfigwagen mit eisernen Gitterstangen, wie er ihn schon einmal bei einer Gauklertruppe gesehen hatte. Meist stellte das fahrende Volk in solchen Wagen wilde Tiere aus. In diesem aber hockte eine Frau mit schulterlanger blonder Mähne, deren verfilzte Strähnen ein schmutziges Gesicht umrankten. Über einem groben

Leinenhemd, das stellenweise tiefe Risse aufwies, trug sie eine verkrustete Lederweste. Und anders als die Frauen, die Fabio kannte, war sie mit ledernen Beinkleidern und hohen Schnürstiefeln ausstaffiert.

Kaum war Fabio in den Schein von Vascos Laterne getreten, stieß die Gefangene einen knurrenden Laut aus. »Sieh an, ein Knappe vom Orden der Morgenröte.«

Fabio hielt bei der unerwarteten Anrede erstaunt inne. Woher wusste sie, wer er war? Gut möglich, dass die Unbekannte einem der Bergvölker des Dolomitischen Himmelsmassivs entstammte. Zumindest deutete ihr kehliger Dialekt darauf hin.

»Was ist das hier?«, wollte Fabio wissen.

»Ein Bärenzwinger«, entgegnete Vasco trocken. »Er stammt noch vom alten Baron. Der hat die Bärenjagd geliebt. Die Bestien haben sich früher oft aus dem Dolomitischen Himmelsmassiv bis in unsere Gegend verirrt. Heute dient uns der Wagen als Arrestzelle für Gesindel wie die hier.«

»Ach wirklich, mein Süßer?« Die Blonde funkelte Vasco gefährlich an. »Dann frage ich mich, was du da draußen zu suchen hast.«

»Halt's Maul! Wart nur ab: Du kriegst schon noch, was du verdienst!«

Die Gefangene fuhr sich mit der Zunge über die aufgerissenen Lippen. Mühsam, das rechte Bein hinter sich herziehend, schleppte sie sich in die Käfigecke, die Fabio am nächsten war. Unwillkürlich wich er einen Schritt zurück, denn die Fremde stank wie ein nasser Hund.

»Dann sag du's mir, Kleiner: Ist es recht, dass mir dieser

Schwachkopf meine Ration Wasser verwehrt? Ich bin verletzt und sieche hier vor mich hin.«

»Kümmere dich nicht um sie!« Vasco spuckte auf den Boden. »In zwei Tagen wird der Baron sowieso Gericht über sie halten.«

Fabio betrachtete das rechte Bein der Unbekannten. Das Beinkleid war eingerissen und die dunklen Flecke auf dem Leder stammten eindeutig von geronnenem Blut. Kein Wunder, falls die Fremde wirklich, wie behauptet wurde, in eine Wolfsfalle geraten war. Doch etwas an der Art, wie sie sich bewegte, verriet ihm, dass sie nicht so schwer verletzt war, wie sie vorgab.

»Du bist alles andere als siechend«, bemerkte er daher ungerührt.

Die Gefangene betrachtete ihn lauernd.

»Aber was auch immer du getan hast, ein wenig Wasser brauchen wir dir nicht abzuschlagen.« Noch während Fabio diese Worte sprach, riet ihm eine innere Stimme zu höchster Vorsicht. Immerhin erkannte er eine Kämpfernatur, wenn er sie vor sich hatte.

»Verflucht, mischst du dich jetzt schon wieder in Angelegenheiten ein, die dich nichts angehen?«, fuhr ihn Vasco ungehalten an.

»Weiß der Baron, wie ihr seine Gefangene behandelt?«

Vasco warf dem Knappen einen vernichtenden Blick zu. Ohne eine Antwort abzuwarten, trat Fabio zu einer Tonne mit Regenwasser, neben der ein schmaler Tonkrug stand. Er füllte den Krug und näherte sich damit vorsichtig dem Käfigwagen. »Tritt zurück!«, befahl er der Gefangenen.

Zu seinem Erstaunen gehorchte ihm die Unbekannte. Vorsichtig schob er den Krug durch die Gitterstäbe. Sofort ergriff die Frau mit beiden Händen das Gefäß und leerte es in einem einzigen, gierigen Zug.

»Glaub nur nicht, dass ich dir jetzt danke!«, knurrte sie.

»Darauf lege ich auch keinen Wert.« Fabio warf der Fremden einen letzten Blick zu und folgte Raimondos Diener, der wütend den Stall verließ.

»Diese Frau ist in eine Wolfsfalle getappt?«, wollte Fabio draußen wissen.

»Ja, verdammt«, blaffte sein Begleiter, während er seinem Kameraden die Laterne zurückgab. »Sie ist vor zwei Nächten in den Palazzo eingebrochen. Hatte es offenbar auf die Kunstsammlung des Barons abgesehen. Aber sie wurde entdeckt, so dämlich, wie sie sich dabei angestellt hat. Wir haben sie bis in die Wälder verfolgt. Mein Herr Raimondo hat sie dann mit durchbohrtem Bein in einer Wildfalle gefunden.«

Mit dem schweren Gepäck auf den Schultern folgte Fabio Vasco in die Küche des Anwesens. Eine pausbackige Köchin schnitt gerade ein langes Weißbrot an, in einem der Kessel köchelte eine Brühe, in der Fleischbrocken schwammen, und der ganze Raum war von einem kräftigen würzigen Duft erfüllt, der Fabio das Wasser im Mund zusammenlaufen ließ. Hunger und Müdigkeit drohten ihn zu überwältigen. Mit seinem Begleiter nahm er an einem wackeligen Küchentisch Platz, wo die Köchin ihnen Suppe servierte.

Als Fabio die Holzschüssel geleert hatte, wischte er sie mit einem Stück Brot aus, um auch nicht den kleinsten Tropfen der nahrhaften Speise zu vergeuden. Gerade wollte er um einen Nachschlag bitten, als ein hochgewachsener Hausdiener die Küche betrat.

»Ah, hier bist du! Dein Herr wünscht dich zu sehen.«

Seufzend erhob sich Fabio vom Tisch, während sich Vasco grinsend über eine zweite Portion hermachte. Der Lakai führte Fabio zur Eingangshalle. Fackeln beleuchteten vier schlanke Säulenpaare, die eine elegante Konstruktion aus glatten Steinbalken stützten. Unmittelbar darunter war ein umlaufender Fries angebracht, auf dem die Sternzeichen des Nachthimmels als symbolische Figuren abgebildet waren. Auf Anhieb erkannte Fabio das Sternbild des Zentauren, der als Jäger dargestellt war, das Zeichen des Adlers und das der Delfine. Die Wände waren mit Pfeilern geschmückt, zwischen denen altertümliche Ritterrüstungen standen, die mit Schwertern, Schilden und Hellebarden ausgestattet waren – als könnten sie jederzeit zum Leben erwachen. Offenbar war es in der Geschichte der Familie nicht immer friedlich zugegangen.

Ohne auf den Zierrat in der Halle zu achten, ging der Diener an einer geschwungenen Treppe vorbei, die hinauf zu den oberen Stockwerken des Palazzos führte, und trat an ein Doppelportal heran. Fabios Blick blieb an der hölzernen Stellarsfigur haften, die das untere Treppengeländer zierte. Der Himmlische war in menschlicher Gestalt mit ausgebreiteten Flügeln dargestellt, der in demutsvoller Pose einen Stern gen Himmel hob.

Der Hausdiener klopfte an die Tür und führte Fabio in ein mit Kerzen beleuchtetes Speisezimmer, dessen hohe Fenster mit kostbarem Tuch verhängt waren. Die Öffnungen waren ohne Zweifel nachträglich erweitert worden, um tagsüber mehr Licht in das alte Gemäuer zu lassen. Sogar eine Doppeltür hinaus zum Garten war auf der gegenüberliegenden Seite zu sehen. Auch dieser Raum besaß eine hohe Decke und an den Wänden befanden sich zahlreiche Simse, auf denen reich ornamentiertes Zinngeschirr stand. In der Mitte des Saals, an einem langen Esstisch, saßen der Baron, seine Tochter Celeste, sein Neffe Raimondo sowie Fabios Herr Ludovico. Auf kostbarem Silbergeschirr türmten sich Hühnerkeulen, kalter Braten, Käse, Weintrauben und duftendes Brot. Gerade füllte ein zweiter Diener Raimondos Kristallpokal mit Wein.

»Tritt näher, Junge.« Der Ordensritter legte eine abgenagte Hühnerkeule beiseite und wischte sich Finger und Bart mit einem Tuch ab. »Hast du schon etwas zu essen bekommen?«

»Ja, Herr.« Fabio deutete eine Verbeugung an und gab sich Mühe, Celeste nicht anzustarren. Die Baroness drehte anmutig eine ihrer Haarsträhnen um den Zeigefinger und sah ihn neugierig an. Ihr Teller war unberührt.

»Sei willkommen, Knappe«, meinte der Baron. »Hier ist jemand, der sich bei dir bedanken möchte.«

Aus dem Schatten eines Steinpfeilers trat eine kleinwüchsige Gestalt. Der Gnom hatte weißes schütteres Haar, das seine Halbglatze umrahmte. Aus dem Haarkranz ragten große Ohren hervor, und auf der langen Nase des Winzlings saß eine Nickelbrille mit halbrunden Gläsern, in denen sich das Kerzenlicht spiegelte. Wie alle Gnomenhandwerker, die Fabio bisher gesehen hatte, war auch dieser mit Weste und Lederschürze bekleidet, an der ein Gürtel mit Säge- und Bohrwerkzeugen hing. Der Gnom verneigte sich vor ihm, was Raimondo dazu veranlasste, säuerlich das Gesicht zu verziehen.

»Dein Name ist Fabio, richtig?«, fragte der Baron. »Ich dachte mir, ich sollte dich unbedingt mit Meister Arcimboldo bekannt machen. Er arbeitet seit einigen Tagen hier, um die defekten Leitungen der Wasserspiele in unserem Garten zu reparieren. Ärgerlicherweise haben sie von einem Tag auf den anderen ihren Dienst aufgegeben. Nur gut, dass wir gerade kein Fest planen! Aber den Himmlischen sei Dank, Meister Arcimboldo und seine Familie waren ganz in der Nähe. Du musst wissen: Niemand kann es den Gnomen an handwerklichem Geschick gleichtun. Es war Arcimboldos Familie, der du vor wenigen Stunden so tapfer beigestanden hast. Ich bin bestürzt darüber, dass es überhaupt zu einem solchen Übergriff hat kommen können, und hoffe inständig, dass Raimondo seine Leute künftig besser im Zaum hält.«

Raimondo schwieg und leerte sein Glas in einem Zug.

»Danke«, krächzte der Gnom, dem es scheinbar ebenso unangenehm wie Fabio war, so plötzlich im Mittelpunkt des Interesses zu stehen. »Meine Familie und ich stehen tief in deiner Schuld. Dieser Tage kommt es sehr selten vor, dass sich jemand für unsereins einsetzt.«

»Nichts zu danken«, antwortete Fabio und seine Wangen röteten sich.

»Wäre es nicht besser, wenn wir uns endlich dem Goblinproblem zuwenden würden, statt mit Nebensächlichkeiten unsere Zeit zu vergeuden?« Raimondo warf seinem Onkel einen tadelnden Blick zu, den Fabio als ungebührlich empfand.

»Die Angelegenheit ist nicht vergessen.« Baron de Vontafei legte Ludovico eine Hand auf den Arm. »Da meine Tochter

Celeste ohnehin noch ein paar Tage für die Reisevorbereitungen benötigt, könntet Ihr uns nicht währenddessen zur Seite stehen?«

»Inwiefern, Baron?«

»Ich dachte daran, dass Ihr morgen vielleicht einen Trupp Bewaffneter in die Wälder führt und nach weiteren Goblinspuren sucht. Diese Unholde haben sich hier in der Gegend schon seit meines Großvaters Zeiten nicht mehr blicken lassen. Und ich wüsste niemanden, der über so viel Erfahrung im Kampf gegen diese mordlüsternen Kreaturen verfügt wie Ihr.«

»Was soll das heißen, Oheim?«, rief Raimondo aufgebracht. »In dieser Sache brauchen wir keine Hilfe. Mit diesem Abschaum werden wir auch alleine fertig.«

»Es ist genug, Raimondo!« Der schneidende Ton in der Stimme des Barons duldete keinen Widerspruch. Sein Neffe knirschte wütend mit den Zähnen, doch er wagte es nicht, offen gegen de Vontafei aufzubegehren. Fabio senkte rasch den Blick, um seine Genugtuung zu verbergen. Dennoch war ihm, als hätte die Baroness seine Reaktion bemerkt.

»Giovanni!« Der Baron wandte sich an seinen Hausdiener. »Bring uns bitte das Fundstück aus dem Dorf. Und du, Celeste, gehst nun bitte hinauf in dein Zimmer. Das ist nichts für zarte Gemüter.«

»Was soll das, Vater?« Seine Tochter sah ihn empört an. »Wieso schickst du mich weg, während alle anderen …«

»Ich dulde keine Widerrede!«

Celeste erhob sich widerwillig von der Tafel, warf sich die kastanienbraune Mähne in den Nacken und rauschte hocherhobenen Hauptes an Fabio vorbei aus dem Saal. Er blickte ihr einen Moment lang nach und tauschte dann einen schnellen Blick mit seinem Herrn. Ludovico runzelte die Stirn.

»Es ist überall das Gleiche«, seufzte der Baron, während der Diener mit einer kleinen Truhe zurückkehrte. »Werden sie erst flügge, gehorchen sie irgendwann nicht mehr.«

Er gab Anweisung, die Truhe auf dem Tisch abzustellen und die Saaltüren von innen zu verriegeln.

»Ihr macht es ja äußerst spannend, Baron«, sprach Ludovico.

Selbst Meister Arcimboldo, dessen Anwesenheit die Tischgesellschaft scheinbar vergessen hatte, blickte gespannt zu der Truhe hinüber.

»Raimondo, mach sie auf.«

»Gern, Oheim.« Raimondo beugte sich vor und öffnete das Schloss. »Das Ding war am Dach des Dorfbrunnens befestigt. Man konnte es kaum übersehen.«

Er klappte den Truhendeckel auf und griff hinein. Ein leises Klirren war zu hören, dann zog er ein filigranes Netz aus bronzenen Kettengliedern heraus, die schräg nach oben in einem metallenen Ring zusammenführten.

Allen Anwesenden stockte der Atem. Denn eingebettet in das Ringgeflecht hing ein menschlicher Totenschädel.

Der Knochen war pechschwarz bemalt und die Stirn zierte ein rotes Zeichen, das einem Kometen ähnelte. Darüber thronten, ebenfalls in Rot, zwei stilisierte Fledermausflügel.

»Ein Astronos-Schädel!«, flüsterte Meister Arcimboldo mit zitternder Stimme.

Baron und Ordensritter zuckten bei der Nennung dieses Namens unmerklich zusammen. Jeder, der mit den Lehren der Sternenmystikerinnen vertraut war, wusste von dem abtrünnigen Erzstellar, der zu Anbeginn der Welt gegen die himmlischen Gesetze aufbegehrt hatte. Der Legende nach hatte Astronos ein Drittel aller Stellare um sich geschart und am Himmel einen Krieg entfesselt, dessen Spuren noch heute in Astaria zu finden waren. Erst durch die vereinte Macht der fünf anderen Erzstellare Molunah, Merkuriel, Venudha, Marsakiel und Juprabim konnte er schließlich besiegt und in den Sternenkerker gesperrt werden.

»Du kennst dieses Objekt?« Ludovico sah den Gnom forschend an.

»Ja, mein Herr. Ich meine: nein. Nur aus Erzählungen.« Meister Arcimboldo blickte nervös in die Runde. »Was ihr da in den Händen haltet, ist das Werk von Goblinschamanen. Sie haben Astronos schon immer gedient.«

»Das wissen wir«, entgegnete der Paladin kühl. »Aber woher weißt du das?«

»Ihr vergesst, dass mein Volk auf eine lange Geschichte zurückblickt, Herr.« Der Gnom nahm seine Brille ab und wischte nervös mit einem Zipfel seines Ärmels über die Gläser. »Die Goblins haben uns gejagt, wann und wo immer sie uns finden konnten. Und sie tun es noch immer.«

»Behauptest du!«, mischte sich Raimondo ein und musterte den grausigen Gegenstand verächtlich.

Der Baron jedoch winkte den kleinen Mann sogleich an die Tafel heran. »Bitte, Meister Arcimboldo, sprecht frei und unbesorgt. Erzählt uns alles, was Ihr wisst. Wer weiß, in welch großer Gefahr wir schweben!«

»Solche Schädel schmückten einst die Feldstandarten der

Goblins, Euer Hochwohlgeboren. Sie sollten den Gegnern Angst einjagen. Die Goblinarmeen führten sie mit sich, bis sie damals in die unterirdischen Reiche des Ostens zurückgedrängt wurden. Es heißt …« Der Gnom hielt inne, als befürchtete er, schon zu viel verraten zu haben.

»Bitte, sprecht weiter!«

»Es heißt, in den alten Zeiten vermochte Astronos durch diese Schädel zu seinen Anhängern zu sprechen und ihnen seinen Willen kundzutun.«

»Und wie ging das vor sich?« Der Baron riss ungläubig die Augen auf.

»Traumgesichter. Botschaften. Die alten Legenden mögen da nicht ganz korrekt sein«, wiegelte Arcimboldo hastig ab. »Aber wie schon gesagt, all das ist sehr lange her. Diese Astronos-Schädel dürften eigentlich gar nicht mehr existieren.«

»Und was hat dieses Ding bei uns zu suchen?«, fragte der Baron. »Wir haben es an einem öffentlichen Ort gefunden, weithin sichtbar. Das kann nur bedeuten, dass es mit Absicht dort zurückgelassen wurde.«

»Das ist in der Tat seltsam«, murmelte Meister Arcimboldo.

»Vielleicht ist es eine Drohung?«, platzte Fabio heraus, bevor ihm bewusst wurde, dass ihn niemand um seine Meinung gebeten hatte.

»Oder eine Nachricht, die an andere Astronos-Anhänger gerichtet ist«, sagte der Winzling leise.

»Meint Ihr vielleicht damit euch Gnome, Meister Arcimboldo?«, giftete Raimondo. »Unsereins hält die Gebote der Erzstellare in Ehren.«

»Raimondo!« Die harsche Zurechtweisung ließ den jungen Mann augenblicklich verstummen. Dann fuhr der Baron fort: »Ist es nicht doch möglich, dass der Schädel einfach nur ein Relikt aus alter Zeit ist, mit dem sich jemand einen bösen Scherz erlaubt hat?«

»Sieht nicht so aus, als ob er sehr alt wäre«, murrte Raimondo und hielt den Schädel empor. »Seht genau hin, in den Augenhöhlen, da glitzert irgendwas. Das Zeug glänzt metallisch wie ... wie Eisenerz. Signore Ludovico, vielleicht solltet Ihr Euch das mal genauer ansehen.«

Er reichte das Kettengeflecht samt Schädel an Ludovico weiter, der kaum merklich zusammenzuckte, als er es entgegennahm.

Im selben Moment leuchteten die Augenhöhlen des Schädels feuerrot auf.

Der alte Paladin keuchte. Seine Lider flatterten, der rote Schein zeichnete seinen Schatten in scharfen Konturen auf die Wand, und sein Gesicht glühte, als stünde er direkt neben einem Kaminfeuer. Der Baron, Raimondo und Meister Arcimboldo schrien erschrocken auf.

Fabio ergriff sein Schwert, sprang mit einem Satz auf den Tisch und stieß seinem Herrn mit der Waffenspitze das Kettengeflecht aus den Händen. Das Metall klirrte und der Schädel zerschellte beim Aufprall gegen die Wand. Der rote Schein erlosch.

Ludovico stolperte zurück, und wäre Fabio nicht sofort herbeigesprungen und hätte ihn gestützt, wäre er zu Boden gefallen. Auch der Baron und sein Neffe eilten herbei.

»Alles in Ordnung, Herr?«

Der Ordensritter stöhnte, blinzelte und sah sich verwirrt um.

»Signore, geht es Euch gut?«, wiederholte der Baron besorgt.

»Ja, ich ... Mir fehlt nichts.« Ludovico blickte wütend zu den Trümmern des Schädels hinüber. »Der Schatzmeister unseres Ordens und die Sternenmystikerinnen hätten diesem Schädel sicher wertvolle Informationen entlocken können. Diese Möglichkeit ist nun unwiederbringlich verloren.«

»Seid froh, dass er zerstört ist!«, fiel ihm Raimondo ins Wort, der zum ersten Mal die Fassung verloren hatte. Auch Fabio erschauderte. Noch nie hatte er die Macht des Astronos so unmittelbar erlebt.

Meister Arcimboldo hingegen musterte mit forschendem Gelehrtenblick die Überreste des grausigen Objekts. Dann wandte er sich an Ludovico: »Ihr seid ein Paladin und damit ein Hüter der Ordnung. Vielleicht hat die Anwesenheit einer seiner erbittertsten Gegner Astronos herausgefordert. Fest steht: Ihr seid derjenige unter den Anwesenden, auf den der Schädel reagiert hat. Dankt Eurem Knappen. Ich glaube, Ihr habt gerade großes Glück gehabt. Wer auch immer dieses Instrument im Dorf zurückgelassen hat, weiß jetzt, dass Ihr hier seid.«

»Das darf er auch gern«, fluchte Ludovico und befreite sich von Fabios stützendem Arm. »Und morgen, Meister Arcimboldo, unterhalten wir beide uns. Denn Gnomenlegenden hin oder her: Für meinen Geschmack kennt Ihr Euch in diesen Dingen eine Spur zu gut aus.«

Raimondo nickte zustimmend.

»Bitte, bitte«, beschwichtigte der Baron. »Wir wollen uns doch in Zeiten solcher Gefahr nicht entzweien. Das wäre das Allerdümmste, was wir tun könnten! Ich für meinen Teil bin froh, dass uns Meister Arcimboldo an seinem Wissen hat teilhaben lassen. Ich nehme seine Warnungen sehr ernst. Gleich morgen Früh werde ich zwei Boten zu meinen Nachbarn, dem Marchese da Pistoia und dem Nobile di Lenzi entsenden, um sie zu warnen. Umso dringender wird mein vorheriges Hilfeersuchen an Euch, Signore.«

Der Paladin blickte den Baron schweigend an.

»Kann ich in dieser Angelegenheit auf Euch zählen?«

»Selbstverständlich. Wenn Ihr erlaubt, werde ich gleich nach Sonnenaufgang einen Spähtrupp aus Euren besten Männern zusammenstellen.« Er warf Fabio einen nachdenklichen Blick zu und wandte sich dann an Raimondo. »Und ich hoffe doch, dass ich auch auf Euch zählen darf?«

»Schädel hin oder her. Ihr glaubt doch wohl nicht, dass ich auf das Vergnügen verzichte, den Goblins das Handwerk zu legen?« Raimondo schnaubte abfällig, drehte eine leere Schale und stülpte sie über zwei auf dem Tisch liegende Weintrauben. »Fangen wir diese Goblins ein! Zeigen wir ihnen, wie wir mit den Schergen des Astronos verfahren!«

Sphärengefüge

Fabio erwachte, weil Sonnenstrahlen seine Nase kitzelten. Sofort schreckte er hoch und starrte auf das schmale Fenster über dem Bett. Es musste bereits später Vormittag sein!

Im Gegensatz zu Ludovico war Fabio nicht im Palazzo, sondern in einem Gästehaus im großen Garten einquartiert worden.

Mit dem Erwachen kamen auch seine Erinnerungen an das gespenstische Erlebnis in der letzten Nacht zurück. Nachdem Meister Arcimboldo gegangen war, hatten sie die Bruchstücke des Schädels vorsichtig zusammengekehrt und wieder in der Truhe eingeschlossen. Vielleicht konnten die Sternenmystikerinnen auch mit den Überbleibseln des schaurigen Objekts etwas anfangen.

Doch das war nicht Fabios größtes Problem.

Sicher war sein Herr schon lange wach. Die Ordensregeln sahen vor, dass das Tagwerk eines Paladins bei Sonnenaufgang zu beginnen hatte. Ausnahmen wurden nur in sehr seltenen Fällen zugelassen. Etwa bei schwerer körperlicher Arbeit. Doch selbst dann sah das Reglement nicht mehr als eine zusätzliche Ruhestunde vor. Und die hatte ein Paladin in stiller Meditation zu verbringen, keinesfalls schlafend.

Fabio schwang die Beine aus dem Bett, verzichtete auf seine täglichen Leibesübungen und zwängte sich in seine noch klamme Hose, die auf dem Deckel einer Truhe neben der Kammertür lag. Es war Brauch bei den Paladinen, die Nacht einsatzbereit in seiner Kleidung zuzubringen. Doch mit nassen Beinkleidern hatte er sich nicht hinlegen wollen. Hastig warf er sich das Gehänge mit dem Kurzschwert um, als er Schritte vor der Tür hörte.

Das konnte nur sein Herr Ludovico sein! Sofort nahm er Haltung an. Mit Sicherheit erwartete ihn jetzt eine harte Bestrafung.

Die Tür öffnete sich und Fabio erblickte zu seinem Erstaunen den hochgewachsenen Hausdiener von letzter Nacht. Der Mann begrüßte ihn mit einem Kopfnicken, legte ein Bündel frischer Kleidung auf die Truhe und stellte ein Tablett mit Brot, Käse und verdünntem Wein auf einem Hocker ab.

»Ich verstehe nicht …« Fabio starrte den Diener verständnislos an. »Wo ist mein Herr?«

»Signore Ludovico und der Neffe des Barons sind bereits vor zwei Stunden mit den besten Männern aufgebrochen, um die Wälder zu durchkämmen«, erklärte der Diener.

»Wie bitte? Du willst mir weismachen, dass mein Herr ohne mich losgeritten ist?«

»So sieht es aus. Signore Ludovico wünschte, dass wir dich erst nach seinem Aufbruch wecken.« Der Diener schmunzelte. »Und als der Baron davon erfuhr, ordnete er an, dich mal ordentlich ausschlafen zu lassen.«

Jetzt verstand Fabio gar nichts mehr. So etwas war in all den Jahren, die er im Dienst des Paladins stand, noch nie vorgekommen. »Hat mein Herr denn wenigstens Anweisungen für mich hinterlassen?«

»Ja. Du sollst dich bis zu seiner Rückkehr um die junge Baroness und Euer durchnässtes Gepäck kümmern. Aber um Letzteres musst du dir keine Gedanken machen. Eure Kleidung wird gerade von unserer Wäscherin gereinigt und wo nötig geflickt.« Der Hausdiener deutete auf das Stoffbündel. »Da wir gerade dabei sind: Der Baron wünscht, dass du dir etwas Frisches anziehst. Denn, mit Verlaub, du müffelst etwas. Ich habe mich darum bemüht, etwas Passendes für dich zu finden. Wenn du noch etwas benötigst, frag einfach nach mir. Mein Name ist Giovanni.«

»Danke«, stammelte Fabio und wandte sich verwirrt dem Mitgebrachten zu.

»Der Baron erwartet dich in genau einer halben Stunde im Garten.«

»Wie, mich?«

Giovanni nickte und verließ das Zimmer.

Während Fabio die sauberen Kleider anzog, machte seine Anspannung zunehmend einem Gefühl der Enttäuschung Platz. Warum hatte ihn sein Herr zurückgelassen? Hielt der Paladin ihn nicht für fähig, an der Goblinjagd teilzunehmen? Sie kämpften doch nicht zum ersten Mal gegen diese Unholde! Und was wollte der Baron von ihm? Doch sein Appetit brachte ihn schnell vom Grübeln ab und er machte sich mit Genuss über sein ungewohnt üppiges Frühstück her. Anschließend rückte er sein Kurzschwert noch einmal zurecht und verließ das Gästehaus durch die Vordertür.

Draußen erwartete ihn ein strahlender Sommertag. Die

Luft roch betörend nach Hibiskus, Rosen und Jasmin. Bienen und Hummeln schwirrten durch die Luft. Fabio erblickte ein kunstvolles Arrangement aus Blumenbeeten, Hecken und Büschen, die zu kugelförmigen Skulpturen geschnitten waren. Vom Palazzo führten sanft geschwungene Wege über die drei mit Pappeln und Zypressen bepflanzten Terrassen den Hang hinab. Unten erstreckten sich Rasenflächen und Teiche, bei denen es Ruhebänke und Tierskulpturen gab. Sein Blick fiel auf zwei Gärtner, die Unkraut jäteten und Beete harkten.

Fabio schlüpfte eilig unter einem überhängenden Kastanienzweig hindurch und machte sich auf die Suche nach dem Baron. Nichts in diesem Garten war hier dem Zufall überlassen. Beete, Rasenflächen und Teiche folgten einer strengen geometrischen Anordnung. Selbst die Silhouette des Dolomitischen Himmelsmassivs, dessen gewaltige Gipfel in der Ferne am nördlichen Horizont aufragten, schienen Teil des lebenden Kunstwerks zu sein.

Fabio war so beeindruckt, dass er den Springbrunnen im Zentrum der Parkanlage erst richtig wahrnahm, als er fast davorstand. Umgeben von einem kreisrunden Wasserbassin mit einem Sternenrelief an der Außenseite erhob sich dort ein Wasserspiel, das mit seinen konzentrisch angeordneten und sich über mehrere Ebenen erstreckenden Überlaufbecken der Form einer breit gewachsenen Tanne ähnelte. Die Spitze des Brunnens mündete in einer filigranen Marmorblüte, die Fabio an den Kelch einer Tulpe erinnerte. Ein schwaches Rinnsal plätscherte von dort in die darunterliegenden Becken, deren Ränder gerundet wie Wolken waren. Auf jeder Ebene kniete ein geflügelter Stellar mit einem sternförmigen Gefäß.

Fabio erkannte sofort, dass der Brunnen den Aufbau des Kosmos wiedergab. Die Blüte an der Spitze des Brunnens stand für die Welt selbst, während die Beckenränder und der Rand des Bassins – von oben betrachtet – die sieben Sphären versinnbildlichten, die den Himmel über Astaria wie zwiebelförmige Schalen umgaben. Ihre Oberflächen wurden von den Bahnen der Wandelsterne, den stofflichen Erscheinungsformen der Erzstellare, gebildet. Eine ähnliche Darstellung des Kosmos mit den Himmelssphären, so erinnerte sich Fabio, war auch auf einem Wandteppich im großen Versammlungssaal des Castello di Arborea zu finden, der Ordensburg der Paladine. Dem Brauch entsprechend, waren die Wandelsterne auch hier als geflügelte Menschen dargestellt, die Fabio anhand ihrer charakteristischen Merkmale der Reihe nach als Molunah, Merkuriel, Venudha, Marsakiel und Juprabim identifizierte.

Einzig auf dem zweiten Beckenrand von oben, zwischen Molunah und Merkuriel, waren statt eines Himmlischen gleich drei Stellare zu sehen. Sie waren etwas kleiner als die übrigen Geflügelten, dafür trugen sie auf ihrem Rücken eine vergoldete Kugel: die Sonne. Die Stellare hatten sie einst als Lebensspender in das Sphärengefüge gesetzt.

Das Ganze wurde vom Beckenrand mit der Darstellung des Sternenwalls, der siebten und äußersten Sphäre, umrahmt. In den unendlichen Weiten dahinter war, den Lehren der Sternenmystikerinnen gemäß, nur noch das Chaos, das die Feinde der Schöpfung hervorbrachte, die Sternenvampire.

Fabio erinnerte sich wieder daran, dass die Wasserspiele im Garten nicht richtig funktionierten. Sicher sprudelten zu besseren Zeiten glitzernde Wasserstrahlen aus den Sterngefäßen der Stellarsfiguren und oben aus der Blüte schoss eine weithin sichtbare Fontäne.

»Ah, sieh an, da ist ja unser Knappe. Ich hoffe, die Kleidung, die dir Giovanni gebracht hat, passt dir?« Von einer Bank hinter dem Springbrunnen erhob sich die beleibte Gestalt des Barons de Vontafei. Er befand sich in Begleitung zweier Dachshunde mit langen Ohren und schwarzem Fell. Hechelnd sprangen sie zwischen seinen Beinen umher und schnappten nach einem Wurstzipfel, den er ihnen hinhielt.

Fabio verneigte sich. »Die Kleidung sitzt wie angegossen, Euer Hochwohlgeboren.«

»Und, ausgeruht? Nach dem unerfreulichen Erlebnis letzte Nacht, dachte ich mir, ich lasse dich noch ein wenig schlafen.«

»Dank Euch«, antwortete Fabio. »Der Schlaf hat mir gutgetan, auch wenn ich damit gegen die Ordensregeln verstoßen habe.«

»Wirklich?« Der Baron säbelte mit einem Küchenmesser an einer mitgebrachten Wurst und warf das abgeschnittene Stück hinüber zu einer benachbarten Wiese. Zufrieden sah er dabei zu, wie seine Hunde losstürmten, um die Leckerei für sich zu gewinnen. »Nach allem, was ich über euch Paladine weiß, geht es bei euch ja überhaupt recht streng zu. Aber wenn du willst, werde ich niemandem verraten, dass du so lange geschlafen hast.«

»Es ist mir verboten zu lügen.«

»Das meinte ich nicht.« Vittore de Vontafei zwinkerte ihm zu. »Aber wenn keiner fragt, brauchst du ja auch nicht zu antworten.«

Fabio seufzte, lächelte dann aber.

»Ich hoffe, auch Paladin Fabricio geht es gut.«

Paladin Fabricio? Fabio runzelte die Stirn und meinte, sich vage an einen stämmigen Ordensritter zu erinnern, dem er vor zwei Jahren in Venezia begegnet war. Dort gab es nur einen Ordensritter dieses Namens. »Ehrlich gesagt, kenne ich diesen Schwertbruder nur flüchtig. Weshalb fragt Ihr nach ihm?«

»Eigentlich wurde er mir als Begleiter meiner Tochter angekündigt.«

»Davon weiß ich nichts, Euer Hochwohlgeboren. Mein Herr Ludovico hat mir erst vor wenigen Tagen mitgeteilt, dass wir Eure Tochter zu den Sternenmystikerinnen begleiten werden. Vermutlich wurde Bruder Fabricio kurzfristig mit einer anderen Aufgabe betraut. Und da wir uns ohnehin ganz in der Nähe Eures Landsitzes aufhielten, wurde eben uns diese Ehre zuteil.«

»Nun, dann will ich hoffen, dass es kein Unglück war, das Fabricio an der Erfüllung seines Auftrags gehindert hat. Ich bedaure es sehr, dass er heute nicht hier sein kann. Er verfügt über großen Kunstsinn, sodass ich seinen letzten Besuch sehr genossen habe.« Vittore de Vontafei sah Fabio prüfend an. »Aber mir ist nicht entgangen, dass auch du einen Sinn für Schönheit besitzt.«

Fabio lief feuerrot an. War damit etwa Celeste gemeint? Hatte er sich gestern so auffällig verhalten? Doch der Baron deutete zum Brunnen.

»Ach so, ja, äh …« Fabio räusperte sich. »Ein Wunderwerk.«

»Es wurde vor einundzwanzig Jahren nach meinem eigenen Entwurf angefertigt. Und zwar von keinem Geringeren als dem berühmten Bildhauer Cosimo Petrarca.«

»Wie funktioniert dieser Springbrunnen eigentlich? Ich frage mich, wie der Wasserdruck für die Fontänen erzeugt wird.«

Der Baron schmunzelte und deutete hinauf zu seinem Familiensitz. »Unsere Wasserspiele werden durch das natürliche Gefälle des Geländes betrieben. Wie ich hörte, hast du schon Bekanntschaft mit dem kleinen Fluss oben im Wald gemacht. Sein Wasser speist ein Brunnenhaus unter dem Palazzo, von dem aus ein System von Wasserleitungen in mehrere Richtungen abzweigt. Es versorgt uns hier nicht nur mit fließendem Wasser, es treibt neben diesem Springbrunnen auch noch zwei weitere Wasserspiele an, die du weiter unten im Garten findest. Leider sind sie derzeit ebenfalls außer Betrieb.« Vittore de Vontafei seufzte, seine Hunde tobten inzwischen ausgelassen über den Rasen. »Du musst wissen, ich umgebe mich gern mit schönen Dingen. Sie machen einem die Pracht der Schöpfung immer wieder aufs Neue bewusst.«

»Ich habe bereits von Eurer Leidenschaft gehört. Ihr sollt auch eine kostbare Kunstsammlung besitzen. Ist dort nicht erst kürzlich eingebrochen worden?« Fabio warf einen Blick durch die Baumgruppen hindurch zum Stall am anderen Ende des Gartens. Zu seiner Überraschung stand dort, halb von einer Baumgruppe verdeckt, der bunte Kastenwagen der Gnome. Munadella und Ambra fütterten gerade ihre Ponys.

Vittore de Vontafei folgte seinem Blick. »Ah, die Familie von Meister Arcimboldo ist bereits eingetroffen. Sehr schön.

Ich konnte es ja nicht zulassen, dass seine Frau und seine Kinder weiter im Wald bleiben, wenn dort Goblins ihr Unwesen treiben.« Nachdenklich kehrte er zum Ausgangsthema zurück. »Vor wenigen Nächten ist tatsächlich eine Fremde in mein Anwesen eingedrungen. Sie weigert sich bislang standhaft, ihren Namen zu nennen, aber das wird sich während der anstehenden Gerichtsverhandlung sicher ändern. Sonderlich geschickt hat sich die Einbrecherin allerdings nicht angestellt. Selbst ich bin von dem Lärm, den sie gemacht hat, aus dem Schlaf gerissen worden.« Der Baron schüttelte den Kopf. »Mein Neffe hat sie dann mit einigen Bewaffneten bis in den Wald verfolgt. Dort ist sie in eine unserer Wolfsfallen geraten. Ich muss übrigens zugeben: Du bist erstaunlich gut informiert, wenn man bedenkt, dass du erst einen knappen Tag hier bist.«

»Reiner Zufall, Euer Hochwohlgeboren. Hatte es diese Frau auf etwas Bestimmtes abgesehen?«

»Bei dem Schaden, den sie oben im Turm angerichtet hat, kann ich das leider nicht genau sagen.« Vittore de Vontafei seufzte und steckte Wurst und Messer zurück in einen Beutel. »Allerdings hatte ich meine Sammlung kurz zuvor um eine bemerkenswerte Uhr erweitert, die ich für tausend Dukaten bei einer Versteigerung nahe Venezia erworben hatte. Sie ist das Werk eines Himmelsmechanikers namens Aucos Galmei und besitzt magische Kräfte. Sie wirft um Mitternacht bunte Lichter an die Wände, die wie Stellare aussehen.«

»Das Werk eines Himmelsmechanikers?« Fabio blickte überrascht auf. Den Legenden zufolge hatte es früher Gelehrte gegeben, die Zauberapparate bauen konnten. Die Wirkung dieser sogenannten arkanomechanischen Geräte reichte angeblich sogar an die magischen Kräfte der Sternenmystikerinnen heran. Fürsten und Herzöge hatten sich noch vor etwa fünfhundert Jahren der Fähigkeiten der Himmelsmechaniker bedient und sich von ihnen verzauberte Kriegsmaschinen bauen lassen. Diese Aufrüstung hatte schließlich zum großen Krieg der Städte und zur Zerstörung Napulis geführt. Von der einst stolzen Hafenstadt am Sternenmeer zeugten nur noch Ruinen, und in ganz Astaria wurde gemunkelt, dass dort noch immer böse Kräfte wirkten.

»Dürft Ihr einen solchen Apparat überhaupt besitzen?«, fragte Fabio verwundert. »Ich dachte, während des Krieges hätten die Sternenmystikerinnen die letzten noch lebenden Himmelsmechaniker getötet und all ihre Werke mit einem Bann belegt?«

»Ersteres ist richtig, Letzteres stimmt so nicht«, korrigierte ihn der Baron. »Die Sternenmystikerinnen haben damals natürlich alle Kriegsmaschinen vernichtet. Und sicher sind in den nachfolgenden Jahren auch viele andere Artefakte zerstört worden. Doch auch unter den Himmelsmechanikern gab es große Künstler. Hast du noch nie von der Regenbogensäule des Dogen von Genova gehört?«

»Doch, sie zeigt auf drei Tage genau das Wetter an.«

»Du sagst es. Sie ist das Werk eines Himmelsmechanikers. Glaub nicht, dass sie noch stehen würde, wenn sie mit einem Bann belegt und ihr Besitz verboten wäre.«

Der Baron winkte einen der Gärtner heran, damit dieser sich um die Hunde kümmerte. Kläffend begrüßten die Tiere den hageren Mann, der sie hinüber zum Gästehaus führte.

»Aber all das braucht uns im Moment nicht zu interessieren. In wenigen Tagen werde ich wissen, auf was es diese Wilde tatsächlich abgesehen hatte. Kommen wir jetzt zu meinem eigentlichen Anliegen. Meine Tochter Celeste hast du gestern Abend ja schon kennengelernt. Signore Ludovico hat mir angeboten, dass du ein wenig auf sie aufpasst, solange er fort ist.«

»Ich?«

»Ja, natürlich. Immerhin seid ihr Paladine doch wegen ihr gekommen.« Der Baron warf ihm einen prüfenden Seitenblick zu. »Signore Ludovico hat mir versichert, dass du zuverlässig bist. Und da Celestes neuer Lebensabschnitt streng genommen mit eurer Ankunft beginnt, möchte ich dich bitten, dass du gleich damit anfängst.«

»Und wie stellt Ihr Euch das vor?«

Vittore de Vontafei bedeutete Fabio, ihm hinauf zum Palazzo zu folgen. »Bleib einfach in ihrer Nähe und komm deinen Paladinpflichten nach. Ich konnte sie heute Morgen gerade noch davon abhalten, sich dem Spähtrupp anzuschließen. Sie wollte unbedingt mit in den Wald.«

Fabio stolperte fast. »In den Wald? Und das, nachdem Eure Leute den Astronos-Schädel gefunden haben?«

»Ich bitte dich, sprich doch leiser!« Der Baron blickte sich misstrauisch um. »Bitte kein weiteres Wort über dieses unselige Fundstück. Es gibt keine Veranlassung, Celeste unnötig zu beunruhigen. Was gestern passiert ist, wissen nur du, ich, dein Herr Ludovico, mein Neffe Raimondo und Meister Arcimboldo. Und dabei soll es einstweilen bleiben.«

»Wie Ihr wünscht.«

»Ich will nicht, dass sich Celeste in Gefahr bringt«, führte der Baron weiter aus. »Für sie ist die Welt wie eine große aufregende Theaterbühne. Ständig steckt sie ihre Nase in fremde Angelegenheiten. Ihre Neugier wird sie noch einmal in große Schwierigkeiten bringen. Außerdem ist sie manchmal, nun ja, etwas eigensinnig. Das hat sie von ihrer Mutter, die Stellare haben sie selig. Leider lässt sie sich von mir schon lange nichts mehr sagen. Und seit sie ihre magische Gabe entdeckt hat, ist es nicht besser geworden.«

»Mit Verlaub, bald wird sie eine Sternenmystikerin und nur dem Orden verpflichtet sein.«

»Das ist es ja!«, seufzte Vittore de Vontafei. »Genau das würde ich von ihr wahrscheinlich auch zu hören bekommen. Sie soll erst einmal ihr Noviziat hinter sich bringen. Sie wuchs wohlbehütet auf, sie weiß nicht, wie es in der Welt da draußen zugeht.«

Fabio holte einmal tief Luft, während er weiter hinter dem Baron herlief. Das war eine schöne Bescherung! Ganz allein auf die Baroness aufpassen zu müssen – das hatte ihm gerade noch gefehlt. Er hatte nicht viel Erfahrung mit Frauen. Und dass er Celeste so hübsch fand, erschwerte seine Aufgabe eher, als dass es sie erleichterte.

»Ich hoffe, Ihr kommt gut voran, Meister Arcimboldo?«, rief der Baron dem Handwerker zu, als sie die oberste Terrassenstufe erreichten, die zum Speisesaal führte. Auch Fabio wurde jetzt auf den Gnom aufmerksam. Meister Arcimboldo stand mit seinem Sohn Yargo neben einem rauchenden Steinofen und ließ flüssiges Blei aus einer Pfanne auf ein dickes Rohr tröpfeln.

»Wir bemühen uns«, ächzte der Gnom und stellte die glühend heiße Pfanne ab. Mit einem verschmutzten Tuch wischte er sich über die Halbglatze. Fabio zwinkerte dem Gnomenjungen zu, doch Yargo runzelte fragend die Stirn. Schließlich zwinkerte er tatsächlich zurück, blickte dann aber Hilfe suchend zu seinem Vater hinüber.

»Die Wasserleitungen auf Eurem Grundstück sind offenbar schon lange nicht mehr gewartet worden«, fuhr Meister Arcimboldo fort. »Insgesamt haben wir drei Risse gefunden, das Erdpech ist an mancher Stelle brüchig geworden. Außerdem ist im Brunnenhaus eine der Leitungen gebrochen. Ich befürchte, wir müssen sie auswechseln.«

»Dann arbeitet fleißig so weiter.« Mit diesen Worten wandte sich Vittore de Vontafei ab und führte Fabio ins Haus. Vor der Treppe zu den oberen Stockwerken hielten sie inne.

»Also, Junge, hab ich dein Wort, dass du auf meine Tochter achtgibst?«

Fabio deutete eine Verbeugung an. »Ja, natürlich.«

»Ich habe, ehrlich gesagt, auch nichts anderes von dir erwartet. Geh nach oben, den Korridor entlang bis zur dritten Tür ganz hinten. Celeste dürfte gerade ihre Kleidertruhen packen. Ich, ähem, habe dich ihr auch schon angekündigt. Als eine Art Leibwächter.«

»Als Leibwächter?«

»Ja. Nötigenfalls beschütze meine Tochter einfach nur vor sich selbst.«

Der Baron klopfte Fabio väterlich auf die Schulter und eilte zum Speisesaal. Der Knappe konnte sich nicht helfen, aber irgendwie ähnelte sein Abgang einer Flucht. Er war sich inzwischen nicht mehr so sicher, ob er sein Versprechen nicht etwas leichtfertig gegeben hatte.

Auch im ersten Stock war die Einrichtung gediegen. Ein roter Läufer bedeckte die Flure, an den Wänden hingen Kristallleuchter und die Decke war mit Stuck geschmückt. Leider war die Wegbeschreibung des Barons nicht sehr hilfreich. Von der Treppe zweigten nämlich gleich mehrere Korridore ab, an deren Wänden Ahnenporträts der de Vontafeis hingen, die sie bei der Jagd, fröhlichen Festgelegenheiten und im Kriegsharnisch zeigten. Fabio musste zugeben, dass zumindest die weiblichen Mitglieder dieser Familie allesamt sehr ansehnlich wirkten.

Zu seinem Glück musste er nicht lange suchen, da aus einem der hinteren Gemächer die Stimme der jungen Baroness tönte.

»Nein, Giona, nicht in diese Truhe! In die dort! Und was, ihr gütigen Stellare, soll ich mit dem Jagdgewand? Auf der Sternenburg ist keine Zeit für solche Zerstreuungen.«

Fabio klopfte an den Türrahmen und betrat die Kammer. Durch die hohen Bogenfenster fiel genug Licht, um das allgemeine Durcheinander sichtbar zu machen: Kostbare Kleider hingen über den ganzen Raum verteilt von Stühlen und Schränken, und auf einem vornehmen Baldachinbett an der Stirnseite der Kammer lagen gleich mehrere Paar Stiefel, Sandalen und flache Lederschuhe. Fabio befremdete vor allem der Anblick der sechs Truhen, in die eine rundliche Dienerin laufend weitere Kleidungsstücke legte. Die junge Baroness glaubte doch wohl nicht, ihre ganze Garderobe mitnehmen zu können?

In diesem Moment trat Celeste de Vontafei mit zwei weiteren Gewändern in den Händen aus einem Ankleidezimmer. Als sie Fabio entdeckte, setzte sie ein kokettes Lächeln auf. »Ach, sieh an, der Knappe von Signore Ludovico. Ich habe mich schon gefragt, wo du bleibst.«

Celeste reichte eines der Kleidungsstücke ihrer Dienerin, die es sofort einpackte, und strich sich ihr langes Haar in den Nacken. Fabio war, als bewirke sie mit dieser anmutigen Geste einen Zauber, der ihm fast den Atem raubte.

»Euer Vater wünscht, dass ich Euch als Leibwächter diene«, krächzte er seltsam unbeholfen. »Zumindest so lange, bis mein Herr Ludovico wieder zurück ist.«

»Als Leibwächter?« Celeste rollte die Augen. »Du musst mich für dumm halten. Du wurdest von meinem Vater als mein Aufpasser abgestellt.«

Mit dem zweiten Gewand trat sie an einen großen, versilberten Spiegel heran und schmiegte sich an den schweren, dunkelblauen Stoff. »Aber wenn du schon mal hier bist, kannst du dich auch nützlich machen. Also, was meinst du, Knappe, sehe ich in diesem Kleid hübsch aus?«

Fabio schwieg. Celeste drehte sich zu ihm um und zog einen Schmollmund. »Na komm schon, sei kein Spielverderber! Ich weiß, dass ein Paladin immer die Wahrheit sagen muss. Und das kann man nun wirklich nicht von jedem Mann behaupten.«

»Ja.«

»Ja, was?«

»Ja, Ihr seht hübsch aus, Baroness.«

»Na siehst du, geht doch.« Celeste lächelte zufrieden. »Mein

Cousin Raimondo hat mir dieses Kleid vor drei Monaten aus Venezia mitgebracht.«

Mit welchem Zauber die Baroness ihn auch immer behext hatte, seine Wirkung verflog schlagartig bei der Erwähnung dieses Namens.

»Du magst Raimondo nicht, hab ich Recht?«

Fabio fühlte sich ertappt. »Es tut mir leid, wenn ich diesen Eindruck erweckt habe. Selbstverständlich zolle ich Eurem Cousin Respekt, Euer Hochwohlgeboren.«

»Was für eine spitzfindige Antwort.« Celeste hob amüsiert eine Augenbraue, wurde aber schnell wieder ernst. »Vielleicht solltest du wissen, dass Raimondos Vater vor dreizehn Jahren durch die Hand eines Paladins gestorben ist.«

»Wie das?«

»Es geschah während eines Turniers nahe Verona, zu dem auch ein Paladin geladen war. Raimondos Vater trat im Lanzengang gegen ihn an, doch das Glück verließ ihn. Die Lanze des Paladins durchstieß seine Rüstung. Zwei Tage später erlag Raimondos Vater seinen Verletzungen.«

»Ich bedaure, das zu hören.«

»Und? Hast du schon einmal getötet?«

»Ich bemühe mich, nicht in eine solche Lage zu geraten.«

Celeste schnaubte. »Offenbar lernt ihr Paladine früh, Fragen auszuweichen, wenn sie euch nicht behagen.«

Fabio blickte Celeste stumm an.

»Wie dem auch sei. Ich habe Raimondo immer darum beneidet, dass er so oft in Venezia war«, plapperte Celeste munter weiter. »Ich war bis jetzt erst einmal in der Lagunenstadt. Leider haben wir dort keine Verwandten, musst du wissen.

Aber jetzt werde ich sogar nach Stella Tiberia reisen. Da wird selbst Raimondo neidisch werden.«

»Ich befürchte, wir werden Schwierigkeiten haben, so viel Gepäck mitzuführen«, warf Fabio ein, um das Thema zu wechseln.

»Mach dir keine Sorgen, meine Familie hat genügend Packpferde.« Celeste betrachtete noch einmal prüfend das Kleid und warf es dann nachlässig zu den Schuhen auf das Bett. »Nein, ich werde es nicht mitnehmen. Die Marchesa da Pistoia hat fast das gleiche, diese eingebildete Pute. Raimondo soll mir beim nächsten Mal ein anderes mitbringen.« Sie trat an eine kleine Kiste neben dem Bett heran. »Hast du schon viel von der Welt gesehen, Knappe? Warst du schon einmal in Stella Tiberia?«

»Ja. Dort und in vielen anderen Städten, Baroness. Wir sind ständig unterwegs.«

Celeste schien beeindruckt, verschanzte sich aber gleich darauf wieder hinter einem gelangweilten Gesichtsausdruck. »Also, wenn ich erst Sternenmystikerin bin, dann werde ich als Gesandte sogar die Länder des Halbmondes bereisen. Das habe ich mir fest vorgenommen.«

»In den Reichen des Südens sollen Frauen nicht sonderlich angesehen sein«, antwortete Fabio ungerührt.

»Unsinn, dort hält man die Frauen hoch in Ehren!« Celeste hob einen dicken Folianten aus der Kiste. »Ich habe die Reiseberichte von Marcus Polonio studiert. Sie sind schon dreihundert Jahre alt. Kennst du das Buch?«

»Nein, Baroness. Ich kann nicht lesen.«

»Wie bedauerlich. Ich vergesse immer wieder, welchen Verhältnissen ihr Paladine oft entstammt. In unseren Kreisen wird ein Knappe von seinem Ritter auch in Poetik, Rhetorik, Geschichte und Philosophie unterrichtet.«

Fabio lächelte säuerlich. »Dafür haben wir leider keine Zeit, Euer Hochwohlgeboren. Unsereins wird nach seiner Pagenzeit schon früh auf Reisen geschickt, um zusammen mit seinem Herrn Gesetzesbrecher, Räuber und Goblins zu jagen. Viele von uns erleben nicht einmal die Schwertleite. Es freut mich aber zu hören, dass andere Knappen Zeit für solchen Unterricht finden.«

»Ich glaube fast, du wirst anmaßend.« Verärgert legte Celeste das Buch zurück und schickte ihre Dienerin weg. »Also, reden wir nicht lange um den heißen Brei herum. Mein Vater hat dich nicht ohne Grund zu meinem Wachhund bestellt. Er will nicht, dass ich in den Wald gehe. Aber ich muss dorthin. Und zwar heute Nacht.«

Fabio sah Celeste verwirrt an. »Ich glaube, Ihr seid Euch der Gefahr nicht bewusst. Da draußen lauern Goblins. Solange die Späher nicht zurück sind, sollten wir …«

»Meine Güte. Dein Herr sprach lediglich von zweien dieser Unholde. Und er jagt sie gerade mit zehn unserer Männer. Wenn er in der Goblinjagd so erfahren ist, wie er behauptet, wird er diese Kreaturen doch von unserem Landsitz fernhalten können. Außerdem ist es ja nicht meine Schuld, dass ihr fast eine Woche zu früh erschienen seid.«

»Euer Hochwohlgeboren, warum muss das ausgerechnet heute Nacht sein? Warum wartet Ihr nicht, bis die Männer zurück sind?«

»Weil …« Celeste rang nach Worten. »Reicht es nicht, wenn

ich dir sage, dass es wichtig ist? Dass die Tradition verlangt, dass ich als Novizin etwas Bestimmtes zur Sternenburg mitbringe?« Sie kam näher und auf ihrem hübschen Gesicht lag ein flehender Ausdruck. »Was ich suche, findet sich nicht überall. Es hat etwas mit dem Stand der Sterne zu tun, dem richtigen Zeitpunkt und dem richtigen Ort. Und ich kenne nur einen dieser Orte, und der liegt hier in der Nähe. Mehr kann ich dir darüber nicht sagen.«

Fabio runzelte die Stirn. Schließlich seufzte er. »Es tut mir leid, Baroness. Aber was Ihr vorhabt, ist viel zu gefährlich. Diesmal müsst Ihr mir bitte glauben. Außerdem stehe ich Eurem Vater gegenüber im Wort.«

»Ja, ich merke schon, ihr beide passt gut zueinander.« Celeste funkelte ihn wütend an. »Nun, ganz wie du willst. Du und mein Vater, ihr werdet nicht erleben, dass ich anfange zu betteln. Ich weiß ja nicht, was du heute Nacht tun wirst, aber ich werde kurz vor Mitternacht aufbrechen.«

»Aber …«

»Kein Aber! Bleib hier oder geh vor der Tür deinen sogenannten Leibwächterpflichten nach! Auch wenn ich wirklich keine Notwendigkeit dafür sehe. Such es dir aus.« Celeste trat erneut vor den Spiegel und hielt ein weiteres Kleid davor. »Und jetzt darfst du dich entfernen und den lieben langen Tag das tun, was ihr Knappen vom Orden der Morgenröte sonst so tut.«

Fabio machte auf dem Absatz kehrt und marschierte wütend den Korridor hinunter. Celeste de Vontafei würde schon noch begreifen, wie ernst ein Paladin seine Aufgabe nahm.

Die Uhr des Aucos Galmei

Fabio saß im Schein einer Laterne vor den Stufen des Gästehauses, schnitzte an einem Stück Holz und blickte zum Sternenhimmel auf. Molunah stand als breite Sichel hoch über dem Palazzo, nicht weit vom Sternzeichen des Schwertes entfernt, das wie ein mahnendes Kreuzmal über den Bäumen des Gartens funkelte.

Bei seinem Anblick musste Fabio unwillkürlich an den Ärger denken, der ihm unmittelbar bevorstand. Schließlich war es bald Mitternacht und Celeste de Vontafei erwartete ihn. Fabio seufzte und warf einen zufriedenen Blick auf das angespitzte Holzstück in seiner Hand. Er steckte es weg, erhob sich und ging den Kiesweg hinauf zum Palazzo.

Das herrschaftliche Anwesen lag still und dunkel vor ihm. Den Nachmittag über hatte er noch darauf gehofft, dass sein Herr Ludovico und die Männer des Barons zurückkehren würden. Doch seine Hoffnung hatte sich nicht erfüllt. Sein Herr konnte bei der Jagd auf den Feind sehr hartnäckig sein. Vor morgen Früh würde wohl niemand zurück sein. Er zückte den Schlüssel zum Küchentrakt, den er kurz nach Sonnenuntergang entwendet hatte, und schlüpfte ins Hausinnere. Er hatte am Abend ein weiteres Mal versucht, Celeste die törichte Nachtwanderung auszureden, doch die Baroness hatte sich als unbelehrbar erwiesen. In welchen Gewissenskonflikt sie ihn damit stürzte, interessierte sie nicht. Für alles Folgende würde also sie allein die Verantwortung tragen.

Fabio durchquerte die Eingangshalle und schlich im Mondlicht die Stufen hinauf. Vor der Kammer der Baroness hielt er inne und klopfte. Einen Augenblick lang befürchtete er, Celeste habe sich bereits ohne ihn auf den Weg gemacht. Doch es war ganz so, wie er es erwartet hatte. Den Triumph über ihn wollte sich die Baronstochter offenbar nicht entgehen lassen. Die Tür öffnete sich und Celeste de Vontafei stand mit siegessicherem Lächeln vor ihm. Sie trug vornehme Jagdkleidung und das Mondlicht umschmeichelte ihr Profil auf eine Weise, dass es Fabios Herz schmerzte.

»Sieh an, da ist ja mein widerborstiger Aufpasser.«

»Ich habe Eurem Vater ein Versprechen gegeben und das werde ich auch halten.«

»Mach dich nicht lächerlich. Gib ruhig zu, dass ich dich neugierig gemacht habe. Du wirst heute an einem der großen Mysterien unserer Welt teilhaben.« Celeste griff schwungvoll nach einer Ledertasche, in der es wie von Glas klimperte, und hängte sie sich um. »Also, lass uns aufbrechen.«

Fabio konnte nicht verhindern, dass ihn die Baroness neugierig machte. Doch sie sollte nicht glauben, dass er sich von ihr so leicht um den Finger wickeln lassen würde! Er war ein angehender Paladin. Er hatte Prinzipien.

Gleichmütig deutete Fabio auf ihre Stiefel. »Es wäre besser, wenn Ihr ein Ersatzpaar mitnehmt. Wenn ich Euch vorhin richtig verstanden habe, müssen wir den kleinen Fluss im Wald überqueren. Mit durchnässten Schuhen wird der weitere Marsch zur Qual. Ich habe den Fluss gestern bereits besser kennengelernt, als mir lieb war.«

Celeste zögerte und musterte ihn misstrauisch. Fabio hielt gespannt die Luft an. Hoffentlich hatte er nicht ihren Trotz geweckt. Schließlich zuckte sie mit den Schultern. »Gut, das kann nicht schaden. Tragen wirst aber du sie.«

Mit diesen Worten ging sie in die Kleiderkammer. Fabio atmete erleichtert auf, eilte ihr ins Zimmer nach und zog die Tür der Kleiderkammer von außen zu. Rasch verkeilte er sie mit dem Holzstück, das er zuvor mit dem Messer angespitzt hatte.

»Verdammt, was machst du da?« Heftig rüttelte die Baroness von innen am Türknauf. Vergeblich. »Mach sofort auf, du Bauerntölpel! Hast du mich verstanden? Aufmachen!«

Fabio setzte sich auf die Kante ihres Bettes und ließ sich in die weichen Kissen sinken, die Arme entspannt hinter dem Kopf gekreuzt. »Bedaure, Baroness. Ich fürchte, Ihr werdet die heutige Nacht in Eurer Kleiderkammer verbringen.«

»Wie kannst du es wagen?« Ihre Stimme überschlug sich. »Ich werde dafür sorgen, dass man dich vor versammelter Dienerschaft mit der Rute züchtigt!«

»Habt Ihr schon vergessen, dass ich Euch nicht unterstehe?«, antwortete Fabio gelassen. »Das Recht, mich zu züchtigen, hat ausschließlich mein Herr Ludovico.« Das entsprach zwar nicht ganz der Wahrheit, aber das musste diese hochnäsige Primel ja nicht wissen.

»Ich schreie!« In Celestes Stimme schwang zum ersten Mal etwas wie echte Panik mit.

»Bitte, tut Euch keinen Zwang an. Die Mauern Eures Gemachs sind dick.«

»Es ist so dunkel hier drin«, jammerte sie plötzlich. »Ich fürchte mich.«

Fabio geriet für einen Moment ins Wanken. Er überlegte bereits, ob er Celeste nicht auf eine andere Weise von ihrem Vorhaben abhalten könnte, als sie schon wieder wütend gegen die Tür hämmerte.

»Mach sofort auf, du … du Bauer! Das hast du dir mit Sicherheit nicht allein ausgedacht. Diese verfluchte Idee stammt von meinen Vater. Hab ich Recht?«

»Nun, ich war so frei, Eurem Vater einen Vorschlag zu machen«, antwortete Fabio, verstimmt darüber, dass ihm Celeste so schnell auf die Schliche gekommen war. »Und wie Ihr an der friedlichen Stille in diesem Teil des Hauses erkennen könnt, traf mein Plan auf begeisterte Zustimmung.«

»Ich warne dich, wenn Raimondo erst wieder zurück ist, dann wird er dir dein flegelhaftes Benehmen heimzahlen. Er wird dich wie einen elenden Köter quer durch den Garten jagen.«

»Oh, ich bitte darum.« Fabio sprang verärgert auf, zog die Bettdecke glatt und marschierte zurück zur Zimmertür. »Und nun gute Nacht, Euer Hochwohlgeboren. Ich werde aufpassen, dass Euch auch weiterhin niemand stört.«

Fabio ignorierte den zornigen Aufschrei in der Kleiderkammer und wollte gerade die Tür des Gemachs zuziehen, als er ein leises Geräusch vernahm. Es hörte sich an wie das Klirren von Glas.

Misstrauisch sah er sich um und erblickte nicht weit von Celestes Gemach entfernt eine Treppe, deren Stiegen in den Turm des Palazzos hinaufführten. Von dort oben war das

Geräusch gekommen. Merkwürdig. Eigentlich hätte sich in diesem Trakt außer ihm und der Baroness niemand anders aufhalten sollen. Das war ja gerade Teil des Plans gewesen, den er und der Baron ausgeheckt hatten. Die Dienerschaft sollte von alledem möglichst nichts mitbekommen.

Fabio schlich über die Stufen nach oben und gelangte an eine Stiegentür, die mit einem kunstvollen Schloss versehen war. Das war seltsam, denn alle anderen Türen im Haus besaßen nur schlichte Riegel. Er lehnte sich nach vorne und lauschte. Doch es blieb ruhig. Er wollte sich schon wieder abwenden, als ein leises Knirschen an seine Ohren drang, als sei jemand auf Scherben getreten. Hinter der Tür wurde jetzt offenbar ein Möbelstück verrückt und etwas schepperte. Halt! Das war kein Scheppern, eher ein melodisches Schellen wie das eines Glockenspiels.

»Wer ist da?«

Die Geräusche verstummten. Stattdessen vernahm er hastige Schritte, denen ein quietschender Laut folgte. Ein Fensterladen? Fabio zog sein Schwert.

»Baron de Vontafei? Seid Ihr das?« Fabio rüttelte am Knauf, doch die Tür war verschlossen. In der Hoffnung, das Richtige zu tun, nahm er von den Stufen aus etwas Anlauf und warf sich dagegen. Der Türrahmen knirschte. Er ignorierte den Schmerz in seiner Schulter, stützte sich auf dem schmalen Geländer ab und trat mit voller Wucht gegen die Tür. Berstend flog sie aus den Angeln und Fabio stolperte in das Turmzimmer. Vor dem Fenster gegenüber der Tür bauschte der Wind die Vorhänge. Ab und zu fiel das Mondlicht zwischen ihnen hindurch und ließ Tische und Truhen erkennen, die zum Teil bemalt und mit Schnitzereien verziert waren. An den Wänden hingen Gemälde und Schaukästen, auf den Regalen waren wertvolle Münzen und Goldschmiedearbeiten, fremdartige Muscheln und kunstvolle Gefäße ausgestellt. Es gab keinen Zweifel: Dies hier musste die Kunstsammlung des Barons sein.

Hastig sah sich Fabio nach Eindringlingen um, doch außer einem leisen Ticken war es still um ihn herum. Das Geräusch führte ihn zu einer marmornen Schausäule, vor die jemand einen Lehnstuhl geschoben hatte. Auf der Säule befand sich eine Simsuhr aus dunklem Nussbaumholz. Sie stand seltsam schräg, so als sei jemand bei dem Versuch gestört worden, sie von dem Sockel herunterzuheben. Ihr elegantes Gehäuse hatte die Form eines Eichblattes, und im Mondlicht schimmerte ein vergoldetes Ziffernblatt, auf dem ein Bildnis des Erzstellars Juprabim prangte. Dem Brauch gemäß war der Hüter der Ordnung und der Gerechtigkeit mit Schwert und Waage abgebildet.

In diesem Moment sprang der Zeiger der Uhr auf Mitternacht um. Dem Schnarren und Summen von Zahnrädern im Gehäuse folgte ein helles Glockenspiel. Eine so wohlklingende Melodie hatte Fabio noch nie zuvor gehört. Unwillkürlich musste er an die Choräle der Sternenmystikerinnen denken. Da öffnete sich ein Türchen über dem Ziffernblatt und eine silberne Stellarsgestalt erschien, die einen Stern in den Händen hielt. Die Kugel rotierte und leuchtete gleißend auf. Erschrocken bedeckte Fabio seine Augen und konnte doch nicht verhindern, dass ihn das Licht blendete.

Himmel, was geschah hier?

Aus den Augenwinkeln sah er dunkle, geflügelte Schemen, die wie Geister über die Kuppelwände huschten. Fabio blinzelte und bemerkte viel zu spät die gedrungene Gestalt, die hinter einer der Truhen kauerte. Plötzlich sprang sie auf und stürmte auf ihn zu. Ohne eine Sekunde zu zögern, zog Fabio sein Schwert. Doch der Hieb ging fehl, da sich jemand oder etwas mit Wucht von hinten gegen seine Beine warf.

Ein zweiter Gegner! Er musste sich direkt hinter der Tür verborgen gehalten haben.

Fabio stürzte, versuchte sich noch an einem der Regale festzuhalten und riss das Brett mit. Vasen und Gläser fielen neben ihm zu Boden. Fabio versuchte wieder hochzukommen, doch genau damit hatten seine Gegner gerechnet. Einer der Eindringlinge schlug ihm erst auf den Kopf und warf sich dann auf seinen Schwertarm. Sterne tanzten vor Fabios Augen. Schon griff ihm der andere schmerzhaft ins Haar und zog ihm den Kopf in den Nacken. Fabio schrie auf und wehrte sich verzweifelt, doch er war zu benommen. Auf einmal baumelte eine medaillonartige Messinguhr an einer schmalen Kette vor seinen Augen. Sie war mit sternförmigen Zahnrädern und fünf Zeigern ausgestattet. Sirrend drehten sich die Zeiger im Kreis und zogen ihn auf geheimnisvolle Weise in ihren Bann. Das Ziffernblatt der Uhr erstrahlte in immer tieferen Blautönen.

Ticktack. Ticktack.

Nur ganz am Rande nahm Fabio wahr, dass die Melodie der Nussbaumuhr verstummt war. Auch das silberne Licht erlosch. Einzig die vielen beweglichen Teile der Apparatur vor seiner Nase vermochten ihn zu bannen.

Ticktack. Ticktack.

Selbst seine Kopfschmerzen verebbten. Jetzt sah es so aus, als würden die Zeiger vor seinen Augen ein merkwürdiges Wettrennen veranstalten.

»Du wirst liegen bleiben und dich still verhalten«, hörte er wie aus weiter Ferne eine Flüsterstimme, die ihm seltsam vertraut schien. »Und jetzt schlaf!«

Die Worte drangen ihm ins Bewusstsein und seine Glieder wurden schwer. Das blaue Leuchten erstarb. Dunkelheit umhüllte ihn.

Als Fabio wieder erwachte, war ihm, als tauche er vom Grund eines tiefen Sees auf. Als Erstes bemerkte er, dass die Uhr auf der Säule verschwunden war, ebenso die beiden Einbrecher, die ihn überwältigt hatten. Verflucht, wie lange lag er hier schon? Und was, zum Astronos, hatten seine Gegner bloß mit ihm angestellt? Er rieb vorsichtig die Beule an seinem Kopf und rappelte sich auf. Dann zog er sein Kurzschwert zwischen den Glasscherben hervor. Irgendetwas hatte ihn geweckt. Richtig, ein dumpfer Laut wie von Stiefeln auf … Dachschindeln. Das aber konnte nur eines bedeuten: Die Diebe waren noch in der Nähe!

Trotz seines Brummschädels stürmte Fabio zu den Vorhängen und riss sie beiseite. Dahinter befand sich ein Fenster aus venezianischen Butzenscheiben, das angelehnt war. Wütend zog er es auf und steckte seinen Kopf hinaus. Von hier aus konnte er direkt auf den Vorplatz und den säulengeschmückten Anbau sehen. Im fahlen Mondlicht war sogar die Allee mit den Zypressen zu erkennen.

Über ihm ragte der Turm noch ein gutes Stück zum Nachthimmel empor, doch von hier aus konnte man auf das Dach des Palazzos klettern. Fabio schwang seine Beine über den Fenstersims und balancierte mit ausgebreiteten Armen die Dachschräge entlang. Wo waren diese Mistkerle? Kühle Nachtluft strich durch sein Haar, während er suchend umherspähte. Da! Eine Bewegung.

Nur wenige Schritte von ihm entfernt lugte die oberste Sprosse einer Leiter über die Dachkante. Doch zu seiner Verärgerung wurde die Leiter soeben fortgezogen. Fabio unterdrückte einen Fluch und verdoppelte seine Anstrengungen, als es unter seinen Stiefelabsätzen knirschte. Eine der Schindeln bröckelte unter seinem Gewicht. Fabio schrie auf, stürzte und rutschte mit dem Kopf voran gefährlich nahe auf die Dachkante zu. Erst im letzten Moment gelang es ihm, sein Schwert zwischen die Dachsparren zu rammen und so wieder Halt zu finden. Der Anblick, der sich ihm jetzt bot, ließ ihn schwindeln. Jenseits der Dachtraufe ging es an der Frontfassade des Palazzos steil in die Tiefe. Die Büsche und Hecken unten auf dem Vorplatz würden seinen Aufprall nur unwesentlich lindern. Von den Einbrechern waren nur noch gedämpfte Schritte zu hören, die hinter dem Zentralgebäude verschwanden.

So leicht gab Fabio nicht auf. Er zog sich wieder nach oben und fasste den Dreiecksgiebel des Vorbaus ins Auge. Vielleicht würde es ihm gelingen, über diesen Teil des Gebäudes auf den Vorplatz zu klettern. Er hatte gerade den Giebel erreicht, als er von der Allee her Hufgetrappel hörte. Im Mondlicht war ein Pferd ohne Reiter zu sehen, das auf den Palazzo zugaloppierte. Schnaubend kam es vor der breiten Vortreppe zum Stehen. Seine Flanken zitterten und der Sattel war verrutscht.

Fabio erstarrte. Wenn er sich im spärlichen Mondlicht nicht irrte, so war dies das Pferd von Raimondo de Vontafei! Hinter dem Sattelknauf ragte ein gefiederter Pfeilschaft aus dem Leder. Was war mit dem Aufklärungstrupp geschehen?

Alarmiert spähte Fabio in Richtung Horizont. Jenseits der Zypressenallee war ein Dutzend gedrungener Schemen zu erkennen, die sich in geschlossener Reihe dem Palazzo näherten. Goblins!

Die Einbrecher waren vergessen. Fabio kletterte wie von einer Wolfsspinne gebissen zurück zum Turm, schlüpfte durch das Fenster und stürmte die Treppe zum Gemach Celestes hinunter. Sekunden später war er schon in ihrer Kammer und trat den Keil vor der Tür zum Ankleidezimmer beiseite. Celeste stürzte wie eine Furie aus ihrem Gefängnis. »Wie kannst du es wagen, du anmaßender …«

»Haltet den Mund!«, herrschte Fabio die Baroness an. »Goblins kommen auf das Haus zu. Wir haben jetzt keine Zeit zu verlieren. Wenn Ihr Waffen besitzt, dann sucht sie heraus! Ich muss Euren Vater warnen.«

Bevor Celeste etwas erwidern konnte, war Fabio aus der Kammer gestürmt.

»Alarm! Goblins!« Unter lautem Geschrei rannte er die Treppe zur großen Vorhalle hinunter, lief zum Eingang und bemerkte erleichtert, dass zumindest das Doppelportal mit einem schweren Balken gesichert war. Das Anwesen der de Vontafeis ähnelte zwar noch immer einem Castello, doch es bot schon lange keinen ausreichenden Schutz mehr vor Angreifern. Den Goblins würde es leichtfallen, in das Gebäude einzudringen. Endlich fand Fabio, was er suchte. Einen Gong. Er nahm den großen Schlägel zur Hand und hämmerte mehrfach gegen die Metallscheibe. Das Dröhnen hallte laut über Treppen und in Gänge und nach und nach kam die Dienerschaft aus den Kammern gelaufen. Alle schienen verstört und manche hatten nur rasch den Mantel über das Nachtgewand geworfen. Der Baron eilte in Hemd und Leinenhose herbei.

»Was ist hier los?«, rief er erregt.

»Goblins!«, keuchte Fabio. »Mindestens ein Dutzend! Und das Pferd Eures Neffen ist ohne seinen Reiter zurückgekehrt!«

Im hinteren Teil des Palazzos ertönte ein Schrei. Giovanni, der hochgewachsene Hausdiener des Barons, stürzte aus der Tür des Speisesaals. »Baron! Die Hunde haben angeschlagen. Im Garten sind … sind …«

»Ich weiß!«, herrschte ihn der Baron an. Dann rief er seinen Untergebenen zu: »Worauf wartet ihr? Überprüft, ob Fenster und Türen geschlossen sind, und weckt alle, die noch schlafen.« Dann schickte er seinen treuen Diener Giovanni in die Rüstkammer. »Hol mir schnell Schild und Speer, dazu die Armbrust und die Bögen. Und ihr anderen«, er wies mit dem Kinn auf die ausgestellten Rüstungen, »schnappt euch die Hellebarden da vorn.«

Einige der Umstehenden griffen zu den Waffen, während Giovanni davoneilte.

Fabio linste derweil zwischen zwei Fensterläden hindurch auf den Vorplatz. Ein erster Umriss schälte sich aus der Dunkelheit. Ihm folgten ein zweiter, dritter und vierter. Ringsum waren nun hohle Bohuu-Laute zu hören, die man für die Rufe von Nachtkäuzchen hätte halten können. Doch Fabio wusste es besser.

»Und?«, ertönte hinter ihm die Stimme des Barons.

»Sie sind da!«, zischte Fabio und zog sein Kurzschwert. »Was Euren Neffen, meinen Herrn Ludovico und die anderen Späher anbelangt, fürchte ich das Schlimmste.«

»Kein Wort zu meiner Tochter!«, presste Vittore de Vontafei bestürzt hervor und wandte sich wieder der kleinen Schar Diener zu, die mit bangen Blicken hinter ihm stand. »Löscht die Lichter. Wir dürfen diesen Unholden kein Ziel …«

»Nein!«, widersprach Fabio hastig. »Entzündet alle Lampen, die ihr habt. Goblins sind Höhlenbewohner. Ihre Augen sind empfindlich. Licht ist der größte Vorteil, den wir haben. Nehmt Kerzen, Lampen, Laternen, alles, was ihr auftreiben könnt!«

Die Diener blickten zweifelnd zum Baron.

»Habt ihr nicht gehört? Tut, was der Knappe sagt!«

Umgehend stürmten einige von ihnen wieder zurück in den Gesindetrakt.

Endlich tauchte auch Celeste oben auf der Treppe auf. Sie sah blass aus. »Vater, ist es wahr, dass …?«

»Herrje, wonach sieht es hier wohl aus?«, herrschte sie der Baron an. »Bleib da oben und rühr dich nicht, bis ich dir erlaube runterzukommen.«

Im Speisesaal war ein dumpfes Splittern zu hören.

»Bewacht das Portal!«, brüllte Fabio. Sofort stürmte er in den Nebenraum und entdeckte, dass die Tür zum Garten von außen mit einer Axt bearbeitet wurde. Glücklicherweise bestand die Tür aus massiven Balken. Doch im Schein der unruhig flackernden Kerze, die ein zitternder Diener emporhielt, wurde klar, dass sie nicht mehr lange halten würde. Durch eine Seitentür betrat nun Giovanni keuchend den Raum. Er trug eine Armbrust, zwei Bögen sowie Köcher mit Pfeilen und Bolzen.

»Gib das her!«, rief Fabio ihm zu. Er lief zu ihm, griff nach einem der Bögen, legte die Sehne auf und zog drei Pfeile aus dem Köcher. »Und jetzt rüber mit euch zu den anderen! Wir können diesen Raum ohnehin nicht lange verteidigen.«

Ohne eine Antwort abzuwarten, legte er sein Kurzschwert griffbereit auf den Esstisch, spannte den Bogen und legte einen Pfeil auf. Ruhig wartete er, bis die Gartentür krachend zerbarst. Endlich stand er seinen Feinden Auge in Auge gegenüber!

Der Goblin, der eine Axt schwingend hereinstürmte, war nur wenig größer als ein Gnom. Er hatte riesige schwarze Augen und spitz zulaufende Ohren. Um seinen Schädel spannte sich eine ledrige Haut, die wie Schiefer schimmerte. Wie alle Goblinkrieger, denen Fabio bis jetzt begegnet war, trug auch dieser Unhold einen ausgeblichenen Lederhelm, auf dem gebogene Wildschweinhauer befestigt waren. Sein muskulöser Körper steckte in einem verschmutzten Panzer aus gehärtetem Leinen, der ebenso wie der Helm schon bessere Zeiten gesehen hatte. Fauchend entblößte er eine Reihe spitzer Zähne und riss seinen Holzschild hoch – zu spät, denn in derselben Sekunde hatte Fabios Pfeil die Schulter des Angreifers durchbohrt. Kreischend ließ er den Schild fallen und flüchtete nach draußen. Sofort nahm ein zweiter Angreifer seine Stelle ein und weiter hinten drängte bereits ein dritter Goblin ins Hausinnere. Fabio schickte noch ein Geschoss auf die Reise, das den zweiten Goblin ins Reich des Astronos katapultierte. Schon näherte sich der dritte Gegner. Er war mit einem langen Speer bewaffnet, dessen Spitze scharfe Widerhaken besaß.

»Elender Mensch! Heute Nacht wirst du sterben!« Grunzend stach der Goblin zu. Fabio rettete sich mit einem schnellen Sprung auf den Esstisch und ergriff das Schwert. Als sein Gegner ein weiteres Mal auf ihn einstach, wehrte er den Speer mit einem routinierten Schwertschlag ab, sprang auf den Schaft der Waffe und nagelte sie mit seinem Körpergewicht auf dem Tisch fest. Schon tänzelte er auf dem Speer entlang auf seinen Gegner zu und rammte dem Verblüfften die Klinge in die Brust.

Bevor der Goblin wusste, wie ihm geschah, brach er bereits zusammen. Fabio sprang wieder auf den Boden und sah, dass im Türrahmen zur Eingangshalle Celeste stand. Schreckensbleich und mit vor den Mund geschlagenen Händen hatte sie dem Kampf zugesehen.

»Verflucht, was macht Ihr hier?«

Fabio nahm den Goblinspeer, stürmte auf die junge Baroness zu und zerrte sie zurück in die Halle. Auch dort wurde gekämpft. Das Eingangsportal erzitterte unter den Stößen eines Rammbocks und schwarz gefiederte Pfeile durchschlugen die Fensterläden. Der Gärtner lag von Goblinpfeilen durchbohrt auf dem Steinboden. Ein anderer Diener stach mit einer Hellebarde in eine zertrümmerte Fensteröffnung, durch die einer ihrer Feinde ins Innere drängte. Vittore de Vontafei zielte mit dem Bogen durch ein anderes Fenster, während hinter ihm Giovanni all seine Kraft aufwandte, die Armbrust zu spannen.

Auch im Speisesaal ertönte erneut Kampfgeschrei. Zwei weitere Goblins drängten durch die zerstörte Gartentür ins Innere. Fabio schlug die Verbindungstür zu und verriegelte sie mit dem Goblinspeer. Anschließend legte er seinen letzten Pfeil auf und beförderte mit einem wohlgezielten Schuss jenen Goblin ins Totenreich, den der Diener mit der Hellebarde abzuwehren versuchte. Der Mann warf ihm einen dankbaren Blick zu.

Baron de Vontafei nahm seinem Hintermann die Armbrust ab, trat neben das Fenster und ließ den Bolzen schnappen. Draußen vor dem Portal ertönte ein Kreischen und der Rammbock fiel mit einem dumpfen Schlag zu Boden. Der Beschuss durch Goblinpfeile fand ein Ende und wenig später kehrte auch im Speisesaal Stille ein.

»Was hat das zu bedeuten?«, keuchte Celeste, während ihr Vater die Schusswaffe nach hinten reichte, damit sein Diener sie nachladen konnte.

»Die Ruhe vor dem nächsten Sturm«, antwortete Fabio finster.

Geduckt führte er die Baroness hinüber zum Diensttrakt, wo bereits die Köchin und eine weitere Dienerin warteten. Kurz darauf war er wieder an der Seite des Barons.

»Ich vermute, wir haben durch einen Zufall ihren Anführer erwischt«, flüsterte Fabio. »Goblins sind ein blutrünstiges Volk. Aber sie sind wie wilde Hunde. Ohne ein Leittier verlieren sie ihren Antrieb. Doch es wird nicht lange dauern, dann haben sie einen neuen Anführer bestimmt. Und dann werden sie uns den Rest geben.«

»Was war ich für ein Narr, Eurem Herrn all meine Kämpfer

mitzugeben!« Der Baron ballte wütend die Faust. »Ich vermute, die paar, die draußen Wache gehalten haben, sind längst tot. Der Rest meiner Dienerschaft weiß nicht einmal, wie man einen Speer hält.«

Aus dem Dienstbotentrakt kam ein beleibter Lakai in die Halle, der einen dicken Knüppel trug. Tränen standen in seinen Augen. »Euer Hochwohlgeboren, das Kaminzimmer und der rote Saal wurden eingenommen. Wir haben die Zugänge versperrt, aber wir sind jetzt nur noch zu zweit. Danilo und Rodolfo sind tot. Keine Ahnung, wie lange wir uns drüben noch halten können.«

»Wir müssen hier raus, Baron«, drängte Fabio und spähte kurz zu den Schatten auf dem Vorplatz. Dabei musste er feststellen, dass sie es mit weit mehr Goblins zu tun hatten, als er ursprünglich angenommen hatte. Und sicher hatten ihre Feinde bereits die Leiter entdeckt, die noch immer irgendwo vor dem Gebäude lag. »Hier sitzen wir in der Falle. Gibt es so etwas wie einen Geheimgang oder eine Ausfallpforte?«

»Nein, nichts dergleichen. Die Zeiten, in denen unsere Familie in einem zugigen Castello wohnen musste, sind schon lange vorbei.«

»Moment, was ist mit diesem Brunnenhaus, von dem Ihr berichtet habt?«, fragte Fabio aufgeregt. »Die Wasserspiele, erinnert Ihr Euch? Ihr spracht davon, dass sich unter dem Palazzo ein Brunnenhaus befindet. Führt von dort nicht ein Leitungssystem bis hinunter in den Garten?«

»Ja, das ist richtig. Ist schon eine Weile her, dass ich da unten war. Aber soweit ich weiß, sind die Rohrschächte eng. Verdammt eng. Allerdings ...« Er wandte sich zu seiner Tochter um, die seltsam gefasst zwischen den Dienerinnen stand. »Egal, wir versuchen es!«

Der Baron erhob sich schnaufend und versammelte die Reste seiner Dienerschaft um sich. »Los, mitkommen, wir verstecken uns im Keller!«

Auf dem Weg zum Küchentrakt verbarrikadierte die kleine Truppe jede Tür hinter sich. Schnell zählte Fabio durch. Inklusive der Männer, die diesen Teil des Hauses verteidigt hatten, waren sie noch neun. Celeste sah ihn fragend an. In ihrem vornehmen Jagdgewand wirkte sie inmitten der Flüchtenden seltsam fehl am Platz.

»Könnt Ihr mit einem Jagdbogen umgehen, Baroness?«, wollte Fabio wissen, als sie eine Speisekammer, gefüllt mit Getreidesäcken, Schmalztöpfen und von der Decke hängenden Schinken, erreichten.

»Ich bin nicht kräftig genug für einen Bogen. Ich bin nur mit leichten Armbrüsten vertraut.« Celeste zitterte.

Fabio überreichte den Bogen einem der Diener, während Baron de Vontafei zusammen mit Giovanni eine Steinplatte mit Eisenring in die Höhe stemmte, unter der glatte Treppenstufen sichtbar wurden.

Wenig später standen sie in einem Kellergang, der so niedrig war, dass sie die Köpfe einziehen mussten. Das Licht ihrer Laternen tanzte über eine dicke Schimmelkruste an der Decke und die Männer und Frauen atmeten erleichtert auf, als sie ein großes Weinlager mit unzähligen Flaschenregalen erreichten. Endlich konnten sie wieder aufrecht stehen. Eine kleine Pforte und ein weiterer Gang zweigten von dem Gewölbe ab. Vittore de Vontafei hielt geradewegs auf die Tür zu und griff nach einem Schlüssel, der an der Wand hing. Quietschend öffnete er das Portal und Fabio blickte auf Steinstufen, die weiter hinab in einen Raum führten, in dem es beständig plätscherte.

»Die Brunnenkammer«, brummte der Baron. Während Celeste mit dem Rest der Dienerschaft oben auf sie wartete, betraten Fabio, Vittore de Vontafei und sein Diener Giovanni ein Tonnengewölbe, in dessen Mitte sich ein gemauertes Bassin befand. Es war halb mit einer hölzernen Platte abgedeckt. Rechts in der Wand befand sich ein offener Wasserzulauf, aus dem sich ein kräftiger Strahl in das Becken ergoss. Dicke Bleirohre führten von dem Bassin aus zu zwei dunklen Schächten, die in der Nordwand ihren Ausgang nahmen. Fabio eilte um das Bassin herum und untersuchte die Durchbrüche. Zwischen den Rohren und der gemauerten Schachtwand befand sich gerade genug Platz, dass sich ein Gnom daran vorbeiquälen konnte.

»Ich sagte doch, die Schächte sind eng!«, erklärte der Baron. »Weiter unten wird es etwas besser, da ich das Leitungsnetz wegen des neuen Brunnens habe erweitern lassen. Aber in unmittelbarer Nähe des Palazzos werdet ihr euch mit den Umständen arrangieren müssen.«

»Ihr … Ihr habt doch nicht etwa vor …?«

»Doch, habe ich.« Der Baron räusperte sich. »Machen wir uns nichts vor, ich passe da nicht durch und abgesehen von dir, meiner Tochter und Giovanni ist auch der Rest meiner Leute nicht dünn genug, um sich an den Rohren vorbeizuquetschen.«

Fabio blickte zu de Vontafei und seinem Diener auf. Ihm wurde erst jetzt klar, dass der Baron den sicheren Tod gewählt hatte, indem er mitgekommen war. Hier unten befanden sie sich in der Falle.

»Mit Verlaub, Euer Hochwohlgeboren«, Giovanni reichte seine Laterne Fabio, »ich werde nicht von Eurer Seite weichen.«

»Giovanni, du wirst mir auf unsere alten Tage doch nicht widersprechen wollen!«

»Eure Tochter braucht mich nicht«, näselte Giovanni. »Im Gegenteil, ich würde sie und den Knappen bei der Flucht nur behindern. Ich möchte lieber Euch im Kampf gegen die Goblins beistehen. Zumindest eine Weile werden wir die Unholde dahinten im Gang vor dem Weinkeller aufhalten können. Und wenn die Sache verloren ist, können wir uns immer noch in den Eiskeller zurückziehen. Er besitzt zwei dicke Schleusentüren.«

Vittore de Vontafei seufzte.

»Baron, es muss einen anderen Weg geben«, warf Fabio ein. »Selbst wenn die Goblins die Türen dieses Eiskellers nicht aufbekommen, da drinnen werdet Ihr auf Dauer …«

»Erfrieren? Ich weiß, Junge. Wenn die Stellare uns ein solches Schicksal bestimmt haben, dann wird es so sein. Aber wir werden diese Unholde immerhin lange genug ablenken können, um euch zur Flucht zu verhelfen. Nur das zählt.« Der Baron atmete tief ein. »Versprichst du mir, dass du das Leben meiner Tochter mit dem deinen beschützt?«

Fabio nickte ergriffen. »Ich verspreche es.«

»Gut, dann nehmt diesen Schacht dort«, er deutete auf den rechten Einstieg. »Er führt bis zur Brunnenstube des Springbrunnens, an dem wir heute Nachmittag gestanden haben.«

Von oben hallten Alarmrufe. »Baron, die Goblins. Sie dringen in den Keller ein!«

»Wir kommen!«, brüllte Vittore de Vontafei zurück. »Und schickt Celeste zu mir!«

Augenblicke später erschien die Baroness auf der Treppe und blickte sich verwirrt um. »Ich verstehe nicht, Vater. Ich dachte, wir würden ...«

Sie verstummte, als sie die engen Schächte erblickte.

Vittore de Vontafei strich liebevoll über ihr Haar und sprach leise auf sie ein.

»Nein, Vater!«, schrie sie. »Das akzeptiere ich nicht! Ich werde dich nicht zurücklassen. Ich bleibe bei dir.«

»Ich will, dass du lebst!«, rief da der Baron in verzweifeltem Zorn. »Ich lasse nicht zu, dass unsere ganze Familie hier zugrunde geht. Hast du mich verstanden? Und jetzt verschwinde!«

Mit diesen Worten drehte er sich zu Giovanni um, doch Fabio konnte den leidenden Ausdruck in seinem Gesicht erkennen. »Los, alter Freund! Unsere Leute brauchen uns!«

Ohne ein einziges Mal zurückzublicken, eilten der Baron und sein Diener davon. Celeste war wie erstarrt, eine Träne rann über ihre Wange.

In diesem Moment hatte Fabio Mitgefühl für beide. Er wusste, dass dem Baron nichts anderes übrig geblieben war. Eines Tages würde ihn seine Tochter verstehen.

»Bitte, Euer Hochwohlgeboren«, Fabio deutete auf den dunklen Schacht, »wir müssen uns beeilen.«

Flucht

Fabio kam sich vor, als wäre er lebendig begraben. Schwert und Laterne vor sich herschiebend, quetschte er sich an dem kalten Bleirohr vorbei, hinein in einen schräg abfallenden Schachtabschnitt. Eine Spinne huschte ihm über die Hand. Angeekelt schüttelte er sie ab. Endlich wurde die Öffnung breiter und gestattete ihm erstmals, sich hinzuhocken. Er nahm Celestes Hand, um ihr zu helfen. Sie stand noch ganz unter dem Schock der Trennung von ihrem Vater, ihr Gesicht war schmutzig und tränenverschmiert.

»Alles in Ordnung?«

Celeste nickte stumm.

Fabio musste zugeben, dass sich seine Begleiterin trotz allem tapfer hielt. Einige seiner mutigsten Schwertbrüder hätten angesichts der allgegenwärtigen Enge längst Beklemmungen bekommen.

»Dann weiter. Die Brunnenstube ist nicht mehr weit.«

Fabio krabbelte auf allen vieren voran, immer dem dicken Wasserrohr folgend. Es roch nach feuchter Erde, doch zu seiner Verwunderung war es verhältnismäßig trocken. Kurz darauf erreichte er einen Kanalbereich, in dem das Bleirohr durchgesägt und hochgestemmt worden war. Metallbügel klammerten einen mit Teer und dicken Lappen umwickelten

Ledersack am Rohrende fest, sodass kein Wasser austreten konnte.

Fabio verzog das Gesicht und durchwatete mit Händen und Füßen eine Pfütze, die sich unter der Bruchstelle gesammelt hatte. Es war glücklicherweise die einzige. Überhaupt machten die Rohre auf ihn einen recht stabilen Eindruck. Hatte es nicht geheißen, dass im Brunnenhaus eine der Leitungen kaputt war? Er hatte nichts Derartiges bemerkt. Aber er war auch kein Handwerker. Einzig an dieser Stelle war der Wasserzufluss durch äußere Gewalteinwirkung unterbrochen worden. Vielleicht hatten die Gnome dies für notwendig erachtet, um weiter unten im Garten Reparaturen auszuführen?

Fabio wartete, bis ihn Celeste eingeholt hatte. Als er wenig später die Laterne hob, sah er ein Stück weiter voraus einen dunklen, quadratischen Zugang, auf den das hintere Teilstück des Wasserrohrs zulief. Mit neu erwachter Kraft schob er sich voran und erreichte schließlich die Brunnenstube. In der Kammer war es dunkel und feucht, mehrere dicke Bleirohre führten an den Wänden entlang zur Decke hinauf. An ihnen waren Eisenräder befestigt, mit denen man zweifellos den Fontänendruck des Wasserspiels über ihren Köpfen regeln konnte. Fabio half der Baroness, aus dem Schacht zu klettern, und fixierte die eiserne Sprossenleiter, die zu einer Luke emporführte.

»Und was jetzt?«, fragte Celeste de Vontafei. Ihr Jagdgewand war ebenso verschmutzt wie Gesicht und Hände. Sie wischte sich mit dem Ärmelaufschlag über die Augen und schniefte tapfer.

»Wenn die Luft oben rein ist, sollten wir uns zum Stall

durchschlagen. Mit etwas Glück erwischen wir dort noch ein Pferd.« Dass er auch die Hoffnung hegte, Gino zu retten, verschwieg er Celeste. Fabio drückte der Baroness die Laterne in die Hand und wollte gerade hochklettern, als sie ihn zurückhielt.

»Ich will, dass du mir eine Waffe besorgst.« In ihren Augen blitzte eine Gefühlsregung, die Fabio nur allzu gut kannte. Zorn!

»Ich will ihnen wehtun. So weh, wie sie meinem Vater und mir getan haben!«

»Ich werde sehen, was sich machen lässt. Erst müssen wir mal nach oben.« Fabio hoffte, dass Celeste bald wieder zur Vernunft kommen würde. Denn mit Wut im Herzen, das wusste er aus eigener Erfahrung, ließ sich nicht gut kämpfen.

Er huschte hinauf zur Luke. Glücklicherweise ließ sie sich ohne größere Anstrengung aufstemmen. Fabio kam direkt neben dem Sphärenbrunnen heraus. Wachsam blickte er sich um. Zu seiner Erleichterung wurde der Mond gerade von Wolken verdeckt, so als habe Molunah beschlossen, ihnen in der Not beizustehen. Der Garten war in tiefe Dunkelheit getaucht. Dennoch war Fabio unwohl zumute. Die Stellarsfiguren auf dem Brunnen, deren Schemen sich nur vage vor dem dunklen Nachthimmel abzeichneten, wirkten jetzt so bedrohlich wie ihre Gegenspieler, die Sternenvampire. Und weiter oben im Garten, vom Palazzo her, schallte in unregelmäßigen Abständen Goblingeschrei zu ihnen herab.

Ein hastiger Blick in Richtung Stall verriet Fabio, dass die Goblins noch nicht bis dorthin vorgedrungen waren. Nachdem ihre Feinde den berittenen Trupp im Wald ausgeschaltet hatten, vermuteten sie dort offenbar keine lohnende Beute. Doch lange würde es nicht dauern, bis ihre Gegner auch hier auftauchten.

»Schnell, Euer Hochwohlgeboren! Aber seid leise.« Celeste kletterte erstaunlich behände aus der Luke heraus. Fabio prüfte noch einmal, ob die Laterne vollständig abgedunkelt war. Geduckt schlichen sie an einer Reihe Zypressen vorbei, bis sie jenen Weg erreicht hatten, der schräg hinauf zum Stall führte. Fabio rüttelte an der Tür, doch sie war von innen verriegelt. Hatte er hier am Nachmittag nicht den Kastenwagen der Gnome stehen sehen? Waren Meister Arcimboldo und seine Familie etwa noch da drin?

Fabio erinnerte sich, dass der Stall auf der anderen Seite ein großes Scheunentor für die Pferdefuhrwerke besaß. In Windeseile schlichen sie um den Stall herum auf einen von Pappeln umstandenen Vorplatz, der den hölzernen Bau zum Palazzo hin abschirmte. Dicht an der Außenwand entlang liefen sie zum Scheunentor. Aus dem Innern vernahm Fabio das Klappern von Zuggeschirr und aufgeregtes Wispern, in das sich eine wütende Stimme mischte, die Fabio sofort erkannte: Sie gehörte der Gefangenen aus dem Dolomitischen Himmelsmassiv.

Fabio machte mit einem schwachen Klopfzeichen auf sich aufmerksam. »Meister Arcimboldo? Seid Ihr da drin? Ich bin es, der Knappe von Signore Ludovico. In meiner Begleitung befindet sich die Baroness.«

Die Geräusche verstummten.

»Sie sind es tatsächlich, Vater!«, wisperte eine weibliche Stimme über ihm.

Ambra? Fabio blickte auf und entdeckte über sich, auf Höhe des Heubodens, eine Klappe, die sich gerade wieder schloss.

Ein Riegel wurde aufgezogen und das Scheunentor öffnete sich einen Spaltbreit. Auf Bauchhöhe konnte Fabio den Gnomenjungen Yargo erkennen. Der Kleine starrte ihn ausdruckslos an. Hastig drängten sich Fabio und Celeste hinein, während Yargo die Tür wieder zuzog.

Ein trübes Talglicht auf einer umgedrehten Kiste war die einzige Lichtquelle. Der Kastenwagen der Gnome stand neben dem Käfig. Die Ponys waren bereits angeschirrt.

»Würdest du gefälligst aufhören, auf uns zu zielen?«, drang Celestes empörte Stimme an Fabios Ohr.

Auf dem Kutschbock des Wagens erhob sich Munadella. Sie war mit Rock und dunkler Weste bekleidet und funkelte die Neuankömmlinge über die gespannten Bolzen einer großen doppelschüssigen Armbrust hinweg an. Die Waffe war von einer Bauart, wie Fabio sie noch nie zuvor gesehen hatte. Sichtlich aufgebracht, wechselte Munadella einen Blick mit ihrem Mann, der jetzt zwischen den beiden Wagen hervortrat und ihr beschwichtigend zunickte.

»Tut mir leid, Baroness«, brachte Munadella zähneknirschend hervor. Endlich senkte sie die Armbrust. Kämpferisch warf sie einen ihrer langen Zöpfe auf den Rücken.

Meister Arcimboldo ließ etwas metallisch Glänzendes in seiner Lederschürze verschwinden und blickte zu Fabio und Celeste auf. »Leider konnten wir euch nicht warnen«, sprach er mit leisem Bedauern. »Wir sind selbst von den Goblins überrascht worden.«

»Ach, seid ihr das?«, tönte es gehässig aus dem Käfigwagen. Die Gefangene bewegte sich geschmeidig wie ein Raubtier, warf die blonde Mähne in den Nacken und umklammerte die Gitterstäbe. »Und warum seid ihr Gnome schon seit Sonnenuntergang damit beschäftigt, euren Wagen abfahrbereit zu machen? Ihr glaubt doch wohl nicht, ich hätte geschlafen?«

Fabio fiel auf, dass die Fremde nicht einmal mehr versuchte, so zu tun, als sei sie verletzt.

»Das geht dich nichts an«, zürnte Meister Arcimboldo und wandte sich wieder Fabio und seiner Begleiterin zu. »Sagen wir, wir hatten nach dem Fund, den der Baron gestern Abend präsentiert hat, eine üble Vorahnung. Wie ist es dem Baron ergangen?«

Celeste blickte in hilfloser Trauer zu Boden, und Fabio konnte sich gerade noch davor zurückhalten, sie tröstend am Arm zu berühren.

»Wir mussten meinen Vater und unsere Bediensteten im Keller des Palazzos zurücklassen«, stieß Celeste hervor, sichtlich um Fassung bemüht. »Sie sitzen dort in der Falle. Wir wissen nicht, ob sie noch leben. Wir beide sind als Einzige entkommen.«

Der Gnomenhandwerker presste die Lippen aufeinander. »Ich bedaure, das zu hören. Euer Vater war ein guter Mensch. Aber wir müssen uns in Sicherheit bringen. Wir sollten uns zusammentun. Das steigert unsere Aussichten, heil hier wegzukommen.«

»Gut! Aber vorher muss ich noch etwas holen.« Fabio nickte dem Gnom zu und eilte an ihm vorbei in den hinteren Teil des Stalls. Die Pferdeboxen waren, wie er vermutet hatte, allesamt leer. Aber Gino war noch in seinem Verschlag. Hastig führte Fabio seinen vierbeinigen Getreuen zurück zu den anderen. Der Esel schnaubte und stampfte auf, als er die beiden Fuhrwerke erblickte.

»Mach jetzt keine Zicken, Gino!« Fabio führte das Tier hinter den Kastenwagen und band es dort fest.

»Habt ihr schon einen Plan?«, fragte er die Gnome.

»Nein, haben sie nicht!«, rief die Frau aus dem Käfig. »Seit der Winzling und seine Tochter zurück sind, stehen sie bloß rum und debattieren.«

»Ihr habt die Goblins ausspioniert?«, fragte Fabio.

Meister Arcimboldos Augen verengten sich zu Schlitzen. »Ja, so ähnlich … Es sind Krieger aus Gruuks Gefolge. Man erkennt sie an den Wildschweinzähnen an ihren Helmen.«

»Wer ist dieser Gruuk?«

»Ihr Hochschamane«, erklärte ihm Meister Arcimboldo zögernd. »Er herrscht über die Tiefe Festung Zagrab, die Hauptstadt der Goblins. Schon seit mehr als einem Jahr lässt er dort zum Krieg rüsten.«

»Wie konntet Ihr all das in Erfahrung bringen?«, fragte Fabio verblüfft.

»Erkläre du mir lieber, warum ihr Paladine so schlecht informiert seid!«

»Reden, reden, reden. Ist das alles, was ihr Narren zuwege bringt? Wollt ihr warten, bis die Goblins uns hier den Garaus machen?« Die Wilde spuckte ins Stroh und rüttelte an den Gitterstäben. »Lasst mich raus und ich zeige euch einen sicheren Fluchtweg. Allerdings wäre es besser, wenn wir zu Fuß aufbrächen.«

»Wir können den Wagen nicht zurücklassen!«, rief Munadella empört. »Er ist alles, was wir besitzen. Außerdem traue ich dir nicht.«

Die Fremde bleckte spöttisch die Zähne. »Ich würde eher sagen, heute ist dein Glückstag. Denn ich biete nicht jedem meine Hilfe an.«

»Gut.« Fabio nahm einen Hammer von der Wand, der sonst dem Radwechsel dienen mochte, und trat damit zu dem schweren Vorhängeschloss des Käfigs.

»Warte, Fab... Knappe!« Celeste trat zu ihm und legte ihre Hand auf das Werkzeug. Sie hatte sich inzwischen mit einer Heugabel bewaffnet. Offenbar war es ihr bitterernst mit dem Kämpfen.

»Die Gnomin hat Recht«, flüsterte sie. »Mit dieser Fremden stimmt etwas nicht.«

Die Frau knirschte wütend mit den Zähnen. »Hör nicht auf sie, Knappe! Ich stehe zu meinem Wort. Immer.«

»Dein Name. Ich will deinen Namen wissen. Und dann schwöre bei Molunahs Licht, dass du uns nicht hintergehst.«

»Sylvana«, fauchte die Gefangene nach einigem Zögern. »Ich schwöre. Bei Molunah.«

In diesem Augenblick war vom Heuboden Ambras Warnruf zu vernehmen: »Vater, Mutter! Die Goblins kommen!« Die Kleine hielt ängstlich die Steinschleuder ihres Bruders umklammert und spähte durch die Luke hinab.

Jetzt war keine Zeit mehr für Zweifel. Mit einem einzigen kräftigen Schlag zertrümmerte Fabio das Käfigschloss und die wilde Sylvana sprang heraus. Verstört wichen Celeste und die Gnome vor ihr zurück.

»Du kannst kämpfen?«, fragte Fabio.

»Oh ja.« Sylvana lächelte grimmig.

Fabio reichte ihr den Vorschlaghammer, doch Sylvana schüttelte den Kopf. Sie trat zu einem Block, auf dem zwei Messer zum Beschneiden von Pferdehufen lagen, und wirbelte sie im nächsten Moment meisterhaft durch die Luft. »Das sind schon eher Waffen nach meinem Geschmack!«

Fabio zuckte mit den Achseln und verstaute den Hammer auf dem Wagen.

»Gut, dann will ich hoffen, dass wir in deiner Begleitung nicht in irgendeine Wildfalle tappen.«

Sylvana knurrte. Doch sie beherrschte sich. »Flehe lieber zu deinem Marsakiel, denn jetzt brauchen wir seinen Beistand.«

»Los, aufsitzen!«, befahl Meister Arcimboldo und führte seine beiden Kinder nach hinten in den Kastenwagen. Im Nu saß er zusammen mit Celeste auf dem Kutschbock. Fabio und Sylvana standen längst neben dem Scheunentor.

»Bereit, Knappe?«, wisperte Sylvana.

Fabio nickte.

Gemeinsam schoben sie die Stalltür auf und sahen jenseits der Pappeln eine Gruppe Goblins. Die Unholde stießen ein markerschütterndes Geheul aus, als sie die Flüchtenden erblickten.

»Ho!« Arcimboldo setzte die Ponys in Bewegung.

»Den Garten runter, dann nach links zum Tor!«, kommandierte Sylvana. Mit der Gewandtheit eines Luchses parierte sie den Lanzenstich des ersten Goblins, packte ihn dann am Kopf und schleuderte ihn mit Riesenkräften durch die Luft. Fabio schlug mit seinem Kurzschwert die Spitze eines gezackten

Speers beiseite und schlitzte seinem Angreifer mit einer schnellen Drehung den Leinenpanzer auf. Die Kreatur entblößte eine Reihe scharfer Zähne und kreischte laut auf, während sie mit dem Speer wieder zu ihm herumwirbelte. Bevor Fabio zum Gegenangriff übergehen konnte, war Sylvana schon an seiner Seite und rammte dem Goblin brutal die Faust ins Gesicht. Röchelnd ging Fabios Gegner in die Knie.

»Das hier ist keine Übungsstunde, Knappe!«, zischte sie. Verfolgt von einem weiteren Goblin rannten die beiden hinter dem Kastenwagen her, der in einem mörderischen Tempo in Richtung Gartenausgang rollte. Sylvana sprang mit einem Satz auf die hintere Pritsche des Wagens und hielt sich an den Blumenkästen fest, während um sie herum schwarze Pfeile durch die Nacht zischten. Fabio gelang es gerade noch, sich an Ginos Zaumzeug zu klammern, der laut blökend hinter dem Wagen hergaloppierte. Ein Blick über die Schulter zeigte Fabio, dass ihnen ein Goblin, trotz seiner kurzen Beine, so dicht auf den Fersen war, dass Fabio sogar das Glitzern in den schwarzen Augen zu sehen glaubte. Der Verfolger holte mit seiner Axt aus, wurde aber von einem durch die Dunkelheit sausenden Blumenkübel umgeworfen. Sylvana lachte in wildem Triumph, während der Fahrtwind an ihrem hellen Haar zerrte.

Oben beim Stall ertönten Signalhörner. Der Wagen ratterte an einer künstlichen Grotte vorbei und schwenkte auf einen Weg ein, der in weitem Bogen auf eine hohe, schmiedeeiserne Pforte zuführte. Jetzt saßen sie in der Falle. Fabio sah mehrere gedrungene Schemen über den Rasen auf sie zuhetzen.

Quietschend blieb der Kastenwagen vor dem Tor stehen.

Esel und Ponys schnaubten verängstigt. Arcimboldo hatte Mühe, seine Tiere im Zaum zu halten. Sylvana sprang vom Wagen, griff nach dem Hammer und ließ ihn auf das Vorhängeschloss des Tors niedersausen, das klirrend zerbrach. Sie warf das Werkzeug auf den Boden und wickelte die Kettenglieder des zerstörten Schlosses um die rechte Hand, während sie die Pforte aufstemmte.

Ein Goblinpfeil schlug in die Wagentür ein, dann waren ihre Gegner auch schon heran. Fabio stellte sich den Angreifern entgegen und sein Schwert kreuzte eine Goblinaxt, dass die Funken nur so stoben. Mit Wucht trat er seinem Gegner vor die Brust, als er einen Schnitt in der Hüfte spürte. Er stöhnte auf, hatte seine Bewegungen aber sofort wieder unter Kontrolle und entwaffnete den zweiten Gegner mit einem ausholenden Schwerthieb. Viel zu spät entdeckte er, dass der Taxtträger seine Waffe wieder erhoben hatte.

»Ungeziefer!« Vom Dach des Wagens drang Munadellas unerschrockener Kampfschrei. Das Klacken ihrer Armbrust war zu hören und schon brach der Axtträger, von einem Bolzen getroffen, zusammen.

Fabio machte einen Ausfall nach vorn und verwundete den zweiten Angreifer so schwer an der Schulter, dass er kreischend die Flucht ergriff. Im Hintergrund schwang indes Sylvana die Kette über ihrem Kopf und hielt so drei weitere Goblins auf Abstand. Doch ein vierter schaffte es, im Getümmel zum Kutschbock vorzudringen. Celeste schrie wütend auf und stieß mit ihrer Heugabel zu. Doch der Goblin parierte den ungelenken Angriff geschickt, schlug ihr die improvisierte Waffe aus der Hand und schleuderte sie gegen die Deichsel.

Mit letzter Kraft stolperte der verwundete Fabio nach vorn, während Munadella vom Dach des Wagens aus ihren zweiten Bolzen abschoss. Einer von Sylvanas Kontrahenten stieß, am Hals getroffen, ein Gurgeln aus und kippte nach hinten.

Fabio hatte den Kutschbock schon fast erreicht, als Sylvana einen der verbliebenen Goblins mit der Kette traf. Der Schlag war so heftig, dass er in hohem Bogen durch die Luft flog und Fabio im Fallen unter sich begrub.

Fabio riss sein Schwert hoch und schlug der Kreatur den Knauf gegen den Schädel. Dann wälzte er den bewusstlosen Körper von sich hinunter, zog sich am Vorderrad der Kutsche hoch und verharrte dort für einen Augenblick sprachlos.

Auf dem Kutschbock flammte ein schwaches, blaues Licht auf. Meister Arcimboldo hielt seinem Gegner eine Taschenuhr aus Messing entgegen, auf deren leuchtendem Zifferblatt sich mehrere Zeiger wild im Kreis drehten.

Wie gebannt starrte der Goblin auf die Uhr. Arcimboldo zischte ihm etwas zu, was Fabio nicht verstand. Darauf stürzte der Unhold schreiend an Fabio und Sylvana vorbei. Die hatte inzwischen auch noch den letzten ihrer Gegner zu Fall gebracht. Doch wütendes Gekreisch ließ erahnen, dass sich bereits weitere Goblins näherten.

»Folgt dem Weg den Weinberg hinauf und dann in den Wald!«, zischte Sylvana den Gefährten zu. »Ich werde unsere Freunde hier noch etwas beschäftigen.«

»Und du?«, rief Fabio entgeistert.

»Mach dir keine Gedanken um mich, ich bin hier noch nicht fertig. Mein Versprechen habe ich erfüllt. Und jetzt macht euch schleunigst davon!« Sie lachte heiser und stellte sich mit gezücktem Messer in der einen und der Kette in der anderen Hand neben dem Tor auf. Das zerzauste Haar und ihr grimmiges Lächeln ließen sie wie einen entfesselten Rachegeist erscheinen.

Meister Arcimboldo zog Celeste, die mit dem Schrecken davongekommen war, wieder zum Kutschbock empor und half ihr, neben seiner Frau Platz zu nehmen. Die hatte längst die Zügel ergriffen und setzte die Ponys in Bewegung. Als Fabio auf die hintere Pritsche sprang, sah er noch, wie Sylvana hinter ihnen das Tor schloss. Kurz darauf war sie auch schon in der Dunkelheit verschwunden. Abermals waren wütende Goblinschreie zu hören, dann wurde es still. Fabio atmete tief durch. In was für eine Gesellschaft war er da nur geraten? Sylvana schien übermenschliche Kräfte zu besitzen, aber würde sie es allein mit so vielen Gegnern aufnehmen können? Eine innere Stimme sagte ihm, dass er dieser Frau nicht das letzte Mal begegnet war.

Dabei war nicht nur sie es, die Fabio beunruhigte. Er hatte den geheimnisvollen Gegenstand, mit dem Meister Arcimboldo den Goblin in die Flucht geschlagen hatte, sehr wohl wiedererkannt. Es musste eines dieser arkanomechanischen Wunderwerke sein, von denen der Baron gesprochen hatte. Offenbar konnte man mit seiner Hilfe den Verstand eines Gegners betäuben. Also waren die Sternenmystikerinnen seit fünfhundert Jahren einem Irrtum verfallen. Einige Himmelsmechaniker hatten überlebt.

Einer von ihnen saß vorn auf dem Kutschbock.

Seltsame Gefährten

Der Himmel glühte tiefrot und von der Sonne war nur noch ein schmaler Goldstreifen am Horizont zu sehen. Fabio hockte auf dem Mittelast einer Schwarzpappel und hielt sich an den Rindenwülsten des Stammes fest. Angestrengt spähte er in Richtung einer bewaldeten Hügelkette im Osten. Am Himmel zogen zwei Stare ihre Kreise, ansonsten war nichts Auffälliges auszumachen. In den letzten Tagen hatten er und seine Gefährten keine Anzeichen einer Verfolgung entdecken können. Dennoch hatten sie beschlossen, vorsichtig zu bleiben. Goblins waren nachtaktiv, bewegten sich bevorzugt im Schutz der Dunkelheit fort und versteckten sich tagsüber gern in Höhlen oder im tiefen Dickicht.

Auf Celestes Wunsch hatten die Gefährten zunächst den Marchese da Pistoia, den unmittelbaren Nachbarn der de Vontafeis, aufgesucht um ihn zu warnen. Doch sie waren zu spät gekommen. Als sie den Landsitz des Grafen erreichten, brannte der Palazzo bereits lichterloh. Überlebende hatten sie nicht entdeckt.

Drei lange Tage dauerte ihre Flucht nun schon. Ihr Ziel war die Lagunenstadt Venezia im Südwesten der Provinz. Der Doge Venezias musste so schnell wie möglich über die Geschehnisse an seinen Landesgrenzen informiert werden.

Ebenso Palatinus, der oberste Marschall der Paladine hier im venezianischen Land. Palatinus war ein Respekt gebietender Mann. Ohne Zweifel würde es ihm gelingen, alle Paladine seines Ordens für eine militärische Expedition in den Osten zu gewinnen.

Bei dem Gedanken an seine Schwertbrüder spürte Fabio einen Anflug von Bitterkeit. Inzwischen hegte er kaum noch Hoffnung, dass sein Herr Ludovico noch lebte. Wenn Raimondo im Hinterhalt der Goblins umgekommen war, so musste Ludovico sein Schicksal geteilt haben. Von allen Bewohnern Astarias hassten die Goblins die Paladine am meisten. Noch nie hatte Fabio davon gehört, dass sie Gefangene machten.

Glücklicherweise hatten sich Meister Arcimboldo und seine Familie Fabios Vorschlag, nach Venezia zu reisen, nicht widersetzt. Dazu hatte sicher die Tatsache beigetragen, dass es in der Lagunenstadt ein berühmtes Gnomenviertel gab, in dem die Handwerksleute vom Misstrauen und der offenkundigen Missgunst ihrer menschlichen Mitbürger abgeschirmt waren.

Tagelang waren die Gefährten nun schon den geheimen Gnomenrouten durch den Wald gefolgt. Stets brachen sie kurz vor Sonnenaufgang auf, mussten aber mehrmals am Tag rasten, da sie die Ponys nicht auswechseln konnten. Zeitweise liefen sie auch hinter dem Wagen her, um die Tiere zu schonen. Dennoch waren diese inzwischen erschöpft. Ebenso erging es Gino, den sie mit schweren Packtaschen beladen hatten, um das Gewicht des Wagens zu vermindern. Zwei Tage würden sie noch durchhalten müssen, dann würde die Truppe Venezia erreichen. Fabio seufzte und kletterte vom Baum.

Müde blickte er den Windungen des Piave nach, dessen Wasser rot in der Abenddämmerung leuchtete. Celeste war nach der Trennung von ihrem Vater immer stiller geworden. Alles Aufbrausende war aus ihrem Wesen verschwunden. Manchmal, in der Nacht, hörte Fabio sie heimlich weinen. Tagsüber war sie schweigsam und verschlossen. Fabios Versuche, sie zu trösten, hatten nur das Gegenteil bewirkt.

Auch die Gnome verhielten sich seltsam abweisend, ganz so, als trauten sie Fabio noch immer nicht über den Weg. Munadella hielt ihre Kinder ganz offensichtlich dazu an, sich tagsüber im Wagen zu verbergen. Das galt besonders für Yargo. Wann immer Fabio ihn traf, wirkte er beklommen, sein Lächeln aufgesetzt. Überhaupt machten die Gesten des Jungen den Eindruck, als seien sie antrainiert. Yargo fehlte die herzerfrischende Lebhaftigkeit seiner Schwester Ambra. Stattdessen saß er manchmal staunend da und beobachtete den Flug von Schmetterlingen und Libellen; dann wieder stand er regungslos am Wegesrand, versunken in der Betrachtung von Gräsern und Blüten. In diesen Momenten wirkte sein Lächeln natürlich, aber sehr melancholisch. So als könne der Junge in allen Dingen eine Schönheit erkennen, die niemand anders zu sehen vermochte.

Zumindest Meister Arcimboldo bemühte sich um eine gewisse Freundlichkeit gegenüber Fabio und Celeste. Es schien fast, als wolle er dadurch die abweisende Art seiner Frau ausgleichen. Einmal hatte Fabio während seiner Nachtwache gehört, wie Arcimboldo und Munadella im Wagen heftig stritten. Die beiden hatten Gnomisch gesprochen, doch Fabio konnte sich denken, dass es um die Baroness und ihn gegangen war. Die Gesellschaft von Menschen schien den Gnomen nicht zu gefallen. Fabio ging jede Wette ein, dass sie die Gefährten jederzeit mitten im Wald zurücklassen würden, wenn sich ihnen eine Gelegenheit dazu bot.

Vielleicht gab es für dieses sonderbare Verhalten aber auch einen anderen Grund. Wann immer Meister Arcimboldo sich unbeobachtet glaubte, taxierte er Fabio, ganz so, als ahnte er, dass der Knappe seinem Geheimnis auf die Schliche gekommen war. Fabio gab sich zwar betont arglos, doch er zuckte jedes Mal zusammen, wenn der Gnom sich ihm mit der Hand am Werkzeuggürtel näherte – befürchtete er doch einen plötzlichen Angriff.

Fabio folgte dem schmalen Trampelpfad, den er im Uferdickicht hinterlassen hatte, zurück zum Lager. Die Verletzung an seiner Hüfte begann bereits zu heilen und schmerzte nur noch selten. Die Paste, mit der ihn Munadella regelmäßig behandelte, zeigte Wirkung. Zumindest dafür war er der Gnomin dankbar. Doch von Dank wollte Meister Arcimboldos Frau nichts wissen. Versuchte er, mit ihrer Tochter Ambra ein Gespräch anzufangen, vereitelte Munadella dies stets mit angeblich anfallenden Näharbeiten. Durch die Tür des Kastenwagens hindurch hatte Fabio sehen können, dass das Wageninnere mit bestickten Kleidern, Kissen und Decken angefüllt war. Sicher war vieles davon zum Verkauf bestimmt. Und wenn Munadella nicht gerade mit der Verrichtung anderer Tätigkeiten beschäftigt war, saßen sie und ihre Tochter selbst kurz vor dem Schlafengehen noch oben auf dem Kutschbock, um im Schein der Öllampen Stoffbahnen mit komplizierten Mustern zu besticken. Wähnten sich die Gnominnen aber beobachtet, zogen sie sich mit Stickrahmen, Nadeln und Garn ins Wageninnere zurück.

All dies brachte Fabio dazu, die Gnome für ein merkwürdiges Volk zu halten.

Jenseits eines hohen Erdaufwurfs konnte er nun das geschwungene Dach des Kastenwagens erkennen und der Wind trug den Geruch von warmer Suppe heran. Offenbar war das Abendmahl fast fertig. Fabio wollte sich schon beeilen, als er vom Ufer des Flusses her leise Stimmen vernahm.

»Nein, Yargo. Das ist kein Fisch. Das ist ein Blutegel.«

Fabio verbarg sich rasch hinter einem schiefen Baum, dessen ausladende Äste über dem Wasser hingen. Auf zwei kleinen, aus dem Wasser ragenden Felsbrocken hockten Ambra und Yargo und untersuchten einen Blutegel, den Ambra mit einem Stock aus dem Uferschlamm gezogen hatte.

»Aber er lebt doch im Wasser«, sagte Yargo unsicher.

»Trotzdem ist er kein Fisch. Fische haben Flossen.«

»Doch, es gibt Fische ohne Flossen«, widersprach ihr Bruder. »Die habe ich mal auf einer Schautafel gesehen.«

»Wirklich?« Ambra sah kurz auf. »Was du da gesehen hast, können unmöglich echte Tiere gewesen sein. Aber wir können ja Poliogenes fragen, wenn wir in Venezia sind.«

»Und was willst du mit diesem Egel machen?«, wollte Yargo nun wissen.

»Keine Ahnung.« Ambra blickte auf den zuckenden Wurm. »Ich hab ehrlich gesagt ein wenig Angst vor ihm. Ich hab von einem Egel geträumt. Und in dem Traum hat er mich mit Haut und Haar gefressen.«

»Wie soll dich so ein kleines Tier denn fressen können?«

»Ich weiß nicht. Ich hab es dir doch schon gesagt. Ich träume manchmal solche Sachen. Und dann werden sie wahr. So wie damals bei dir.«

Fabio runzelte die Stirn.

»Ich würde so gern wissen, wie es ist zu träumen«, seufzte Yargo. »Warum isst du den Egel nicht einfach auf?«

»Der schmeckt ganz bestimmt nicht«, erwiderte Ambra und schleuderte ihn in hohem Bogen ins Wasser. »Das ist ein Egel. So was isst man nicht. Aber vielleicht gibt es hier Flusskrebse. Grottenzwicker zum Beispiel. Man fängt sie mit Reusen und wirft sie dann in kochendes Wasser. Und wenn sie dann schön rot sind … Lecker, sage ich dir!«

»Aber sterben die Grottenzwicker dann nicht?«

»Natürlich sterben sie.« Ambra rollte ihre Kulleraugen. Doch als sie den traurigen Gesichtsausdruck ihres Bruders bemerkte, lächelte sie nachsichtig. »Sie würden einem ja sonst in die Zunge kneifen. Verstehst du?«

»In die Zunge?« Yargo legte den Kopf schief und plötzlich lachte er. »Das war ein Witz, oder? In die Zunge, so was Verrücktes. Das würde ich gern mal sehen.«

»Glaube ich nicht. Wenn du …« Plötzlich schreckte Ambra hoch und blickte erschrocken zu Fabio, der gerade hinter dem Baum hervorgetreten war. Es schien beinahe so, als fühle sie sich ertappt.

»Ihr beide solltet euch nicht so nah am Ufer aufhalten«, meinte Fabio freundlich. »Man kann euch von der anderen Uferseite aus sehen.«

»Meine Mutter meint, du würdest uns schon warnen, wenn die Goblins kommen«, sagte Ambra.

»Ach, wirklich?« So viel Vertrauen hatte er bei Munadella wahrlich nicht vermutet.

»Wieso heißt es ›Morgenröte‹?«, fragte Yargo völlig übergangslos.

»Wie bitte?«

»Du bist ein Knappe vom Orden der Morgenröte. Wieso heißt es ›Morgenröte‹?«

»Äh, weil ...«

»Frag nicht so viel, Yargo. Komm!« Ambra nahm ihren Bruder bei der Hand und führte ihn zum Hügel hinauf. Schon waren die kleinen Gestalten im Gestrüpp verschwunden.

»Sie sind merkwürdig, nicht wahr?«

Fabio wandte sich um und entdeckte nicht weit hinter sich die Baroness. Offenbar war sie geschickt worden, um ihn zum Essen zu holen. Er lächelte unsicher und dachte wieder über das Gespräch der beiden Gnomenkinder nach. Vieles davon ergab einfach keinen Sinn. »Ja, sie sind in der Tat seltsam. Ich vermute, kein Mensch vor uns hat je so viel Zeit in der Gesellschaft von Gnomen verbracht.«

»Dann sollte Munadella ihren Kindern endlich ordentliches Benehmen beibringen.« Celeste hatte ihr langes Haar zu einem Zopf geflochten und zu Fabios Freude war bereits wieder etwas Farbe in ihr Gesicht zurückgekehrt.

»Darf ich fragen, wovon Ihr sprecht?«

»Dieser Yargo hat mich heute Morgen ungeniert beobachtet, als ich mich an dem kleinen Weiher gewaschen habe, an dem wir haltgemacht hatten. Und als ich Ambra bat, meine Kleidung zu reinigen, weißt du, was mir diese Göre geantwortet hat?«

»Ihr werdet es mir sicher gleich verraten, Euer Hochwohlgeboren.«

»Sie sagte, ich solle mir doch selbst die Finger schmutzig machen. Ist das nicht ungeheuerlich?«

Fabio musste an sich halten, um nicht loszuprusten. Er räusperte sich. »Es sind Gnome, Euer Hochwohlgeboren. Sie wissen es nicht besser. Gebt mir Eure Kleidung. Ich bin zwar keine Wäscherin, aber für meinen Herrn Ludovico haben meine Künste stets gereicht.«

Fabio kostete dieses Angebot einige Überwindung. Aber was blieb ihm übrig? Celeste war bis jetzt einen luxuriösen Lebensstil gewöhnt gewesen. Zu Hause war ihr jeder Handgriff abgenommen worden. Sie wusste weder, wie man mit Bürste, Seife und Waschbrett umging, noch wie man ein Lager im Wald errichtete. Bald würden sich ihrer beider Wege ohnehin trennen. Denn jetzt, da sein Herr nicht mehr lebte, würde er Celeste nur noch zur Sternenbasilika in Venezia bringen. Der Gedanke an Ludovicos Schicksal schmerzte ihn, doch sein Herr hätte nicht gewollt, dass er sich gehen ließ. Für Trauer würde später Zeit sein. Zunächst hatte er ihren gemeinsamen Auftrag zu erfüllen, doch allein würde er ihn eben nur teilweise zum Abschluss bringen können. Die venezianischen Mystikerinnen würden sicher dafür sorgen, dass Celeste anderen Geleitschutz nach Stella Tiberia erhalten würde. Er selbst würde wohl einem neuen Paladin zugeteilt werden. Ein Schicksal, das die meisten Knappen ereilte, deren Herr im Gefecht gefallen war.

»Na gut«, erwiderte Celeste und strich sich unwirsch eine Haarsträhne aus der Stirn. »Ich … ich muss heute Nacht kurz das Lager verlassen. Und ich wünsche, dass du mich begleitest. Es ist wirklich wichtig.«

Sie deutete auf die Ledertasche, die sie offenbar aus dem Chaos des Goblinangriffs gerettet hatte.

»Ihr wollt was?«

»Verstehst du denn nicht?« Sie wirkte jetzt ehrlich verzweifelt. »Es hatte gute Gründe, dass ich in der Nacht des Überfalls in den Wald wollte. Ich muss den Sternenmystikerinnen etwas Bestimmtes mitbringen, sonst werden sie mich abweisen. Ich kann nach dem Tod meines Vaters nirgendwo sonst hin.«

Fabio musste sich eingestehen, dass sie dieses eine Mal Recht hatte. Bei ihrem überstürzten Aufbruch hatte sie sicher kaum mehr als ein paar Münzen in ihrem Kleid verbergen können. Und Fabios Zuflucht, das Ordenshaus der Paladine, durfte sie als Frau nicht betreten.

»Na gut, ich will Euch begleiten«, lenkte er daher ein. »Allerdings hatte ich gedacht, was Ihr sucht, ist nur auf Euren Ländereien zu finden.«

»Ja und nein. Ich kann den Ort erspüren, an dem ich suchen muss. Und gerade vorhin hatte ich so ein Gefühl. Ich weiß, dass jetzt die letzte Gelegenheit dazu ist.«

»Ich hoffe, wir müssen dafür nicht allzu weit weg vom Lager.«

»Vielleicht erinnerst du dich. Wir sind an einer Lichtung vorbeigekommen. In der Mitte stand ein Baum, den der Blitz gespalten hatte.«

»Bei Molunahs Silberlicht, wir müssen wieder zurück?«

»Ich wusste nicht, wann ich dich sonst hätte ansprechen sollen. Bitte …«

So viel Leichtsinn war doch nicht zu fassen! Sollten die Goblins sie tatsächlich verfolgen, würden sie ihnen wie die dümmsten aller Tölpel direkt in die Arme laufen. Und womöglich würden die Gnome ihre Abwesenheit dazu nutzen, sich klammheimlich aus dem Staub zu machen. Aber er hatte da noch eine Rechnung mit Arcimboldo offen. Und die würde er vorher begleichen!

»Also gut, Baroness. Ich weiß nicht, was mich dazu bewegt, mich auf dieses irrsinnige Wagnis einzulassen. Aber ich bin bereit, Euch zu glauben. In Eurem eigenen Interesse hoffe ich, dass dieses mysteriöse Etwas, was Ihr sucht, wirklich so wichtig ist, wie Ihr sagt. Ich habe Eurem Vater versprochen, Euch zu beschützen. Doch während unseres kleinen Ausflugs werdet Ihr tun, was ich sage. Wenn ich Euch heiße, still zu sein, werdet Ihr den Mund halten. Und wenn ich es für nötig halte, unser Unternehmen abzubrechen, dann gehen wir sofort zum Lager zurück. Haben wir beide uns verstanden?«

Celeste reckte trotzig ihr Kinn. »Ja.«

»Dann schwört es bei der Macht Molunahs.«

»Ich schwöre.«

»Das will ich auch hoffen, denn ich bin für Eure Sicherheit verantwortlich.« Fabio sah sie ernst an. »Andernfalls werde ich Euch morgen wie ein Paket verschnüren, Euch mit einem Knebel im Mund auf Gino setzen und in diesem Zustand in Venezia abliefern. Und es wird mir völlig egal sein, ob ich Euch damit vor den Gnomen lächerlich mache. Und es wird mir auch völlig egal sein, welche Konsequenzen das für mich haben wird.«

Gemeinsam gingen sie zum Lagerfeuer, über dem ein

dampfender Kessel hing. Munadella schöpfte Pilzsuppe in kleine Holzschüsseln, die sie an ihre Familie verteilte. Kaum hatten sich Fabio und Celeste am Feuer niedergelassen, verstummten die Gespräche. Yargo stocherte wieder einmal lustlos in seiner Schüssel herum. Wahrscheinlich fragte er sich, welch qualvollen Tod die Pilze in der Suppe gestorben waren.

»Na, ich hoffe, die sind auch alle ungiftig.« Fabio zwinkerte in die Runde.

»Alle Pilze sind essbar. Manche allerdings nur einmal …« Ambra kicherte frech.

Munadella stupste ihre Tochter an und ermahnte sie weiterzuessen. Fabio machte keinen Versuch mehr, das Eis zwischen ihnen zu brechen. Als sie endlich fertig waren, war es bereits stockdunkel und vom Fluss wehte eine frische Brise herauf. Oben am Himmel leuchteten die ersten Stellare und ringsum begannen die Grillen ihr Konzert.

»Wir werden heute Nacht für einige Stunden weg sein«, brach Celeste das Schweigen. »Wir müssen etwas aus dem Wald holen.«

Fabio sah, dass sich Meister Arcimboldo und seine Frau Munadella einen schnellen Blick zuwarfen.

»Dürfen wir erfahren, um was es sich dabei handelt?«, brummte Meister Arcimboldo und putzte seine Brille mit einem Mantelzipfel. Seine Halbglatze schimmerte im Feuerschein wie polierter Rosenquarz.

»Etwas, was ich in Venezia benötigen werde, um mein Noviziat antreten zu können«, wich Celeste aus. »Leider kann die Angelegenheit nicht warten.«

»Ihr sucht Sternentau«, stellte Yargo trocken fest.

Sternentau? Fabio sah überrascht von seiner Schüssel auf. Celeste starrte Yargo mit weit aufgerissenen Augen an.

»Soweit ich weiß, findet man ihn nur in den Tagen um Vollmond«, erklärte Yargo und blickte ohne Arg auf. »Vor fünfhundert Jahren kam es vor, dass Alchemisten Sternenmystikerinnen entführen ließen, um an die begehrte Substanz heranzukommen. Es heißt, es handle sich dabei um die Tränen der Stellare. Doch ich frage mich, warum Stellare weinen sollten?«

Meister Arcimboldo und Munadella schienen immer besorgter. Der Gnomenhandwerker räusperte sich, bevor Celeste antworten konnte.

»Ich glaube, du solltest noch einmal zu den Ponys gehen, Junge. Sieh nach, ob ihre Haferbeutel gefüllt sind.«

Gehorsam erhob sich Yargo und machte sich zu den Tieren auf, die am Rand des Lagers unter einem Baum angepflockt waren.

»Woher weiß Euer Sohn vom Sternentau?«, fragte Celeste. »Dieses Wissen ist den Sternenmystikerinnen vorbehalten.«

»Ach, er ist ein typischer Junge. Treibt sich gern rum und schnappt Dinge auf, die ihn nichts angehen«, wiegelte Munadella hastig ab. »Kommt, Euer Hochwohlgeboren. Wir sollten nachsehen, ob wir nicht etwas Wärmeres zum Anziehen für Euch finden. Nicht, dass Ihr Euch bei Eurer Nachtwanderung noch verkühlt.«

Mit beinahe freundschaftlicher Geste bedeutete sie Celeste aufzustehen und ihr zum Kutschbock zu folgen. Celeste ging mit ihr, jedoch nicht, ohne sich immer wieder nach Yargo umzudrehen.

»Gib ihr aber nicht das Blaue!«, rief Ambra empört. Die Kleine sprang auf und lief ihrer Mutter hinterher.

Fabio blickte den beiden Frauen nach. Munadellas plötzlicher Stimmungswechsel bestätigte seinen Verdacht, dass die Gnome es kaum abwarten konnten, sich aus dem Staub zu machen. Und mit dem Jungen stimmte etwas nicht. Davon war Fabio überzeugt.

»Tja, dann wollen wir mal das Feuer löschen«, brummte Meister Arcimboldo und warf ein paar Steine und Erde in die Glut.

»Vielleicht habt Ihr ja noch eine Laterne für uns, die Ihr entbehren könnt?«, fragte Fabio.

»Aber natürlich. Komm mit.«

Während Celeste vor dem Kutschbock Decken und Umhänge anprobierte, die ihr Munadella hinunterreichte, folgte Fabio dem Alten zur hinteren Wagentür. Meister Arcimboldo hängte eine abblendbare Laterne unter dem Dach ab und hielt sie dem Knappen hin.

»Und bei der Gelegenheit könntet ihr mir auch die Nussbaumuhr aushändigen, die ihr dem Baron gestohlen habt. Immerhin gehört sie jetzt Celeste de Vontafei.« Mit diesen Worten zog Fabio sein Schwert.

Die freie Hand des Gnoms bewegte sich in Richtung Werkzeuggürtel, doch die Schwertspitze an seinem Hals ließ ihn sofort innehalten.

»Wagt es nicht einmal, daran zu denken!«, zischte Fabio und vergewisserte sich, dass ihre kleine Auseinandersetzung von den anderen nicht bemerkt wurde. »Es tut mir leid, ich hätte Euch gern unter anderen Umständen zur Rede gestellt.

Aber ich weiß, dass Ihr weg seid, sobald die Baroness und ich Eurer Familie den Rücken zukehren. Also klären wir beide die Angelegenheit am besten jetzt.«

»Ich kann alles erklären, Knappe.« Meister Arcimboldos Atem ging schnell und seine Stimme zitterte. Gebannt starrte er auf die Klinge, die gegen ihn gerichtet war.

»Dieses Angebot kommt etwas spät, findet Ihr nicht?«, zischte Fabio. Von weiter vorne war Celestes Lachen zu hören. »Je länger ich über Euer Auftauchen bei den de Vontafeis nachdenke, desto mehr gelange ich zu der Überzeugung, dass der Einbruch von langer Hand vorbereitet war. Die Wasserleitungen im Garten waren gar nicht defekt. Ihr selbst habt sie sabotiert!«

Meister Arcimboldo presste die Lippen aufeinander.

»Der Baron muss ja wirklich erfreut gewesen sein, als Ihr dann rein zufällig in der Gegend wart, um sie zu reparieren.« Fabio packte Arcimboldos Arme und hielt sie mit einer Hand über dessen Kopf fest, während er den Inhalt von dessen Lederschürze untersuchte. Schnell hatte er zwischen Feilen und Bohrern gefunden, was er suchte: die Taschenuhr, mit der ihn der Gnom im Turmzimmer ausgeschaltet hatte.

Im Mondlicht schimmerte sie wie ein Medaillon aus Messing. Der Deckel war mit Abbildungen der Sternzeichen verziert. Fabio trat einen Schritt zurück und versuchte, die Uhr zu öffnen, doch es gelang ihm nicht.

»Du wirst das Tranceometer nicht aufkriegen. Und von mir wirst du nicht erfahren, wie es geht«, stieß der Gnom hervor.

»Wisst Ihr was? Dieses Ding interessiert mich gar nicht.«

Wütend packte Fabio Arcimboldo an der Schulter. »Dabei bin ich mir sicher, dass es die Sternenmystikerinnen sehr wohl interessieren würde, was Ihr so alles mit Euch herumtragt … Himmelsmechaniker!«

Ein unruhiges Flackern in Arcimboldos Augen verriet Fabio, dass er mit seiner Vermutung richtig gelegen hatte.

»Du weißt gar nicht, was hier auf dem Spiel steht«, keuchte Arcimboldo.

»Dann sagt es mir!«

»Ich kann nicht. Bitte glaub mir. Wenn ich es dir sagte, würdest du es nicht verstehen. Ich schwöre dir bei allen Erzstellaren, dass der Diebstahl der Uhr einem höheren Zweck gedient hat. Wir sind keine Einbrecher. Wir wollen uns nicht bereichern.«

Fabio lachte bitter. »Warum sollte ich Euch glauben? Und jetzt rückt endlich die Uhr des Barons heraus!«

»Bitte, wir haben zu lange nach ihr gesucht. Ich flehe dich an, lass sie uns!«

»Wenn diese Uhr tatsächlich so wichtig ist, wie Ihr sagt«, zischte Fabio, »dann wird sie bei den Sternenmystikerinnen besser aufgehoben sein als bei Euch.«

Meister Arcimboldo schwieg.

»Ich warne Euch. Glaubt nicht, ich spaße!« Fabio versetzte Arcimboldo einen Stoß, dass ihm fast die Brille von der Nase fiel, und hielt ihm erneut das Schwert an die Kehle.

»Du hast gewonnen. Ich gebe nach!«, brachte der Gnom zwischen den Zähnen hervor. »Aber ich gebe sie dir nur im Austausch gegen das Tranceometer. Ansonsten tu dir keinen Zwang an und stich einfach zu. Das ist mein blutiger Ernst.«

Fabio warf einen Blick auf das Medaillon, das am Ende der Kette baumelte, und dachte nach.

Meister Arcimboldo blickte sich nervös zum Lagerplatz um. »Es hat mich Monate gekostet, das Tranceometer zu konstruieren. Ich setze es nur in Notsituationen ein. Es dient allein der Verteidigung meiner Familie. Du hast ja selbst gesehen, welchen Gefahren wir Gnome zuweilen ausgesetzt sind. Wir brauchen ein solches Hilfsmittel.«

»Also gut«, entgegnete Fabio. »Ich weiß nicht warum, aber trotz allem mag ich Euch. Auch wenn mich diese ganze Geheimniskrämerei misstrauisch macht. Ihr bekommt Euer Tranceometer, sobald Ihr mir die Uhr des Barons aushändigt. Anschließend werden wir getrennte Wege gehen.«

»Schwöre bei dem Schutzpatron der Paladine! Schwöre bei Marsakiel!« Meister Arcimboldo funkelte ihn böse an.

»Ja, ich schwöre.«

Grollend wandte sich der Gnom einer Gepäckkiste zu, die über einer der Radachsen montiert war.

»Langsam. Ich will Eure Hände sehen.«

Arcimboldo schnaubte, folgte aber. Bedächtig kramte er in der Kiste und zog schließlich einen klobigen, in ein Tuch gewickelten Gegenstand heraus. Fabio steckte sein Schwert erst weg, als der Himmelsmechaniker das Tuch aufgeschlagen hatte und die Nussbaumuhr zum Vorschein gekommen war. Im Zwielicht war die vergoldete Abbildung des Erzstellars Juprabim zu sehen, der Schwert und Waage hielt.

Fabio nickte zufrieden und wickelte die Uhr wieder ein. »Jetzt werden wir uns trennen. Und ich hoffe, ich ertappe Euch nie wieder bei einem Einbruch.«

»Das Tranceometer, bitte.« Meister Arcimboldo streckte verärgert die Hand aus.

Fabio wirbelte das medaillonartige Artefakt an der Kette durch die Luft und schleuderte es in Richtung zweier Bäume, die in der Dunkelheit nur schwer zu erkennen waren.

»Was soll das?«, fuhr ihn der Gnom wütend an, seine Ohren zuckten.

»Ich habe Euch zwar versprochen, dieses Ding zurückzugeben. Aber ich habe nicht gesagt, auf welche Weise.« Herablassend beugte sich Fabio zu dem Gnom hinunter. »Ihr habt doch wohl nicht ernsthaft geglaubt, ich würde Euch gestatten, diese arkanomechanische Apparatur noch einmal gegen mich einzusetzen? So schlau, wie Ihr seid, werdet Ihr die Uhr schon finden.« Darauf drehte er sich um und trat auf den Lagerplatz.

Im Schein von Ambras Laterne stand Celeste in einen weinroten Umhang mit Sternenmuster gehüllt. Zum ersten Mal seit ihrer Flucht lächelte sie. Fabio schluckte und musste sich zwingen, sie nicht wieder wie ein unbeholfener Narr anzustarren.

»Die beiden Herrschaften hier werden uns verlassen«, grollte Meister Arcimboldo, der mit eisiger Miene hinter ihm herstiefelte. »Der Knappe und ich sind übereingekommen, dass dies für alle das Beste ist.«

Celeste blickte erstaunt zwischen Arcimboldo und Fabio hin und her, der bemerkte, dass die Gnominnen beim Anblick des sperrigen Bündels unter seinem Arm erschrocken die Augen aufrissen.

Celeste wusste nichts von der gestohlenen Uhr. Und es war wohl besser, noch ein paar Stunden zu warten, bis er sie aufklärte. Genau genommen, bis sie genügend Abstand zwischen sich und die Gnome gebracht hatten. »Packt bitte Eure Sachen zusammen, Euer Hochwohlgeboren. Meister Arcimboldo, äh, befürchtet vielleicht zu Recht, dass wir seine Familie durch unseren Ausflug gefährden könnten.«

»Das bedaure ich sehr. Meine Sachen sind bereits gepackt.« Celeste deutete auf ein kleines Bündel. »Viel habe ich ja nicht.«

»Gut.«

Fabio verstaute die Uhr und Celestes Bündel in den Packtaschen, dann setzte sie sich auf den Esel. Je eher sie hier wegkamen, desto besser.

»Ich wünsche Euch Glück auf all Euren Wegen, Meister Arcimboldo«, sagte Celeste feierlich. »Und ich danke Euch für die Gastfreundschaft.«

Der Himmelsmechaniker murmelte darauf etwas Unverständliches, während Munadella sie wie versteinert ansah.

Ohne ein Abschiedswort führte Fabio seinen Esel aus dem Lager. Selbst als der Wagen der Gnome in der Dunkelheit verschwunden war, drosselte er sein Marschtempo nicht. Erschöpft blickte er zum Himmel auf. Wie in den Nächten zuvor stand Marsakiel als rötlich leuchtender Stern über dem Horizont. Doch Molunah vermochte er nicht zu überstrahlen.

Auf einmal kam Fabio die Wilde aus dem Dolomitischen Himmelsmassiv wieder in den Sinn. Wie hatte er das nur vergessen können? Die Gnome waren ja nicht die Einzigen, die versucht hatten, die Uhr des Barons zu stehlen.

Welches Geheimnis diesem Artefakt auch immer innewohnte, es musste bedeutend sein. So bedeutend, dass jemand sein Leben dafür riskierte.

Sternentau

Längst war das Konzert der Grillen verstummt. Fabio lauschte aufmerksam in den Wald hinein, doch außer dem dumpfen Geräusch, das Gino mit seinen Hufen auf dem Weg verursachte, war nichts zu hören.

Ob es wirklich eine so gute Idee gewesen war, Arcimboldo dieses Tranceodingsda zu lassen? Vielleicht hätte er die seltsame Taschenuhr lieber in den Fluss werfen oder in Venezia dem Schatzmeister des Ordens übergeben sollen? Aber das ließ sich jetzt nicht mehr ändern. Deshalb konzentrierte er sich nun ganz darauf, im Mondlicht jenen Weg wiederzufinden, den sie am Nachmittag zurückgelegt hatten. Zu seinem großen Ärger zeichneten sich die Radspuren deutlicher im Erdreich ab, als er gedacht hatte. Die reinste Einladung für Goblinspäher!

»Euer Hochwohlgeboren, darf ich Euch etwas fragen?«

»Ja, natürlich.«

»Dieser Yargo hatte doch Recht mit seiner Vermutung, oder? Ihr seid auf der Suche nach Sternentau.«

Celeste schnaubte. »Ja. So verblüfft, wie ich vorhin war, kann ich das wohl kaum abstreiten.«

»Die Tränen der Stellare«, murmelte Fabio.

»Die Himmlischen lassen den Sternentau nur an den Tagen

um Vollmond herum vom Firmament regnen«, erklärte seine Begleiterin. »Also ist jetzt die richtige Zeit. Nur eine künftige Sternenmystikerin kann diesen Stoff aufspüren. Und dies auch nur an besonderen Orten.«

»Ihr seid doch noch keine Sternenmystikerin. Wie kommt es dann, dass Ihr um Geheimnisse wie den Sternentau wisst?«

Celeste lachte leise. »Zum einen haben die Meisterinnen der Sternenburg bereits Kontakt zu mir aufgenommen. Zum anderen war meine Großmutter Sternenmystikerin. Sie hat mich vieles gelehrt.«

»Ich verstehe.« Fabio ging eine Weile schweigend weiter, behielt dabei den Waldrand im Auge und versuchte, seine Gedanken zu ordnen. »Dann wisst Ihr vielleicht auch mehr über den großen Krieg der Städte vor fünfhundert Jahren?«

»Eigentlich nur das, was jeder weiß«, erwiderte Celeste. »Er war die größte von Menschen verursachte Katastrophe, die je über Astaria hereingebrochen ist. Einzelne Stadtfürsten bekämpften einander mit ihren Armeen und arkanomechanischen Maschinen.«

»Diese Kriegsmaschinen wurden damals von sogenannten Himmelsmechanikern hergestellt. Wisst Ihr mehr über diese Himmelsmechaniker?«

»Nein, nur sehr wenig. Ihre Magie galt schon immer als überaus anrüchig. Warum fragst du?«

Fabio beschloss, ihre Frage zu ignorieren, um sein Wahrheitsgelübde nicht verletzen zu müssen.

»Waren diese Himmelsmechaniker Anhänger des Astronos?«

»Das lässt sich nicht so einfach sagen. Ohne Zweifel haben

sie mit ihren Erfindungen dazu beigetragen, das Chaos zu verschlimmern, das mit Astronos' Sturz in Astaria Einzug gehalten hat. Einige dieser Himmelsmechaniker sollen im Verlauf des Krieges sogar selbst zu Herrschern aufgestiegen sein.«

»Aber was genau hat die Magie der Himmelsmechaniker so anrüchig gemacht?«

»Die Mystikerinnen erhalten ihre Macht direkt von den Stellaren. Doch diese Macht verleihen die Himmlischen nicht leichtfertig. Es heißt, Molunah selbst wählt bei der Geburt diejenigen aus, die die Gabe erhalten. Die Sternenmystikerinnen dienen den Stellaren ein Leben lang als, nun ja, als deren irdische Boten. Es ist den Mystikerinnen streng verboten, ihre Macht für persönliche Ziele zu missbrauchen. Sie dient als Gegengewicht zu dem Chaos, das mit der Rebellion des Astronos und dem Stellarskrieg Einzug in die Schöpfung gehalten hat.«

»Ja, das weiß ich«, antwortete Fabio. »Wir Paladine haben uns ja demselben Ziel verschrieben. Aber das erklärt nicht, wie es um die Fähigkeiten dieser Himmelsmechaniker bestellt ist, äh, war. Ich meine, wenn sie ihre arkanomechanischen Artefakte nicht mit dem Segen der Himmlischen gebaut haben, wie können sie dann überhaupt funktionieren?«

»Oh, auf gewisse Weise haben die Himmelsmechaniker sich tatsächlich der Macht der Stellare bedient. Es heißt, die alten Meister hätten in ihre Geräte die Herzen der Stellare eingebaut.«

»Sie haben was?« Fabio blieb wie vom Donner gerührt stehen und wandte sich fassungslos zu seiner Begleiterin um.

Celeste deutete zum Nachthimmel empor. Fabio betrachtete all die winzig kleinen silberhellen Lichter des Sternenwalls, die die Welt wie ein schützender Schild umgaben und sie vor dem Grauen und der Finsternis außerhalb der sieben Sphären schützten. »Hast du noch nie eine Sternschnuppe gesehen, Knappe Fabio?«

»Doch, natürlich. Sie verheißt Unglück.« Fabio seufzte. »Man sagt, jedes Mal wenn eine Sternschnuppe vorbeizieht, ist ein Stellar im Kampf gegen einen Sternenvampir gefallen.«

»Richtig. Aber manche Schweifsterne vergehen nicht einfach, sondern fallen als Meteore vom Himmel. Diese Meteore sind die Herzen der Stellare, die sich geopfert haben, um unsere Schöpfung vor dem Eindringen des Chaos zu bewahren. Sie sind hart wie Eisen, doch es wohnt noch ein kleiner Teil jener Macht in ihnen, die ihr himmlischer Träger einst besaß.«

»Ihr wollt mir weismachen, dass sich diese Himmelsmechaniker an Stellaren vergriffen und ihre Herzen geraubt haben?« Fabio war fassungslos. »Dazu kann nur Astronos selbst sie angestiftet haben.«

»Vielleicht. Niemand weiß es genau. Offenbar gibt es verschiedene Legenden, die ich aber nicht in allen Einzelheiten kenne. Die einen künden davon, dass die Fähigkeiten der Himmelsmechaniker den finsteren Eingebungen des Astronos entspringen. Die anderen besagen, dass die ersten Himmelsmechaniker das Meteoreisen im Auftrag der Stellare eingesammelt und auf ihre Weisung hin zum Nutzen der Welt verwendet haben.«

»Und was glaubt Ihr?«

Celeste zog sich Munadellas bestickte Decke enger um die Schultern und ihre Stimme klang traurig. »Mein Vater war stets von Letzterem überzeugt. Er hatte erst kürzlich ein solches Artefakt für viel Geld ersteigert. Eine Uhr.«

Fabio setzte Gino erneut in Bewegung. Der Esel zuckte unwillig mit den Ohren, folgte jedoch gehorsam.

»Du solltest wirklich lesen lernen, Knappe.« Fabio meinte einen spöttischen Unterton zu hören, war sich aber sicher, dass dieser liebevoll gemeint war. »Denn all dieses Wissen und noch viel mehr findest du in Büchern. Sie öffnen dir die Welt.«

»Danke, aber ich glaube kaum, dass mir jemand eines Tages das Lesen beibringen wird.«

»Wer weiß! Verrätst du mir im Gegenzug, warum du deinen Esel ausgerechnet ›Gino‹ genannt hast?«

Fabio sah sie an. »Er heißt nach meinem ältesten Bruder. Ich habe nicht viele Erinnerungen an ihn. Nur dass er manchmal ebenso begriffsstutzig war wie mein Esel.« Fabio lächelte versonnen und tätschelte den Hals des Tieres. »Außerdem hat mich Gino immer in Schutz genommen, wenn mich mein Vater verprügeln wollte.«

»Wie lange ist es her, dass du deine Familie zum letzten Mal gesehen hast?«, fragte Celeste erstaunt.

»Neun Jahre. Aber das macht nichts, ich bin meinen Eltern sogar dankbar dafür, dass sie mich damals weggegeben haben. Es war schon immer mein sehnlichster Wunsch, einmal Ritter zu werden.«

»Und was war der Grund, warum dein Herr ausgerechnet dich haben wollte?«

Fabio zuckte mit den Schultern. »Er war auf der Durchreise, als bei uns im Ort ein großer Markt stattfand. Ich war sieben Jahre alt. Mein Vater hatte mich zum Schmied geschickt, weil unser Ackergaul neu beschlagen werden musste. Dabei sah ich, wie drei Jungen die Tochter eines unserer Nachbarn ärgerten. Sie muss damals ebenfalls sieben oder acht gewesen sein. Ich bin hin und habe mich mit den Bengeln angelegt, und das, obwohl die älter waren als ich.«

»Und?«

»Mann, habe ich Dresche bezogen!« Fabio lachte. »Aber ich habe mich gewehrt. Dem einen habe ich einen Zahn ausgeschlagen und einen der beiden anderen so tief in einen Pferdetrog getunkt, dass er von oben bis unten klitschnass war. Das muss Signore Ludovico gefallen haben, denn am selben Abend ist er bei meinen Eltern aufgekreuzt und hat mich ihnen für eine hübsche Summe abgekauft.«

»Ich hab schon gehört, dass das so Brauch ist bei den Paladinen.« Celeste klang nachdenklich. »Aber das muss deinen Eltern doch schwergefallen sein, oder?«

»Nö. Ein unnützer Esser weniger! Mein Bruder Gino war der Einzige, der traurig war, dass ich fortmusste. Alle anderen waren froh.«

»Alle anderen?«

»Ich habe noch fünf weitere Geschwister. Und wer weiß, vielleicht sind inzwischen noch ein paar dazugekommen.« Fabio winkte ab. »Ihr habt keine Geschwister, oder?«

»Nein und ja.« Celeste ließ einen Augenblick verstreichen, bevor sie weitersprach. »Meine Mutter starb im Kindbett bei der Geburt meines Bruders Lorenzo. Er selbst überlebte sie nur um eine Woche. Damals war ich vier. Ich erinnere mich kaum noch an sie. Mein Vater meint aber, ich sähe ihr sehr ähnlich.«

Fabio musste wieder an die Gemälde denken, die er im Palazzo der de Vontafeis gesehen hatte.

Allmählich lichteten sich die Bäume und sie konnten zwischen den Stämmen hindurch auf eine mondbeschienene Lichtung blicken, wo die Reste einer verkohlten Eiche aufragten. Der Stamm war unten so dick, dass es zweier erwachsener Männer bedurft hätte, ihn zu umfassen. Weiter oben aber sah er aus wie ein riesiges Holzscheit, in das jemand eine Axt getrieben hatte. Es musste schon sehr lange her sein, dass der Baum vom Blitz getroffen worden war.

»Ich glaube, wir sind da, Euer Hochwohlgeboren.«

Celeste saß aufgeregt ab und winkte Fabio zu. Der spähte noch einmal aufmerksam in alle Richtungen und folgte ihr zögernd auf die mit hohen Gräsern und Farnen bewachsene Lichtung. An ihrem Rand wucherten Brombeerhecken. Als Fabio über den Stamm der toten Eiche tastete, stellte er fest, dass dieser von Trichterpilzen übersät war. Die Schemen der Bäume um sie herum wirkten wie die schlanken Säulen einer Basilika.

Celeste schritt beherzt durchs Gras. »Wir sind gerade rechtzeitig gekommen. Es geht gleich los. Ich kann es spüren.«

Rasch öffnete sie ihre Ledertasche und entnahm ihr ein kleines Glasgefäß.

Fabio blickte sich gespannt um. Doch da war nichts. Über ihnen funkelten die Sterne am Nachthimmel. Der Wind strich weich über die Blätter und Zweige des Waldes, und hinter ihm, dort, wo er Gino angebunden hatte, war nur ein leises Schnauben zu hören.

»Jetzt!« Celeste lachte plötzlich und drehte sich im Kreis.

Sie berührte ihr Gesicht sanft mit den Fingerkuppen und strahlte.

Fabio runzelte die Stirn. Doch, da war etwas! Blumen und Gräser schimmerten irgendwie … feucht.

Celeste war noch immer verzückt. »Soll ich zaubern, damit auch du das Wunder sehen kannst, Knappe?«

Fabio nickte ehrfürchtig.

Da glitt Celeste auf ihn zu, strich dabei mit der Hand über die Grashalme und benetzte ihre Lippen mit Tau. »Erschrick nicht«, flüsterte sie. Zu Fabios Überraschung beugte sie sich plötzlich vor und ihr Mund berührte für einen flüchtigen Augenblick seine Wange.

Fabio war, als würde ein Stern in seinem Kopf explodieren.

Überwältigt stolperte er zurück und riss die Augen auf. Überall um ihn herum rieselten silbrig leuchtende Funken vom Himmel. Von einem unsichtbaren Sternenwind getrieben, schwebten sie glitzernd durch die Luft, wirbelten um Celeste und Fabio herum und sanken schließlich auf Wald und Wiese nieder. Die gespaltene Eiche, die Gräser und Farne, sie alle wirkten jetzt wie aus reinstem Mondlicht gewoben.

»Bei allen Stellaren!« Fabio konnte immer noch nicht fassen, was sich vor seinen Augen abspielte. Er blinzelte und kniff sich in den Oberarm. Doch noch immer strahlte, funkelte und glänzte alles um ihn herum in hellem Silberlicht.

»Wie hast du das gemacht?«, flüsterte er.

»Vieles beherrsche ich noch nicht. Aber ich kann einen Menschen sehend machen. Hast du je etwas Schöneres erblickt?«

Fabio stand einfach nur da und starrte Celeste unablässig

an. Ihre Haare sahen aus wie aus Silberfäden gesponnen, und auf ihrer Kleidung lag ein kühler Schimmer, der sie wie ein leibhaftiger Stellar wirken ließ. Erst in diesem Augenblick wurde ihm bewusst, dass sie tatsächlich eine angehende Sternenmystikerin war.

Celeste tanzte über die Wiese und wartete, bis sich so viel Sternentau auf den Blättern und Pflanzen gesammelt hatte, dass sie ihn in die mitgebrachten Fläschchen einsammeln konnte.

Fabio sah ihr gebannt zu, als er plötzlich ein Wispern vernahm. *Fa...bi...ooo.* Überrascht wandte er sich um, doch am Rand der Lichtung war nur Gino zu sehen, der regungslos dastand, die Ohren aufgerichtet. Das Flüstern kam auch nicht von dort, es kam von oben.

Fabio sah erneut zum Nachthimmel hinauf. Über ihm wirbelten die Funken im Kreis, sodass er wie durch ein Prisma auf das Firmament blicken konnte. Dort erstrahlte das Sternzeichen des Schwertes in kaltem Glanz. Direkt daneben hatte sich als leuchtend roter Punkt der Wandelstern Marsakiels eingefunden.

Ein Sturm wird heraufziehen ..., flüsterte es von dort oben. Erschreckt blickte Fabio zu Celeste. Doch sie schien es nicht zu hören. *Und du bist im Auge dieses Sturms.* Hörte Celeste die Stimme denn nicht? Woher kam das Flüstern? Jetzt glaubte er sogar, einen ganzen Chor von Stimmen zu hören, und inmitten der kreisenden Funken sah er das Abbild eines majestätischen Gebäudes. Es besaß einen quadratischen Sockel, auf dem Säulen im Kreis angeordnet waren, zwischen denen es verheißungsvoll leuchtete. *Bleib standhaft, denn ... Waffen der …* Das Wispern war nun kaum mehr zu vernehmen. *Es ist dir bestimmt zu …*

Selbst der Sternentau verblasste. Celestes Zauber endete und Fabio erblickte nur noch Gräser und Büsche, wo kurz zuvor noch filigrane Wunderwerke wie aus glänzendem Sternenlicht gewesen waren.

»Was ist mir bestimmt?«, rief Fabio.

Celeste, die noch immer damit beschäftigt war, das kostbare Nass in ihre Fläschchen zu füllen, sah verständnislos zu ihm auf. »Hast du was gesagt?«

Fabio war von dem eben Erlebten so überwältigt, dass er auf ihre Frage erst reagierte, als Celeste auf ihn zutrat.

»Habt Ihr denn die Stimmen nicht gehört?«, stotterte er.

»Stimmen?« Celeste sah ihn überrascht an. »Sind wir etwa nicht allein?«

Sie drehte sich erschrocken zum Waldrand um.

»Nein, nicht dort. Von … von da oben!« Fabio deutete hinauf zum Nachthimmel, wo Marsakiel noch immer rötlich leuchtend im Sternbild des Schwertes stand.

»Nein, Knappe. Da waren keine Stimmen. Du hast unter dem Einfluss eines Zaubers gestanden. Des einzigen, den ich beherrsche. Mein Vater war genauso verwirrt wie du.« Auf Celestes Gesicht lag ein Lächeln. Dann hielt sie ihm ihre Glasgefäße hin. »Drei Phiolen! Das ist für eine angehende Novizin wie mich unglaublich viel.«

Fabio sah kaum hin und schüttelte noch immer ungläubig den Kopf. »Und ich war mir so sicher, dass …«

»Du könntest mich aber wenigstens beglückwünschen«, schmollte die Baroness und warf ihr langes Haar zurück.

»Doch, ich … äh … das ist großartig.« Fabio sah seiner hübschen Begleiterin in die Augen. »Ich danke Euch, dass Ihr mich an diesem Wunder habt teilhaben lassen.«

Celeste zwinkerte ihm zu und klopfte gegen ihre Ledertasche, wo sie die Phiolen sicher verstaut hatte. »Dann lass uns jetzt ein neues Nachtlager suchen, damit wir ein wenig feiern können.«

»Feiern?«

»Du wirst schon sehen.«

Sie kehrten zu Gino zurück und machten sich erneut auf den Weg nach Westen, wo ihr alter Rastplatz lag. Die Nacht war schon weit vorangeschritten, als sie ihre alte Lagerstätte wieder erreichten. Wie Fabio vermutet hatte, war der bunte Kastenwagen der Gnome verschwunden. Meister Arcimboldo und seine Familie waren noch in derselben Nacht weitergereist. Fabio und Celeste folgten noch etwas dem Pfad, um nicht weiter an die Gnome erinnert zu werden. Dann sammelte er Reisig, um für Celeste ein Nachtlager zu bereiten. Er selbst würde wachen.

Als sie sich gesetzt hatten, zog Celeste zu Fabios Überraschung einen kleinen Brotlaib und eine Weinflasche aus ihrer Tasche. »Ist zwar nur ein einfacher Landwein, aber ich denke, diesen Tropfen haben wir uns verdient.«

»Danke, sehr großzügig. Aber wenn ich uns bewachen soll, darf ich nicht …«

»Unsinn! Diese Nacht war ein einschneidendes Erlebnis für mich, Knappe Fabio. Ich wünschte, mein Vater hätte dabei sein können. Er wollte den Sternentau so gern noch einmal sehen.«

Fabio nickte und begann zu schmausen, wobei er sich immer wieder wachsam umblickte. »Sagt, wozu braucht ihr Mystikerinnen den Sternentau eigentlich?«

Celeste kicherte beschwipst. »Der Sternentau gilt als von den Stellaren gesegnet. Die Mystikerinnen fertigen heilsame Tränke aus ihm. Vor allem aber öffnet er den Seherinnen die Augen, damit die Macht der Stellare durch sie wirken kann.«

Fabio lauschte interessiert und nahm einen weiteren Schluck. Der Wein war ganz schön schwer. Besser, er stieg jetzt auf Wasser um.

»Sagt mal, Hochwohlgeboren ...«, Fabio atmete tief ein und blinzelte, »habt Ihr diesen kleinen Imbiss hier noch aus Eurer Küche daheim?«

»Nein, den Proviant hat mir Munadella vor unserer Abreise mitgegeben.«

»Muna... Munadella?!« Fabio starrte entsetzt auf die Flasche in seinen Händen, die ihm auf einmal schwer wie ein Stein schien.

»Ja, nett von ihr, nicht?« Celeste wollte noch etwas sagen, blinzelte träge – dann fielen ihr die Augen zu und sie sackte gegen Fabios Schulter.

Diese hinterhältigen Gnome hatten sie also doch reingelegt! Mit diesem Gedanken sank auch Fabio in Schlaf.

Die Lagunenstadt

Vögel zwitscherten und in der Ferne war das leise Rauschen des Piave zu hören, als Fabio wieder zu sich kam. Die Morgensonne stand bereits einen Fingerbreit über dem östlichen Horizont und tauchte sowohl den nahen Fluss als auch die hügelige Ebene in dunkles Orange. Fabios Schädel brummte, so als habe er in der Nacht zuvor nicht bloß einige Schluck Wein, sondern gleich mehrere Flaschen getrunken.

Am liebsten wäre er sofort aufgesprungen, um nachzusehen, ob sie noch im Besitz all ihrer Habseligkeiten waren, doch Celestes Kopf ruhte auf seiner Brust. Ihr Zopf war aufgegangen und ihr weiches langes Haar kitzelte ihn in der Nase. Es duftete nach frischem Weizen.

Fabio wagte nicht, sich zu rühren. Die Situation war so unerhört verwirrend, dass er nicht wusste, was zu tun war. Sollte er Celeste wecken? Oder sollte er lieber noch eine Weile liegen bleiben, um sie bei sich zu spüren? Fast schämte er sich für diesen Gedanken.

Behutsam hob er ihren Kopf und bettete ihn ins weiche Gras. Ihre Augen waren noch immer geschlossen und sie atmete gleichmäßig. Celeste wirkte in diesem Moment so unschuldig und verletzlich, dass er ihr all ihren früheren Hochmut verzieh.

Ein Blick in ihre Tasche ergab, dass die Phiolen mit dem Sternentau noch an ihrem Platz waren. Dann trat er leise zu Gino, der unter einem nahen Baum stand und graste. Schnaubend begrüßte ihn der Esel. Doch Fabios Interesse gehörte allein den Packtaschen, die er in der Nacht über einen Ast gehängt hatte. Er klappte sie nacheinander auf und sah seine Befürchtung bestätigt: Die Uhr des Barons fehlte.

Wie hatte er nur so unvorsichtig sein können? Wütend starrte er hinüber zu der Weinflasche, die halb gefüllt neben Celeste im Gras lag. Offenbar hatte Munadella ihnen das Gesöff mitgegeben, um sicherzustellen, dass sie und ihre Familie sich in der Nacht auch wirklich ungestört davonmachen konnten. Und für Meister Arcimboldo war es bestimmt ein Fest gewesen, die Uhr ein zweites Mal zu stibitzen. Elendes Missgeschick!

Immerhin, Fabio konnte noch froh sein, dass sonst nichts fehlte.

Um seinen Mut zu kühlen, entledigte er sich seines Umhangs, wandte sich der aufgehenden Sonne zu und begann den Tag, wie es für einen Paladin üblich war, mit Schwertübungen. Er war gerade zu Ende, als er leises Seufzen und Gähnen vernahm.

»Bei der Gunst Venudhas, dieser Wein hatte es aber in sich! Ich kann mich gar nicht mehr daran erinnern, wann ich eingeschlafen bin.«

»Guten Morgen, Euer Hochwohlgeboren.« Fabio steckte sein Schwert weg, holte einen der Wasserschläuche hervor und reichte ihn der Baroness. »Ja, man sollte diese Landweine nicht unterschätzen.«

Celeste nahm einen tiefen Schluck. »Werden wir heute Venezia erreichen?«

Fabio nickte und löschte anschließend selbst seinen Durst. »Ja, ich denke schon. Aber dazu sollten wir möglichst bald aufbrechen.«

Sie verzehrten die Reste des Brotes, und Fabio bemerkte, dass ihn Celeste hin und wieder verstohlen von der Seite anblickte. Anschließend packten sie schweigend ihre Sachen und machten sich auf den Weg.

Wie Fabio vorausgesehen hatte, stießen sie bald auf die Radspuren des Kastenwagens. Sie waren acht bis neun Stunden alt und führten über einen schmalen Waldweg in westliche Richtung. Auch Arcimboldo und seine Familie hatten also ebenfalls noch immer Venezia als Ziel. Ihren Spuren folgend, durchquerten Fabio und Celeste in den kommenden Stunden eine hügelige Landschaft, deren Gesicht von Olivenhainen und Mandelbäumen geprägt war. Einmal trafen sie auf einen Schäfer, der seine Herde über die saftigen Weiden trieb. Doch als die beiden Reisenden ihn fragten, ob er von Goblinüberfällen gehört habe, starrte er sie an, als hätten sie sich danach erkundigt, ob er Molunah in Menschengestalt begegnet sei.

Am frühen Nachmittag gelangten sie zu einem Karrenpfad, der gen Süden auf das Mitternachtsmeer zuführte. Er wurde von Bauern, einfachen Reisenden und Kaufleuten benutzt. Deshalb war der Boden vielfach zerfurcht und die Spuren des Gnomenwagens verloren sich bald.

Einige von denen, die aus dem Osten kamen, hatten tatsächlich von vereinzelten Überfällen gehört. Doch sie meinten, bei den Angreifern habe es sich lediglich um Gesetzlose gehandelt. Einzig ein alter Scherenschleifer beteuerte, dass vor mehreren Nächten ein großer Trupp Goblins an seinem Nachtlager vorbeimarschiert sei. Seine Augen wurden groß und seine Hände zitterten, als er von der Begegnung berichtete.

Und es gab noch andere beunruhigende Nachrichten. Unter den Reisenden, die ihnen entgegenkamen, ging das Gerücht um, dass der Doge von Venezia im Sterben läge, also nicht handlungsfähig wäre, falls noch mehr Goblins die Grenzen im Osten überschreiten sollten. Gerade jetzt hätte es einer starken Persönlichkeit wie der des Dogen bedurft, um die venezianischen Lande gegen die Schergen des Astronos zu einen. Fabio tröstete einzig der Gedanke, dass Ducchessa Vesperuga, die Frau des Dogen, eine Sternenmystikerin war und notfalls die Geschäfte ihres Mannes übernehmen konnte, besaß sie doch, wie es hieß, große Autorität im Rat Venezias.

Die Sonne stand bereits tief im Westen, als hinter einem Hügel endlich die Küste mit der Lagunenstadt vor den Reisenden auftauchte. Überall auf dem Wasser waren Fischerboote zu sehen, die von einer sanften Brise bewegt wurden.

Die Silhouette wurde von Palazzi und prächtigen Villen bestimmt. Aus dem ziegelroten Dächermeer ragten schlanke Türme, dazwischen waren die Masten stolzer Handelschiffe zu erkennen.

»Ein erhabener Anblick, dieses Venezia«, murmelte Celeste. »Ich frage mich, was die Menschen einst dazu gebracht hat, ihre Stadt auf dem Wasser zu errichten.«

»Wie mir mein Herr Ludovico erzählt hat«, erklärte Fabio, »ist Venezia durch das Zusammenwachsen mehrerer Fischerdörfer entstanden; die Menschen hatten auf den Inseln der Lagune Schutz vor Goblinüberfällen gesucht. Damals hatten Paladine, Ritterbünde und Heere aus den Stadtstaaten in Feldschlachten gegen die Unholde gekämpft, bis sie hinter die heutigen Grenzen zurückgedrängt werden konnten.«

»Ich sehe nirgends eine Stadtmauer.« Celeste spähte angestrengt in den blauen Dunst über der Lagune.

»Die braucht Venezia auch nicht«, erklärte Fabio. »Das Meer stellt ein natürliches Hindernis für alle angreifenden Truppen dar. Venezias ganze Militärmacht stützt sich auf seine Kriegsflotte.«

»Ich habe darüber gelesen. Sie hat Venezia zur führenden Handels- und Militärmacht am Mitternachtsmeer aufsteigen lassen. Hoffentlich sind die Soldaten der Stadt so tapfer, wie in den Büchern behauptet wird.«

»Sie sind zwar keine Paladine«, erwiderte Fabio mit einem Augenzwinkern, »aber sicher erfahren und tapfer.«

Celeste lächelte, wurde aber gleich wieder ernst. »Wenn ich den Sternenmystikerinnen erst von dem Überfall auf mein Vaterhaus berichtet habe, wird diese Nachricht in Windeseile den Dogenpalast erreichen.«

»Und ich werde meine Schwertbrüder informieren«, antwortete Fabio. »Sicher wird schon morgen ein Trupp Paladine gen Osten aufbrechen, um die Vorfälle an der Grenze zu untersuchen. Und ich verspreche Euch: Wenn ich auf irgendeine Weise Einfluss darauf nehmen kann, werde ich alles in meiner Macht Stehende tun, um herauszufinden, ob Euer Vater noch am Leben ist.«

Celeste sah ihn dankbar an.

Wenig später erreichten sie die große Brücke, die vom Festland zur eigentlichen Stadt führte. Dort herrschte geschäftiges Treiben. Schwere Karren mit Salzfässern, Weinkrügen und Reissäcken ratterten an ihnen vorbei, und es roch nach Schweiß, Pferdeäpfeln und dem Wasser der Lagune. Fabio und Celeste reihten sich in den Menschenstrom ein, der in die Stadt strebte. Einfache Bauern, die nach Landessitte mit Kniehose, Leinenhemd und ärmelloser Tunika bekleidet waren, befanden sich ebenso unter den Reisenden wie Kaufleute in geschnürten Wämsen und Übergewändern, die der venezianischen Sitte entsprechend flache Samtmützen auf dem Kopf trugen.

Sie konnten schon das Stadttor Venezias sehen, als ein schnauzbärtiger, ganz in Schwarz gewandeter Edelmann auf seinem Ross an ihnen vorbeigaloppierte. Gerade noch rechtzeitig konnte Fabio zur Seite springen, Celeste wäre beinahe vom Esel gefallen.

»Unverschämter Rüpel! Hat Euch Eure Mutter kein Benehmen beigebracht?«, rief die Baronesse dem Reiter hinterher.

Der hatte bereits das Tor erreicht, drehte sich nur noch einmal herablassend nach ihnen um und winkte die beiden mit Hellebarden bewehrten Wachen herbei, die am Eingang zur Stadt aufgestellt waren. Der eine Gardist war dick und rund, der andere so schlaksig und hochgewachsen, dass er aufpassen musste, dass er nicht ständig mit seinem Topfhelm gegen einen Vorsprung im Mauerwerk stieß. Sofort nahmen die beiden Haltung an. Der Fremde sprach kurz mit ihnen, dann galoppierte er durch das Tor davon.

Warum nur hatte Celeste ihren Mund nicht halten können? Offenbar handelte es sich bei dem Reiter um einen Patrizier.

»Kontrolle. Anhalten!«, schnaufte die Wache mit dem Kugelbauch, und schon kreuzten die beiden ihre Hellebarden, sodass der Eingang blockiert war.

Die Stellare hatten diese beiden Helden nicht gerade mit Schönheit gesegnet. Dem Schlaksigen prangte ein roter Zinken im Gesicht, der kaum als Nase durchgehen konnte, und seine Ohren standen ab wie bei einem Elefanten. Beide trugen die grün-gelben Waffenröcke der venezianischen Stadtgarde.

Auf Geheiß der Soldaten führte Fabio den Esel vor das Wachhäuschen.

»Was soll das?«, blaffte Celeste den dicken Torwächter an. Sie deutete auf all die Bauern, Bürger und Kaufleute, die nur wenige Schritte entfernt ungehindert einer nach dem anderen das Tor passierten. »Wieso werden wir angehalten, all die anderen Reisenden aber nicht?«

»Wir erfüllen bloß unsere Pflicht, Signorina. Denn so, wie es aussieht, habt Ihr soeben gegen Paragraf 16a der Stadtverordnung zur Aufrechterhaltung der guten Sitten auf Straßen und Wasserwegen verstoßen.«

»Odilio …« Der Hagere tippte seinem Kameraden auf die Schulter.

Verwirrt fuhr dieser herum. »Was ist denn?«

»b!«

»Was, b?«

»Punkt b der Verordnung.«

»Ist doch völlig egal, ob a oder b.«

»Könntest du uns bitte endlich erklären, was wir verbrochen haben sollen?«, drängte Celeste.

»Ach so, ja. Äh.« Der Dicke lüpfte seinen Helm und strich sich den Schweiß aus der Stirn. »Ihr habt soeben Graf Niccolo della Monzoni, den obersten Siegelbewahrer des Dogen, beleidigt. Und ich bedaure, es aussprechen zu müssen, aber für eine Bürgerliche wie Euch läuft das auf eine saftige Strafe hinaus.«

»Wie bitte? Ich bin Celeste, Tochter von Baron de Vontafei und angehende Novizin bei den Sternenmystikerinnen.«

»Ihr seid also gar keine Bürgerliche? Warum kommt Ihr denn dann so ärmlich auf einem Esel daher?« Der hagere Jacopo glotzte verwirrt.

»Der Esel, das bist hier wohl eher du! Ich bin in einer Notlage und habe zurzeit kein Pferd. Und von nun an sprecht ihr zwei Geistesgrößen mich gefälligst mit ›Euer Hochwohlgeboren‹ an, wie es sich für Angehörige eures Standes geziemt.«

Die beiden Torwachen warfen einander ratlose Blicke zu. »Also, ähem … wenn das so ist, dann … Ihr könnt Euch doch sicher ausweisen, oder? Ein Siegel- oder Wappenring Eurer Familie reicht schon aus.«

»Nein, kann ich nicht.« Celeste wurde immer wütender. »Unser Landgut wurde von Goblins überfallen. Mir ist nur das geblieben, was ich am Leib trage. Und wenn dieser Graf wünscht, dass ich mich vor ihm rechtfertige, dann soll er sich gefälligst an die oberste Mystikerin dieser Stadt wenden.«

»Oh.« Der Dicke sah unglücklich zu seinem Kameraden auf. »Tja, das läuft dann wohl auf eine Untersuchung hinaus, oder Jacopo?«

»Ich soll die Signorina untersuchen?«

»Doch nicht sie, du Trottel. Mann, wenn es die Dummheit ist, die dich so sehr hat wachsen lassen, kannst du bald kniend aus einer Dachtraufe saufen.«

»Moment, hört mir zu!«, mischte sich Fabio ein. »Das war alles nur ein Missverständnis. Vielleicht reicht es aus, wenn ihr jemanden zum Ordenshaus schickt. Ich verbürge mich für die Baroness. Und ganz sicher tut es ihr leid, dass sie diesen …«

»Graf Niccolo della Monzoni«, kam ihm der Dicke zu Hilfe.

»Ja, sicher tut es ihr leid, dass sie den Grafen beleidigt hat.«

»Was tut es mir?«, fragte Celeste ungläubig und baute sich neben Gino auf. »Passt mal auf: Sagt euch die Fürstliche Ständeordnung, bestätigt durch das Vertragswerk der zwölften Räteversammlung, etwas? Genauer gesagt, Paragraf 3c. Dieser Abschnitt regelt die Strafe, die unverschämten Gesellen wie euch blüht, wenn sie sich der Amtsanmaßung gegenüber Höhergestellten schuldig gemacht haben. Da ist nur vom Pranger die Rede. Aber der Zusatzparagraf 7 des Fürstlich Venezianischen Strafgesetzes sieht bei Beleidigung von Sternenmystikerinnen sogar den Hungerturm vor …«

Der dicke Odilio schluckte.

»Oder die Streckbank.«

Jacopos Augen wurden rund wie Teller.

»Und jetzt frage ich euch: Wollt ihr euch wirklich in die Angelegenheit zwischen mir und dem Grafen einmischen?«

Den beiden Wachen Odilio und Jacopo stand der Schweiß auf der Stirn und sie antworteten im Chor: »Nein, Euer Hochwohlgeboren.«

Fabio kam aus dem Staunen nicht mehr heraus.

»Gut. Dann gehabt euch wohl!« Mit diesen Worten ritt Celeste gemächlich durchs Tor und Fabio folgte ihr.

»Das war grandios, Euer Hochwohlgeboren«, meinte Fabio anerkennend. »Ich wusste gar nicht, dass es die Fürstliche Ständeordnung und all diese anderen Paragrafen gibt.«

»Ich auch nicht.« Celeste lächelte verschmitzt.

»Die habt ihr also erfunden?« Fabio lachte. »Also, ich als Paladin könnte mir so etwas nicht erlauben. Ihr seid ganz schön ...«

»Na, was?«

»Ganz schön durchtrieben.«

»Durchtrieben? Nenne es lieber ›weltgewandt‹! Und jetzt müssen wir schleunigst zur Sternenbasilika.«

»Dann folgt mir. Der Merkurielsplatz ist von hier aus nicht einmal eine Viertelstunde entfernt.« Fabio ging voraus und Celeste folgte ihm auf dem Esel. Sie durchquerten Straßen und Gassen, in denen buntes Treiben herrschte. Staunend betrachtete Celeste die prächtigen Palazzi, deren hohe Fenster und Reliefverzierungen die Bauten des fernen Stella Tiberia nachahmten. Dazwischen wechselten immer wieder einfache Häuser mit mehrstöckigen Gebäuden einander ab, deren Erdgeschoss meist einen Arkadenvorbau hatte, wo Läden untergebracht waren. Wenngleich sich der Tag dem Ende zuneigte, wurden Kaufleute und Handwerker nicht müde, ihre Waren und ihre Künste in den schillerndsten Farben anzupreisen. Neben Glasbläsern, Juwelieren, Gewürzhändlern, Knopf- und Hutmachern entdeckten die Neuankömmlinge sogar einen Mann, der Tiere aller Art feilbot: Hunde, Katzen, Vögel und sogar eine Schlange befanden sich in der traurigen Menagerie. Aus den Käfigen drang ein vielstimmiges Gurren, Knurren, Jaulen, Gackern und Zwitschern.

Als sie schließlich einen gepflasterten Platz erreichten, der direkt an einen der unzähligen Kanäle der Lagunenstadt grenzte, lächelte Celeste vor ehrfürchtigem Staunen. Auf den Fassaden und Balkonen der umliegenden Häuser tanzten die Lichtreflexe des sanft wogenden Wassers und neben einem Holzsteg dümpelten mehrere Gondeln. Fabio führte Celeste an einer Gruppe spielender Kinder vorbei hin zu einer Brücke, die über den Kanal führte. Das Geländer war in regelmäßigen Abständen von kleinen eisernen Figuren durchbrochen: Sie stellten Stellare dar, auf deren Flügeln schon das Moos wucherte. Doch Celeste hatte nur Augen für einen schmalen, mit Weinfässern beladenen Lastkahn, der lautlos unter ihnen übers Wasser glitt.

Der Gondoliere, der sein Gefährt mit einem langen Ruderblatt, das offenbar drehbar an einem Holm an der Bootswand befestigt war, voranbrachte, lüpfte bei Celestes Anblick seinen Hut und warf ihr eine Kusshand zu. »Seid gegrüßt, Schöne!«, rief er galant.

Celeste lachte.

»Frechheit, was nimmt der Kerl sich eigentlich raus?«, brummte Fabio.

»Ach, lass ihn! Das war doch sehr charmant.«

Fabio gab keine Antwort.

Endlich erreichten sie den Merkurielsplatz. Er war rechteckig und ungefähr so groß wie der Garten der de Vontafeis. An zwei Seiten wurde er von dreistöckigen Marmorgebäuden mit langen Arkadengängen flankiert. Fabio wusste, dass hier der Magistrat, die Kaufmannschaft und viele andere wichtige Stadtinstitutionen untergebracht waren. Auch jetzt, in der Abendstunde, herrschte auf dem Platz ein reges Kommen und Gehen. Bürger in vornehmen Gewändern flanierten unter den Arkaden, Stadtbedienstete und Laufboten eilten über das Kopfsteinpflaster, Soldaten in grün-gelben Waffenröcken musterten die Szenerie. Fabio konnte sogar zwei Gnome mit runden, ledernen Kopfhauben in der Menge erkennen.

Im Süden öffnete sich der Merkurielsplatz zum Wasser hin, wo ein Handelsschiff mit vertäuten Segeln zu sehen war. Im Norden hingegen wurde er von der Fassade der Sternenbasilika beherrscht. Seine grüne Kupferkuppel überragte alle anderen Gebäude der Stadt und zeichnete sich majestätisch vor dem Abendhimmel ab, auf dem rote Kumuluswolken dahintrieben.

Der Bau verfügte über fünf eindrucksvolle Portale, von denen ein jedes einem der Erzstellare geweiht war. Umrahmt wurden sie von grünblauen Mosaikbögen, auf denen in Gold die zwölf Monatszeichen abgebildet waren.

Celeste hatte es angesichts der Pracht die Sprache verschlagen. Schweigend saß sie ab und so nahm Fabio die Zügel des Esels. Gemeinsam gingen sie über den Platz zum Hauptportal der Basilika. Es war etwas größer als die anderen Pforten, und die Mondsymbole auf den Torflügeln zeigten, dass es Molunah, dem weiblichen Erzstellar, geweiht war.

Üblicherweise wurde die Molunahpforte von einer aus zwei Mann bestehenden Ehrengarde des Paladinordens flankiert. Zu Fabios Verwunderung war heute niemand zu sehen.

»Wunderschön!« Celeste deutete hinauf zu einer Art Balkon über dem mit Säulen geschmückten Vorbau, der bis unter die Kuppel reichte. Auf ihm stand ein lebensgroßer Stellar mit ausgebreiteten Flügeln in einem Streitwagen, der von fünf Pferden gezogen wurde. In einer Hand hielt der Himmlische die Zügel, mit der anderen schwang er das Schwert. Die Figurengruppe war aus vergoldeter Bronze und leuchtete überirdisch in der untergehenden Sonne.

»Die Figuren da oben sind viel mehr als nur ein Augenschmaus. Seht!« Fabio wies Celeste auf die fächerförmig ausgerichteten Strahlen des flammenden Halbrundes im Hintergrund der Plastik hin. Diese Strahlen waren mit goldenen Ziffern versehen und das Schwert des Stellars warf einen schrägen Schatten darauf.

Eine Sonnenuhr!

Sie konnten sehen, dass die neunte Abendstunde fast erreicht war. Schon bald würde die Nacht über Venezia hereinbrechen.

Fabio band Gino an einem für Reittiere vorgesehenen Pfosten vor der Basilika fest und folgte Celeste die breiten Treppenstufen hinauf zum Hauptportal. Dort kamen ihnen zwei vornehm gekleidete Bürger entgegen.

»Unerhört«, fluchte der eine, »ich war immerhin mit Schwester Cosima verabredet und habe reichlich an den Orden gespendet. Soll mein Sohn jetzt wie ein einfacher Bauer heiraten?«

»Nun beruhige dich doch«, besänftigte ihn sein Begleiter. »Womöglich stehen uns bald harte Zeiten bevor. Und dann kannst du die Feier gleich ganz absagen.«

Fabio und Celeste betraten die Vorhalle, deren Mosaiken Szenen aus der Schöpfungserzählung darstellten. An jeder Wand wachte ein Stellar über Tiere und Pflanzen. Unterhalb der Decke war ein umlaufender Fries, der die vier Jahreszeiten zeigte. Jede der Darstellungen war mit den entsprechenden Sternzeichen geschmückt. Doch am wundersamsten zeigten sich die Sterne. Sie schienen, obwohl sie nur aus Mosaiksteinen gebildet waren, gleichsam aus sich selbst zu leuchten. Ohne Zweifel hatten die Sternenmystikerinnen einen Zauber in diese Bilder gewirkt.

Als die Besucher die zentrale Kuppelhalle der Basilika betraten, war auf einmal jegliches Außengeräusch verstummt. Das Lärmen auf dem Merkurielsplatz existierte nicht mehr. Hier war nur noch Stille. Der Innenraum der Basilika wurde von fünf mächtigen Kristallsäulen gestützt, die ebenso silbern leuchteten wie die Sterne auf den Mosaiken der Vorhalle.

In vollem Glanz erstrahlten so die riesigen Statuen der fünf Erzstellare Molunah, Merkuriel, Venudha, Marsakiel und Juprabim, die auf hohen Sockeln platziert waren. Die Geflügelten waren in menschlicher Gestalt und in weißen Gewändern dargestellt. Jeder von ihnen war an den Attributen seiner Macht zu erkennen: Molunah, als Mächtigste unter den Erzstellaren und als Sendbotin der Magie, hielt Schwert und Sternenzepter in Händen. Merkuriel, der himmlische Bote, präsentierte den von zwei Schlangen umgebenen Heroldsstab, Venudha, die Herrin der Liebe und der Sinnenfreude, trug ein Füllhorn. Marsakiel, der Erzstellar des Krieges, war mit Streitkolben und Schild dargestellt und Juprabim, der Hüter der Gerechtigkeit, war so wie auf der Uhr des Barons mit Schwert und Waage versehen. Die Blicke der Stellarsfiguren waren zur großen Kuppel emporgewandt.

Dort prangte ein Deckengemälde, das an den Stellarskrieg am Anfang der Zeitrechnung erinnerte. Himmlische Heerscharen rangen miteinander. Die Anhänger des Astronos kämpften gegen das Gefolge Molunahs und rüttelten so an den Grundfesten der Ordnung. Fabio sah stürzende Stellare, dargestellt als Meteore mit langem Feuerschweif. Dazwischen waren Gruppen von Himmlischen zu erkennen, die sich in der Formation bekannter Sternbilder ihren rebellierenden Widersachern entgegenstellten, während hinter ihnen andere Stellare versuchten, die Lücken im Sternenwall zu schließen, durch die bereits dunkle Gestalten ins Sphärengefüge eindrangen: Sternenvampire!

Sie wirkten wie Zerrbilder der Stellare: Wo die Flügel hätten sein sollen, befanden sich verkrüppelte Auswüchse, Arme und Beine endeten in sichelförmigen Klauen.

Im Zentrum des Bildes lieferten Molunah und Astronos einander einen erbitterten Zweikampf um das Sternenzepter, das Astronos der Erzstellarin mit aller Macht zu entreißen suchte. Das Zepter – Symbol für die Herrschaft über ganz Astaria – mündete in eine strahlende Sternenkugel, die den Schlussstein der Kuppel bildete. Diese war der Sonne oder dem Mond nachempfunden. So genau ließ sich das von Fabios Position aus nicht sagen, da an manchen Stellen Baugerüste die Sicht versperrten. Sie ragten fast vier Stockwerke bis zur Kuppel empor, wo sie zusätzlich mit Seilen gesichert waren.

»Hier sind offenbar Restaurationsarbeiten im Gange«, flüsterte Fabio.

»Kein Wunder«, wisperte Celeste ergriffen. »Das Deckengemälde ist fast fünfhundert Jahre alt. Es stammt von dem Künstler Calio Megusa. Angeblich war er ein persönlicher Freund des damaligen Dogen und bekam deshalb den Auftrag für die Innenbemalung der Sternenbasilika. Das hat dem Dogen viel Kritik eingebracht. Später hat man von dem Künstler nie wieder etwas gehört.«

»Woher wisst Ihr das alles?«, fragte Fabio.

»Von Raimondo.«

Die Erwähnung ihres arroganten Cousins berührte Fabio unangenehm. Gar zu gern hätte er sich an Raimondo für dessen Beleidigungen gerächt. Aber das hatten wahrscheinlich die Goblins an seiner Stelle erledigt.

»Wir sollten jetzt schleunigst eine Sternenmystikerin suchen. Es kommt mir außerdem seltsam vor, dass hier drinnen so wenig Menschen sind.« Einige wenige Venezianer knieten betend auf Bänken vor den Kapellen, wo sie Opferkerzen angesteckt hatten.

Beim Sternenaltar entdeckten sie schließlich eine junge, dunkelhaarige Laiendienerin. Sie war nach Art jener Stellarsdienerinnen, welche die Sehergabe nicht besaßen, mit einer bronzefarbenen Tunika bekleidet und füllte soeben einen Kasten mit neuen Kerzen auf.

Celeste sprach sie sofort an. »Molunah zum Gruße!«

»Molunah zur Ehre!«

»Mädchen, weißt du, wo die Sternenmystikerinnen sind?«

»Heute sind sie nicht hier. Sie haben einen wichtigen Auftrag zu erfüllen. Vielleicht mögt Ihr morgen oder übermorgen wiederkommen?«

Celeste schüttelte den Kopf. »Das geht nicht. Ich bin angehende Novizin. Eigentlich sollte ich mich schon auf dem Weg zur Sternenburg in Stella Tiberia befinden. Kurz vor meiner Abreise wurde der Landsitz meiner Familie überfallen. Auch der Paladin dieses Knappen hier«, sie deutete auf Fabio, »wurde getötet.«

Das Mädchen schlug bestürzt die Hand vor den Mund, fasste sich aber sogleich wieder und führte die beiden zu einer Nische, wo sie ungestört sprechen konnten.

»Das tut mir sehr leid. Sicher werden Euch die Sternenmystikerinnen helfen, sobald sie wieder zurück sind. In der Zwischenzeit kümmere ich mich gern um Euch.«

»Wo sind denn die Wächterinnen der Basilika?«, fragte Fabio.

»Sie wurden allesamt zum Dogenpalast berufen.« Das Mädchen blickte sich misstrauisch zu den Gläubigen in der Halle um und senkte die Stimme zu einem Flüstern. »Da es in der Stadt ohnehin bereits Gerüchte gibt, kann ich Euch genauso gut die Wahrheit sagen: Bartolomeo di Ariosto, unser Doge, liegt mit einem rätselhaften Fieber danieder. Vor zwei Tagen hat seine Frau, die Ducchessa Vesperuga, alle Mystikerinnen der Basilika in den Dogenpalast gebeten, damit sie ihr bei der Heilung ihres Mannes helfen. Es muss wirklich schlimm um ihn stehen, denn bis auf einen Befehl, der besagt, dass wir die Pforten der Basilika für Besucher offen halten sollen, habe ich danach nichts mehr von ihnen gehört.«

»Weißt du denn auch, warum vor dem Eingang der Basilika keine Ehrengarde steht?«, hakte Fabio nach.

»Diese Frage kann ich Euch leider nicht beantworten«,

sagte die Dienerin mit leisem Bedauern. »Die Paladine wurden gestern abgezogen. Die Gründe dafür weiß ich nicht.«

Fabio und Celeste warfen einander besorgte Blicke zu. Das alles klang nicht gut. Doch für Fabio wog fast noch schlimmer, dass er jetzt Abschied von Celeste nehmen musste. Er beschloss, diesen Abschied so schnell und schmerzlos wie möglich hinter sich zu bringen.

»Den Grund für diese mysteriösen Vorgänge werde ich schon noch herausbekommen.« Er sah Celeste traurig an. »Doch jetzt trennen sich unsere Wege fürs Erste. Ich bin mir sicher, hier seid Ihr erst einmal gut aufgehoben, Euer Hochwohlgeboren.«

Celeste schien etwas sagen zu wollen, nickte dann aber nur. »Ja, da hast du vermutlich Recht.«

Einen Moment lang herrschte betretenes Schweigen.

»Nun denn, mögen die Stellare Euch auf all Euren Wegen beschützen!« Fabio verneigte sich und wollte sich schon abwenden, als ihn Celeste am Ärmel fasste und zurückhielt.

»Warte, Knappe … Fabio.« Sie setzte eine verschwörerische Miene auf und öffnete ihre Ledertasche. »Du bist noch kein Paladin, aber du hast dich wie einer verhalten. Du hast dein Leben für das meine in die Waagschale geworfen, und dein Verhalten war, während wir zusammen waren, allzeit ohne den geringsten Tadel. Oder … na ja, fast ohne Tadel!« Ein kleines Lächeln huschte über ihr Gesicht, doch sie wurde schnell wieder ernst. »Dafür möchte ich mich bei dir bedanken.«

Sie zog eine der Phiolen mit dem geheimnisvollen Sternentau aus der Tasche und reichte sie Fabio. Der starrte das kostbare Geschenk sprachlos an.

»Seid Ihr sicher, dass Ihr so etwas Kostbares erübrigen wollt?«

»Ja, das bin ich. Ich hoffe, dieses Andenken bringt dir Glück und erinnert dich von Zeit zu Zeit an die Schicksalsfügung, die uns beide bis zu diesem Ort geführt hat. Mögen die Stellare auch deine Wege beschützen!«

Sie nickte huldvoll und Fabio verbeugte sich ein weiteres Mal, diesmal sogar etwas tiefer. Dann sah er zu, wie Celeste und die Laiendienerin durch eine kleine Pforte hinter dem Sternenaltar verschwanden.

Auch Fabio wandte sich zum Gehen. Es gab viel zu tun. Er musste den Schatzmeister seines Ordens warnen. Und er brauchte unbedingt einen neuen Herrn, der ihn bis zur Schwertleite begleitete. Doch noch immer kreisten seine Gedanken um Celeste.

In den Geschichten der Bänkelsänger trugen die Ritter stets das Haarband einer hübschen Edelfrau als Treuepfand am Gewandärmel, am Sattel oder an der Rüstung.

Der Knappe betrachtete das zerbrechliche Gefäß in seinen Händen.

Er besaß jetzt etwas, das weit kostbarer war.

Lebende Schatten

Das Ordenshaus der Paladine war ein wuchtiger Bau, der direkt am Canal Grande lag. Die breite Wasserstraße, die sich als Hauptverkehrsader durch Venezia zog, war wie die übrige Stadt in samtene Dunkelheit gehüllt. Einzig Molunah, die über den Dächern der Häuser und Paläste aufgegangen war, übergoss das Wasser mit flüssigem Silber, und ein leichter Wind, der nach warmem Essen und fauligem Holz roch, kräuselte das Wasser. Gondeln und kleinere Boote waren nur noch vereinzelt auszumachen.

Fabio hatte für den friedvollen Anblick, den der breite Kanal bot, nicht den geringsten Sinn. Stattdessen mühte er sich damit ab, Gino an der fast drei Schritt hohen Umfassungsmauer des Ordenssitzes entlang auf das Eingangsportal zuzuziehen. Dahinter zeichneten sich ein hoher Turm und das Dach des Stalls vor dem Nachthimmel ab.

Fabio war in den zurückliegenden Jahren schon mehrfach hier einquartiert gewesen. Sein Herr Ludovico unterstand unmittelbar Schwertbruder Palatinus, dem Schatzmeister der Provinz Venezien.

Trotz seiner Bedeutung für die ganze Region war das Ordenshaus verhältnismäßig klein. Es bot lediglich Platz für um die dreißig Paladine samt ihrer Pferde und Diener und machte auch bei Tag keinen sonderlich anheimelnden oder luxuriösen Eindruck. Es ähnelte mehr einer Burg denn einem Palazzo, wie sie hier in Venezia üblich waren. Ein Eindruck, der sich bei Dunkelheit noch verstärkte.

Dennoch hatte Fabio das Gefühl, endlich wieder zu Hause zu sein. Er trat vor die Eingangspforte und ließ den gusseisernen Türklopfer dreimal schwer gegen das Holz fallen. Das dumpfe Pochen war weithin zu hören, und wie erwartet dauerte es nicht lange, bis aus dem Innenhof Schritte zu hören waren. Laternenlicht sickerte zwischen den Flügeln des Portals hindurch und ein Guckloch öffnete sich.

»Wer da?«, ertönte eine helle Jungenstimme.

Fabio nannte seinen Namen.

»Es ist der Knappe von Herrn Ludovico!«, rief die Stimme aufgeregt. Schon wurde ein Riegel beiseitegeschoben.

Ein etwa zwölf Jahre alter Junge in der schlichten Kleidung eines Pagen öffnete ihm. Voll Erstaunen leuchtete er Fabio mit seiner Laterne ins Gesicht. »Marsakiel zum Gruß! Komm herein! Du lebst also doch?«

Verwirrt betrat Fabio den Innenhof mit dem umlaufenden Kreuzgang, in dem einige wenige Fackeln in eisernen Halterungen steckten. Der Arkadengang verband die Stallungen mit den Schlafsälen, das Refektorium mit der Küche und dem hohen Turm, in dem die Marsakielskapelle, die Räume des Schatzmeisters, die Waffenkammern und der Trophäenraum untergebracht waren. Wie immer roch es auf dem Hof nach Pferdeschweiß und Rossäpfeln. Fabio wartete, bis der Junge die Pforte wieder zugezogen hatte. »Was heißt hier: ›also doch‹?«

Der Page kam nicht mehr dazu zu antworten, denn vom Turm her näherten sich eilige Schritte, die von einem rhythmischen Pochen begleitet wurden. Ein einbeiniger Schwertbruder mit schütterem Haarkranz und dem rot-weißen Waffenrock der Paladine trat, auf eine Krücke gestützt, in den Lichthof der Laterne. Fabio erkannte in dem Versehrten den greisen Paladin Ardoin wieder, der hier im Ordenshaus die Funktion des Gewandmeisters innehatte, also unumschränkter Herrscher über die Kleiderkammer war. Den Gerüchten zufolge hatte der Alte sein Bein vor knapp zwanzig Jahren im Kampf gegen Goblins verloren.

»Herr Ardoin, ich melde mich zurück.« Fabio verneigte sich mit der Hand vor der Brust, wie es unter Paladinen üblich war.

»Junge«, krächzte der alte Kämpe. »Was für eine Überraschung! Dein Herr Ludovico berichtete uns, dass du im Kampf gegen die Goblins gefallen seist.«

»Was sagt Ihr?!« Fabio blickte den Alten fassungslos an. »Mein Herr Ludovico? Er lebt und ist hier?«

»Er lebt, ist aber nicht mehr hier«, antwortete ihm sein Gegenüber. »Er tauchte vorgestern hier auf und berichtete uns, was im Osten vorgefallen ist. Sein Pferd hatte er auf dem Weg hierher fast zu Schanden geritten.«

»Sagt mir doch, wie geht es ihm?«, stotterte Fabio erleichtert. »Ich … ich dachte ebenfalls, er sei tot. Die Goblins, sie haben …«

»Das alles kannst du mir gleich erzählen.« Ardoin bedeutete ihm zu schweigen und herrschte den Pagen an: »Emilio, kümmere dich um den Esel und sag deinen Kameraden Bescheid, dass sie dem Knappen etwas zu essen und zu trinken auftischen sollen.«

»Aber der Proviantmeister …«

»Der ist heute außer Haus«, schnaubte der Gewandmeister. »Und solange er weg ist, führe ich hier das Kommando. Beeil dich, wir warten im Refektorium!«

Fabio nahm Gino die Satteltaschen ab, tätschelte dem Esel dankbar den Hals und übergab ihn dem Jungen, der das Tier in Richtung Stall führte. Anschließend folgte er dem Paladin. Ardoin führte ihn den Kreuzgang hinunter, hinüber zu den Speiseräumen. Das Klacken von Ardoins Krücken schien beinahe das einzige Geräusch im Gebäude. Nirgendwo war ein anderer Ordensritter zu sehen, selbst aus dem nahen Stall drangen kaum Geräusche.

Im Speiseraum angelangt, entzündete Ardoin die Kerzen eines Leuchters und bat Fabio, an einer der beiden langen Tafeln Platz zu nehmen. Er selbst ließ sich schwerfällig auf der gegenüberliegenden Bank nieder. Die Wände des Raums waren weiß gekalkt und abgesehen von zwei überkreuzten Speeren an der Stirnseite des Raums völlig schmucklos.

»So, Junge«, krächzte der Alte. »Dann berichte mal, was du in den letzten Tagen erlebt hast! Wir hatten eigentlich keine Hoffnung mehr, dass du hier noch mal lebend aufkreuzen würdest.«

Fabio atmete tief ein und begann mit seinem Bericht. Er erzählte von der Nacht des Einbruchs, von Baron de Vontafei, der sich für seine Tochter geopfert hatte, und von der anschließenden Flucht mit den Gnomen gen Westen. Seine geheimnisvolle Vision auf der Lichtung, wo Celeste den Sternentau gesammelt hatte, behielt er lieber für sich. Er nahm sich dennoch vor, mit seinem Herrn Ludovico oder Schatzmeister Palatinus darüber zu sprechen, sobald sich die Gelegenheit dazu ergab.

Fabio war mit seiner Erzählung noch nicht zu Ende, als ein zweiter Page den Saal betrat und ein Tablett mit Brot, verdünntem Wein, Hartkäse und gesalzenen Sardellen brachte. Fabio spürte zum ersten Mal, dass er seit dem Imbiss am Morgen nichts mehr zu sich genommen hatte, und fiel mit Heißhunger über das einfache Mahl her.

»Du hast also mehrere Goblins getötet, willst einem Himmelsmechaniker begegnet sein und hast nebenbei noch eine junge Novizin sicher nach Venezia geleitet. Donnerwetter, Junge!« Der Paladin pfiff anerkennend. »Was du über die Goblins erzählt hast, deckt sich auch mit dem Bericht von Ludovico. Er hat Schatzmeister Palatinus mit diesen Nachrichten ganz schön aufgeschreckt.«

»Wo sind die anderen?«, wollte Fabio wissen.

»Sie sind gestern gen Osten aufgebrochen. Fast dreißig Berittene in schwerer Rüstung. Sie führen außerdem Knappen, Pferdeknechte und Pagen mit sich. Ein Tross, der insgesamt zwanzig Köpfe zählt. Nur ich und drei Pagen sind zurückgeblieben. Sozusagen als letzte Wacht.«

»Das heißt, ich bin zu spät gekommen?«

»Ganz schön heißblütig, Knappe!«, spottete der Alte und klopfte sich auf den Schenkel. »Du erinnerst mich daran, wie ungestüm ich selbst einmal war, damals, als ich noch besser zu Fuß war. Der Orden musste eben schnell handeln. Du hast sicher schon gehört, was hier gerade los ist.«

Fabio nickte. »Ja, man munkelt, der Doge liege im Sterben.«

»Richtig«, brummte der Paladin. »Immerhin, Ducchessa Vesperuga tut alles, um bei Venezias Rivalen den Eindruck von Schwäche gar nicht erst aufkommen zu lassen. Gerade erst hat sie die Kriegsflotte der Lagunenstadt auslaufen lassen. Angeblich um das Mitternachtsmeer von Piraten zu säubern. In Wahrheit aber wohl eher, um ein Zeichen der Stärke zu setzen. Die anderen Stadtstaaten sollen nicht auf die Idee kommen, Venezia die Handelsbasen an Mitternachtsmeer und Kometensee streitig zu machen. Es sind derzeit also nur noch wenige Soldaten in der Stadt. Hinzu kommt …« Ardoin zögerte.

»Hinzu kommt was, Herr?«

»Verflucht, du bist noch Knappe. Ich weiß gar nicht, ob ich dir davon überhaupt erzählen darf.«

»Bitte, Herr! Wenn es mit den Goblins zu tun hat, müsst Ihr es mir sagen. Außerdem steht meine Schwertleite kurz bevor. Und ich bin doch schon so tief in die Geschehnisse verstrickt, dass …«

»Verschon mich, Junge! Ich muss gar nichts.« Ardoin steckte sich ein Stück Käse in den Mund. »Aber, Astronos möge mich verfluchen, ich weiß beim besten Willen nicht, wie das schaden sollte. Also hör zu. Vor einem Monat haben die Mystikerinnen Schatzmeister Palatinus in die Sternenbasilika einbestellt. Ebenso ist es den Paladinen in allen anderen großen Städten ergangen. Grund dafür war ein Horoskop, das Aureana, die Hohe Sternenmystikerin von Stella Tiberia, erstellt hat. Ihre Vorhersagen haben einen ziemlichen Wirbel ausgelöst.«

»Wieso?«

»Weil uns dieses Horoskop eine schlimme Zukunft verheißt, Knappe. Seit dem Städtekrieg vor fünfhundert Jahren hat es kein solches Horoskop mehr gegeben. Es verheißt Krieg.« Der Paladin atmete tief ein und starrte in die Kerzenflamme. »Und das ist noch nicht alles: Die Hohe Mystikerin Aureana hat prophezeit, dass die Flamme dieses Krieges einen Brand entfachen wird, der auf die ganze Sternenwelt, auf ganz Astaria überspringt. Der Feuersturm könnte so verheerend sein, dass darin die alte Ordnung untergeht.«

Fabio starrte sein Gegenüber mit vor Schreck geweiteten Augen an und hatte schlagartig jeglichen Appetit verloren. Nur noch das Knistern der Kerzenflammen war zu hören. »Die alte Ordnung wird untergehen? Bei allen Stellaren, was soll das heißen?«

Der Paladin lächelte bitter. »Wir wissen es nicht. Aber offenbar befürchten die Sternenmystikerinnen das Schlimmste. Das Allerschlimmste.«

»Wer weiß davon?«

»Die Mystikerinnen, wir Paladine und inzwischen ganz sicher auch einige andere.« Ardoin seufzte. »Du solltest wissen, dass sich hinter jedem Pferdeknecht ein potenzieller Spitzel verbergen kann. Den weltlichen Herren Astarias dürfte nicht entgangen sein, dass der Orden bereits seit Wochen heimlich zum Krieg rüstet. Und soweit wir wissen, haben auch die Mystikerinnen Gesandte in alle Teile der Welt geschickt. Wäre dem nicht so, hätte ich dir nicht davon berichtet.«

»Es steht eine neue Schlacht gegen die Goblins bevor?« Fabio erinnerte sich plötzlich wieder an die Worte Meister

Arcimboldos. »Es geht das Gerücht um, dass auch sie ihre Übergriffe schon seit langer Zeit vorbereitet haben.«

Der alte Gewandmeister musterte ihn argwöhnisch. »Keine Ahnung, woher du das wissen willst. Wir dachten bis vor Kurzem noch, dass ein neuer Konflikt zwischen den Städten bevorsteht. Schon seit einiger Zeit heißt es, dass Firenze und Genova am Verhandlungstisch sitzen, um sich gegen Venezia zu verschwören.«

»Das dürfen sie nicht!«, begehrte Fabio auf. »Städte und Provinzen müssen jetzt unbedingt zusammenhalten. Ich dachte, nach der verhängnisvollen Belagerung Anconas vor zwanzig Jahren hätten die Sternenmystikerinnen die Kriegstreiberei unter den Städten ein für alle Mal geächtet?«

»Was heißt das schon?«, knurrte der Ordensritter. »Wurden seitdem etwa weniger Kriege geführt? Nein. Sie waren nur kleiner, auf ein einziges Gebiet beschränkt und dauerten nicht besonders lange. Heute sind es oft nur Fehden, die im Verborgenen ablaufen, Junge. Die ach so ehrwürdigen Herrscherfamilien im Land bekämpfen einander noch immer bis aufs Blut. Doch wo früher das Schwert sprach, sind heute Heimtücke und Gift die Waffen der Wahl.«

»Wollt Ihr damit andeuten, dass der Doge womöglich Opfer eines Giftanschlags geworden ist?«

»Ich weiß es nicht.« Der Paladin sah nachdenklich aus. »Ich will damit nur sagen, dass die Mystikerinnen das Kriegsverbot vor zwanzig Jahren ausgesprochen haben. Mag sein, dass mancher Fürst diesen Spruch nicht mehr so ernst nimmt. Im Zweifelsfall wird den betroffenen Adelsfamilien lediglich die Gunst und die magische Unterstützung der Sternenburg entzogen. Sollte dann ein Mitglied dieser Familie ernstlich erkranken, ist es auf die üblichen Quacksalber angewiesen. Diese Aussicht vermag machtlüsterne Intriganten kaum abzuschrecken.«

»Ich verstehe das alles nicht«, gab Fabio zu. »Die Sternenmystikerinnen verfügen über so große magische Kräfte, dass es ihnen doch leichtfallen müsste, alle weltlichen Herren im Zaum zu halten. Warum ergreifen sie nicht einfach selbst die Macht?«

Ardoin lachte rau und kratzte sich an seinem Beinstumpen. »Knappe, Mystikerinnen sind auch nur Menschen. Die Stellare verleihen ihnen zwar stellare Macht, aber keine stellare Weisheit. Würden die Mystikerinnen selbst herrschen, würden sie dabei Fehler begehen wie alle anderen Menschen auch. Das Volk verzeiht aber keinen Fehler. Die Autorität der Sternenburg beruht darauf, dass sie neutral bleibt.«

Der Paladin griff zu der Flasche neben Fabios Krug und leerte sie in einem Zug. »Und im Vertrauen: Ich fürchte, auch die Mystikerinnen wissen manchmal nicht so recht, welche schicksalhaften Prüfungen der Wille der Stellare sind und welche auf Astronos zurückgehen. Warum müssten sie wohl sonst Horoskope erstellen und diese deuten? Und wer weiß, vielleicht ist ja auch etwas dran an dem Gerücht, dass Molunah ihnen die Kräfte entzieht, sollten sie diese zu Machtzwecken missbrauchen.«

Fabio massierte sich die Schläfen. Alle zurückliegenden Ereignisse erschienen plötzlich in einem neuen Licht.

»Darf ich noch fragen, was mein Herr Ludovico berichtet hat? Ich muss doch wissen, wie es ihm ergangen ist.«

»Ich konnte leider nicht selbst mit ihm sprechen. Er ist wohl mit einigen Männern des Barons in einen Hinterhalt geraten und konnte als Einziger entkommen. Danach ist er so schnell wie möglich nach Venezia geritten.« Ardoin musterte Fabio prüfend. »Und er war davon überzeugt, dass du tot bist. Glücklicherweise hat er sich geirrt. So, und jetzt ab ins Dormitorium mit dir! Du darfst in der Früh eine Stunde länger schlafen. Ich werde morgen entscheiden, wie wir weiter mit dir verfahren.«

Ardoin nahm seine Krücken und hatte sich gerade umständlich aufgerichtet, als auf dem Innenhof ein durchdringender Schrei ertönte, der abrupt erstickt wurde.

»Das war Emilio!« Der alte Paladin griff sofort nach seinem Dolch, den er an einem Hüftgürtel trug. Fabio zog sein Kurzschwert und eilte zur Saaltür, während Ardoin die Kerzen löschte.

»Sieh nach, was draußen los ist!«, zischte ihm der Alte zu. Fabio hörte, dass sein Schwertbruder hinter ihm durch die Dunkelheit humpelte und etwas von der Wand nahm, wobei ein schabendes Geräusch entstand. Fabio zog die Tür einen Spaltbreit auf und spähte hinaus in Kreuzgang und Innenhof, die nur spärlich vom Fackelschein erhellt waren. Viel zu spät entdeckte er den gedrungenen Schatten, der sich hinter einer der Säulen des Bogengangs verborgen gehalten hatte und nun fauchend auf ihn zusprang.

»Goblins!«, schrie Fabio. Die Kreatur warf sich mit aller Macht gegen die Tür und drängte ihn zurück in den Raum. In ihren schwarzen Augen blitzte die Mordlust, als sie mit ihrer Kriegsaxt ausholte.

Fabio riss im letzten Moment sein Schwert empor, doch die Waffe wurde ihm aus der Hand gerissen, und ein mörderischer Tritt schleuderte ihn gegen eine der Tischbänke. Fabio stolperte und stürzte zu Boden.

»Stirb, Paladin!« Schon war der Goblin über ihm, entblößte sein Raubtiergebiss mit den spitzen Zähnen und holte zu einem zweiten Hieb aus, als ein dünner Schatten schräg über Fabio durch die Dunkelheit sauste. Ein Speer bohrte sich in die Brust des Goblins, der wie vom Blitz getroffen zusammenbrach.

Hastig nahm Fabio sein Kurzschwert auf und warf einen Blick hinter sich. Dort stand Ardoin. Der alte Paladin stützte sich auf den zweiten Speer, der vorhin noch an der Wand gehangen hatte, und spuckte verächtlich zu Boden. »Nicht glotzen, Junge. Kämpfen!«

Fabio riss den Speer aus der Brust des Toten, stürzte zurück zur Tür und sah bereits einen zweiten Gegner über den Kreuzgang auf sich zustürmen. Der Goblin schwang ein langes gezacktes Sichelschwert und seine Fledermausohren zuckten in wilder Vorfreude darauf, die Beute endgültig zu erlegen. Oben auf dem Dach des Dormitoriums konnte Fabio die Gestalt eines dritten Goblins erkennen. Plötzlich, wie aus dem Nichts, war raschelnder Flügelschlag wie von zahllosen Tauben zu hören.

Fabio warf den Speer, doch der Unhold duckte sich, sodass die Waffe hinter ihm gegen eine Säule prallte. Mit dem Kurzschwert in der Hand stürmte er nun auf den Goblin zu und attackierte ihn mit einer schnellen Rechts-Links-Kombination. Doch sein kleinwüchsiger Gegner war kampferprobt.

Geschickt parierte er, Funken sprühten, und schon ging der Goblin zum Gegenangriff über. Einzig seinen Reflexen hatte es Fabio zu danken, dass ihn das Sichelschwert nicht erwischte. Stattdessen bohrte sich die gezackte Klinge in die Außenwand des Refektoriums. Putz rieselte zu Boden und der Goblin zerrte am Griff der blockierten Waffe. Fabio rammte ihm kurzentschlossen das Schwert durch den Leinenpanzer. Röchelnd sackte sein Gegner zu Boden.

»Bei allen Stellaren!«

Fabio wirbelte herum, als er Ardoins verzweifelten Ruf hörte. Jetzt sah er es auch: Die Fackeln in den Kreuzgängen knisterten und erloschen, als sei ihr Feuer von einer unsichtbaren Hand erstickt worden. Bleierne Dunkelheit senkte sich über den Innenhof und mit einem Mal fiel Fabio das Atmen schwer. Seine Nackenhaare stellten sich auf und ein Grauen erfasste ihn.

»Was … was ist das?«, stammelte er.

»Ich weiß es nicht«, krächzte Ardoin. »Los, zur Marsakielskapelle, Junge! Was immer hier geschieht, es geht nicht mit rechten Dingen zu.«

Fabio stützte den alten Paladin und sie liefen in Richtung des Turms. Aus den Augenwinkeln sah er im Innenhof neben dem Brunnen einen Jungenkörper, der mit verrenkten Gliedmaßen am Boden lag. Er ignorierte den schrecklichen Anblick und sie hetzten weiter auf den Turm zu, als sich aus den Schatten des Dormitoriums eine Gestalt löste. Sie war von übermenschlicher Gestalt und in eine Kutte aus Dunkelheit gehüllt, die ein gespenstischer Wind bewegte. Sie schien keine Augen zu haben, nur zwei bläuliche Punkte leuchteten unter der Kapuze hervor. Lautlos glitt die Kreatur auf Fabio und Ardoin zu. Von Grauen erfasst, wichen sie zurück.

»Ein Sternenvampir!«, keuchte der alte Paladin und ließ Fabios Arm los. Hastig drückte er ihm einen Schlüsselbund in die Hand. »Lauf, Junge! Lauf um dein Leben!«

»Marsakiel!« Mit dem Schlachtruf der Paladine auf den Lippen humpelte der Ordensritter auf den Dämon zu und stach mit dem Speer auf ihn ein. Die Schattenkreatur machte nicht einmal den Versuch, ihm auszuweichen.

Der Speer drang, ohne dem Wesen Schaden zuzufügen, in den Schattenleib ein, überzog sich knisternd mit Raureif und zerbrach wie ein langer Eiszapfen in tausend Stücke.

»Verschone mich mit deinem armseligen Geschrei!«, zischte das Wesen, und für einen kurzen Moment glühten die Punkte, die Fabio für Augen hielt, eisblau auf. Aus dem Schatten kamen spindeldürre Arme mit Klauenhänden, die lange gebogene Krallen hatten. Bevor der Paladin zur Gegenwehr übergehen konnte, bohrten sich die Klauen in die Brust des Kämpfers. Ardoin stieß einen derart grauenerregenden Schrei aus, dass Fabio schlagartig aus der Lethargie erwachte, in die ihn der bloße Anblick des Wesens gestürzt hatte. Binnen Augenblicken schrumpfte die Haut des Paladins zusammen, bis sie spröde und rissig wurde und so aussah, als würde sie aus trockenem Lehm bestehen. Dann knackte es und Ardoins Körper verwandelte sich in eine trockene Staubwolke, die über den Innenhof wehte.

Fabio schrie, dann rannte er. Er lief so schnell wie noch nie in seinem Leben. Wahnsinnig vor Angst jagte er auf den Eingang des Turms zu, riss das Portal auf und stolperte in den

Treppenaufgang. Der Sternenvampir stieß ein Geräusch aus, das in Fabios Ohren wie Sphärengelächter dröhnte. Sein finsterer Leib schluckte das verbliebene Licht, und ganz so, als wolle er mit Fabio spielen, glitt er langsam hinter ihm her; die Klauen seiner Füße verursachten dabei ein schabendes Geräusch auf dem Boden. »Ich bin allein deinetwegen hier, Knappe!«, raunte das Wesen mit rauer Stimme.

Fabio warf die Tür hinter sich zu, schob den Riegel vor und hetzte die Treppenstufen hinauf. Hinter ihm ertönte ein bedrohliches Knistern, wie er es kurz zuvor bei Ardoins Speerstoß gehört hatte, und im nächsten Moment zersplitterte die Tür.

Fabio rannte an den Räumen des Schatzmeisters vorbei und sah endlich die Tür der Marsakielskapelle vor sich. Mit seiner ganzen Kraft warf er sich dagegen und rüttelte am Knauf. Die Tür war abgeschlossen. Fabio kamen vor Verzweiflung die Tränen. Hektisch suchte er den richtigen Schlüssel, doch vor Aufregung fand er ihn nicht. Nur wenige Stufen unter ihm glitt das Grauen auf ihn zu.

Zu spät! Fabio warf sich herum und lief weiter die Turmtreppe hinauf, bis er vor der Trophäenkammer stand. Die Tür war offen. Er sprang hinein und entdeckte im Zwielicht zwischen den Ständern mit Waffen und Standarten einen Goblin. Die Kreatur hockte unter einem Butzenfenster und durchwühlte gerade die Kleidung eines toten Pagen, der hier oben Schutz gesucht haben musste. Bei Fabios Anblick stieß der Goblin ein Fauchen aus und griff zu seiner Axt. Da war Fabio schon über ihm und bereitete ihm ein Ende.

Verzweifelt wirbelte Fabio nun herum, um die Tür zuzuwerfen. Doch der Sternenvampir glitt bereits wie zäher Rauch in die Kammer, wallte unterhalb der Decke auf ihn zu und drängte ihn bis an die Wand unter den Kopf einer ausgestopften Riesenfledermaus. Fabio stöhnte, der schwere Schlüsselbund rutschte ihm aus den Händen, und nur unter Aufbietung seiner letzten Kräfte gelang es ihm, sein Schwert zwischen sich und das Monster zu schieben.

»Wo ist die Uhr, Knappe?«, zischte ihm der Vampir entgegen. Das wallende Gespinst verdichtete sich wieder zu der ursprünglichen Kapuzengestalt. Das bläuliche Licht in den Augenhöhlen seines Feindes bohrte sich in Fabios Seele, und viel zu spät bemerkte er, dass die Klauen des Dämons die Klinge seines Schwertes fassten. Eisige Kälte kroch bis in den Griff. Fabio zuckte zusammen und ließ die Waffe los. In diesem Augenblick zersprang das Schwert.

»D-D-Die Uhr?« Verwirrung mischte sich in Fabios Entsetzen.

»Gib sie mir, Junge, und ich lass dich leben!« Der Sternenvampir beugte sich zu ihm herab. Fabio konnte keinerlei Eigengeruch an ihm feststellen. Und selbst aus der Nähe betrachtet war alles, was Fabio unter der Kapuze erkennen konnte, ein Paar bläulich glühender Punkte.

»Ich … ich hab sie nicht.« Panisch suchte Fabio in Gedanken nach einem Ausweg. Doch die Gegenwart des Sternenvampirs lähmte seinen Geist. Sie vergiftete die Luft und verlangsamte seinen Atem. Alles an diesem Monstrum schien ihm wie die Umkehrung dessen, was ihm heilig war. Und doch war es genau dieser Umstand, der Fabio in seiner Verzweiflung auf eine Idee brachte.

»Aber … ich habe etwas anderes.« Schon hatte er Celestes Phiole aus dem Gürtel gezogen. »Das hier!«

Unter Aufbietung all seiner Kräfte spritzte er dem Vampir den Sternentau entgegen.

Ein lautes Zischen war zu hören und Rauch stieg unter der Kapuze auf. Heulend riss der Sternenvampir die Klauen empor, wankte zurück, warf einen Waffenständer um und fiel gegen die Eingangstür. Das Wesen kam Fabio nun plötzlich irdischer vor, als habe es doch einen stofflichen Körper. Die Lähmung, die er zuvor gespürt hatte, ließ nach. Überrascht entdeckte er, dass der dunkle Leib des Monsters an der benetzten Stelle Blasen bekam. Im fahlen Mondlicht, das durch das Buntglasfenster des Turmzimmers schien, vermeinte Fabio Haut zu erkennen. Menschliche Haut. Aus dem schattigen Antlitz schälten sich die entstellten Gesichtszüge einer Frau. Doch auch in diesen Augen loderte ein blaues Feuer. »Dafür wirst du sterben, Knappe!«

»Nicht durch deine Hand!« Mit diesen Worten schleuderte Fabio die Phiole nach seiner Gegnerin, stieß sich von der Wand ab und warf sich mit Wucht gegen das Turmfenster. Klirrend zerbarsten die Scheiben und Fabio stürzte mit einem Stoßgebet an Marsakiel in die Tiefe.

Die Toteninsel

Das Wasser des Canal Grande schlug wie ein kaltes Leichentuch über Fabio zusammen, und sein Körper sank, bis sein Sturz von weichem Schlick gebremst wurde. Fabio strampelte sich aus dem Morast frei und tauchte wieder auf. Als sein Kopf die Wasserfläche durchstieß, sah er über sich den Turm des Ordenshauses. Wie ein mahnender Finger ragte er in den Nachthimmel. Direkt daneben erhob sich die schroffe Außenmauer des Dormitoriums.

Fabio wollte sich gerade dazu beglückwünschen, dass ihm gerade noch eingefallen war, dass das Ordenshaus direkt an diesen breiten Kanal grenzte, als er drei Gondeln entdeckte, die auf den Wellen schaukelten. Im Schutz der Dunkelheit hatten die Goblins ihre Boote offenbar am Kai der Außenmauer festmachen können. Seile führten von dort zum Dach des Dormitoriums hinauf. Jetzt war also klar, wie es den Unholden gelungen war, unbemerkt in den Ordenssitz einzudringen. Zwei zurückgelassene Wächter hockten in je einem Boot und starrten auf die Stelle im Wasser, die sein Sturz aufgewirbelt hatte.

»Tötet ihn!«, gellte eine schneidende Stimme vom Turm zu ihnen herab.

Die beiden Goblins ließen sich das nicht zweimal sagen.

Fabio sah, wie seine Feinde mit langen Speeren nach ihm zielten. In allerletzter Sekunde tauchte er ab, während die Geschosse rechts und links von ihm die Wasseroberfläche durchschlugen. Als ihn die Luftknappheit zu erneutem Auftauchen zwang, hatten seine Gegner ihre Gondeln bereits in Bewegung gesetzt und steuerten in seine Richtung. Vom Dach des Dormitoriums kletterten nun drei weitere Gegner an den Seilen herab, doch das seltsamste Schauspiel bot sich an der Turmspitze: Vor dem zerbrochenen Fenster der Trophäenkammer sammelte sich ein riesiger Taubenschwarm. Die Vögel flatterten, zirpten und gurrten in größter Erregung.

Was auch immer da oben vor sich ging, es konnte nichts Gutes sein.

Von seinen Kleidern zusätzlich beschwert, kraulte und tauchte er, so schnell er es vermochte, auf ein altes Lagerhaus zu, dessen Steg ins Wasser ragte.

Hinter ihm waren die gedämpften Kommandorufe der Goblins zu hören. Fabio zog sich an der Anlegebrücke nach oben, als dicht neben ihm ein Goblinpfeil in einen Pfahl sauste. Geduckt huschte er über die Laderampe auf eine Tür zu. Doch das Portal war abgeschlossen. In seiner Verzweiflung rüttelte er an den Fensterläden, doch auch diese waren zugesperrt.

Zwei weitere Pfeile zischten durch die Nacht. Einer von ihnen prallte dicht neben seinem Bein gegen die Außenmauer des Gebäudes.

Fabio unterdrückte einen Aufschrei und rannte weiter zur Hausecke, hinter der ein schmaler Seitenkanal sichtbar wurde. Die Goblins in den Gondeln hatten inzwischen aufgeholt und auch das dritte Boot setzte sich soeben mit mehreren Kriegern bemannt in Bewegung. Die Taubenschar, die über der Turmspitze kreiste, stieg jetzt in einer Spiralformation in den Nachthimmel auf.

Fabio keuchte. Zu seinem Glück erstreckte sich entlang der Seitenfront des Lagerhauses ein langer Pier, über den er nun lief. In der Dunkelheit wäre er fast über eine offene Kiste gefallen. Zu seiner Linken tauchten mehrere Eingänge auf, doch so fest er auch an den Türen rüttelte: Sie blieben verschlossen.

Hinter ihm glitten seine Verfolger in den Seitenkanal.

Fabio hastete weiter, bis er am Ende des Piers gegen einen Stapel langer Baupfähle stieß, die mit Seilen festgezurrt waren. Ein Messer. Ein Königreich für ein Messer!

Im fahlen Stellarslicht suchte er den Stapel ab und entdeckte schließlich eine kleine Axt, die man wahrscheinlich zum Entasten der Stämme verwendet hatte. Fabio ergriff sie und hackte auf das erste Seil ein. Ein Pfeil sauste dicht an seinem Kopf vorbei und fuhr ins Holz. Ein Splitter ritzte schmerzhaft seine Braue. Blut rann ihm ins Auge. Fabio ignorierte die Wunde und arbeitete fieberhaft weiter. Endlich riss das Seil. Schnell, jetzt noch die letzte Vertäuung! Fabio kletterte flink über die Pfähle, während sich schräg hinter ihm die erste Gondel näherte. Der Goblin warf das Ruder beiseite, ergriff eine Keule und machte sich zum Absprung bereit. Fabio durchtrennte das letzte Seil.

Auf einmal spürte Fabio unter sich ein Beben. Er versuchte noch wegzuspringen, doch er verlor das Gleichgewicht. Rumpelnd fielen die Pfähle ins Wasser und rissen ihn mit sich. Der Goblin, der jetzt fast auf seiner Höhe war, kreischte wütend, und schon versank die Welt um Fabio herum abermals in dunkler Nässe. Unter Wasser wurde er von einem der Pfähle an Schulter und Kopf getroffen und etwas Schweres presste ihm die Luft aus den Lungen. Wasser drang in seine Nase. Der Grund des Kanals hallte wider von dumpfem Getöse.

Verzweifelt versuchte Fabio, wieder nach oben zu kommen, doch an der Oberfläche über ihm trieben die Pfähle, einer neben dem anderen. Mit letzter Kraft stieß sich Fabio ab, und es gelang ihm auch, eine freie Stelle zu finden, wo er auftauchen konnte. Keuchend zog er die modrige Luft über dem Kanal ein, die ihm in diesem Augenblick frisch wie himmlischer Äther schien.

Die schmale Wasserstraße war nun über ihre ganze Breite mit verkeilten Pfählen versperrt, zwischen denen die erste Gondel trieb. Das Boot war leer. Offenbar hatten die Pfähle auch die Insassen mit ins Wasser gerissen.

Doch hinter der künstlichen Sperre waren bereits weitere Verfolger zu sehen. Einer der Goblins sprang über die im Wasser treibenden Pfähle hinweg auf Fabio zu, dem plötzlich bewusst wurde, wie gut die Unholde bei Nacht sehen konnten. In einiger Entfernung gingen zwei weitere Kreaturen an Land. Ihr Geschrei war rasender von Wut erfüllt, als sie bemerkten, dass der schmale Steg dort endete, wo der Pfahlstapel gewesen war.

Obwohl ihn die Prellung an der Schulter schmerzte und sein Kopf dröhnte, tauchte Fabio ab Er glitt durch das trübe Wasser und versuchte, die Luft so lange wie möglich anzuhalten. Sein Ziel war eine schmale gebogene Brücke, die in fünfzehn Schritt Entfernung den Kanal überspannte.

Er hatte sie gerade erreicht, als die Luft auf einmal von einem Flattern, Rascheln und Brausen erfüllt war. Der Taubenschwarm, den Fabio über dem Ordenshaus hatte kreisen sehen, stieß wie eine riesige dunkle Speerspitze vom Nachthimmel herab und jagte dicht über dem Wasser auf ihn zu.

Fabio ließ sich im Schatten der Brücke abermals unter Wasser sinken und hielt sich verzweifelt an einem glitschigen Ast fest, den eine Laune des Schicksals bis an diese Stelle getrieben hatte. Erst als bunte Sterne vor seinen Augen aufblitzten und seine Lunge zu brennen begann, riskierte er es, wieder aufzutauchen.

Erleichtert sah er, dass die Vögel weiter hinten einen Kanalbereich umkreisten, an dem Stufen hinauf zu einem kleinen Marktplatz führten. Vom Lagerhaus her war noch immer das Kreischen der Goblins zu hören, das sich aber zusehends entfernte. Der Taubenschwarm stieg hoch in die Luft und war bald im Dunkel verschwunden. Die restlichen Goblins wendeten ihre Gondeln und kehrten zum Canal Grande zurück.

Erschöpft klammerte sich Fabio an einen Vorsprung am rechten Brückenpfeiler. Sein Atem ging stoßweise. Erleichtert schloss er die Augen. Im Schatten des Brückenbogens würde er für die Gegner auf den ersten Blick kaum zu sehen sein. Doch der Gedanke an das, was er in der letzten Stunde erlebt hatte, verstörte ihn und weckte seinen Zorn.

Goblins befanden sich in Venezia! Und nicht genug, ein Sternenvampir hatte sich hier eingenistet. Bruder Ardoin war sicher nicht sein letztes Opfer gewesen. Bis zu diesem Tag hatte Fabio geglaubt, dass Sternenvampire jenseits des Sternenwalls lauerten; von dort waren sie einst gekommen und dorthin waren sie nach dem großen Stellarskrieg auch wieder zurückgedrängt worden. Sicher, es gab Geschichten aus alten Tagen, in denen Ordensritter gemeinsam mit Sternenmystikerinnen Jagd auf diese Dämonen gemacht hatten. Doch das war vor langer Zeit geschehen. Wie hatten die Vampire den Sternenwall überhaupt durchbrechen und nach Astaria gelangen können? Was, wenn noch mehr dieser Dämonen einen Weg in die Welt hinein gefunden hatten? Fabio erschauderte. Er fragte sich, wie viel an geheimem Wissen ihm als Knappe wohl sonst noch vorenthalten worden war.

Aber da war noch ein Gedanke, der ihn verfolgte: Immer wieder erschien vor seinem inneren Auge die Fratze jener Frau, die unter der Einwirkung des Sternentaus in der Gestalt des Vampirs sichtbar geworden war. Wie konnte ein Vampir noch ein zweites, menschliches Antlitz haben? Und wichtiger noch: Wie hatte er von der Uhr erfahren und wozu benötigte er sie? Die Uhr, davon war er inzwischen überzeugt, war der Schlüssel zu allem, und er würde sein Möglichstes versuchen, um ihren Zweck in Erfahrung zu bringen.

Bevor er es sich anders überlegen konnte, stieß sich Fabio von dem Pfeiler ab und kraulte zurück zu den im Wasser treibenden Holzpfählen. Eingeklemmt zwischen den Trümmern dümpelte noch immer die leere Goblingondel. Sein Plan war halsbrecherisch, aber wenn er herausfinden wollte, was es mit der Uhr auf sich hatte und warum sich Goblins in eine Metropole wie Venezia trauten, musste er den finstren Kreaturen folgen und sie ausspähen.

Behutsam schlängelte er sich an den Hindernissen vorbei und zog sich ächzend in das verlassene Boot hinein. Die Gondel schwankte und seine nassen Kleider klebten ihm wie eine Eisschicht am Körper. Er fröstelte so sehr, dass er mit den Zähnen klapperte.

Als er sah, dass das Ruder noch da war, schöpfte er neue Zuversicht. Rasch befreite er sich von Hemd und Umhang, wrang beide aus und warf sie auf eine Sitzbank. Glücklicherweise war der Wind, der über die Lagunenstadt strich, bei Weitem nicht so kalt wie das Wasser in den Kanälen. Schon bald würde zumindest sein Oberkörper trocken sein.

Fabio wuchtete mit dem Ruder zwei Pfähle zur Seite, eilte zum Heck und tauchte die Ruderstange tief in die Fluten. Das schwankende Gefährt drehte sich und setzte sich langsam in Bewegung.

Es dauerte nicht lange, bis er den Canal Grande erreicht hatte. Der Wasserlauf war gut sechzig Schritt breit, und die Häuser, welche die glitzernde Wasseroberfläche säumten, waren nur schemenhaft zu erkennen. Argwöhnisch blickte sich Fabio zum Ordenshaus um, dessen Bauten schroff und abweisend vor dem dunklen Himmel aufragten. Nichts deutete darauf hin, welches Drama sich vor Kurzem in ihren Mauern abgespielt hatte.

Fabio suchte den Kanal ab und hatte das Glück, zwei längliche Schatten zu entdecken, die über das Wasser glitten. Ohne zu zögern, nahm er die Verfolgung auf. Allerdings dauerte es einige Minuten, bis er den richtigen Rhythmus beim Rudern gefunden hatte und das Boot genügend Vortrieb bekam. Nur mühsam gelang es ihm, zu den Goblins aufzuholen. Wohin fuhren sie?

Fabio ruderte an dunklen Palästen, verwunschenen Gartentoren und breiten Anlegestellen vorbei und flehte um den Beistand der Stellare, die sich glitzernd auf den Fluten des Kanals spiegelten. Hin und wieder waren an den Uferpromenaden Nachtschwärmer zu erkennen, die begleitet von Dienern mit Laternen ihren Weg durch das Gassenlabyrinth der Stadt suchten, und einmal musste Fabio einer Prunkgondel mit bunten Lampions ausweichen, in der ein reicher Bürger mit seiner Konkubine saß.

Wenig später kam das Arsenal Venezias mit der langen Umfassungsmauer und den beiden massiven Wachtürmen in Sicht. Fabio wusste, dass auf dem Werftgelände Zimmerleute, Schmiede und Segelmacher die Handels- und Kriegsschiffe der Lagunenstadt bauten und reparierten. Kein Haus in der Nähe durfte höher als die Umfriedung sein, denn die Kunst der Werftarbeiter sollte geheim bleiben. Fabio fragte sich gerade, was die Goblins dort wohl suchten, als diese in einen verschwiegenen Seitenkanal Richtung Nordwesten abbogen. Schwitzend verdoppelte Fabio seine Anstrengungen noch und glaubte schon, die Boote verloren zu haben, als der Kanal auf einmal breiter wurde und den Blick auf die Lagune freigab, deren Wellen sich silbern im Wind kräuselten.

Er hatte den Stadtrand erreicht.

Waren die Goblins etwa vom Festland gekommen? Fabio bemerkte seinen Irrtum, als er die Boote seiner Feinde auf der offenen Wasserfläche erspähte. Ihr Ziel war offenbar die Insel, die sich ganz in der Nähe erhob. Wenn er sich nicht irrte, war das San Molunah, die Toteninsel. Dort befand sich der Friedhof Venezias.

Soweit er wusste, lebten auf ihr nur einige Friedhofswärter.

Von diesen abgesehen war das Eiland unbewohnt. Die Insel stellte somit ein ideales Versteck dar.

Inzwischen schoben sich dunkle Wolken vor den Mond und vom offenen Meer her kam eine kräftige Brise auf. Fabio fröstelte und rieb sich die nackten Arme.

Beherzt griff er wieder zum Ruder und legte sich möglichst flach in die Gondel, um von den Feinden ungesehen zur Insel überzusetzen.

Viele geeignete Anlegestellen schien es dort nicht zu geben. Die ganze Insel war von einer hohen Friedhofsmauer umgeben, hinter der schemenhaft Baumkronen und die Spitzen hoher Grabmäler aufragten. Da er keine Wachen entdeckte, glitt er mit der Gondel auf eine Pier zu, vor der drei weitere Boote im Wasser dümpelten. Fabio lauschte und sprang ans Ufer. Hastig vertäute er sein Gefährt und durchsuchte die Nachbarboote.

Es roch streng nach Goblin, ein bisschen wie nach Raubtier. Eine Waffe konnte er zu seiner Enttäuschung nicht finden. Sein von der Anstrengung des Ruderns erhitzter Körper begann zunehmend auszukühlen. Er brauchte dringend etwas Warmes zum Anziehen!

Die Arme fest um den Oberkörper geschlungen, eilte Fabio auf das Friedhofstor zu, das halb offen stand. Er schlüpfte hindurch, verbarg sich hinter einem Busch und blickte auf lange Grabreihen, zwischen denen sich Wege abzeichneten. Die Mitte der Toteninsel wurde von Mausoleen und hohen Zypressen eingenommen. Die Luft roch nach verwelktem Laub und feuchtem Erdreich. Abermals fröstelte ihn. Und dies rührte nicht allein von der Kälte her.

Im Mondlicht Spuren zu finden, war schier ein Ding der Unmöglichkeit. Und doch musste er seine Widersacher aufspüren. Nur wie?

Nicht weit von der Umfriedung befand sich ein Holzbau, der sich kantig vor der Dunkelheit abzeichnete. Fabio sah sich misstrauisch nach allen Seiten um und schlich geduckt darauf zu. Es handelte sich um einen Arbeitsschuppen.

Er lauschte und rüttelte dann behutsam an der verschlossenen Tür. Schließlich fand er einen kaputten Fensterladen, der sich von außen öffnen ließ, und stieg in die Hütte ein. Drinnen war es stockfinster. Es roch nach Leder und rostigen Arbeitsgeräten. Vorsichtig tastete er die Wände ab. Seine Hände berührten die hölzernen Stiele von Schaufeln und Hacken, ertasteten Regale, auf denen sich zusammengefaltete Säcke stapelten, bis er mit den Fingern über eine Jacke strich, die neben der Schuppentür an einem Nagel hing. Vor Erleichterung hätte er beinahe einen Schrei ausgestoßen. Schnell nahm er das grobe Kleidungsstück von der Wand und schlüpfte hinein. Sofort wurde ihm wärmer. Gerade als er nach weiteren Kleidungsstücken suchen wollte, hörte er draußen leise Stimmen.

»… ist es mir völlig egal, was dir dein Herr aufgetragen hat. Ich warte hier nicht wie ein Bittsteller. Du führst mich jetzt zu ihm oder ich werde dein elendes Goblinherz mit meinem Schwert durchbohren. Hast du mich verstanden?«

Ein unwilliges Fauchen folgte. Fabio schlich ans Fenster und öffnete den Laden einen Spaltbreit.

Nicht weit von ihm entfernt, hinter einer Grabreihe, standen sich zwei Schatten gegenüber: ein Goblin und ein Mensch.

Der Goblin knurrte irgendetwas und führte seinen Begleiter an einer hohen Zypresse vorbei einen Pfad hinunter. Fabio überlegte nicht lange, schlüpfte aus dem Schuppen und folgte den beiden, indem er von Grabstein zu Grabstein huschte.

Fast zu spät bemerkte er die beiden Goblinwächter, die plötzlich hinter einem Baum hervortraten und sich den beiden mit erhobenen Waffen in den Weg stellten. Die Goblins redeten in ihrer kehligen Sprache aufeinander ein, schließlich führten sie den Fremden zu einem Familienmausoleum im Mittelteil des Friedhofs. Misstrauisch spähten die Kreaturen nach allen Seiten. Kurz darauf quietschte eine rostige Tür und Fabio hörte eine der Gestalten etwas in das Mausoleum hineinrufen.

Dann dauerte es eine ganze Weile, bis sich wieder etwas rührte. Fabio schlich näher an das Mausoleum heran und verbarg sich schließlich hinter einer großen Steintafel. Endlich waren Schritte auf den Steinstufen des Grabmals zu hören. Zwei weitere Krieger traten aus dem Mausoleum. Sie waren mit gefährlich aussehenden Zackenspeeren bewaffnet. Einer von ihnen hielt eine abgeblendete Laterne in den Klauen, in deren Lichtschein nun eine weitere der Kreaturen ins Freie trat.

Noch nie zuvor hatte Fabio unter den Goblins eine derart Respekt gebietende Gestalt erblickt. Ohne Zweifel handelte es sich bei dem Neuankömmling um einen ihrer Anführer. Er überragte seine Begleiter fast um Haupteslänge und war mit einem eisernen Helm und einer nietenverzierten Lederrüstung gepanzert, an deren Schultern Bärenklauen angebracht waren. Auf dem Rücken trug der Hüne ein langes Sichelschwert zur Schau. Als er den Fremden vor dem Mausoleum erblickte, fletschte er die Zähne. Ob die Geste als Drohgebärde oder als Willkommensgruß gemeint war, ließ sich schwer sagen.

»Ah, mein Freund!«, krächzte der Goblin.

»Astronos zum Gruß, Gruuk!«, antwortete ihm der Fremde spröde. »Möge sein Segen all deine Taten begleiten!«

Der Unbekannte machte eine knappe Verbeugung.

Gruuk? Verflucht, Fabio wusste, dass er den Namen schon einmal gehört hatte. Entsetzt riss er die Augen auf. Natürlich. Meister Arcimboldo hatte den Namen erwähnt. Wenn der Himmelsmechaniker die Wahrheit gesagt hatte, dann stand da vorn vor dem Mausoleum der oberste Hochschamane der Goblins.

Von der Verbeugung offensichtlich wenig beeindruckt, zischte Gruuk sein Gegenüber an: »Was willst du hier?«

»Unsere Herrin will, dass ich Euch die Schlüssel bringe.«

»Merk dir, dass deine Herrin nicht meine Herrin ist«, zischte der Hochschamane. »Ich diene allein Astronos. Aber die Schlüssel werden uns nützlich sein.«

»Ihr wisst, welche Tore sich damit öffnen lassen?« Der Fremde übergab einem der Speerträger einen klirrenden Schlüsselbund.

»Wir werden sie zu gebrauchen wissen«, zischte Gruuk.

»Sind Eure Kämpfer bereit?«

Der Hochschamane stieß einen leisen Pfiff aus und zwischen den Grabreihen hinter dem Mausoleum traten weitere Goblins aus dem Dunkeln. Fabio schätzte die Gruppe auf zwanzig bis dreißig Kämpfer.

»Beruhigt, Mensch? Wir haben unsere Positionen bezogen.«

Der Fremde nickte zufrieden. »Denkt stets daran, unsere Herrin verzeiht keinen Fehler.«

»Unsere Herrin?« Gruuk knurrte wütend und trat drohend auf den Mann zu.

Ein metallisches Klirren war zu hören, als der Hochschamane plötzlich einen schweren Gegenstand emporhielt, der an einem Kettengeflecht in der Luft baumelte. Fabio unterdrückte mit Mühe einen leisen Aufschrei. Die rot schimmernden Glutpunkte in den Augenhöhlen, das Motiv des Kometen auf dem dunklen Knochen und die langen Reihen spitzer Zähne ließen keine Zweifel daran aufkommen, dass es sich hier um einen Astronos-Schädel handelte, wie Fabio ihn auf dem Landgut des Barons gesehen hatte. Der Fremde schluckte und wich hastig einen Schritt vor Gruuk zurück. Dennoch wagte er nicht, seinen Blick von dem schaurigen Gegenstand zu wenden.

»Wenn hier jemand Fehler macht, dann ist es deine … Herrin.« Gruuk flüsterte etwas in der rauen Sprache der Goblins und auf einmal leuchteten die Augenhöhlen des Schädels in ihrer ganzen Tiefe feuerrot auf. Der Fremde keuchte erschrocken. Seine Gesichtszüge traten im Flackern des Lichts deutlich hervor.

Fabio erstarrte. Die Haare, der markante Schnauzbart. Es gab keinen Zweifel. Da stand Graf Niccolo della Monzoni, der oberste Siegelbewahrer des Dogen, der ihn und Celeste auf der Brücke so herrisch zur Seite gedrängt hatte. Doch Fabio blieb keine Zeit, darüber nachzudenken, denn auf einmal wirbelte ein gewaltiger Windstoß das Laub zwischen den Grabsteinen auf. Die Goblinkrieger, die beim Mausoleum warteten, knurrten unruhig, und Fabio spürte, wie sich die Luft um ihn herum stark abkühlte.

Bei allen Stellaren, spielten ihm seine Sinne einen Streich? Oder waren von irgendwoher tatsächlich das Rasseln schwerer Ketten und der Schlag wuchtiger Schwingen zu hören?

Der Schatten des Mausoleums dehnte sich im roten Schein des Astronos-Schädels weit über die Grabreihen hinaus und schien allmählich die Umrisse eines riesenhaften Geschöpfs mit langen Klauen und mächtigen Schwingen anzunehmen.

Fabio zitterte, denn er spürte es bis tief ins Mark: Hier war Astronos, der Fürst der Finsternis.

Niccolo della Monzoni bedeckte angsterfüllt sein Gesicht mit den Händen und fiel auf die Knie. »Gnade!«, winselte er. »Ich … ich bin Euer getreuer Diener!«

»Und das ist auch dein Glück. Sonst wärst du jetzt schon tot, Mensch«, sagte eine Stimme, die einem tiefen Grollen glich.

In diesem Moment erlosch der rote Schein in den Augenhöhlen des Schädels. Gruuk spuckte verächtlich auf den Boden und jedes Geräusch im Umkreis erstarb. Nicht einmal der Gesang der Vögel war zu hören.

»Merk dir in Zukunft, wer hier das Sagen hat! Mir allein gilt Astronos' Gunst. Ich bin sein oberster Diener in Astaria. Deine sogenannte Herrin ist allein durch den alten Pakt an ihn gebunden. Doch sie wird unsere Pläne verraten, wenn sie einen Vorteil für sich herausschlagen kann, dessen bin ich mir sicher. Allein ihrem Versagen ist es zuzuschreiben, dass dieser

Knappe nicht ausgepackt hat. Richte ihr aus, dass ich es sein werde, der sie zur Rechenschaft zieht, wenn sie diesen Fehler nicht wiedergutmacht.«

Der Graf nickte hastig und blickte noch immer ehrfurchtsvoll auf den Astronos-Schädel in Gruuks Händen.

»Gut, Mensch. Warum nicht gleich so?« Der Hochschamane fletschte abfällig die Zähne und zog ein beinernes Amulett unter seinem Leinenpanzer hervor. »Nimm das, damit du dich als mein Verbündeter ausweisen kannst. Es wäre doch bedauerlich, wenn einer meiner Krieger dich und deinesgleichen für Feinde hielte, wenn es so weit ist.«

Die Goblinkrieger zwischen den Grabreihen brachen in raues Gelächter aus. Della Monzoni warf ihnen einen bösen Blick zu und schnappte sich das Amulett. Trotzig hängte er es sich um den Hals und ließ es unter seinem Gewand verschwinden. Fabio konnte leider nicht erkennen, um was es sich dabei handelte.

»Und jetzt fort mit …« Der Hochschamane hielt mitten im Wort inne, denn schräg hinter Fabios Versteck nahte ein weiterer Goblin. Er kam von der Anlegestelle und trug ein Stoffbündel. Die Wächter wichen sofort zurück, um ihn durchzulassen, und der Neuankömmling warf sich demütig vor seinen Herrn auf die Knie und begann erregt auf ihn einzureden.

Fabio stockte das Herz: Bei dem mitgebrachten Bündel handelte es sich um die Kleidungsstücke, die er in der Gondel zurückgelassen hatte. Er war entdeckt!

Gruuk schrie seinen Leuten einen Befehl zu, die sofort ausschwärmten.

Fabio handelte blitzschnell. Geschmeidig rollte er sich von

Grabstein zu Grabstein und sah sich dabei panisch nach einem geeigneten Versteck um. Weiter hinten waren bereits Rufe zu hören. Mit gezogenen Waffen liefen die Goblins in alle Richtungen und auch della Monzoni kam wieder auf die Beine.

Verzweifelt huschte Fabio auf ein frisch ausgehobenes Grab zu, schlich am Erdaushub vorbei und sprang in das Loch. Mit einem dumpfen Laut kam er am Grund auf. Unter sich spürte er feuchte Erde und die vermoderten Bretter eines Sarges. Er hatte bereits gehört, dass es in Venezia aus Platzmangel Brauch war, mehrere Tote übereinander zu bestatten. Rasch verbannte er jeglichen Gedanken an das, was sich nur wenige Handbreit unter ihm befand, und kroch in eine finstere Ecke. Dort verharrte er regungslos.

Jenseits des grauen Rechtecks über seinem Kopf waren Rufe zu hören. Undeutlich konnte er dort oben einen Goblin erkennen, der sich auf den Erdaushub neben dem Grab stellte und in die Dunkelheit spähte. Nach quälenden Sekunden, die Fabio wie eine Ewigkeit erschienen, verschwand er. Fabio zog seine Jacke fester um sich und erflehte Marsakiels Schutz.

Zeichen auf Stein

Fabio hatte das Gefühl, als würden seine Beine in tiefem Morast feststecken. Sosehr er sich auch abmühte, er kam keinen Schritt vorwärts. Rings um ihn erstreckte sich eine öde Sumpflandschaft, die unter wabernden Kriechnebeln zu ersticken schien. Wo, bei allen Stellaren, war er? Da kam ein Wind auf, der die Nebelschwaden zerriss und den Blick auf ein majestätisches Gebäude mit runder Säulenhalle freigab, deren Kapitelle mit den Insignien von Königen geschmückt waren. Zwischen den Säulen glitzerte es hell wie Sternentau und von irgendwoher war ein leises Flüstern zu hören. Fabio machte einen Schritt auf das Bauwerk zu, doch seine Stiefel steckten noch immer fest. Mit rudernden Armen stürzte er erneut in den Sumpf ...

Mit einem Ruck erwachte er, zitternd vor Kälte. Offenbar hatte die Erschöpfung über seine Wachsamkeit gesiegt und er war trotz der allgegenwärtigen Gefahr eingeschlafen. Noch immer lag er zusammengekrümmt in der Ecke des frisch ausgehobenen Grabes, die weite Jacke eng um seinen Körper geschlungen. Was war das nur für ein Traum gewesen? Das Bauwerk darin hatte er schon einmal gesehen: in seiner Vision auf der Lichtung, als Celeste den Sternentau gesammelt hatte.

Verwirrt schüttelte er den Kopf. Beim ersten Versuch aufzustehen, knickten seine vom Schlaf taub gewordenen Beine ein; zitternd gelang es ihm schließlich, sich an die Grabwand gelehnt aufzurichten und hinauszuspähen. Von den Goblins war weder etwas zu sehen noch zu hören.

Ein dicker Nebel hatte sich über das gesamte Gelände gelegt. Die Sonne musste vor Kurzem aufgegangen sein. Bald würden ihre Strahlen den Dunst vertreiben.

Fabio warf einen letzten Blick auf die vermoderten Überreste des Sarges zu seinen Füßen, zog sich an der Schachtwand in die Höhe und wuchtete sich heraus. Schnell atmend lag er neben dem Erdaushub und spähte durch den Dunst. Doch das Einzige, was er erkennen konnte, waren die Umrisse der Grabsteine, die links und rechts von ihm aus dem Boden ragten.

Fabio schluckte. Er wagte nicht, die Anlegestelle aufzusuchen, über die er in der Nacht die Toteninsel erreicht hatte. Stattdessen schlich er im Schutz des Nebels in östliche Richtung, kam an Pappeln und Büschen vorbei, deren Äste und Zweige gespenstisch aus dem milchigen Dunst ragten. Den Abschnitt mit den Mausoleen mied er, da er in ihnen Goblinverstecke vermutete. Wie viele Goblins mochten auf der Insel verborgen sein? Oder waren sie bereits alle in Richtung Venezia aufgebrochen?

Fabio huschte soeben geduckt an einem verfallenen Denkmal vorbei, auf dessen Spitze ein geflügelter Stellar die Toten betrauerte, als er leise Stimmen hörte, denen ein raues Gelächter antwortete. Er verbarg sich und sah in der Morgendämmerung zwei Gestalten auf sich zukommen: Friedhofsarbeiter. Die Männer trugen Schaufeln und ließen eine Flasche kreisen, während sich der eine mit einem Mädchen brüstete, das er gestern in einer der Kaschemmen der Stadt kennengelernt hatte.

Natürlich. Auch hier auf der Toteninsel stellte sich mit Sonnenaufgang der übliche Betrieb ein. Wollten die Goblins unbemerkt bleiben, mussten sie Arbeiter, Friedhofswärter und Trauernde unbehelligt lassen.

Fabio wartete, bis die Männer an seinem Versteck vorbeigegangen waren. Anschließend schlich er zu einem frisch aufgehäuften Grab, bat den dort Bestatteten insgeheim um Verzeihung, stibitzte ein Blumengebinde und hängte es sich um die Schulter. Derart ausgestattet lief er in die Richtung, aus der die Männer gekommen waren. Sollten die Goblins Wachen aufgestellt haben, hoffte er, dass sie ihn für einen einfachen Arbeiter hielten.

Endlich erreichte er einen weiteren Schuppen, der umrankt von Kletterrosen vor der hohen Umfriedungsmauer stand. Ganz in der Nähe entdeckte er ein kleines Tor, hinter dem Stufen zu einem Landungssteg führten. Fabio sah sich noch einmal wachsam um, legte den Kranz ab und eilte über den Steg. An seinem Ende dümpelte wie erhofft ein kleines Ruderboot auf den Wellen.

Fabio ruderte auf die offene Lagune hinaus, zurück in Richtung Stadt. Auch hier zogen graue Nebelschwaden vorüber. Fabio war froh, dass sie ihn vor den Blicken seiner Feinde verbargen. Überdies sorgte die Anstrengung des Ruderns dafür, dass ihm endlich wieder wärmer wurde.

Doch wie sollte er nun vorgehen? Der Überfall auf das Ordenshaus, der Sternenvampir und die Goblins auf der Toteninsel – in nur einer Nacht hatten sich die Ereignisse zugespitzt. Am besten war sicher, Celeste aufzusuchen. Die Sternenmystikerinnen mussten unbedingt über die Vorgänge in der Stadt informiert werden. Er konnte nur hoffen, dass sie ihm Glauben schenken würden.

Endlich erreichte er eine der Anlegestellen, die die Uferbegrenzungen Venezias säumten. Inzwischen hatte die Sonne den Nebel über der Lagune ganz vertrieben. Die Straßen der Stadt hatten sich bereits mit lärmenden Menschenmengen gefüllt. Lastenträger, Laufboten, Mägde und Fischverkäufer drängten sich in den engen Gassen. Fabio kam an einer köstlich nach Brot duftenden Bäckerei vorbei und spürte auf einmal quälenden Hunger. Als er sich der Backstube näherte, wurde er jedoch sogleich vom Ladeninhaber verscheucht.

»Scher dich weg, du Vagabund! Hier kauft nur vornehme Kundschaft.«

Fabio wich erschrocken und beschämt zurück. Er hatte gar nicht daran gedacht, wie verwahrlost er aussah. Seine klamme Hose starrte von Dreck, die gestohlene Jacke war an Ärmeln und Aufschlägen durchlöchert, und an seinen erdbeschmutzten Armen prangten böse Schrammen.

Er musste sich dringend waschen und er brauchte etwas Neues zum Anziehen; vor allem aber musste er sich eine Waffe besorgen. Hier gab es aber nur einen Ort, an dem er all das bekommen konnte: das Ordenshaus. Sofort machte er sich auf den Weg. Als er endlich eine schmale Gasse erreichte, durch die er einen Blick auf das Gebäude werfen konnte, wurde ihm beklommen zumute. Der grausame Tod seines Schwertbruders Ardoin lag erst wenige Stunden zurück. Fabio hatte eigentlich erwartet, dass sich vor dem Gebäude ein Menschenauflauf gebildet hatte und bereits Gardisten des Dogen die Vorfälle untersuchten. Doch stattdessen war das Hauptportal noch immer geschlossen und das Leben in den Straßen ging seinen gewohnten Gang. Niemand schien etwas von den Ereignissen der letzten Nacht mitbekommen zu haben.

Fabio wollte schon weitergehen, als er doch noch einmal innehielt. Er war ein Narr. Wenn das wirklich dieser Graf Niccolo della Monzoni gewesen war, den er in der Nacht auf dem Friedhof gesehen hatte, dann musste er damit rechnen, dass der Verräter Einfluss besaß. Immerhin bekleidete er als Siegelbewahrer der Dogenfamilie ein hohes Amt.

An seiner Stelle hätte Fabio das Ordenshaus der Paladine überwachen lassen. Vielleicht sollte er doch lieber zuerst zu Celeste gehen? Aber es half alles nichts: Er brauchte eine Waffe. Also musste er das Risiko eingehen.

Er schlich in einen der nahe gelegenen Hinterhöfe, fand dort ein wurmstichiges Fass, wie es für Abfälle gebraucht wurde, und leerte seinen Inhalt aus. Er zog seine Stiefel aus – die jedem den Knappen verrieten – und warf sie in das Fass. Anschließend wuchtete er den schweren Behälter so auf seine Schulter, dass er sein Gesicht im Notfall hinter den Dauben verbergen konnte. Jetzt sah er aus wie einer der zahllosen Tagelöhner der Stadt. Barfuß lief er mit seiner Last zum Ordenshaus hinüber und an der hohen Frontmauer mit dem Tor vorbei.

Ein Hausierer und ein Handwerksgeselle gingen grußlos an ihm vorüber. Fabio blickte sich wachsam um. Er wollte schon erleichtert ausatmen, als ihm ein Bettler auf der anderen Straßenseite auffiel. Er hockte in einem Hauseingang unweit vom Tor entfernt.

Dabei wusste jeder, dass der Orden in der Regel kein Bettelvolk vor seinen Mauern duldete. Umso seltsamer war es, dass der Kerl hier unbehelligt sitzen konnte. Er blickte neugierig zu Fabio hinüber, wandte sich dann aber einem jungen Kaufmann zu, der die Straße herunterkam. Fabio nutzte die Gelegenheit und schlüpfte neben dem Ordenshaus in eine Seitengasse, die auf den Canal Grande zuführte.

Bald hatte er die schmale Tür an der Außenwand des Refektoriums gefunden. Sie diente als Lieferanteneingang und führte in die Küche. Leider bestand die Tür aus solidem Eichenholz, war mit Eisenbändern gesichert und wie erwartet verschlossen. Ebenso unmöglich war es, die Mauer ohne geeignete Hilfsmittel zu erklettern. Andererseits war die Gasse ziemlich eng und die dem Ordenshaus gegenüberliegenden Gebäude waren recht hoch.

Soweit Fabio wusste, waren in den Wohnungen gegenüber einfache Handwerkerfamilien einquartiert. Vielleicht konnte er einen Sprung von einem der gegenüberliegenden Dächer wagen?

Er eilte in eines der nach Zwiebeln und Fischsuppe riechenden Stiegenhäuser und fand es zu seinem Glück leer vor. Er setzte das Fass ab, zog die Stiefel wieder an und stieg zügig die Treppen hinauf. Hinter einer der Türen schrie ein Kind, hinter einer anderen war das Klappern eines Spinnrades zu hören. Fabio hielt erst inne, als er das Obergeschoss erreicht hatte, wo er am liebsten einen kleinen Jubelschrei ausgestoßen hätte.

Denn hier befand sich eine Luke. Fabio öffnete sie, machte einen Klimmzug und gelangte so auf die Dachschräge.

Einige Tauben flogen erschrocken auf, Fabio zuckte vor Schreck zusammen. Er hatte noch nicht vergessen, dass der Sternenvampir sich die Vögel letzte Nacht dienstbar gemacht hatte. Als die Vögel zur Ruhe gekommen waren, kletterte Fabio auf allen vieren auf die Dachtraufe zu. Sie stank nach Exkrementen. Offenbar entleerten die Anwohner hier ihre Nachttöpfe. Fabio ignorierte den bestialischen Geruch und blickte hinüber zum Dach des Refektoriums, das gerade einmal zwei Schritte von ihm entfernt jenseits der Straße lag.

Fabio spähte hinüber zu der Straße mit dem Haupteingang, doch Mauern versperrten die Sicht. Jetzt oder nie. Er hockte sich hin, schluckte trocken angesichts des Abgrunds, der sich vor ihm auftat, dann sprang er wie ein Frosch mit nach vorn gestreckten Armen auf das Dach des Refektoriums zu.

Dumpf schlug er drüben auf den Schindeln auf und wäre fast abgerutscht, hätte er nicht im letzten Moment an einem Kaminsims Halt gefunden. Schnell duckte er sich, dann drang er über eine Dachluke ins Refektorium ein. Über einen Trockenboden mit ausgemusterten Ausrüstungsteilen gelangte er hinunter zur Ordensküche.

Dort und in den Gängen war es totenstill. Dennoch fürchtete er, dass im Ordenssitz noch immer Goblins lauern könnten. Lautlos durchstreifte er die Kammern, Säle und Flure, doch seine Furcht stellte sich als unbegründet heraus. Im Gegenteil, die Eindringlinge hatten in der Nacht sorgfältig ihre Spuren entfernt. Selbst die Leichen der Pagen und die Kleiderreste von Schwertbruder Ardoin auf dem Innenhof waren entfernt worden. Alles wirkte so, als seien alle Ordensbrüder abgereist.

Schließlich erreichte Fabio den Stall. Er überprüfte Box für Box. In einem Verschlag fand er Gino – tot. Seltsamerweise trug sein Körper keine sichtbaren Wunden, nichts deutete auf Gewalteinwirkung hin. Ein fremder Beobachter hätte meinen können, das Tier sei an Altersschwäche gestorben. Fabio wusste, dass dem nicht so war.

Ihn überfiel ein Gefühl tiefer Verzweiflung.

Er hatte standgehalten, als er dachte, sein Herr Ludovico sei umgekommen. Und er hatte keine Zeit zum Trauern gehabt, als die Feinde seine Waffenbrüder niedergestreckt hatten. Doch jetzt, beim Anblick seines toten Weggefährten, brach auf einmal all das aus ihm hervor. Er kniete sich zu dem toten Tier hin und streichelte sein Fell. Tränen liefen ihm über die Wangen.

Fabio wusste nicht, wie lange er so dagesessen hatte, als ihn der Zorn wie eine heftige Woge überspülte und ihn wieder zurück in die Wirklichkeit riss.

Er würde Gino rächen.

Er würde seine Ordensbrüder rächen.

Aber zuerst musste er den Schlüsselbund finden. In der Nacht hatte er ihn oben in der Trophäenkammer verloren.

Fabio verließ den Stall und schlug den Weg zum Turm ein. In der Trophäenkammer war es dunkel. Die Fensterläden waren geschlossen und verbargen so nach außen die zerbrochene Fensterscheibe. Ein kühler Luftzug drang durch die Ritzen der Läden. Auch hier waren die Toten abtransportiert worden.

Diese Umstände ließen nur einen Schluss zu: Die Goblins wollte ihre Aktivitäten vorerst im Verborgenen halten. Wenn Fabio den Gardisten von den nächtlichen Vorkommnissen berichtet hätte, so hätte ihm gewiss niemand geglaubt. Er war nur ein Knappe und im Haus gab es keine Hinweise. Niemand würde sich darüber wundern, dass der Ordenssitz der Paladine verwaist war. Fabio fluchte.

Aufmerksam suchte er den Boden ab und fand den Schlüsselbund schräg unterhalb des ausgestopften Fledermauskopfes. Er war hinter eine Truhe an die Wand gerutscht. Beklommen kehrte Fabio ins Untergeschoss zurück. Er wusch sich, öffnete Kleider- und Waffenkammer und rüstete sich neu aus. Er steckte sich einen Dolch in den Gürtel, umwickelte sein neues Kurzschwert mit einer Pferdedecke und stopfte frische Kleider in einen alten Rucksack. Vorsichtshalber versorgte er sich auch mit Nahrungsmitteln aus dem Refektorium.

Als er sich bereits aus dem Staub machen wollte, fiel ihm ein, dass er seiner vornehmsten Ordenspflicht noch nicht nachgekommen war. Reumütig kehrte er daher zum Turm zurück, schritt die Treppe hinauf und öffnete die Pforte zur Marsakielskapelle. Sie bestand aus einem ovalen Raum mit steinernen Bänken an den Außenwänden. Aufgrund ihrer geringen Größe fanden hier bei Andachten nur etwa zwanzig Schwertbrüder Platz. Fünf Gratbögen stützten die Decke, die Mauern waren grau und unverputzt. Ehrfürchtig betrat er den Raum und atmete den leichten Weihrauchgeruch ein, der noch immer in der Luft hing.

Fabios Aufmerksamkeit galt dem Altar auf der gegenüberliegenden Seite des Raums, hinter dem ein hohes Bleiglasfenster in der Turmwand eingelassen war. Die bunt bemalten Scheiben zeigten Marsakiel. Der Erzstellar des Krieges war als menschlicher Kämpfer mit Flügeln, Streitkolben und Schild dargestellt. Rotes und weißes Licht fiel durch das Fenster schräg zur Raummitte, wo eine kreisrunde Granitplatte mit den zwölf Sternzeichen eingelassen war. Andächtig kniete Fabio vor dem steinernen Altar nieder und flehte den Schutzpatron des Ordens um Beistand an. Das Gefühl des Verlassenseins schwand und erstmals kam er zur Ruhe. Doch noch immer wusste er nicht, wohin er sich wenden sollte, nachdem er die Sternenmystikerinnen gewarnt hatte. Sollte er Venezia verlassen, um seine Schwertbrüder zu finden? Sollte er gar im Dogenpalast vorsprechen, obwohl einer der höchsten Würdenträger der Stadt mit dem Feind unter einer Decke steckte?

In diesem Moment wurde es dunkel im Raum. Offenbar hatten sich Wolken vor die Sonne geschoben. Trotzdem blitzten die Glasscheiben der Fenster umso heller. Fabio stand verwundert auf, um das Phänomen zu untersuchen. Als er näher an das Fenster herangetreten war und dann nach hinten blickte, stockte ihm vor Staunen der Atem.

Rotes und weißes Licht fiel lanzengleich auf die runde Steinplatte mit den zwölf Sternzeichen in der Mitte der Kapelle. Das Licht zeichnete zwei helle Streifen auf die Platte, die aussahen wie Zeiger. Und die Platte mit ihren zwölf Symbolen wirkte jetzt wie ein übergroßes Ziffernblatt.

»Eine Uhr!«, stammelte Fabio.

Kaum hatte er das Wort gesprochen, wich die Düsternis, und auch der unnatürlich helle Schein, der durch das Fensterglas drang, verschwand.

Fabio blinzelte und blickte verblüfft zwischen Fenster und Bodenplatte hin und her.

War das seltsame Schauspiel ein Wunder gewesen? Wollten ihm die Stellare eine Botschaft übermitteln?

Fabio schluckte und verneigte sich vor dem Altar.

Wunder oder nicht. Tief in sich spürte er, dass er das Rätsel der Uhr lüften musste. Nur, wie sollte er das Ding finden? Die Gnome hatten es gestohlen. Und er wusste nicht, wo sie waren. Halt! Was hatte Ambra am Fluss zu Yargo gesagt?

Wir können ja Poliogenes fragen, wenn wir in Venezia sind.

Fabio erhob sich und atmete tief ein. Arcimboldos Familie musste in der Stadt sein.

Noch einmal verneigte er sich ehrfürchtig vor dem Fenster und verließ den Ordenssitz durch die schmale Seitenpforte an der Außenmauer des Refektoriums. Durch seine Verkleidung als Tagelöhner perfekt getarnt, tauchte er im bunten Treiben der Straße unter.

Erst musste er zu Celeste. Und dann würde er dem Gnomenviertel der Stadt einen Besuch abstatten und diese verfluchte Uhr zurückholen.

Das Buch der Sterne

Als Fabio den Merkurielsplatz erreichte, herrschte dort schon reges Treiben. Händler gingen vor und zwischen den Arkadengängen ihren Geschäften nach, wohlhabende Bürger flanierten über den Platz und vor einem Marmorgebäude stand einer der Ratsherren in dunklem Ornat und diskutierte aufgebracht mit anderen Würdenträgern.

Fabio strebte geradewegs über den Platz auf die Sternenbasilika zu, deren Dach im Sonnenlicht glänzte. Inzwischen hatte er seine ärmliche Kluft gegen das neue Gewand aus dem Ordenshaus eingetauscht. Nur sein Schwert wagte er nicht zu zeigen. Er hatte es in eine Decke eingerollt und oben auf dem Rucksack festgemacht, in dem er neben etwas Proviant auch seinen zusammengefalteten Umhang bei sich trug. Vorsichtshalber wollte er sich noch nicht als Knappe des Ordens zu erkennen geben. Fabio hoffte, als einer der zahlreichen Pilger durchzugehen, die oft von weit her kamen, um die Basilika mit eigenen Augen zu bestaunen.

Wie schon am Vortag war das Molunahstor verwaist. Ein Blick hinauf zur Sonnenuhr mit dem vergoldeten Pferdegespann zeigte ihm, dass die zehnte Vormittagsstunde erreicht war.

Kaum hatte er den großen Kuppelsaal mit den leuchtenden

Säulen und den Stellarsfiguren erreicht, umfing ihn feierliche Stille. Auch diesmal befanden sich nur wenige Gläubige in dem Gebäude.

Fabio betrachtete noch einmal die Darstellungen der Sternenvampire. Sie ähnelten in verblüffender Weise jener Kreatur, auf die er gestern gestoßen war. Calio Megusa, der Meister, der diese Fresken geschaffen hatte, musste über Wissen verfügt haben, das nicht jedem zur Verfügung stand. Vielleicht hatte er sogar einmal einen Sternenvampir gesehen.

Fabio nahm eine Kerze, entzündete sie und steckte sie in eine sandgefüllte Schale, die vor einer der Kapellen stand, und ließ seine Blicke schweifen. Wieder war keine einzige Sternenmystikerin zu sehen.

Wie am Vortag entdeckte er nur die Laiendienerin. Sie stand in einer Nische nahe dem Sternenaltar und drehte mühsam an einer Kurbel, von der aus eine Kette hoch hinauf zur Decke führte. Fabio sah, dass an ihrem Ende eine beeindruckende Weihrauchkugel aus Kupfer baumelte, deren Außenseiten mit Stellarsmotiven verziert waren. Fabio wartete ab, bis die Laiendienerin die Kurbel mit einem Splint an der Wand befestigt hatte, und trat dann auf sie zu. »Schwester?«

Das Mädchen drehte sich überrascht um.

»Ihr?«, flüsterte sie.

»Ich muss dringend Celeste de Vontafei sprechen«, meinte Fabio leise. »Es ist wichtig.«

»Sie, äh, sie ist …«

Hier stimmte etwas nicht.

»Ist das der Gesuchte?«, brüllte plötzlich eine Stimme zwischen den Bänken.

Fabio wirbelte herum und sah, dass einer der Betenden aufgestanden war und die Kapuze zurückgeschlagen hatte. Fabios Augen weiteten sich vor Entsetzen, als er den Mann mit dem Schnurrbart erkannte. Dahinten stand Graf Niccolo della Monzoni.

Das Mädchen presste sich nun ängstlich gegen die Wand.

»Verflucht noch einmal, ihr beiden Idioten, wofür habe ich euch eigentlich mitgeschleppt? Ist er es?«

»Ja, Herr, ganz sicher. Ich erkenne ihn wieder!«, antwortete eine andere Stimme. Sie klang gepresst. Zwei weitere Gestalten enthüllten ihre Gesichter. Die eine war eher klein und dick, die andere lang und dürr. Verflucht, das waren Odilio und Jacopo, die beiden Torwachen, die Celeste gestern ausgetrickst hatte! Und noch ein dritter Soldat erhob sich zwischen den Bänken, ein hagerer Kerl mit zusammengekniffenem Mund. Er stand eine Bank hinter den zweien und ebenso wie die beiden Torwachen bückte er sich hastig. Fabio bemerkte erst jetzt, dass im Fußraum der Sitzbänke Hellebarden bereitlagen, deren Spitzen die Männer jetzt auf ihn richteten.

»Los, ergreift ihn!«, fauchte der Graf. Mit einem hämischen Grinsen zog er sein Schwert und versperrte den Weg zum Ausgang. Odilio und Jacopo bahnten sich währenddessen mit ihren Waffen einen Weg durch die Sitzreihen auf Fabio zu.

»Und du«, schrie der verräterische Siegelbewahrer den hageren Kerl an, »lauf los und hol Verstärkung! Sag den Männern, wir haben hier einen Spion aus Firenze gefasst!«

Fabio brachte hastig Abstand zwischen sich und den Grafen. Dabei behielt er die beiden Torwachen im Auge, befreite sich von dem Rucksack und zog sein Kurzschwert.

»Glaubt ihm nicht!«, rief Fabio und suchte verzweifelt einen Ausweg. »Monzoni ist ein Verräter, der mit Goblins gemeinsame Sache macht.«

»Fantastische Ausrede, Junge. Vor allem so glaubwürdig.« Der Graf feixte und sprang über die Bänke hinweg auf ihn zu. Wuchtig ließ er sein Schwert auf Fabio niederfahren.

Fabio sprang beiseite und Monzonis Klinge zertrümmerte eine der Bänke, während der Knappe nach hinten zum Sternenaltar zurückwich.

»Du bist ziemlich berechenbar, Junge«, zischte sein Gegner und zog das Schwert mit einem Ruck wieder aus dem Holz. »Ich wusste, dass du hier früher oder später aufkreuzen würdest.«

»Keine Bange, das wird nicht wieder geschehen«, presste Fabio hervor. »Von nun an werde ich klüger sein.«

»Ach ja?«, höhnte sein Gegner. »Nun, die einen sind es vorher, die anderen erst nachher. Nur ist es dann meist zu spät. So wie für dich!«

Abermals stürzte der Graf auf ihn zu und ein Hagel schwerer Schwertschläge prasselte links und rechts auf Fabio ein. Der wehrte sich verzweifelt mit seinem Kurzschwert. Immer wieder sprühten Funken, wo die Klingen aufeinanderprallten, und Fabio ärgert sich, dass er sich trotz der Umstände für eine Knappenwaffe statt für ein großes Schwert entschieden hatte. Die Waffe seines Gegners war sehr viel länger und schwerer als die seine.

Als habe Monzoni seine Gedanken erraten, schlug er nun schräg von der Seite zu und Fabio wurde das Schwert aus der Hand gerissen. Er selbst taumelte gegen das Becken mit den

Kerzen und griff hinter sich. In Todesangst schleuderte er dem Grafen eine Hand voll Sand ins Gesicht. Monzoni fluchte und bedeckte die Augen. Fabio nutzte diesen Moment der Unachtsamkeit, stürmte wie ein Stier vor und rammte den Verräter mit Kopf und Schulter nach hinten. Schreiend stürzte dieser über die Bankreihen und fiel der Länge nach zwischen sie. Fabio sah, wie die verängstigten Besucher der Basilika panisch in Richtung Haupttor liefen.

»Steht nicht rum und haltet Maulaffen feil, tut was!«, brüllte Monzoni die beiden Torwachen an. Bevor er sich wieder aufrichten konnte, kippte Fabio eine der Bänke auf ihn und rannte zu der Nische, in der die Laiendienerin vorhin gearbeitet hatte. Das Mädchen stand noch immer nahe dem Altar und sah ihn und Monzoni mit großen Augen an. Fabio beachtete es nicht weiter, denn am Rande nahm er wahr, wie Jacopo und Odilio mit ihren spitzen Hellebarden auf ihn zustürmten.

Ohne die beiden zu beachten, griff er nach der Kurbel, die an der Wand mit einem Splint festgemacht war. Inzwischen war der Graf wieder auf die Beine gekommen.

»Nicht töten! Wir brauchen ihn lebend!«, brüllte er und stieß die Bank mit dem Fuß weg.

»Sorgt Euch lieber um Euch selbst, Verräter!« Fabio riss den Splint aus der Wand und sogleich begann die Handkurbel wild um ihre Achse zu rotieren. Die Kettenglieder, die an ihr befestigt waren, klirrten laut, und über Monzonis Kopf rumpelte es. Der Graf sah überrascht auf, doch es war zu spät. Aus dem Zwielicht an der hohen Bogendecke über seinem Kopf sauste die große Weihrauchkugel auf ihn herab, die Fabio kurz zuvor noch bewundert hatte. Der Verräter schrie auf, dann ertönte ein schweres Poltern und er wurde von dem Gegenstand zu Boden gerissen. Bewusstlos blieb er liegen, während Fabio nun von den breiten Klingen zweier Hellebarden gegen die Wand gepresst wurde.

Vor ihm standen Odilio und Jacopo und blickten überrascht zu Monzonis Gestalt, neben der die große Weihrauchkugel langsam zur Ruhe kam.

»Haben wir dich!«, brummte Odilio voller Genugtuung. »Ich denke, der Graf wird ziemlich zornig sein, wenn er wieder auf die Beine kommt.«

»Begreift ihr denn nicht?«, schrie Fabio. »Ich bin kein Spion! Ich gehöre zum Orden der Morgenröte. Dieser Mistkerl hat euch nur benutzt. Hier in Venezia gehen schlimme Dinge vor.«

Fabio blieb nichts mehr übrig, als alles auf eine Karte zu setzen. Hastig erzählte er den beiden, was er bisher in Venezia erlebt hatte. Diese bekamen den Mund vor Staunen nicht mehr zu.

»Goblins? Sternenvampire?«, schnaufte Odilio. »Willst du uns etwa für dumm verkaufen? Wir sehen vielleicht dämlich aus, sind es aber nicht.«

In diesem Moment hatte Fabio einen Einfall. »Seht nach, was der Graf um den Hals trägt. Dieser Goblinschamane hat ihm letzte Nacht etwas ausgehändigt. Ein Amulett oder etwas Ähnliches. Etwas, was ihn als Goblinfreund ausweist.«

Verwirrt blickten die beiden Wächter einander an.

»Du willst uns wohl reinlegen, was?«, schnaubte der Dicke.

»Wie soll ich meine Unschuld beweisen, wenn ihr nicht

wenigstens einen Blick riskiert? Nun macht schon!«, rief Fabio, der wusste, dass jeden Augenblick weitere Gardisten eintreffen konnten.

Odilio grunzte abfällig. Schließlich ließ er von Fabio ab, während sein hagerer Kamerad den Druck seiner Hellebarde verstärkte.

Der dicke Wächter kniete sich neben den Bewusstlosen und nestelte an dessen Hemd. Überrascht zog er einen kupfernen Anhänger hervor, der an einer einfachen Lederschnur hing. Mit zusammengekniffenen Augen musterte er seinen Fund und trat dann wieder zu Jacopo. »Hm, komisches Ding.«

Zum ersten Mal konnte nun auch Fabio näher betrachten, was Gruuk dem Grafen überreicht hatte. Der kupferne Anhänger hatte die Größe einer Goldmünze und war grober als Schmuck von Menschenhand. Das Amulett trug die Abbildung eines Kometen, über dem zwei Vogelschwingen zu sehen waren. Auf der Rückseite befanden sich keilartige Gravuren, die Fabio für Schriftzeichen hielt.

»Sieht ein bisschen so aus wie die alten Goblinstandarten, die im Dogenpalast hängen. Findest du nicht?« Jacopo schniefte, doch er verminderte den Druck seiner Waffe nicht.

»Das ist doch alles Unsinn«, fauchte Odilio. »Der Graf ein Goblinfreund? Für dieses Ding gibt es garantiert auch noch eine andere Erklärung.«

»Na ja, besonders freundlich war er nie zu uns«, wandte sein Kamerad ein.

»Wir sind ja auch nur Torwächter, du Einfaltspinsel«, antwortete der Dicke. »Ich sag dir, dieser Junge belügt uns nach Strich und Faden.«

»Ich bin ein Knappe vom Orden der Morgenröte«, beharrte Fabio. »Ich lüge nicht. Das ist gegen die Ordensregeln!«

»Die Sache mit den Paragrafen der Ständeordnung war auch geflunkert«, antwortete der Dicke. »Du bist ein Gewohnheitslügner!«

»Das war nicht er«, verbesserte ihn Jacopo. »Das war dieses Mädchen.«

»Schwester!«, rief Fabio der Dienerin zu, die noch immer in der Nähe des Altars stand und fassungslos auf das Geschehen vor dem Sternenaltar blickte. »Bitte, holt Celeste de Vontafei. Sie wird bestätigen, was ich sage.«

»Sie, äh, sie ist leider nicht hier. Die Ducchessa hat sie persönlich abgeholt und zum Dogenpalast gebracht, damit sie den Schwestern bei der Pflege ihres Mannes zur Hand gehen kann.«

»Aber sie ist doch Novizin, oder nicht?«

»Ja, durchaus.« Die Dienerin nickte zögernd. »Ducchessa Vesperuga hat sie sehr freundlich aufgenommen.«

»Seht ihr!«, sprach Fabio triumphierend. »Glaubt ihr, eine Sternenmystikerin wie Celeste de Vontafei würde sich mit einem dahergelaufenen Strolch einlassen? Ich spreche die Wahrheit. Hier in Venezia ist eine Verschwörung im Gange, und dieser Verräter da vorn«, er nickte in die Richtung des Grafen, »ist der Drahtzieher.«

Odilio und Jacopo wirkten verunsichert, schließlich senkte Jacopo die Hellebarde.

»Was tust du da? Bist du vollkommen wahnsinnig geworden?«, herrschte ihn Odilio an und verstärkte sogleich den Druck seiner Waffe gegen Fabios Hals.

»Ich glaube ihm.« Jacopo schniefte und tippte gegen seine lange Nase. »Weiß nicht, ist so ein Gefühl. Wie damals, als uns dieser Händler den gepanschten Wein andrehen wollte. Oder damals, als uns der Kerl beim Würfelspielen betrogen hat. Und du weißt ja, auf meine Nase ist Verlass.«

»Was redest du da?«, schimpfte Odilio. »Hier geht es doch nicht um gepanschten Wein oder gezinkte Würfel. Wir haben gerade einen Staatsverräter gestellt. Vielleicht steigen wir jetzt auf und werden Vorsteher der Torwache. Das wäre doch was, oder?«

»Das glaubst du doch selbst nicht, Odilio. Dem Grafen habe ich noch nie über den Weg getraut. Ist ein übler Menschenschinder, weißt du doch selbst. Und wenn das mit dem Anhänger und den Goblins stimmt, dann ist die Stadt in Gefahr. Dann steigen wir mit 'nem bisschen Pech nicht auf, sondern ab. Und enden als Leiche im Kanal, wenn du verstehst.«

Odilio knirschte wütend mit den Zähnen und blickte Fabio in die Augen. Schließlich senkte auch er die Hellebarde.

»Oh Mann, Jacopo, wir handeln uns hier ganz schöne Scherereien ein, wenn du dich irrst.«

»Danke«, keuchte Fabio und rieb sich den Hals. »Ich schwöre bei allen Stellaren, dass ich die Wahrheit gesagt habe. Ihr müsst Eure Kameraden warnen und die Toteninsel durchkämmen.«

»Jaja, wir tun, was in unserer Macht steht«, erwiderte Odilio und kratzte sich nachdenklich am Bauch. »Aber ohne echte Beweise wird das schwer.«

Er besah sich noch einmal das Amulett und steckte es seufzend ein. »Wenn das mit dem Anhänger stimmt, und es gibt hier jemanden, der sich mit diesen Sachen auskennt, kann der Graf immer noch behaupten, du hättest ihm das Ding bloß untergeschoben. Verstehst du? Versprich dir also nicht zu viel. Jacopo und ich, äh, na ja, wir sind bei den Kameraden auch nicht gerade hoch angesehen.«

»Ich werde die Beweise beschaffen, die ihr braucht. Verlasst euch darauf!«

»Gut, dann beeil dich damit.« Odilio schüttelte abermals den Kopf. »Oh Mann, irgendwie habe ich das ungute Gefühl, dass wir uns gerade weit mehr als nur gehörigen Ärger eingebrockt haben.«

Hinter ihnen war ein Stöhnen zu hören. Der Graf regte sich.

»Und jetzt hau ab, Junge! Eigentlich müsste jeden Moment Verstärkung eintreffen.«

Fabio ergriff sein Schwert und schulterte den Rucksack, als ihn Odilio noch einmal zurückhielt.

»Warte, Knappe!«, meinte der Dicke. »Du musst Jacopo noch 'ne Beule verpassen!«

»Was soll er?«, fragte sein Kamerad ungläubig.

»Na, wir müssen doch 'ne Ausrede dafür haben, dass der Junge entkommen konnte«, erklärte Odilio.

»Und wieso ausgerechnet mir und nicht etwa dir?«, wollte Jacopo wissen.

»Weil ich mich wegen dir auf diesen ganzen Mist eingelassen habe.«

»Am besten, ihr regelt das unter euch.« Fabio grinste und wandte sich an die Dienerin. »Können wir uns auf deine Verschwiegenheit verlassen?«

Das Mädchen zögerte, stimmte dann aber zu. »Ja, aber nur weil die Baroness so gut von dir gesprochen hat.«

Fabio sah sie ungläubig an. »Bitte suche sie auf und erzähle ihr, was du hier gehört hast.«

Er nickte den dreien zu, rannte zum Eingang und verbarg sich dort in einer Nische, um den Merkurielsplatz zu überblicken. Dort liefen bereits ein halbes Dutzend Gardisten in grün-gelben Uniformen auf die Basilika zu. Fabio versuchte unerkannt hinter die Säulen des Vorbaus zu schlüpfen, doch der Soldat, den der Graf losgeschickt hatte, entdeckte ihn. Schon stürmte die Meute auf ihn zu.

Fabio fluchte, nahm die Beine in die Hand und rannte an der Fassade der Sternenbasilika vorbei auf das Labyrinth der Straßen und Gassen zu. Zwei Venezianer stellten sich ihm in den Weg, doch Fabio stieß sie beiseite. Dann rannte er die Arkaden entlang, wich einer alten Frau aus, die ihn entgeistert anstarrte, schwang sich über eine Brüstung und gelangte über eine Brücke auf einen kleinen Platz. Hinter ihm ertönte das Geschrei der Gardisten.

Da Fabio schon bald die Orientierung verlor, blieb ihm nur die ziellose Flucht. Immer wieder sah er sich um, hielt in engen Gassen inne, änderte mehrmals die Richtung und schlug Haken.

Schließlich landete er in einer Straße mit niedrigen, schiefen Häusern, deren Dächer bis weit über die Gasse ragten. Zu beiden Seiten gab es zahlreiche Läden. Fabio kam an einem Töpfer, einem Schuster und einem Kartenmacher vorbei. Doch am Ende der Straße stand er plötzlich vor der Außenmauer eines Palazzos. Keuchend blickte er sich um. Er war in eine Sackgasse geraten! Schon konnte er die Rufe seiner Verfolger hören. Er saß in der Falle.

Da entdeckte er im Schatten eines schrägen Dachfirstes einen Laden mit schmalem Butzenfenster, über dessen Tür ein hölzernes Schild baumelte. Es hatte die Form einer Gelehrtenkappe mit hohem, spitz zulaufendem Hutkegel und langen Ohrschonern, auf der Mond und Sterne zu sehen waren: das Zeichen der Astrologen.

Bevor seine Verfolger in Sichtweite waren, griff Fabio nach der Türklinke, die nach Art einer Sanduhr geformt war. Die Tür öffnete sich knarrend und er stürzte ins Ladeninnere.

Ihm war, als sei er in einer anderen Welt. An der Decke klingelte ein Windspiel, das mit silbernen Schweifsternen und astrologischen Zeichen aus Metall behängt war. Die Tür schloss rasch sich wieder und abrupt verstummten die Geräusche der Gasse.

Im Innern des Geschäfts herrschte ein seltsames blaues Zwielicht. Es stammte von Dutzenden kobaldblauer Glaskugeln, in denen kleine Öllichter brannten. Sie baumelten in Netzen von der Decke und waren in unterschiedlicher Höhe aufgehängt. Weiter hinten im Laden entdeckte er kostbare Wandteppiche aus den Ländern des Halbmondes, die mit Sternen und Kometendarstellungen bestickt waren. An den Wänden, aber auch in der Mitte des Raumes standen Regale, gefüllt mit Pergamenten, Sternenkarten, Folianten, Kalendern und seltsamen Arbeitsgeräten. Darunter befanden sich Zirkel in verschiedenen Größen, eine Rechentafel mit glänzenden Metallkugeln, Winkelmaße, Kästchen mit Kerbhölzern und aufgerollte Rechenseile, die kunstvolle Knoten aufwiesen. In einer Nische stand die geflügelte Bronzestatue eines Stellars, bei dessen Anblick Fabio erschauderte: Der Himmlische war als Skelett dargestellt und hielt eine Sense in der rechten und ein Stundenglas in der linken Hand.

»Das sein Symbol von Vergänglichkeit, dargestellt wie vor fünfhundert Jahren in Napuli«, murmelte hinter ihm eine Stimme mit fremdländischem Akzent.

Fabio wandte sich erschrocken um. Vor einem blauen Vorhang mit goldenen Sternsymbolen stand ein breitschultriger Mann, der einen sorgfältig gestutzten Bart trug. Auf dem Kopf hatte er einen Turban, unter dem schulterlange schwarze Haare hervorquollen. Auch das lange schwarze Gewand deutete darauf hin, dass er aus einem Land südlich der Kometensee stammte. Seine Haut schimmerte bronzefarben und der Blick der schwarzen Augen war forschend und streng.

»Entschuldigt, aber ich …« Fabio starrte zurück zum Fenster. Draußen auf der Straße standen zwei Gardisten und redeten aufgeregt gestikulierend miteinander.

»Ich weiß«, murmelte der Astrologe. »Du sein hier, um sehen zu dein Horoskop.«

»Nein. Ich meine …« Wenn die Gardisten anfingen, die Läden zu durchsuchen, musste er durch den Hinterausgang verschwunden sein – falls es hier einen gab. Aber er durfte nicht riskieren, ausgerechnet jetzt von dem Mann vor die Tür gesetzt zu werden. »Ja, vielleicht kann es nicht schaden«, antwortete er deshalb ausweichend.

»Schicksal steht geschrieben in Sterne seit Tag von Geburt.« Der Fremde lächelte. »Wer kommen her, suchen sein Schicksal. Aber manchmal Schicksal findet Suchenden.«

Der Mann winkte ihn zu sich und schob den Vorhang beiseite.

Fabio spähte noch einmal zur Gasse hinaus und sah, dass die Gardisten nun den Ladenbesitzer gegenüber verhörten. Rasch folgte er dem Fremden in den abgetrennten Raum. Dieser schien – obwohl das Haus so klein war – unergründliche Ausmaße zu haben. Auch hier hingen unzählige Leuchtkugeln von der Decke. Auf langen Regalreihen stapelten sich Tausende von Pergamentrollen. Sie waren aufgetürmt zu Pyramiden, und an jeder von ihnen hing ein sternförmiges Wachstäfelchen, das mit fremdartigen Zeichen beschriftet war.

»Was ist das hier?«, flüsterte Fabio.

»Für was du es halten?«

»Eine Art Lagerraum?«

Der Astrologe lächelte. »Das ist Ort, wo Schicksal steht geschrieben. Du mir verraten, wann geboren?«

Verwirrt starrte Fabio den Mann an. Wie konnte er einem Fremden etwas so Privates über sich anvertrauen?

»Wann du bist geboren?«, wiederholte sein Gegenüber freundlich.

»Vor siebzehn Jahren«, antwortete Fabio zögernd. »Im Löwenmonat. Einen Tag vor der Heuernte. Meine Mutter war …«

»Wo und wann genau?«

Der Fremde schritt bereits die Regalreihen ab und strich nachdenklich über seinen Bart.

»In einem Dorf bei Genova. Ich glaube, so um Mitternacht.«

»Das wievielte Kind von deine Eltern?«

»Das dritte«, murmelte Fabio und spähte verzweifelt im Dämmerlicht nach einem Hinterausgang.

»Ah, hier!« Der Astrologe zog einen Hocker heran, stieg darauf und griff in eine der oberen Regalreihen, um ein Pergament hervorzuholen. »Es schon lange warten auf dich.«

Fabio blickte verwirrt. Offenbar verwechselte ihn dieser Mann mit jemand anderem.

Der Astrologe führte ihn zu einem Pult, auf dem er das Pergament entrollte. Es war mit mehreren ineinandergesetzten Kreisen beschriftet, die in zwölf gleich große Abschnitte eingeteilt waren. Fabio erblickte schraffierte Flächen, Winkelmaße, Symbole der Wandelsterne und rätselhafte, eng beschriebene Tabellen mit Buchstaben- und Zahlenreihen.

Lesen konnte er sie ja nicht. Und selbst wenn er es gekonnt hätte, er hätte dennoch aufmerksam auf jedes Geräusch von der Straße gelauscht.

»Interessant!«, murmelte der Astrologe. »Außerordentlich bemerkenswert.«

»Hat dieser Laden eigentlich einen Hinterausgang?«, fragte Fabio.

»Schicksal nicht lassen zu, dass du dich stehlen davon«, antwortete der Mann. »Schicksal dich holen ein, wie Wind ein Vogel. Du dich besser fragen, was in Buch von Sterne steht geschrieben über dich.«

»Ich sollte jetzt gehen«, meinte Fabio unbehaglich. »Ehrlich gesagt habe ich gar kein Geld, um Eure Dienste zu bezahlen.«

»Du stehen an Wendepunkt von Leben. Schicksal hat ausersehen Großes für dich!«, fuhr der Astrologe fort und deutete auf eine Stelle des Pergaments, die mit sich kreuzenden

Linien und astrologischen Symbolen beschriftet war. »Marsakiel und Venudha in erstem Haus mir sagen, dass du haben Mut, aber auch Herz. Kampf und Liebe. Beides wichtig für dein Zukunft, denn ich sehen Unheil. Eine große Finsternis, die zweites Haus überschatten.« Er tippte auf eine andere Stelle. »Dort ich sehe Löwen und Zentauren in Sextil zu Molunah, der ewig Wandelbaren. Du sein tapfer und aufrichtig, doch alles, woran du glaubst und kämpfst, wird werden zerstört. Alles! Nichts sein von Dauer.«

Fabio schluckte.

»In dritte Haus ich sehe Adler in Trigon zu Merkuriel. Du wirst gehen auf eine Suche. Lang und gefahrvoll. Doch sei gewarnt, ich erblicke Verrat und Falschheit. Hüte dich vor eine Botin, die Verrat hat im Sinn! Du wirst Heuchler Maske von Tugend abreißen. Du sein umgeben von Falschheit und von Feinden. Doch mancher von ihnen mag bereit sein zu geben sein Leben, wenn du bleiben dir treu.«

Langsam wurde Fabio diese Begegnung unheimlich.

»Aber du werden treffen auch Freunde. Doch auch sie haben Geheimnisse. Manche werden dich enttäuschen.«

»Ich … ich glaube, es ist besser, wir brechen hier ab«, stammelte Fabio.

»Besser, du hören genau hin, Knappe von Orden der Morgenröte!«

Auf einmal wurde das Licht der Glaskugeln zu einem schwachen Glimmen und der Schatten des Astrologen wuchs riesenhaft in die Höhe. Fabio trat erschrocken einen Schritt von dem Pult zurück. Was geschah hier? Und woher wusste der Kerl überhaupt, wer er war?

»Es haben Grund, warum du sein hier«, fuhr der Mann mit eindringlicher Stimme fort. »Nichts geschehen zufällig. Licht und Finsternis prallen aufeinander und du stehen in Mitte. Ich sehen kosmische Knoten. Du mehr als nur Figur in einem Spiel. Hör, was ich dir sage über dein achtes Haus. Denn es stehen für Tod und Schicksal. Du wirst der Gesandten begegnen, die folgt dem Sternenlicht. Eure Schicksale sein miteinander verbunden.«

Fabio legte die Stirn in Falten. Von wem sprach der Kerl? Von Celeste?

»Und du wirst entdecken Geheimnisse von Astaria. Ein Herrscher wird stürzen, und ein anderer Regent wird offenbaren grausames Antlitz, wenn eine Königin ihre Macht verliert. Schwert stehen in Sextil zu Marsakiel und Nordstern. Ein Kampf. Eine Waffe. Erste Etappe von Reise dich wird führen nach Norden. Doch Adler und Zentaur sein in schlechte Konjunktion. Und abnehmender Mond stehen in Nachthälfte. Ein hoch gelegener Ort. Ich sehe Zerstörung, die hat Zeiten überdauert. Molunahs Schatten wird dir Weg weisen. Du musst vertrauen den Zeichen. Wenn du überlebst, die trügerischen Delfine dir verheißen große Entdeckungen, die wichtig für Schicksal von ganz Astaria.«

Fabio blickte sein Gegenüber verblüfft an. »Wer seid Ihr?«

»Nur ein unbedeutender Hüter.« Der Astrologe lächelte, während er das Pergament wieder zusammenrollte. »Immer daran denken: Du sehen in Sterne, aber Sterne sehen auch auf dich. Sie lügen nie!«

Enthüllungen

Fabio saß auf einer Treppe in der Nähe eines Kanals und sah einem Gondoliere zu, wie er neue Fahrgäste an Bord nahm. Noch immer versuchte er, seine Gedanken zu ordnen.

Kaum hatte ihm der Astrologe das Horoskop gedeutet, hatte er ihn auch schon zum Gehen gedrängt. Die Gardisten waren zu diesem Zeitpunkt bereits fort gewesen. Als er den Weg zurückging, den er gekommen war, konnte er einige Wortfetzen aus den Gesprächen aufgeregter Ladenbesitzer aufschnappen. Diesen war zu entnehmen, dass seine Verfolger alle Geschäfte in der Straße durchsucht hatten – mit Ausnahme des Horoskopladens. Ganz so, als habe er für sie gar nicht existiert.

Vor allem aber beunruhigten ihn die Prophezeiungen des Gelehrten. Was für eine Reise? Und wer war die Botin, wer der finstere Herrscher? Alles, wonach er sich sehnte, war endlich zur Ruhe zu kommen. Dass sich dieses elende Horoskop offenbar schon länger im Besitz dieses Mannes befand, trug jedoch nicht gerade dazu bei, dass im wohler zumute wurde.

Was Celeste zu alledem wohl sagen würde? Sie war klug und belesen. Vielleicht würde sie aus den Prophezeiungen schlau werden? Aber sie befand sich im Dogenpalast und er sah keine Möglichkeit, zu ihr durchzudringen. Der Graf musste außerdem gewusst haben, dass zwischen ihm und Celeste eine Verbindung bestand. Nur so war zu erklären, dass er ihm in der Sternenbasilika aufgelauert hatte.

Fabio aß ein Stück Brot aus seinem Proviant, dann stand er wieder auf. Es nützte nichts. Er brauchte die Uhr. Und die war bei Arcimboldo. Daher beschloss er, sich zum Gnomenviertel durchzufragen.

Die Gnome bewohnten eine eigene kleine Insel im Norden der Stadt, die von mehreren Seiten durch Brücken zu erreichen war. Das Viertel mochte fünf oder sechs Straßen Platz bieten. Fabio war erstaunt, dass die Häuser dort so hoch waren. Wie viele Gnome hier wohl lebten? Einige ragten fast vier Stockwerke empor und endeten in geschwungenen Dächern, die an das blattförmige Dach von Meister Arcimboldos Kastenwagen erinnerten.

Zwischen den farbenprächtig gekleideten Gnomen sah Fabio immer wieder reiche Kaufleute und Handwerker. Viele Menschen trieben mit dem kleinen Volk Handel oder engagierten die Gnome als Baumeister, Erfinder und Ingenieure. In Genova standen sie sogar unter dem Schutz der Stadtherren. Ob das hier ebenso war, wusste Fabio nicht. Es war aber allgemein bekannt, dass die Handwerker die Gnome um ihre Kunstfertigkeit und ihren Einfallsreichtum beneideten und sie als missliebige Konkurrenz ansahen.

Fabio schickte sich gerade an, eine der Brücken zu überqueren, als ihm einfiel, dass er als Mensch dort drüben der Fremde war, nicht umgekehrt. Unter all den Gnomen würde er sofort auffallen. Sollten sich Meister Arcimboldo und seine Familie tatsächlich in Venezia aufhalten und anderen zur Vorsicht eine Beschreibung von Fabio gegeben haben, würden sie sich sofort verstecken, wenn er gesehen würde. Deshalb kehrte er zu dem letzten Kanal, den er überquert hatte, zurück und tauschte einen Gondolieri-Hut gegen einen kleinen Schinken aus seinem Proviantpäckchen ein. Das war zwar ein schlechtes Geschäft, doch da er kein Geld bei sich hatte, blieb ihm nichts anderes übrig. Fabio zog den Hut tief in die Stirn, schulterte sein Gepäck und machte sich auf den Weg.

Zu seinem Erstaunen waren die Gassen hier im Viertel viel sauberer als andernorts in der Stadt. Die Gnome trugen die für ihr Volk typischen Westen, dazu Lederhosen und manchmal auch Handwerksschürzen aus Schweinsleder. Misstrauisch blickten sie mit ihren runden Augen zu ihm auf, und wenn sie miteinander sprachen, wackelten sie lebhaft mit ihren großen Ohren. Kahlköpfige Greise mit Gehstöcken befanden sich ebenso unter ihnen wie bunt gekleidete Gnomenkinder, die Fabio kaum bis zu den Knien reichten.

Auch die Gnomengesellschaft kannte verschiedene Stände. Die meisten Berufsgruppen waren an den Werkzeugen, die ihre Mitglieder mit sich führten, zu erkennen. Die ärmeren Bewohner des Viertels schienen als Kanalreiniger und Rattenfänger zu arbeiten.

Darüber hinaus gab es die unterschiedlichsten Gewerbe. Aus einem Hinterhof war das monotone Klopfen eines Steinbildhauers zu hören. Fabio bestaunte die Auslagen gnomischer Goldschmiede und Edelsteinschneider. Und die fein gewirkten Brokatstoffe, die hier feilgeboten wurden, ließen sich ohne Weiteres mit den Erzeugnissen aus den Ländern des Halbmonds vergleichen.

Doch obwohl Fabio in jeden Hof und in jede Gasse spähte, konnte er nirgends Arcimboldos Kastenwagen entdecken.

Deshalb sprach er einen dicken Mann an, der vor seiner Schlosserwerkstatt im Schatten einer Markise saß und gerade eine geräucherte Brasse entgrätete.

»Entschuldigt, Meister. Ich suche einen Mann mit Namen Poliogenes. Ich möchte etwas bei ihm abholen.«

Das war nicht einmal gelogen.

»Ah, du meinst den Linsenschleifer! Hier gibt es nur diesen Poliogenes.«

»Ja, der ist es«, antwortete Fabio, erleichtert, dass er dem Gnom die Information so einfach hatte entlocken können. »Könnt Ihr mir auch sagen, wo ich ihn finde?«

Der Gnom deutete in eine Seitengasse schräg gegenüber der Schlosserei und machte sich anschließend über seinen Fisch her. Fabio bedankte sich und folgte seinem Wink. Die Häuser dieser Gasse waren unter den Giebeln mit Steinfriesen verziert, auf denen Werkzeuge aller Art abgebildet waren: Zirkel, Hämmer, Sägen, Winkelmaße, Bohrer. Vor einem der Läden in den unteren Etagen hing ein linsenförmiger, in Eisen gefasster Glasstein an einer Kette. Er war fast so groß wie ein Gnomenkopf und funkelte im Sonnenlicht.

Die Ladentür befand sich direkt neben einem Gitterfenster, hinter dem auf einem Samtkissen ein schlanker Gegenstand ausgestellt war: ein Fernrohr aus wertvollem Ulmenholz.

Die Gnome hatten diese optischen Geräte, mit denen sich Fernes nah heranholen ließ, vor hundert Jahren erfunden. Seitdem wurden diese Werke von menschlichen Handwerkern kopiert. Doch keines ihrer Geräte erreichte die Genauigkeit der gnomischen Geräte. Auch die Ordensritter bedienten sich dieser Hilfsmittel. Doch als Knappe war es Fabio bislang nur einmal vergönnt gewesen, durch ein Fernrohr zu blicken. Damals hatte er es für eines der größten Wunder der Welt gehalten.

Nun riss er sich mühsam vom Anblick dieses Schatzes los und ging zu dem angrenzenden Haus. Er spähte durch das halb geöffnete Zufahrtstor in einen ummauerten Hinterhof mit einer Säulenarkade. Vor Freude hätte er fast einen Satz gemacht: Im Schatten einer hohen Kastanie stand ein ihm nur zu gut bekannter Wagen mit blattförmigem Dach.

Leider kamen ihm in der Gasse zu viele Passanten entgegen und auch auf dem Innenhof waren Leute. An ein unbemerktes Eindringen war also nicht zu denken. Zuvor hatte er jedoch entdeckt, dass das Nachbargebäude, das ebenfalls Zugang vom Innenhof hatte, mit einer Seite an einen Kanal grenzte. Um nicht doch noch entdeckt zu werden, eilte Fabio weiter und gelangte zu einer der Brücken, die das Viertel mit dem Rest der Stadt verbanden. Zufrieden lächelnd überquerte er den Zugang und marschierte quer durch die Stadt bis zu der Anlegestelle, an der er am Morgen das Boot der Friedhofsarbeiter vertäut hatte. Es dümpelte noch immer an der Mole. Er machte es los, ruderte möglichst nah an das Gnomenviertel heran und vertäute es an einem der Nebenkanäle.

Auf einer Baustelle, wo Arbeiter damit beschäftigt waren, große Pfähle für das Fundament eines Hauses in den Schlick zu rammen, stahl er unbemerkt ein Brecheisen. Jetzt musste er nur noch den Einbruch der Dämmerung abwarten. Als die Sonne untergegangen und Venudha als Abendstern erschienen war, steuerte Fabio jene Brücke an, die er beim Verlassen des Gnomenviertels überquert hatte. Dort harrte er so lange aus, bis er über sich keine Schritte mehr vernahm. Er hörte jemanden auf einer Holzflöte ein Gutenachtlied spielen, und aus den Augenwinkeln beobachtete er, wie zwei Nachtwächter ihren Rundgang aufnahmen. Ein Hund kläffte.

Es war so weit.

Lautlos ließ Fabio sein Boot unter der Brücke hervorgleiten und lenkte es zu der Steintreppe, die aus dem Wasser hinauf zur Laderampe des Gebäudes führte, das neben dem Haus des Linsenschleifers stand. Fabio machte das Boot an einem hölzernen Pfahl fest, spähte noch einmal kurz in die Dunkelheit und horchte an der Pforte zum Liefereingang. Alles blieb still.

Entschlossen nahm er das Stemmeisen zur Hand und brach die Pforte mit einem kräftigen Ruck auf. Zwei durch den Lärm aufgestörte Ratten sprangen ins Wasser. Fabio bertrat einen düsteren Lagerraum, in dem es nach Sandelholz, Alaun und Safran roch. War er hier in einem Gewürzlager?

Im Halbdunkel konnte er Kisten und Regale erkennen, auf denen große Tontöpfe standen. Fabio kümmerte sich nicht weiter um das Lagergut und huschte zu einer Tür weiter hinten, die ebenfalls verschlossen war. Abermals setzte er das Stemmeisen an und gelangte so in einen Arbeitsraum, in dem es nach Beizmitteln roch. Hier befanden sich mehrere große Bottiche, über denen Holzständer für Stoffbahnen angebracht waren: eine Färberwerkstatt.

Fabio entdeckte die Treppe, die zu den oberen Stockwerken führte. Von dort war die erregte Stimme einer Gnomenfrau zu hören. Eine aufgebrachte Männerstimme antwortete ihr. Fabio schlich weiter zu einer schmalen Tür, in die ein Fenster eingelassen war. Er spähte hindurch in den Innenhof, wo die Kastanie und der bauchige Kastenwagen der Gnomenfamilie zu erkennen waren. Wie er erwartet hatte, war das Hoftor zur Gasse hin mit einem schweren Balken verriegelt. Im Schutz der Dunkelheit schlich er auf den Wagen zu. Eine Katze fauchte und flüchtete auf den Baum, als sich schräg gegenüber eine Hoftür öffnete. Sie führte in das Haus des Linsenmachers. Mit einem Satz war Fabio unter dem Wagen und spähte zwischen den Radspeichen hindurch.

Im Schein einer Öllampe erkannte er Munadella, die einen Abfalleimer trug. Dessen Inhalt leerte sie in einen kantigen Holzzuber. Sofort verbreitete sich der Geruch fauliger Fischreste über den Hof.

»Mutter!« Aus der Tür kam Ambras wütende Stimme. »Vater hat mich einfach rausgeschickt!«

»Das ist auch gut so«, murrte die Gnomin. »Ich habe dir doch gesagt, dass du die beiden in Ruhe lassen sollst. Und wehe, du lauschst wieder heimlich!«

»Aber vielleicht kann ich helfen?«, sagte Ambra aufgeregt. »Ich habe es doch geträumt. Klar und deutlich. So wie vor sechs Monaten!«

»Bist du wohl still!«, zischte Munadella und blickte sich erschrocken um.

»Im Schloss des Barons hat mich Vater doch auch gebraucht«, maulte die Kleine. »Außerdem mag mich Yargo.«

»Mögen! So ein Unsinn!«, schalt Munadella ihre Tochter leise. »Oder kannst du mir sagen, wie das möglich sein soll?

Schlimm genug, dass Arcimboldo dich in diese Sache hineingezogen hat. Hätte ich vorher gewusst, bei was er dich um Hilfe gebeten hat, hätte ich dem sofort einen Riegel vorgeschoben. Unsere einzige Tochter einer derartigen Gefahr auszusetzen! Unverantwortlich!« Munadella schnaubte wütend und trat wieder zur Eingangstür. »Ich will nicht, dass so etwas noch einmal passiert. Das ist mein letztes Wort. Und jetzt rein mit dir!«

Schon waren die beiden wieder im Haus verschwunden.

Aus dem Erlauschten war zu schließen, dass sich Meister Arcimboldo und dieser mysteriöse Poliogenes irgendwo oben im Haus befanden. Und eine innere Stimme flüsterte Fabio zu, dass die gestohlene Uhr in ihrer Nähe war.

Er wartete ab, bis drinnen keine Schritte mehr zu hören waren, dann schlich er zur Hintertür. Sie war nur angelehnt. Der niedrige Gang dahinter lag im Dunkeln und es roch nach Fischsuppe.

Fabios Augen hatten sich inzwischen so gut an die Dunkelheit gewöhnt, dass er sofort die Treppenstiege im hinteren Teil des Ganges entdeckte. Er zog sein Schwert und huschte die Stufen hinauf. Die Treppe knarzte bei jedem Schritt und Fabios Herz pochte vor Aufregung. Er hatte gegen Goblins und Wegelagerer gekämpft, doch es fiel ihm schwer, wie ein Dieb in ein fremdes Haus einzudringen.

Die Treppe mündete in einen Gang, der ebenso niedrig war wie der im Erdgeschoss. Unter der Decke hing eine bauchige Öllampe, die ihr Licht auf drei Türen warf: eine zu seiner Linken, eine zu seiner Rechten und eine am hinteren Ende des Gangs. Aus dem hintersten Raum waren gedämpfte Stimmen zu vernehmen. Eine von ihnen gehörte ohne Zweifel Meister Arcimboldo.

Am liebsten wäre er hineingestürmt, nur um das verblüffte Gesicht des Himmelsmechanikers zu sehen. Doch sein Plan sah vor, unauffällig zu bleiben. Er wollte nur heimlich die Uhr an sich bringen und dann wieder zurück in die Stadt eilen.

Als Erstes nahm sich Fabio die Tür zu seiner Linken vor. Dahinter lag eine Dachkammer, die wie eine Werkstatt eingerichtet war. Es roch nach Pech und Firnis und auf den Werkbänken lagen Bürsten, Schleifsteine und Kristallbrocken in einem wilden Durcheinander. In der Mitte des Raums stand ein runder Poliertisch, links davon waren hölzerne Rohre in Zwingen eingespannt, und auf einem Samtkissen unter einem der schrägen Dachfenster funkelten Glaslinsen. An den Wänden hingen Sternkarten, die denen im Haus des Astrologen ähnelten. In Nischen und auf Sockeln standen metallene Apparaturen mit Walzen, Knöpfen und Hebeln. Aus einer von ihnen ragte ein mit Löchern übersäter Streifen Pergament. Nur eine Uhr war nirgends zu finden.

Fabio lauschte wieder in Richtung der Personen, die noch immer heftig diskutierten, und wandte sich dem nächsten Raum zu. Fast wäre er mit dem Kopf gegen den niedrigen Türrahmen gestoßen. Er trat in einen kleinen Studierraum mit Schreibpult sowie zahlreichen Büchern und Pergamenten. Auf Simsen und Regalen standen Geräte, die für die Seefahrt gebraucht wurden, daneben Prismen und Fernrohre. Und irgendwo in dem Sammelsurium war ein leises Ticken zu hören …

Fabio suchte vergebens nach dessen Ursprung, bis ihm das

Miniaturmodell eines venezianischen Kriegsschiffes auffiel, das an einem Draht von einem der Deckenbalken herabhing. Bei näherer Betrachtung stellte sich heraus, dass das hohe Vorderdeck eine Uhr barg. Die winzigen Fenster des Heckaufbaus hingegen waren mit grünen und gelben Glassteinen geschmückt, hinter denen ein Öllicht flackerte. Es war ein Wunderwerk der Handwerkskunst, doch nicht die Uhr, die Fabio suchte.

Auch hier hörte er noch gedämpfte Gesprächsfetzen. Das lag daran, dass vom Studierzimmer eine Zwischentür zu dem Raum führte, in dem sich Meister Arcimboldo befand. Fabio huschte hinüber und lauschte.

»Nein, Poliogenes. Ich sage dir, dass da irgendwas nicht stimmt!«, rief Arcimboldo aufgebracht. »Meridianus und Pollux hätten längst wieder zurück sein müssen. Ich fürchte, dass ihnen etwas zugestoßen ist.«

»Meinst du nicht, dass du da etwas schwarzsiehst?«, antwortete ihm eine schnarrende Stimme. »Du weißt ebenso gut wie ich, dass die beiden auf sich aufzupassen wissen.«

»›Auf sich aufzupassen wissen‹ – dass ich nicht lache!« Fabio hörte, wie Meister Arcimboldo abfällig schnaubte. »Pollux ist derart von seiner Arbeit besessen, dass er im letzten Jahr sogar das Sternenfest versäumt hat. Und Meridianus wäre vor drei Jahren fast beim Artefakthandel erwischt worden. Das weißt du ebenso gut wie ich.«

»Sicher, aber …«

»Was ich bei den de Vontafeis erlebt habe, zeigt eindeutig, dass unsere Feinde ebenfalls auf Cagliomaeus' Geheimnis gestoßen sind. Die wilde Frau aus dem Dolomitischen Himmelsmassiv war auch hinter der Uhr her. Ich sage dir: Das Geheimnis ist keines mehr! Wir …«

Eine Bohle unter Fabios Füßen knarrte. Abrupt verstummte das Gespräch.

»Ambra, lauschst du schon wieder?«, rief Arcimboldo.

Fabio sah sich erschreckt um, doch hier gab es nirgends ein Versteck. Er schaffte es gerade noch, sich in eine Ecke zu drücken, als die Tür vor ihm aufgezogen wurde. Meister Arcimboldo starrte entsetzt durch seine Brillengläser auf Fabio. Geistesgegenwärtig griff er in seine Schürze, aber da war der Knappe auch schon bei ihm und drückte ihm die flache Seite seines Schwerts an den Hals.

»Arcimboldo, was ist denn?«, kam Poliogenes' Stimme aus dem Nachbarraum.

Fabio zog Arcimboldo mit einem scharfen Ruck zu sich hin, die Klinge noch immer an dessen Kehle.

Mit schweren Schritten kam Poliogenes herbeigehumpelt. Er zog das linke Bein nach, dessen Kniegelenk offenbar steif war. Auch er war nach Art der gnomischen Handwerker mit Lederschürze und Weste bekleidet, allerdings war er einen halben Kopf größer als Arcimboldo, hatte schütteres dunkelgraues Haar und einen mageren Spitzbart.

Seine Augen weiteten sich vor Angst.

»Tut nichts, was Ihr später bereuen könntet!«, rief Fabio drohend und verstärkte den Druck seiner Klinge.

»Wie hast du uns gefunden?«, brachte Meister Arcimboldo mit heiserer Stimme hervor.

»Was kümmert Euch das?«, erwiderte Fabio ungerührt. »Ich will die Uhr des Barons zurück. Und bei der Gelegenheit verratet Ihr mir auch, warum hier verflucht noch mal jeder hinter diesem Ding her ist.«

»Ist das der Knappe, von dem du gesprochen hast?«, stammelte Poliogenes.

»Eine falsche Bewegung, Himmelsmechaniker, und Euer hochgeschätzter Meister Arcimboldo wird es bereuen! Auf Eure Tricks werde ich nicht noch einmal hereinfallen. Und jetzt zurück in das Zimmer, aus dem ihr gekommen seid!«

Fabio schob die beiden Gnome unsanft vor sich her in das verwinkelte, von Kerzen beleuchtete Erkerzimmer, das von einer gläsernen Kuppeldecke überwölbt war. Unter der Kuppel waren in der Wand drei Sprossenfenster angebracht, die Fabio in großes Erstaunen versetzten. Die Scheiben waren viel größer als die Butzengläser, die er kannte. Auch hier hingen großflächige Sternkarten an den Wänden. Neben den bekannten Sternkonstellationen waren darauf noch andere Fix- und Wandelsterne verzeichnet. Am seltsamsten erschien Fabio ein fast drei Schritt langes Fernrohr, das auf einem hölzernen Stativ in der Mitte des Raumes stand und schräg hinauf zur Glaskuppel ausgerichtet war. Ein weiteres Fernrohr? Wofür?

»Was ist das?«, fragte Fabio.

»Ein Teleskop«, entgegnete Poliogenes, bemüht, das Zittern in seiner Stimme zu verbergen. »Damit betrachtet man den Mond und die Sterne. Oder ist das neuerdings verboten?«

»Haltet mich nicht zum Narren, Himmelsmechaniker!«

Fabios Blick schweifte über ein Pult mit aufgeschlagenen Büchern und eine Abbildung der vier Mondphasen an der Wand. Schließlich erregte eine geheimnisvollen Kugel, die auf dem Boden lag, seine Aufmerksamkeit. Sie bestand aus mehreren ineinander verlaufenden Metallringen und erinnerte ihn an die scheibenförmigen Astrolabien, wie sie die Händler aus den Ländern des Halbmondes an Astrologen und Sternkundige verkauften.

»Ich dachte, ich hätte mich vorgestern deutlich ausgedrückt!«, zischte Meister Arcimboldo und wand sich in Fabios Griff. »Das alles hier ist eine Nummer zu groß für dich.«

»Das werden wir ja sehen. Also, wo ist die Uhr?«

In diesem Moment trat Yargo hinter dem Teleskop hervor, der unbemerkt von Fabio im hinteren Teil des Raums gestanden hatte. Der Gnomenjunge sah erst Fabio und dann das Schwert mit großen Augen an. Erstaunlicherweise schien er nicht die geringste Angst zu haben.

»Bleib schön dahinten, Yargo!«, befahl Poliogenes und wandte sich wieder Fabio zu. »Warum mischst du dich in Sachen ein, von denen du nichts verstehst, Knappe?«

»Weil ich geschworen habe, Astronos' Wirken in dieser Welt ein Ende zu bereiten«, antwortete dieser wütend. »Ich weiß, mit welchen Mitteln Ihr Eure Magie wirkt. Ihr baut Stellarsherzen in Eure Apparate ein. Ich werde Euch allesamt bei den Sternenmystikerinnen vor Gericht bringen, wenn Ihr nicht sofort tut, was ich verlange.«

In Fabios Rücken ertönte ein scharfes Klicken.

»Runter mit der Waffe! Oder ich puste dir ohne mit der Wimper zu zucken zwei hübsche Löcher in deinen bornierten Schädel! Molunah ist meine Zeugin.«

Fabio warf erschrocken einen Blick über die Schulter. Da stand tatsächlich Munadella und nahm ihn mit ihrer doppelschüssigen Armbrust ins Visier. Und es konnte angesichts der geringen Entfernung kein Zweifel daran bestehen, dass sie Fabio mit einem einzigen Bolzenschuss ins Jenseits befördern würde. Im Vergleich zu den Goblins, die sie während ihrer Flucht niedergestreckt hatte, war er ein lächerlicher Gegner.

Jetzt konnte er nur noch bluffen. »Und du glaubst, dein Mann kommt ungeschoren davon?«

»Ja, glaube ich.«

Ambra, die ihrer Mutter gefolgt war, erschien in der Tür und spähte erschrocken zu Fabio und ihrem Vater hinüber. »Wusste ich doch, dass ich was gehört habe!«

»Nein, du wolltest bloß wieder heimlich lauschen«, grollte Munadella, ohne dass ihre Hand an der Waffe auch nur zitterte. »Und verlass dich drauf, Liebes, das hat noch ein Nachspiel. Und jetzt nach unten mit dir!«

Ambra blieb, wo sie war.

»Man sollte einsehen, wenn man verloren hat«, murmelte Meister Arcimboldo.

Auch Poliogenes griff nun unter seine Weste und zog einen kugelförmigen Apparat hervor, der aussah, als würde er ausschließlich aus Zahnrädern und Glaslinsen bestehen. »Besser du hörst auf, Munadella!«

»Egal was Ihr macht, Euren sauberen Freund hier«, er presste die Klinge so stark gegen den Hals des Gnoms, dass ein erster Blutstropfen zu sehen war, »werde ich mit in den Tod nehmen. Elende Astronos-Anhänger!«

Munadella wurde bleich, doch sie senkte ihre Waffe nicht. Auch Poliogenes schien bestürzt.

Keiner wollte nachgeben. Niemand rührte sich, da hörte Fabio ein Schluchzen.

Ambra stürzte an ihrer Mutter vorbei, bis sie nur noch einen Schritt vor Fabio und ihrem Vater entfernt war. »Wir sind keine Astronos-Anhänger!«, rief sie empört. »Lass sofort meinen Vater los!«

Fabio starrte die Kleine betroffen an.

»Komm sofort wieder her, Ambra!«, rief Munadella.

»Bitte, nicht vor meiner Tochter!«, presste Meister Arcimboldo hervor.

Fabio kämpfte gegen seine widerstreitenden Gefühle an, dann ließ er langsam die Waffe sinken.

Meister Arcimboldo stürzte zu seiner Tochter, schob sie von sich weg und zog mit einer einzigen schnellen Bewegung sein Tranceometer aus der Schürze.

»Schwert fallen lassen!«, kommandierte Munadella.

»Du hättest nicht herkommen dürfen«, fauchte ihn Meister Arcimboldo an. »Das, was jetzt passiert, hast du dir selbst zuzuschreiben, Mensch. Ich werde mit allen Mitteln dafür sorgen, dass du mit niemandem über deine kleine Entdeckung sprichst.«

»Nur zu!«, höhnte Fabio, der seine Waffe fallen ließ und an den Dolch in seinem Stiefel dachte. »Wollt Ihr mich wieder die magische Macht Eures Instruments fühlen lassen? Oder wollt Ihr lieber warten, bis mich der Sternenvampir findet und Euch die Arbeit abnimmt?«

Totenstille senkte sich über das Zimmer.

»Welcher Sternenvampir?«, fragte Poliogenes nach einer Schrecksekunde.

»Tut doch nicht so! Ich denke, Ihr wisst, was hier in Venezia vor sich geht?«

Die beiden Himmelsmechaniker blickten einander erschrocken an.

»Rede, Junge! Was für ein Sternenvampir?« Meister Arcimboldo trat drohend auf ihn zu. »Sag es mir oder ich werde Dinge tun, die wir beide nicht wollen.«

»Tut, was Ihr nicht lassen könnt, Meister Arcimboldo!« Fabio blickte wütend auf den Himmelsmechaniker hinab. Wussten die Gnome wirklich nichts von dem Monster? Fabio beschloss, es mit einer Finte zu versuchen. »Helfen wird es Euch nicht. Denn wer weiß, vielleicht hat diese Kreatur meine Spur bereits aufgenommen und befindet sich nun auf dem Weg hierher.«

Poliogenes stieß einen entsetzten Schrei aus und humpelte zurück, bis er gegen eine der Sternkarten stieß. Auch Munadella atmete scharf ein.

»Das ist nicht wahr!«, stöhnte Arcimboldo. »Sag mir, dass das nicht wahr ist!«

»Begreifst du denn nicht, Arcimboldo!«, keuchte Poliogenes und starrte entsetzt zur Glaskuppel empor. »Es hat bereits begonnen.«

Plötzlich redeten die Gnome wild durcheinander.

»Wir müssen fort von hier.«

»Meridianus und Pollux ist vielleicht tatsächlich etwas zugestoßen!«

»Wir müssen erst die anderen Uhren finden.«

»Willst du unser Leben riskieren?«

»Wir haben eine Aufgabe!«

Es war Yargo, der die erhitzte Debatte beendete. »Warum arbeitet ihr nicht alle zusammen?«

Einen Moment lang starrten ihn die Streitenden verwirrt an.

Yargo kam von seinem Platz hinter dem Teleskop hervor. »Vielleicht kann euch der Knappe helfen. Als Mensch gelangt er an Orte, die ihr nicht betreten könnt. Hat sich der Paladinorden nicht dem Kampf gegen das Böse verschrieben?«

»Einem Menschen ist nicht zu trauen!«, schimpfte Munadella, die mit ihrer Armbrust immer noch auf Fabio zielte.

»Aber Mutter, damals im Wald hat uns Knappe Fabio doch auch geholfen«, meinte Ambra leise.

»Wartet!« Meister Arcimboldo sah Fabio grübelnd an. »Vielleicht sollten wir tatsächlich auf Yargo hören. Sehr viel schlimmer kann unsere Lage nicht mehr werden.«

»Aber er ist doch bloß ein Knappe, Arcimboldo!«, warf Poliogenes ein. »Wie soll uns der Junge helfen können? Glaubst du, das werden die anderen Paladine so ohne Weiteres hinnehmen?«

»In Venezia sind keine Schwertbrüder mehr«, sprach Fabio bitter. »Ich bin allein auf mich gestellt. Die Paladine sind zum Kampf ausgezogen, und die Brüder, die noch hier waren, sind letzte Nacht allesamt umgebracht worden.«

Die Gnome schwiegen betreten.

»Also, wie steht es mit meinem Angebot?«, brummte Meister Arcimboldo. »Schließen wir einstweilen Frieden?«

»Habe ich Euer Wort, dass Ihr mir im Gegenzug das Geheimnis der Uhr enthüllt?«

Arcimboldo und Poliogenes warfen sich Blicke zu und der Linsenschleifer zog unglücklich an seinem Spitzbart. »Ich bleibe dabei. Ich halte es für einen Fehler.«

Arcimboldo sah Fabio misstrauisch an. »In Ordnung! Ich werde dir später alles erklären. Doch berichte erst du uns, was wir noch wissen müssen.«

Munadella senkte endlich ihre Waffe. Fabio wusste, dass ihm im Moment nichts anderes übrig blieb, als den Gnomen zu vertrauen. Und so fing er an zu erzählen. Er begann bei seinem Eintreffen in der Stadt, beschrieb die Vorfälle im Ordenshaus und auf der Toteninsel und endete mit seiner Flucht vor den Männern des Grafen della Monzoni. Die Gnome lauschten gebannt, während ihr Staunen von Enthüllung zu Enthüllung wuchs.

»Dieser Goblinschamane hieß wirklich Gruuk?«, erkundigte sich Poliogenes kopfschüttelnd.

»Und du bist dir ganz sicher, dass dieser Sternenvampir hinter der Uhr her war?«, fragte Meister Arcimboldo.

Fabio bejahte beides.

Meister Arcimboldo seufzte. »Löscht bitte die Lampen. Wir sollten es dem Jungen zeigen.«

Munadella und Poliogenes bliesen die Kerzen im Raum aus, während Ambra zu Yargo ging und den Jungen von dem großen Teleskop fortzog. Meister Arcimboldo betätigte währenddessen ein Schwungrad an der Wand. Knarrend öffnete sich das Kuppeldach. Feuchte Stadtluft drang ins Innere des Dachgeschosses und Fabio sah staunend zum Nachthimmel auf.

Arcimboldo blickte durch das Okular des Fernrohrs, richtete es mittels eines kleinen Drehrades in einem steileren Winkel gegen den Himmel aus und verstellte die Linsen. »Komm, sieh hindurch!«

Fabio trat heran und stieß einen Laut der Verwunderung aus.

Hinter dem kreisrunden Sichtfeld des Okulars tat sich der gleißende Sternenwall auf. Die Stellare, welche die Welt vor dem Chaos schützten, waren nun nicht mehr klein und verschwommen, sondern blitzten wie kleine Silberkugeln.

»Fantastisch!«, murmelte Fabio. »Was für ein Anblick!«

»Merkst du etwas?«, fragte ihn Poliogenes und humpelte an seine Seite.

Fabio kniff die Augen zusammen und sah genauer hin. Tatsächlich, da war Bewegung. »Einige der Sterne flackern ein wenig. Meint Ihr das?«

Meister Arcimboldo brummte zustimmend und schob ihn vom Okular weg. Abermals richtete er das Teleskop aus. »Und jetzt sieh noch einmal hindurch.«

Nun erblickte Fabio in der Nähe des Nordsterns sechs hell leuchtende Sterne, die zusammen eines jener Sternbilder bildeten, die als weniger bedeutend als die Monatszeichen galten. »Das ist der Kleine Bär, richtig?«

»Bist du dir sicher?«, fragte ihn Arcimboldo zurück.

Fabio sah noch einmal genauer hin und zählte die leuchtenden Punkte. »Ja, ich denke schon, aber … müssen das nicht mehr Sterne sein? Der Kleine Bär besteht doch aus sieben Sternen. Ich zähle nur sechs.«

Das Schweigen der Gnome ließ Fabio verwirrt aufblicken.

»So ist es«, sagte Poliogenes mit belegter Stimme. »Er ist fort!«

»Er ist was?«

»Die Sterne erlöschen!«, erklärte Meister Arcimboldo. »Es

fängt mit einem Flackern an, dann verschwinden sie. Vor ziemlich genau einem halben Jahr hat dieses Sterben im Haus der Berenike begonnen. Seitdem sind fast drei Dutzend Sterne erloschen. Mittlerweile verschwindet beinahe jeden Tag ein weiterer.«

»Einem Unkundigen fällt das nicht sofort auf«, unterbrach ihn Poliogenes. »Zunächst waren nur die kleineren Sterne betroffen, doch inzwischen ist dieser Vorgang überall am Nachthimmel zu beobachten. Wenn das so weitergeht, gibt es in wenigen Monaten keine Sterne mehr.«

Fabio schluckte. »Seid Ihr Euch sicher?«

»Glaube mir«, krächzte Poliogenes, »wir Himmelsmechaniker behalten das Firmament gut im Auge.«

»Aber die Sternenmystikerinnen müssen doch inzwischen auch etwas bemerkt haben?«

Ambra stupste Yargo an und sie entzündeten nun wieder die Kerzen in den Leuchtern.

»Ganz sicher haben sie das.« Meister Arcimboldo nahm seine Brille ab und putzte sie mit dem Zipfel seines Hemdärmels. »Und ich bin mir sicher, die Entdeckung hat bei ihnen dieselbe Unruhe ausgelöst wie bei uns.«

»Und was hat das alles zu bedeuten?«

»Es bedeutet nichts anderes, als dass der Sternenwall zusammenbricht«, seufzte Arcimboldo. »Erlischt der letzte Stern, dann versinkt die Welt in ewiger Dunkelheit. Aber wir befürchten eine noch größere Katastrophe.«

»Welche?«, flüsterte Fabio.

»Astronos' Rückkehr!«

Bei diesen Worten lief es Fabio kalt über den Rücken. »Ihr

meint, der gestürzte Erzstellar wird aus seinem Sternenkerker ausbrechen?«

»Ja!«, antwortete Munadella für ihren Mann. »Und damit das klar ist, Mensch: Wir haben nichts mit ihm zu schaffen!«

Fabio nickte schwach. »Aber woher habt Ihr dieses umfassende Wissen?«

»Astronos' Rückkehr wurde prophezeit. Und es gibt Gerüchte, dass sie sich genau unter jenen Vorzeichen vollzieht, die wir gerade beobachten können.« Meister Arcimboldo blickte zu seiner Frau hinüber, als bitte er um ihr Einverständnis, Fabio all dies anzuvertrauen. »Es geschah vor fünfhundert Jahren. Wir verdanken die Weissagung einem Seher namens Cagliomaeus. Niemand weiß, woher er kam und wer er war, aber eins ist sicher: Er war ein brillanter Astrologe. Auf ihn geht ein Almagest zurück, das noch heute die Grundlage für die Arbeit vieler Sternkundigen bildet. Auch die Sternenmystikerinnen benutzen es.«

»Ein Almagest? Was ist das?«, fragte Fabio.

»Das *Almagest des Cagliomaeus* ist eine Sammlung von Schriften«, erklärte Poliogenes. »Sie beschreiben alle wichtigen Erscheinungen am Sternenhimmel. Jedes Sternbild ist auf den darin enthaltenen Karten verzeichnet. Allein Cagliomaeus verdanken wir die Entdeckung von dreizehn neuen Sternbildern. Er fand heraus, auf welche Weise die Sternbilder das Leben in Astaria beeinflussen. Er war ein Genie!«

Fabio wusste, dass die fünf Wandelsterne die Welt beeinflussten. Bei Marsakiel, Merkuriel, Venudha und Juprabim war dies nicht ganz so offensichtlich wie bei Molunah, die sogar Ebbe und Flut schickte. Doch noch nie hatte er gehört, dass auch die Sternbilder Kräfte dieser Art besaßen. Oder gar, dass man hin und wieder neue, unbekannte Stellarsformationen am Himmel fand.

»Und die Prophezeiung gehört zu dieser Schriftensammlung?«

»Nicht ganz.« Poliogenes nickte. »Ein Teil davon ist in den Schriften als Geheimcode enthalten, der nur von Eingeweihten entschlüsselt werden kann. Wir wissen davon. Die Sternenmystikerinnen ebenfalls und, wer weiß, vielleicht auch die höchsten Schwertbrüder deines Ordens.«

»Ganz zu schweigen von unseren Feinden«, schnaubte Meister Arcimboldo. »Fünfhundert Jahre sind eine lange Zeit.«

»Aber was bringt die Sterne zum Erlöschen?«, fragte Fabio, obwohl er die Antwort bereits ahnte.

»Als Astronos glaubte, dass er den Stellarskrieg verlieren würde, schloss er einen Pakt mit den Wesen außerhalb des Sternenwalls. Er versprach den Sternenvampiren die Herrschaft über einen Teil der Schöpfung als Gegenleistung dafür, dass sie sich im Kampf auf seine Seite stellten.«

»Ich weiß«, murmelte Fabio. »Das hat den Stellaren, die bis dahin zusammen mit Astronos rebelliert hatten, die Augen geöffnet. Sie wollten nicht, dass die Schöpfung den Sternenvampiren zum Opfer fiel, und halfen den anderen Stellaren dabei, die Feinde der Ordnung zu besiegen. Das weiß jedes Kind. Die Erzstellare ergriffen Astronos, warfen ihn in den Sternenkerker und entschieden so den Krieg für sich.«

»So ist es überliefert«, sagte Poliogenes. »Aber die Stellare sind seit dem Großen Krieg geschwächt. Und der Pakt zwischen Astronos und den Sternenvampiren besteht noch immer. Die Vampire bestürmen den Sternenwall seit nunmehr einem Zeitalter, und es ist ihnen inzwischen gelungen, die äußerste der sieben Sphären immer weiter zu durchlöchern. Die jüngsten Vorzeichen – die Goblinüberfälle und das Auftauchen eines Vampirs hier in Venezia – deuten darauf hin, dass ihr Werk nahezu vollendet ist. Die Stellare werden unterliegen!«

Fabio schluckte.

»Und was hat das alles mit der mysteriösen Uhr zu tun?«, wollte er nun wissen.

»Tja, da schließt sich der Kreis und wir kommen wieder zurück zu dem Seher Cagliomaeus«, ergriff Arcimboldo erneut das Wort. »Seine Prophezeiung ist sehr viel ausführlicher, als du dir vorstellen kannst. Cagliomaeus hat seine wichtigsten Erkenntnisse nicht in seinem Almagest festgehalten, sondern an einem unbekannten Ort verborgen. Wir sprechen dabei von seiner ›geheimen Offenbarung‹. Die Uhr, die du kennst, ist nur eine von fünfen. Jede der Uhren birgt einen Hinweis darauf, wo dieses Versteck zu finden ist. Nur wer alle fünf Uhren besitzt, der kann Cagliomaeus' geheime Offenbarung aufspüren.«

»Fünf Uhren? Dieser Cagliomaeus war ebenfalls ein Himmelsmechaniker?«

»Ja, ohne Zweifel war er der größte Künstler, den unsere Zunft je hervorgebracht hat«, bekräftigte Meister Arcimboldo. »Eines der wenigen Dinge, die wir über ihn wissen, ist, dass er zuletzt hier in Venezia gewirkt hat.«

»War er ein Mensch?«

»Bestimmt!«, schnaubte Munadella, die sich inzwischen wieder zu Ambra und Yargo gesellt hatte. »Es waren menschliche Himmelsmechaniker, die vor fünfhundert Jahren mit ihren zerstörerischen Erfindungen den Großen Krieg der Städte entfacht haben. Wir Gnome hatten damit nichts zu tun!«

»Wichtig ist jetzt nur die Offenbarung«, meinte Poliogenes. »Cagliomaeus hat viele Ereignisse der Zukunft richtig vorhergesehen, sogar die spätere Zerstörung Napulis – als ob er uns allen damit einen Beweis seiner Kunst hätte geben wollen.«

Fabio wurde langsam ungeduldig. »Nun lasst Euch doch nicht jedes Wort einzeln aus der Nase ziehen!«, schimpfte er. »Was steht denn in dieser Offenbarung drin?«

»Cagliomaeus«, erwiderte Meister Arcimboldo leise, »hat laut Almagest den genauen Zeitpunkt von Astronos' Ausbruch aus dem Kerker bestimmen können, er hat herausgefunden, wo sich der Sternenkerker befindet und auf welche Weise Astronos von den Ketten der Erzstellare befreit werden kann. Und an diesen Informationen sind seine Anhänger, von denen es eine Menge in Astaria gibt, brennend interessiert.«

»Ihr meint, es werden nicht die Sternenvampire sein, die ihn befreien?«

»Oh, sie werden ohne Zweifel an diesem Unternehmen beteiligt sein. Doch es wurde geweissagt, dass seine Anhänger hier in Astaria die wichtigste Rolle dabei spielen werden. Und unsere Gegner wollen die Angaben der Prophezeiung dazu nutzen, um Astronos zu befreien. Wir anderen hingegen können das darin enthaltene Wissen hoffentlich dazu verwenden, das schreckliche Ereignis zu verhindern. Und da wären wir wieder bei den Uhren.« Arcimboldo lächelte. »In der Hoffnung, dass seine Prophezeiung von den richtigen Leuten zur rechten Zeit gefunden wird, hat Cagliomaeus die Uhren geschaffen. Jede von ihnen ist einem der Erzstellare geweiht und jede enthält einen Hinweis auf das Versteck einer der anderen Uhren. Findet man also eine Uhr, gelangt man mit etwas Kombinationsgabe auch zur nächsten.«

»Und das ist noch nicht alles«, ereiferte sich Poliogenes. »Jede der fünf Uhren birgt in ihrem Innern ein Stück Meteoreisen. Alle Stücke sind Bauteile für ein Astrolabium, das wiederum ein anderes arkanomechanisches Wunderwerk anzutreiben vermag.«

»Und was für ein Wunderwerk soll das sein?«, fragte Fabio.

»Es handelt sich dabei um die *Sternenwind,* ein Wolkenschiff aus der Blütezeit der himmelsmechanischen Zunft.« Der kleine Linsenmacher strahlte. »Es wird angetrieben von stellaren Winden und gleitet deshalb befreit von den Fesseln der Schwerkraft durch die Luft. Und es vermag seinen Besitzer zu dem Versteck zu führen, an dem Cagliomaeus einst seine Offenbarung hinterlegt hat.«

»Und all diese Einzelheiten über die Uhren und das Wolkenschiff habt Ihr aus dem Almagest?«

Nach einer Pause antwortete Arcimboldo: »Wir verfügen auch noch über andere Quellen. Aber die brauchen dich im Moment nicht zu interessieren. Die drohende Zerstörung der siebten Sphäre hat uns bewogen, nach den Uhren zu suchen.«

»Ist die Uhr des Barons die erste, die Ihr ausfindig gemacht habt?«

»Nein. In unserem Besitz befindet sich bereits eine weitere

Uhr.« Arcimboldo berührte Poliogenes am Arm. »Komm, zeigen wir sie dem Jungen. Wer weiß, vielleicht kann er uns sogar helfen.«

Poliogenes sah seinen Freund missbilligend an. »Ich hoffe, du weißt, was du tust.«

Der Linsenschleifer humpelte zurück ins Studierzimmer und bat die Anwesenden, die Türen zu schließen. Dann schob er einen Hocker unter das Schiffsmodell, das von der Decke hing, stieg schwerfällig hinauf und bewegte einige der Ruder, die aus dem Schiffsbauch ragten.

Da flammte das Licht hinter den bunten Scheiben des Heckaufbaus auf und ein Lichtwirbel in den Farben des Regenbogens wanderte über die Wände. Fassungslos wurde Fabio Zeuge, wie sich eine der Regalwände vor seinen Augen in Luft auflöste und an ihrer Stelle eine schwere Eisentruhe erschien. Ihr Deckel war mit unzähligen ineinandergreifenden Zahnrädern übersät.

»Was … was, bei Astronos, geht hier vor sich?«

»Beruhige dich, Knappe«, erwiderte Poliogenes ungerührt. »Das ist bloß eine *Laterna magica.* Sie erschafft optische Illusionen.«

Poliogenes ließ sich von Arcimboldo wieder nach unten helfen und betätigte einige der Zahnräder. Es ratterte und schon ging der Deckel wie von Geisterhand bewegt auf. Der Gnom präsentierte zwei Uhren und stellte diese auf einen Tisch.

Die eine erkannte Fabio sofort wieder. Es handelte sich um die Nussbaumuhr aus dem Haus des Barons. Auf ihrem Zifferblatt schimmerte die ziselierte Darstellung des Erzstellars

Juprabim. Allerdings bemerkte Fabio, der die Uhr nun erstmals aus der Nähe betrachten konnte, dass sich neben der Ziffer Drei ein kleiner, silberner Stern befand. Die andere Uhr hingegen hatte er noch nie gesehen. Ihr Messinggehäuse war vollständig von einer Glasglocke umhüllt. Fabio entdeckte zwei Glöckchen am oberen Ende des Gehäuses, außerdem schmückte die Darstellung Merkuriels das Zifferblatt. Der Erzstellar war mit Botenrolle und Heroldstab dargestellt. Auch auf diesem Zifferblatt war ein kleiner silberner Stern zu sehen. Er befand sich direkt neben der Zwölf.

»Machen wir es kurz«, sagte Arcimboldo. »Wir konnten herausfinden, dass Cagliomaeus die fünf Uhren über ganz Venezia verteilt hat. Diese hier«, er strich liebevoll über den Glasdeckel, »war die erste, die wir aufgespürt haben. Die letzten fünfhundert Jahre stand sie im Versammlungssaal des venezianischen Kapitänsrats. Sieh her, Knappe.« Er deutete mit seinem dürren Zeigefinger auf einen Schriftzug am unteren Rand des Zifferblattes.

»Es tut mir leid«, erwiderte Fabio verärgert. »Ich kann nicht lesen.«

»Oh. Nun ja, hier hat sich der Schöpfer dieser Uhr verewigt. Es war ein gewisser Giamo Elusca.«

»Ja und?«

Arcimboldo lächelte. »Es hat einige Zeit gedauert, bis ich dahintergekommen bin. Der Name ist ein sogenanntes Anagramm.«

»Ein was?«

»Ein Anagramm entsteht, wenn man die Buchstaben eines Wortes so umstellt, dass daraus ein neues Wort entsteht. So kannst du zum Beispiel die Buchstaben von ›Maus‹ so umstellen, dass sich daraus das Wort ›Saum‹ bildet.«

Fabio blickte den Gnom fragend an.

»Im vorliegenden Fall weist das Anagramm auf den eigentlichen Schöpfer der Uhr hin. Denn stellt man die Buchstaben von Giamo Elusca um, dann wird aus ihnen nicht anderes als der Name Cagliomaeus.«

Fabio hob eine Augenbraue.

»Und nicht viel anders ist es bei der Uhr, die Vittore de Vontafei besaß«, fuhr der Himmelsmechaniker fort. »Sie stammt von einem gewissen ...«

»Aucos Galmei«, antwortete Fabio. Er war stolz darauf, dass er den Namen behalten hatte.

»Richtig. Auch in dieser Buchstabenfolge steckt der Name Cagliomaeus.«

»Offenbar wollte er sicherstellen, dass man nicht versehentlich eine falsche Uhr für die seine hält«, murmelte Fabio.

»Nicht schlecht, Junge«, murmelte Poliogenes. »Du bist klüger, als du aussiehst.«

»Vielen Dank für das reizende Kompliment«, erwiderte Fabio verstimmt. »Und wie habt Ihr die erste Uhr gefunden, wenn ich fragen darf? Alle folgenden müssen ja leichter zu finden sein, aber um die erste aufzuspüren, benötigt man bestimmt einen besonderen Trick.«

»Nun, wir haben durch intensive Nachforschungen die venezianische Werkstatt von Cagliomaeus ausfindig gemacht. Dort haben wir zwar keine der Uhren gefunden, aber etwas anderes, was uns auf die Spur der Merkurielsuhr gebracht hat.«

»Und was?«

»Das ist im Moment für dich nicht von Belang«, erwiderte Arcimboldo ausweichend.

»Doch die Merkurielsuhr hat uns schließlich den Weg zu dieser hier gewiesen.« Er deutete auf die Nussbaumuhr des Barons mit der Darstellung Juprabims.

»Und wie muss ich mir diesen Hinweis vorstellen?«, fragte Fabio.

Poliogenes hob den Glasdeckel der Merkurielsuhr ab und drehte die Zeiger um zwei Stunden vor, bis diese kurz vor Mitternacht standen. Sie warteten einige Augenblicke und beide Zeiger sprangen nun von selbst auf die Zwölf. Die Glocken ertönten, dann folgte eine kraftvolle Melodie.

»Das ist alles?«, fragte Fabio.

»Man merkt, dass du nicht aus Venezia stammst«, meinte Poliogenes. »Das ist das Zeichen, mit dem die Turmbläser des Arsenals, der großen Werft hier in Venezia, die Arbeiter morgens zum Arbeitsantritt rufen.«

»Wir haben lange überlegt«, ergänzte Arcimboldo, »bis wir herausgefunden haben, dass die Nussbaumuhr von Vittore de Vontafei einst für den Leiter der Werft angefertigt wurde. Die Uhr befand sich über mehrere Jahrhunderte in Familienbesitz. Bis der heutige Nachfahre dieses Mannes vor einigen Wochen Teile seines Vermögens versteigern ließ, um seine Spielschulden bezahlen zu können. Und so gelangte die Juprabimsuhr in den Besitz von Baron de Vontafei.«

»Und Vittore de Vontafei hat von alledem nichts geahnt?«

»Nicht, dass ich wüsste«, sagte Arcimboldo.

»Hat es eigentlich irgendetwas Besonderes mit diesen silbernen Sternen auf sich, die neben den Ziffern stehen?«

»Es sind sicher Markierungen, aber wir kennen ihre Bedeutung nicht.« Der Himmelsmechaniker hob die Schultern. »Im Moment haben wir allerdings andere Probleme. Denn auch unsere Feinde scheinen hinter das Geheimnis der Uhren gekommen zu sein. Es könnte sogar sein, dass sie bereits im Besitz eines dieser Artefakte sind.«

»Wie ist das möglich?«, fragte Fabio.

Die beiden Himmelsmechaniker blickten einander betrübt an.

»Wir vermissen zwei Kollegen«, sagte Poliogenes bitter. »Sie sind seit Kurzem verschwunden. Sie wollten in privaten Bibliotheken und Archiven nach Aufzeichnungen suchen, in denen Cagliomaeus' Name oder eines seiner Anagramme auftaucht. Wir machen uns inzwischen große Sorgen.«

»Dann besteht höchste Gefahr!«, rief Fabio. »Wenn sie von Graf Monzoni oder dem Sternenvampir überrascht worden sind, seid Ihr hier nicht mehr sicher. Die beiden könnten unsere Gegner direkt hierherführen.«

»Nein.« Poliogenes schüttelte den Kopf und blickte Arcimboldo an. Er sprach erst weiter, als dieser ihm zunickte. »Wir Himmelsmechaniker sind aus Gründen der Sicherheit in kleine Logen von nur vier bis fünf Mitgliedern aufgeteilt. Jeder von uns weiß zwar, wie man den Großmeister seiner Loge im Notfall erreichen kann. Doch nur er kennt den Aufenthaltsort eines jeden anderen Mechanikers der Gruppe. Der Großmeister Veneziens ist Arcimboldo und nur er kennt unsere wahren Namen. Wir erreichen Arcimboldo über arkanomechanische Geräte.«

»Ich will hoffen, dass Eure Sicherheitsvorkehrungen ausreichen. Immerhin habe ich Euch auch gefunden.« Ernst blickte Fabio die beiden Gnome an. Er erinnerte sich wieder daran, was ihm Poliogenes berichtet hatte. »Habt Ihr denn wenigstens in den Uhren gefunden, was Ihr gesucht habt?«

Poliogenes griff abermals in die Truhe und kramte einen Samtbeutel hervor, in dem sich kantige Gegenstände abzeichneten. Er präsentierte zwei Bauteile, die mit golden schimmernden Zahnrädern und Schwungscheiben versehen waren. Er fügte sie zusammen, und schon war ein Objekt in der Form eines Tetraeders entstanden, dessen Außenkante in einem Halbrund auslief. An mehreren Stellen der beiden anderen Schenkel blieben Vertiefungen, die auf die Unvollständigkeit des Gegenstands schließen ließen.

»Es fehlen drei Teile, um das gesuchte Astrolabium ganz zusammenzusetzen«, seufzte der Gnom. »Jedes Einzelteil besteht aus massivem Meteoreisen. Doch das Instrument dient nicht nur dazu, das Wolkenschiff anzutreiben. Schon jetzt kann man sehen, dass der Gradbogen und die Radien der Bauteile so geformt sind, dass sie uns einen weiteren Hinweis geben. Sieh nur, einige der Zahnräder und Metallstege auf der Oberfläche der Bauteile sind zu Schnörkeln und Bögen angeordnet. Erinnert dich das an etwas?«

Fabio trat einen Schritt zurück und musterte die Oberfläche der zusammengefügten Bauteile. Schließlich zuckte er mit den Schultern. »Tut mir leid, ich bin kein Himmelsmechaniker. Wüsste ich es nicht besser, würde ich sagen, das alles erinnert mich an eine Landkarte. Für mich bilden die kleinen Blattfedern, Nieten und Zackenräder ein Netz von Straßen, Höhenzügen und anderen Landmarken.«

»Da liegst du vollkommen richtig, Junge.« Poliogenes zwinkerte ihm verschwörerisch zu. »All die Details auf diesen Bauteilen dienen nicht nur dazu, die Arkanomechanik des fertig zusammengesetzten Astrolabiums anzutreiben, ihre Anordnung soll eine Landkarte darstellen.«

»Die zum Versteck dieses Wolkenschiffes führt?« Mit einem Mal erfasste Fabio fiebrige Erregung. »Also, wie steht es um die nächste Uhr in der Reihe? Sicher habt Ihr die Uhr von Baron de Vontafei bereits untersucht.«

»Ja, haben wir.« Meister Arcimboldo kratzte sich am Kinn, während Poliogenes die Bauteile des Astrolabiums wieder in dem Samtbeutel verschwinden ließ. »Nur kommen wir da nicht so richtig voran.«

»Bitte, zeig uns die Uhr!«, rief Ambra. »Ich möchte so gern all die Stellare noch einmal sehen.«

Als Ambra die äußerst missbilligenden Blicke ihrer Eltern bemerkte, fügte sie hastig hinzu: »Vielleicht weiß der Knappe ja etwas damit anzufangen?«

»Na gut, probieren wir es.« Meister Arcimboldo trat an die Nussbaumuhr heran und drehte auch die Zeiger dieser Uhr auf kurz vor Mitternacht. Es dauerte nicht lange und die beiden Zeiger sprangen um.

Wie schon damals im Anwesen der de Vontafeis war das Schnarren und Summen von Zahnrädern zu hören und wenige Augenblicke später erfüllte der feierliche Klang eines Glockenspiels den Raum. Staunend sah Fabio zu, wie sich wieder das Türchen über dem Zifferblatt öffnete und die silberne Stellarsgestalt mit der Sternenkugel in den Händen erschien. Die Kugel rotierte und flammte in gleißendem Silberlicht auf.

Um sie herum tanzte ein Reigen durchscheinender Stellarsgestalten durch die Luft. Die Himmlischen besaßen ein menschliches Äußeres mit langen gelockten Haaren. Mit weißen Flügeln glitten sie stolz durch die Lüfte, und einen Augenblick lang glaubte er, die Stellare seien direkt vom Himmel herabgestiegen, um über ihren Köpfen Gestalt anzunehmen, so lebensecht wirkten sie.

»Ein Wunder!«, hauchte Fabio und drehte sich mit offenem Mund im Kreis. Erst auf den zweiten Blick sah er, dass die Stellare nicht tanzten, sondern miteinander kämpften.

»Ja, wundervoll«, wiederholte Meister Arcimboldo mürrisch. »Aber wir verstehen nicht, was diese Luftspiegelungen bedeuten sollen.«

»Sie stellen den Stellarskrieg dar«, meinte Fabio.

»Ach was.« Poliogenes schnaubte abfällig. »Glaubst du, wir sind blind?«

»Nein, natürlich nicht, aber …« Fabio entdeckte unmittelbar über sich Molunah, die mit dem finsteren Astronos um das Sternenzepter rang. »Himmel, ich weiß, wohin uns der Hinweis führen soll. Genau diese Szene habe ich bereits gesehen. Hier in der Lagunenstadt. In der Sternenbasilika!«

»Was, in der Sternenbasilika?«, plapperte Ambra aufgeregt nach.

»Ja, auf dem Deckengemälde in der Kuppel.«

Die Melodie endete, das Licht der silbernen Kugel erlosch und das Stellarsfigürchen verschwand wieder im Uhrgehäuse. Nur ein leises Ticken erfüllte wieder den Raum.

»Stimmt das?«, fragte Arcimboldo Poliogenes aufgeregt.

»Ich gebe zu, ich war da schon lange nicht mehr«, erwiderte

dieser betreten. »Man sieht uns Gnome dort ja nicht so gern. Aber der Junge könnte Recht haben.«

»Selbst wenn«, warf Munadella ein, »in jedem zweiten Palazzo findet sich eine Szene dieser Art.«

Fabio begann in Gedanken, Laute zu verschieben. Schließlich war er sicher.

»Das mag sein«, sagte er. »Aber das Kuppelgemälde in der Sternenbasilika wurde von einem Künstler namens Calio Megusa geschaffen.«

Arcimboldo und Poliogenes warfen einander erstaunte Blicke zu, und Yargo sprach aus, was alle im Raum dachten. »Cagliomaeus!«

Duell der Himmelsmechaniker

»Nein, ich halte es für zu gefährlich, wenn wir länger hierbleiben«, wiederholte Arcimboldo mit Nachdruck, während er im Kerzenschein Bohrer, Zangen und Feilen in ein Futteral packte. Sie befanden sich inzwischen unten im Verkaufsraum, in dem Poliogenes Fernrohre, Brillen und Vergrößerungsgläser ausgestellt hatte. Die Gnome hatten den Himmelsmechaniker umringt, nur Yargo stand reglos und seltsam unbeteiligt in der Tür.

Sein merkwürdiges Verhalten gab Fabio Rätsel auf.

»Ihr werdet packen und den Wagen abfahrbereit machen«, fuhr Arcimboldo fort. »Bei Tagesanbruch fahrt ihr zurück zum Festland. Und Poliogenes nehmt ihr mit.« Er sah seinen Kollegen an, der gerade herangehumpelt kam, um ihm die kugelförmige Linsenapparatur zu überreichen, die er bereits oben in der Teleskopkammer gezückt hatte.

»Aber Papa, selbst wenn ihr heute Nacht Erfolg habt, dann fehlen euch doch noch immer zwei weitere Uhren«, ereiferte sich Ambra.

»Egal!« Arcimboldo schüttelte den Kopf und zurrte seine Tasche zu. »Vergessen wir nicht, was uns der Knappe berichtet hat. Hier in Venezia treiben sich nicht nur Sternenvampire und Astronos-Anhänger herum, sondern auch Goblins. Und nicht wenige. Wir müssen zumindest verhindern, dass unseren Feinden die restlichen Uhren in die Hände fallen.«

»Kann ich mitkommen und euch helfen?«, fragte Ambra.

Arcimboldo sah seine Tochter überrascht an, doch schon brauste Munadella auf. »Du bist wohl von allen guten Geistern verlassen, Liebes! Du wirst hübsch hierbleiben.« Ungehalten funkelte sie ihren Mann an. »Es ist unverzeihlich, dass dein Vater dich in diese Sache mit hineingezogen hat.«

»Entschuldige«, sagte Arcimboldo lahm. »Aber dass es so weit gekommen ist, dafür kann ich nichts. Ambra hat ihre Ohren immer dort, wo sie nicht hingehören. Da sie ohnehin etwas über die Uhren aufgeschnappt hatte, musste ich ihr erklären, um was es hier geht.«

»Ach!« Munadellas Augen blitzten. »Und deine eigene Tochter dazu anzustiften, mit dir bei den de Vontafeis einzubrechen, das gehört dazu?«

»Ich gebe zu, ich …« Arcimboldos große Ohren zuckten verlegen. »Bitte, Munadella. Das war eine Notlage. Nach dem Fund dieses Astronos-Schädels blieb keine Zeit mehr für andere Pläne.«

»Begreifst du nicht, dass ich mir Sorgen mache?« In Munadellas Augen schimmerten plötzlich Tränen. »Schlimm genug, dass du glaubst, die Welt retten zu müssen. Aber musst du auch unsere Familie in Gefahr bringen?«

Fabio sah betreten zu Boden und auch Poliogenes war nun intensiv damit beschäftigt, eines der im Verkaufsraum ausgestellten Fernrohre von Staub zu befreien.

»Nein, natürlich nicht, Liebling.« Meister Arcimboldo trat zu seiner Frau und ergriff zärtlich ihre Hände. »Ich habe mir all das doch nicht ausgesucht. Aber wer soll es denn sonst tun? Soll ich vor dem Unheil, das auf uns zukommt, die Augen verschließen? Willst du, dass sich dein Mann einreiht in die Menge der Zauderer, Feiglinge und Unwilligen, die dann später alle sagen, sie wären nicht verantwortlich gewesen?«

Fabio sah Arcimboldo an und schämte sich insgeheim dafür, dass er ihn verdächtigt hatte, auf der falschen Seite zu stehen. Was wusste er schon über das Wesen der Gnome? Und was wusste er über die Himmelsmechaniker? Rein gar nichts.

»So, und nun sollten ich und der Knappe aufbrechen«, seufzte Arcimboldo und küsste die Hände seiner Frau. »Und du, Ambra, hilfst deiner Mutter. Ihr verlasst die Stadt, egal ob ich wiederkomme oder nicht. Poliogenes, versprich mir, dass du meiner Familie beistehst!«

»Selbstverständlich!« Der Gnom blickte unglücklich drein, während Ambra beleidigt schmollte. »Arcimboldo, du weißt: Wenn ich jünger wäre, würde ich euch begleiten. Aber mit meinem schlimmen Bein würde ich euch nur aufhalten.«

»Ich weiß, mein Freund.« Meister Arcimboldo wandte sich Fabio zu. »Bist du bereit, Knappe?«

»Ich warte nur auf Euch, Meister Arcimboldo.« Fabio zwinkerte ihm zu. »Und wenn Ihr wollt, dürft Ihr mich zukünftig bei meinem Namen nennen. Ich heiße Fabio.«

Der Gnom nickte lächelnd.

Gemeinsam verließen sie das Haus des Linsenschleifers. Fabio und Meister Arcimboldo kehrten dem Gnomenviertel den Rücken und eilten zum Merkurielsplatz. Die Sternenbasilika mit ihrem Kuppeldach hob sich schwarz vor dem dunklen Nachthimmel ab.

»Mist!«, flüsterte Fabio und deutete auf die beiden Gestalten vor dem Molunahstor. Auf den Treppenstufen standen zwei Stadtgardisten, die offenbar die Wache der Paladine übernommen hatten. »Die ganze Zeit über war der Zugang unbewacht und ausgerechnet jetzt stehen Soldaten da.«

»Wäre ich dieser Graf, würde ich auch meine Vorkehrungen treffen«, meinte Arcimboldo leise. »Hoffen wir nur, dass er noch nicht hinter das Geheimnis der Basilika gekommen ist.«

»Die ist überhaupt verdammt groß«, flüsterte Fabio. »Ich habe keine Ahnung, wo wir am besten mit unserer Suche beginnen sollen.«

»Na ja, ich würde zunächst einmal das große Deckengemälde oben an der Kuppel inspizieren. Immerhin hat es dich auf die Spur gebracht. Nur weiß ich noch nicht, wie wir das anstellen sollen.«

»Da macht Euch mal keine Sorgen«, antwortete Fabio rasch. »In der großen Halle sind gerade Restaurationsarbeiten im Gange. Da steht ein großes Baugerüst.«

»Da steht was?!« Arcimboldo trat aus den Schatten und blickte entgeistert zu ihm auf.

Fabio hätte seinen Kopf am liebsten gegen eine der Hauswände geschlagen. »Verflucht, Ihr meint, die Restaurationen sind nur ein Vorwand, und unsere Gegner suchen die Basilika bereits ab?«

»Allerdings. Das kommt mir doch alles sehr merkwürdig vor. Hoffen wir, dass wir nicht zu spät kommen.«

Der Himmelsmechaniker führte ihn zu einem der Arkadengänge, die den Merkurielsplatz umgrenzten, und sie huschten von Säule zu Säule, bis die Sternenbasilika hoch vor ihnen aufragte. Vorsichtig spähte Fabio hinüber zu den beiden Gardisten. Die standen vor dem Treppenaufgang und unterhielten sich leise. Unüblicherweise waren sie nicht nur mit Hellebarden, sondern auch mit Armbrüsten bewaffnet.

»Kommen wir an denen mit Euren Tricks vorbei?«, wandte Fabio sich zweifelnd an Arcimboldo.

»Nein, nicht so leicht.« Der Himmelsmechaniker schüttelte den Kopf. »Mit einem von ihnen werde ich leicht fertig, aber der Zweite macht mir Sorgen, denn bei dem kann ich nicht mehr auf den Überrumpelungseffekt vertrauen. Außer den großen Toren hier an der Gebäudefront muss es doch noch weitere Nebeneingänge geben?«

»Ja, ich glaube, ich habe heute Nachmittag bei meiner Flucht einen gesehen. Kommt!« Fabio wartete, bis die Gardisten ihnen den Rücken zukehrten, dann hastete er gemeinsam mit Meister Arcimboldo zum Seitenschiff der Basilika, wo sich eine schmale Pforte befand.

Arcimboldo zückte seine Ledertasche und kramte sein Futteral mit Bohrern, Feilen und Haken hervor. Sofort machte er sich am Türschloss zu schaffen. Fabio hörte ein Kratzen und Schaben, während Arcimboldo darin herumstocherte.

»Meine Tochter ist in solchen Dingen viel besser«, wisperte er. »Besitzt ein unglaubliches Geschick, die Kleine.«

»Wie alt ist sie eigentlich?«

»Vierzehn Jahre.« Der Gnom ächzte vor Anstrengung, während er weiter am Schloss arbeitete. »Genau das richtige Alter, um ihre Eltern in den Wahnsinn zu treiben.«

»Und Yargo?«

»Wie, Yargo?« Meister Arcimboldo blickte verwirrt auf. Offenbar kam ihm Fabios Frage abwegig vor.

In diesem Moment klickte es und Fabio kam es fast so vor, als wäre der Gnom erleichtert, das Thema wechseln zu können. Der Himmelsmechaniker stemmte sich gegen das Portal, doch ein schwerer Riegel auf der Innenseite verhinderte, dass er sie öffnen konnte.

»Diese Sternenmystikerinnen machen es einem wirklich nicht leicht«, schimpfte er. »Hier hilft nur schweres Werkzeug, aber das habe ich nicht dabei.«

Fabio trat einige Schritte zurück und spähte aufmerksam an der Wand empor.

»Seht Euch das an, dort!« Er deutete verwundert zu einem runden Butzenglasfenster hinauf, das etwas abseits zwischen den Schmuckornamenten der Mauer eingelassen war. Es lag etwa auf drei Schritt Höhe über ihren Köpfen und am Fensterrahmen schimmerten kaum wahrnehmbar die Reste von Glasscherben. Fabio trat unter das Windauge und entdeckte dort das lose Ende eines Seils, das zum Fenster hinaufführte. »Sieht ganz so aus, als wären wir nicht die Einzigen, die sich Zutritt zur Basilika verschaffen wollen.«

Fabio und Arcimboldo blickten einander besorgt an, schließlich zuckte der Himmelsmechaniker mit den Achseln. »Sei's drum, Hauptsache, wir kommen nicht zu spät. Machen wir dem Gegner, wer immer es auch sei, unsere Aufwartung!«

Fabio sah sich noch einmal nach allen Seiten hin um, ergriff das Seil und zog prüfend daran. Es war oben fest verankert. Anschließend hangelte er sich daran empor.

Tatsächlich hatte jemand von außen die Scheibe eingeschlagen. Er konnte durch die runde Fensteröffnung hindurch in einen mit Stellarsplastiken geschmückten Andachtsraum blicken, an dessen kobaltblauer Decke unzählige kleine Kristalle funkelten, die wie die Säulen der großen Kuppelhalle aus sich selbst heraus leuchteten. Ergriffen blickte er zu den Nachbildungen der Sternenzeichen auf.

»Aufpassen!«, tönte es von unten.

Fabio riss sich von dem Anblick los, schlüpfte vorsichtig ins Innere und vermied es, auf die am Boden liegenden Scherben zu treten. Die Einbrecher hatten sich nicht die Mühe gemacht, sie beiseitezuräumen. Rasch zog er das Seil nach oben. Er blickte noch einmal nach draußen und konnte nur drei harmlose Nachtschwärmer entdecken, die schwatzend auf den Merkurielsplatz zuliefen. Meister Arcimboldo hatte sich längst in die Schatten zurückgezogen.

Fabio wartete ab, bis die Passanten verschwunden waren, und ließ das Seil dann wieder nach unten fallen. An seinem oberen Ende war ein Wurfhaken angebracht, dessen gebogene Eisenkrallen sich tief in die Mauerritzen gegraben hatten.

Wer benutzte solche Werkzeuge?

Fabio half nun auch dem Gnom dabei, in die Basilika zu gelangen.

Beeindruckt blickte sich der Himmelsmechaniker im Raum um. »Die Sternenmystikerinnen verstehen ihr Handwerk.«

»Jagen sie euch Himmelsmechaniker tatsächlich?«, flüsterte Fabio, während er an einer der Türen im Raum lauschte. Dahinter war es ruhig.

»Wer weiß?«, wisperte Arcimboldo und horchte an einer der gegenüberliegenden Türen. Beruhigt nickte er. »Die Politik der Sternenburg ändert sich alle paar Jahrzehnte, je nachdem, wer zur obersten Sternenmystikerin gewählt wird. Manchmal siegt in Stella Tiberia der konservative Flügel, dann müssen wir uns in Acht nehmen. Doch die meiste Zeit über tun sie so, als gäbe es uns nicht. Scheint so, als wüssten sie selbst nicht so recht, was sie von uns halten sollen.«

»Also wissen die Sternenmystikerinnen, dass es euch Himmelsmechaniker noch immer gibt.«

»Ja, natürlich.« Arcimboldo sah ihn im Zwielicht an. »Doch erst seit etwa hundertfünfzig Jahren wissen sie, dass auch mein Volk die magische Tradition der Himmelsmechanik hütet. Leider. Die Mystikerinnen unterschätzten die Geheimnisse meines Volkes ebenso wie der Rest deines Volkes.«

»Es gibt also immer noch menschliche Himmelsmechaniker?«, fragte Fabio erstaunt.

»Oh ja, auch wenn wir mit diesen Verbrechern seit dem Städtekrieg nichts mehr zu schaffen haben. Aber jetzt ist nicht die richtige Zeit für ein solches Schwätzchen. Wir sollten uns lieber für einen Weg entscheiden.« Meister Arcimboldo deutete auf die Tür, vor der er stand. »Die hier wurde aufgebrochen.«

Fabio zog sein Schwert und eilte auf die andere Seite des Raums. Vorsichtig zogen sie die Pforte auf und durchquerten einen weiß gekalkten Gang, der mit einem blauen Teppichläufer ausgekleidet war. Links und rechts sah er Türen und an der Decke waren weitere selbstleuchtende Kristalle angebracht. Fabio öffnete behutsam eine der Türen und blickte in eine Schlafkammer.

Sie war sogar größer als jene, die selbst der Schatzmeister

des Paladinordens besaß. Sie war mit einer Liege, Tischen, Vorhängen und Truhen ausgestattet. Die anderen Türen führten in ähnliche Räume. In einigen von ihnen standen sogar Vasen mit Blumen.

»Wir befinden uns offenbar im Wohntrakt der Sternenmystikerinnen«, murmelte Meister Arcimboldo, der angespannt in den Gang lauschte. Am anderen Ende waren Treppenstufen, die nach unten, und solche, die nach oben führten, zu sehen.

Fabio nickte und wollte schon weitergehen, als ihm etwas auffiel. Er ging in die Schlafkammer. Dort, halb verborgen unter der Liege, lag Celestes Ledertasche! Es war kein Zweifel möglich.

Rasch zog er sie hervor und blickte hinein. Neben wenigen anderen Habseligkeiten lagen darin noch immer die beiden Phiolen mit dem Sternentau.

Wie lange befanden sich die Sternenmystikerinnen jetzt eigentlich schon im Dogenpalast? Zwei oder drei Tage?

»Wo bleibst du?«, flüsterte Arcimboldo, der in der Tür stand.

»Wisst Ihr eigentlich, wie es um den Dogen bestellt ist?«, flüsterte Fabio.

»Nein, keine Ahnung. Wieso fragst du?«

»Na, weil es ganz so aussieht, als ob die Mystikerinnen dort noch immer alle Hände voll zu tun hätten, ihn zu pflegen.«

»Na ja«, der Gnom kratzte sich nachdenklich am Kopf. »Sie verfügen über große magische Kräfte, doch wenn unter ihnen keine Schwester ist, die sich auf dem Gebiet der Heilung auskennt, könnten auch sie es schwer haben. Insbesondere …«

»Insbesondere, was?«

»Hast du nicht berichtet, dass Graf della Monzoni der Siegelbewahrer des Dogen ist? Als solcher hat er jederzeit Zutritt zu dessen Gemächern. Was, wenn della Monzoni den Dogen vergiftet hat? In venezianischen Adelskreisen hat es immer wieder Fälle von Giftmorden gegeben.«

»Wie dem auch sei, wir müssen die Ducchessa vor della Monzoni warnen. Heute Nachmittag habe ich bereits zwei Gardisten mit dieser Mission beauftragt, aber ich fürchte, dass sie damit etwas überfordert waren.«

Arcimboldo winkte ab. »Auch darum können wir uns später kümmern. Wir müssen jetzt in die Kuppelhalle.«

Fabio bat Celeste im Geiste um Verzeihung und steckte beide Phiolen mit dem Sternentau ein – wer wusste schon, ob der Sternenvampir nicht wieder auftauchte! Für diesen Augenblick würde er nun gerüstet sein. Dann folgte er dem Himmelsmechaniker zum Treppenhaus. Dort schlichen sie die Stufen nach unten. Es roch nach Weihrauch. Fabio hielt auf einer der unteren Stufen inne und bedeutete Meister Arcimboldo, ebenfalls stehen zu bleiben. In dem Raum, der sich nun vor ihnen auftat, waren Klopfgeräusche zu hören.

Ein schneller Blick überzeugte Fabio, dass es sich bei der Kammer um die Sakristei der Sternenbasilika handelte. Im Licht der Sternenkristalle konnte er weiße Gewänder ausmachen. Auf Tischen und in Nischen standen zahlreiche Goldschalen und -pokale, die mit geflügelten Stellarsdarstellungen verziert waren.

Die Geräusche kamen von einer kleinen Tür ganz in ihrer Nähe. Sie ruckelte und Fabio vernahm hinter ihr ein angestrengtes, wütendes Ächzen. Eine Frauenstimme. Natürlich. Vielleicht war das die Laiendienerin, die er schon zweimal in der Basilika angetroffen hatte.

Fabio entriegelte die Tür und der Weihrauchgeruch wurde stärker. Schon kam ihm das Mädchen entgegengesprungen. Über den Kopf hielt es einen großen Tontopf, bereit, damit zuzuschlagen. Es hielt im letzten Moment inne und stutzte, als es Fabio erkannte. »Ihr?« Auch die Anwesenheit des Gnoms schien es zu verwirren.

»Wer hat dich hier unten eingesperrt?«, wollte Fabio wissen. Er musterte die Gestalt nachdenklich.

Die junge Frau ließ den Tontopf sinken, ihre Augen flackerten angespannt. »Ich weiß es nicht. Es ging alles ... so schnell. Ich hatte in der Sakristei Geräusche gehört und wollte nachsehen. Aber da wurde ich auch schon überwältigt.« Sie betastete eine große Beule an ihrem Kopf und verzog dabei vor Schmerzen das Gesicht. »Als ich wieder zu mir kam, befand ich mich eingeschlossen in der Weihrauchkammer. Aber ... aber was macht Ihr hier?«

»Wir sind gekommen, um in der Basilika etwas nachzuprüfen«, antwortete Fabio vielsagend.

Meister Arcimboldo schob ihn beiseite. »Mädchen, du kennst dich doch hier aus?«

Sie nickte zögernd.

»Wie lange werden in der großen Halle bereits Arbeiten ausgeführt?«

Die junge Frau musterte den Gnom eindringlich. »Seit drei Tagen. Die Männer arbeiten nachts, damit die Gläubigen tagsüber nicht gestört werden.«

»Wurden diese Arbeiter von Graf della Monzoni engagiert?«, wollte Fabio wissen.

»Jetzt wo Ihr es sagt … Ja.« Eine feine Röte überzog ihr Gesicht.

Fabio fragte unbeirrt weiter. »Sind die Arbeiter immer noch hier?«

Die Laiendienerin nickte.

»Gut, Mädchen«, grollte der Gnom. »Besser, du versteckst dich jetzt oben in einer der Schlafkammern.«

»Wie Ihr wünscht.« Die Dienerin stellte den Tontopf ab und flüchtete ohne ein weiteres Wort die Treppenstufen nach oben. Meister Arcimboldo holte inzwischen sein Tranceometer hervor und klappte es auf. »Sieht so aus, als ob wir uns auf Widerstand gefasst machen müssten.«

Sie postierten sich links und rechts vom Eingang zur großen Halle und Fabio öffnete von der Seite aus vorsichtig die Tür. Sein Blick fiel zwischen zwei schlanken Säulen hindurch auf das Meer aus Kerzen, die den Sternenaltar in warmes Licht tauchten. Die Bänke vor dem Altar standen wieder ordentlich aufgereiht. Nichts erinnerte mehr an den Kampf, der dort am Nachmittag stattgefunden hatte. Fabio interessierte all das nur am Rande, er lauschte vielmehr auf die Geräuschkulisse weiter hinten in der Kuppelhalle. Es hörte sich so an, als würden dort Meißel auf Stein schlagen, nur hin und wieder wurde das Geräusch von gedämpften Stimmen unterbrochen.

Vorsichtig trat er in den Schatten einer Säule. Meister Arcimboldo folgte ihm leise. Von hier aus hatten sie einen guten Überblick über den Innenraum. Im Schein der fünf großen leuchtenden Säulen, die die Kuppel mit dem Deckengemälde stützten, konnten sie ein halbes Dutzend dunkel gekleideter Männer erkennen. Mit Blendlaternen in den Händen schritten sie Nischen und Wände ab und klopften die Fresken und Malereien nach Hohlräumen ab. Auf dem großen Baugerüst kletterten zwei weitere Gestalten herum, während es über ihnen in der Kuppel hämmerte.

»Zu viele. Mit denen werden wir nicht fertig«, flüsterte Meister Arcimboldo missmutig. »Zumindest einige von ihnen müssen wir weglocken.«

»Und wie?«, flüsterte Fabio.

»Der dahinten scheint einer ihrer Anführer zu sein.« Der Gnom deutete zu einem Mann mit lockigem Haar, der soeben zwei Männer anwies, eine Steinplatte von der Wand zu stemmen. »Wenn es uns gelingt, den in die Sakristei zu locken, wüsste ich eine Möglichkeit.«

Fabio fasste den Kerl ins Auge. Der Fremde schlug einen seiner Untergebenen gegen den Kopf und schickte ihn und seine Kumpane zurück zu einer Kiste mit Werkzeugen.

»Ab in die Sakristei!«, kommandierte Fabio. »Probieren wir es auf einfache Weise.«

»Auf einfache Weise?«

Bevor der Gnom wusste, wie ihm geschah, schob ihn Fabio bereits zurück in den Raum, aus dem sie gekommen waren.

»Ich vermute, Ihr braucht ihn unversehrt?«, wollte Fabio wissen, während er zu einer Goldschale griff.

»Ja, allerdings«, antwortete der Himmelsmechaniker verwirrt.

»Gut, dann stellt Euch da hinter der Tür auf und haltet Euch bereit.«

Fabio ließ die Goldschale fallen, die laut rumpelnd auf den Boden krachte. Anschließend verbarg er sich im Treppenaufgang.

So, wie er vorausgesehen hatte, waren kurz darauf vor der Tür Schritte zu hören.

»Pierina, warst du das eben?«

Der Lockenkopf betrat mit einem schweren Hammer in der Hand die Sakristei und sah sich misstrauisch um – als hinter ihm die Tür zufiel. Zornig wirbelte er herum und starrte auf Meister Arcimboldo, der sein Tranceometer hoch erhoben hielt. Das Zifferblatt der Apparatur leuchtete bläulich und die Zeiger begannen zu rasen. Der Mann wollte schreien, doch aus seiner Kehle kam nur ein unverständliches Lallen. Er machte ein blödes Gesicht und stierte reglos das Tranceometer an.

»Du wirst jetzt deine Waffe fallen lassen«, sprach Arcimboldo mit beschwörender Stimme. Der Mann ließ sofort seinen Hammer fallen.

»Arbeitest du für Graf della Monzoni?«

»Ja.« Noch war der Fremde vom Kreisen der Zeiger gebannt.

»Und wie viele Männer arbeiten drüben in der Kuppelhalle?«

Der Fremde dachte nach. »Acht. Den Gnom nicht mitgerechnet.«

»Unter euch ist ein Gnom?« erwiderte Meister Arcimboldo verblüfft.

»Ja«, antwortete der Mann mit schwerer Stimme.

»Weißt du, wie er heißt?«

»Nein.«

»Gut.« Die Augen des Himmelsmechanikers funkelten wütend. »Mit euren lächerlichen Werkzeugen kommt ihr in der Halle nicht voran. Deswegen nimmst du dir jetzt drei Männer und gehst mit ihnen zum Arsenal, um dort schwere Vorschlaghämmer zu besorgen.«

»Vorschlaghämmer …«, flüsterte der Mann unsicher.

»Ja, große, schwere Vorschlaghämmer, wie man sie nur im Arsenal findet. Du kennst die Werft doch?«

»Ja, ich kenne die Werft …«

»Anschließend lädst du die Männer auf einen Umtrunk ein. Schließlich hast du heute Geburtstag.«

»Ich habe heute Geburtstag«, wiederholte Arcimboldos Gegenüber und lächelte selig.

»Wenn du gefragt wirst, sagst du, dass du den Auftrag direkt vom Grafen erhalten hast. Uns beide vergisst du, sobald du die Sakristei verlassen hast.«

»Ja, ich werde euch vergessen.«

»Und jetzt los!«

Der Lockenkopf drehte sich um und stapfte zurück in die große Halle, wo er seine Männer zusammenrief.

»Euer Dingsdameter ist wirklich unheimlich!«, flüsterte Fabio und warf einen scheelen Blick auf den arkanomechanischen Apparat, den Meister Arcimboldo mittels einer Feder wieder aufzog. »Kann man damit seinem Opfer auch andere Befehle geben? Kann man ihm auch schreckliche Dinge antun, etwa es dazu bringen, sich von einem Turm zu stürzen?«

»Nein.« Meister Arcimboldo schüttelte vehement den Kopf. »Nicht mit diesem Gerät. Aber es soll früher Tranceometer gegeben haben, die ein Opfer derart beeinflussen konnten, dass es dem Wahnsinn verfiel. Aber das gehört zu den schwarzen Künsten von Astronos' Gefolge.«

»Warum habt Ihr ihn nicht gleich alle Männer mitnehmen lassen?«

»Das wäre aufgefallen«, antwortete der Himmelsmechaniker. »Der Kerl ist höchstens so etwas wie ein Vorarbeiter. Sorgen bereitet mir im Moment vor allem dieser Gnom. Wir müssen herausfinden, wer er ist.«

»Na gut«, antwortete Fabio und sah dabei zu, wie der hypnotisierte Fremde zusammen mit drei Männern an der Statue Molunahs vorbei auf das große Tor der Basilika zuschritt. »Dann haben wir es jetzt noch mit vier Gegnern zu tun.«

»Meinst du, dass du eine Weile mit zweien der Männer fertig wirst?«, fragte ihn Meister Arcimboldo.

»Gleich mit zweien?« Fabio runzelte die Stirn. »Heißt das, Ihr schafft es, die anderen außer Gefecht zu setzen?«

»So ist es«, erwiderte der Gnom zögernd. Er nahm das Tranceometer in die Linke und kramte zusätzlich die ballförmige Linsenapparatur aus der Tasche, die ihm Poliogenes mitgegeben hatte. Prüfend musterte er sie. »Zumindest, wenn uns das Kampfgeschick hold ist. Leider habe ich nicht mit einer so großen Zahl an Gegnern gerechnet.«

»Und wie sieht Euer Plan aus?«

»Wir nähern uns der Bande von zwei Seiten«, antwortete der Gnom. »Sieh du zu, dass ich es möglichst nur mit einem von den Kerlen zu tun bekomme.«

»Das bedeutet, ich muss in Wirklichkeit nicht zwei, sondern gleich drei von den Mistkerlen in Schach halten!«

»Oh, du kannst ja doch rechnen. Ich wollte dich bloß nicht beunruhigen …« Der Gnom grinste, wurde aber gleich wieder ernst. »Keine Bange, ich werde schnell für etwas Gleichgewicht im Kampf sorgen.«

»Hoffentlich sind das wirklich nur einfache Arbeiter«, seufzte Fabio. »Ich glaube es allerdings nicht so recht. Wenn wir die Baugerüste erreicht haben, schlagen wir auf mein Zeichen hin los.«

Arcimboldo nickte zustimmend.

Beide huschten sie wieder aus der Sakristei und Fabio schlich nun hinter dem Sternenaltar entlang zur gegenüberliegenden Seite des Altarraums. Auf ein weiteres Zeichen hin näherten sie sich von zwei Seiten der Kuppelhalle. Die fünf Stellarsfiguren schimmerten silbern im Licht der Säulen. An der höchsten Stelle des Baugerüsts, dicht unter dem Schlussstein der Kuppel mit dem aufgemalten Sternenzepter, hockte tatsächlich ein Gnom. Er hatte feuerrote Haare und trug die Kleidung eines Handwerkers, ganz ähnlich wie Arcimboldo. Mit Hammer und Meißel bearbeitete er den Kalkputz direkt über seinem Kopf.

Zwei schwarz gekleidete Männer standen über eine Karte gebeugt, die sie beim Sockel der Merkurielstatue ausgebreitet hatten, zwei andere schickten sich soeben an, eine Kiste auf die zweite Ebene des Baugerüsts zu hieven.

Plötzlich erkannte Fabio, dass sein Plan nicht aufgehen würde. Weiter hinten, vor einer dunklen Nische, stand ein Gardist, der gelangweilt an seiner Hellebarde lehnte. Wie die Wachen draußen vor dem Molunahstor war er zusätzlich mit einer Armbrust bewaffnet.

Dieser Vorarbeiter hatte Arcimboldos Frage offenbar wörtlich genommen und nur die Männer gezählt, die hier arbeiteten. In Wahrheit hatten sie es mit einem Gegner mehr zu tun.

Leider sah Arcimboldo den Gardisten von seiner Position aus nicht. Fabio versuchte ihm ein Warnzeichen zu geben, doch der Gnom fasste die Geste falsch auf und trat aus der Deckung. Fabio hatte nun keine Wahl mehr und sprang daher ebenfalls mit gezückter Waffe zwischen die Bänke.

»Was, im Namen der Erzstellare, tut ihr hier?«, brüllte Fabio und seine Stimme hallte von den Wänden wider.

Die Männer fuhren zu ihm herum und starrten ihn drohend an.

»Alarm!«, schrie einer von ihnen und im nächsten Moment brach in der Kuppelhalle das Chaos aus. Die Arbeiter vor der Karte zogen Schwerter unter ihren Umhängen hervor; die beiden Männer auf dem Baugerüst ließen die Kiste fallen und bewaffneten sich mit Stemmeisen und Hämmern, und auch der Gardist weiter hinten sprang auf, um seinen Kumpanen zu Hilfe zu eilen.

Fabio stürmte mit gezücktem Schwert über die Bänke hinweg auf die Arbeiter zu, während der Gardist abrupt stoppte, weil er auf Meister Arcimboldo aufmerksam wurde. Mit hässlichem Grinsen legte er die Armbrust an.

»Meister Arcimboldo, nehmt Euch in Acht! Eine Armbrust!«, schrie Fabio und warf sich auf die beiden Gegner, die mit Schwertern bewaffnet waren. Kraftvoll schlug er dem ersten die Waffe aus der Hand und parierte sofort den Schwertschlag des zweiten.

Über ihm, auf dem Baugerüst, stürmten die beiden Arbeiter über Leitern nach unten.

Fabio setzte zu einem Ausfall an und hörte das Schnappen der Armbrust, gefolgt von einem lauten hölzernen Splittern irgendwo zwischen den Bänken. Glücklicherweise war Arcimboldo rechtzeitig in Deckung gesprungen und erhob sich bereits wieder. Das Tranceometer leuchtete auf, als der Gardist nun mit gesenkter Hellebarde auf den Gnom zustürmte.

»Du bist mein Freund!«, rief der Himmelsmechaniker mit hypnotisierender Stimme. »Hilf uns! Hilf uns!«

Was weiter geschah, konnte Fabio nicht erkennen, da er sich der Hiebe seiner Gegner erwehren musste. Bei Marsakiel, das waren keine einfachen Arbeiter! Seine beiden Gegner konnten mit ihren Waffen ebenso gut umgehen wie er. Links und rechts prasselten ihre Hiebe auf ihn ein und nun kam den beiden auch noch einer der schwarz Gekleideten zu Hilfe.

»Nicht den Jungen!«, krähte eine gellende Stimme von oben. »Schnappt euch den Gnom! Er ist derjenige, der gefährlich ist! Und holt Verstärkung!«

Fabio blickte kurz zu dem Baugerüst auf, von dem sich der feindliche Gnom herabhangelte. In seinen Händen blitzte ein Instrument, das an eine Triangel erinnerte, nur dass sich in der Mitte der Dreiecksform so etwas wie kleine Windmühlenflügel drehten. Ein Himmelsmechaniker!

Fabio wurde indessen immer weiter zur Statue des Marsakiel zurückgedrängt. Das Brecheisen des einen Arbeiters streifte ihn schmerzhaft am Oberarm, während der neu hinzugesprungene Schwertkämpfer zu jenem Gardisten herumwirbelte, der eben noch auf Meister Arcimboldo geschossen hatte. Mit leerem Blick griff der hypnotisierte Gardist seinen Kumpan an.

Fabio wich einem neuerlichen Hieb des Brecheisens aus und nutzte die Marsakielsstatue als Deckung, während Gardist und Arbeiter schwer aufeinanderprallten. Der Lanzenstoß ging ins Leere, nun schlugen die beiden mit Fäusten aufeinander ein. Fabio nutzte die Verwirrung unter seinen Gegnern, sprang vor und rammte einem der Männer die Klinge in die Seite. Der Mann taumelte schreiend zurück und brach zusammen. Schon bedrängte ihn der andere, während Fabio den vierten Gegner suchte. Er fand den Mann vor dem Molunahstor. Ohne weiter auf den Kampf in seinem Rücken achtend, rannte der Fremde nach draußen – natürlich, um die Wachen von draußen reinzuholen. Und er konnte ihn nicht daran hindern.

Sein verbliebener Gegner war nun vorsichtiger. Lauernd umkreiste er ihn, während seine beiden Kumpane weiter hinten noch immer gegeneinander kämpften. Wüst aufeinander eindreschend rollten sie zwischen die Bänke.

»Meridianus!«, ertönte unweit von ihnen entfernt die schneidende Stimme von Meister Arcimboldo. »Du hast also die Seiten gewechselt?«

»Tja, Großmeister, war das wirklich überraschend?« Der rothaarige Gnom spuckte verächtlich zu Boden. Er war mindestens zehn Jahre jünger als Arcimboldo und ebenso wie dieser hielt er sein Verteidigungsinstrument einsatzbereit.

»Nur damit du es weißt, ich diene Astronos bereits seit Jahren!«, zischte er.

»Wo ist Pollux?«, rief Arcimboldo.

»Der Gute strebt jetzt nach höheren Zielen, alter Narr!« Der rothaarige Himmelsmechaniker grinste böse. »Seine Werkstatt zu finden war einfach. Du weißt ja, wie vertrauensselig er ist. Und glaube mir, auch du wirst bald auf der richtigen Seite stehen!«

»Gar nichts werde ich!«, zürnte Arcimboldo. »Du bist es, der uns schon bald über all eure verderbten Pläne Auskunft geben wird!«

Das Tranceometer in Arcimboldos Händen glühte und sirrend drehten sich die Zeiger.

Hastig wandte Meridianus den Blick ab und hielt sich die Hand vors Gesicht. »Verschon mich mit deinen Tricks, alter Mann. Du kannst mich nicht überraschen. Aber mal sehen, ob du es mit meinem Aeroaster aufnehmen kannst!«

Die arkanomechanische Apparatur in den Händen des Gnoms schwirrte und brummte und jäh stob eine heftige Windböe durch die Halle, die die Kleidung Arcimboldos erfasste und heftig an ihr rüttelte. Der Himmelsmechaniker stemmte sich mit wehenden Haaren gegen den Wind und versuchte sich an einer der Bänke festzuhalten. Vergeblich.

Ein Sturm brach los, der der Bänke anhob und nach hinten schleuderte. Arcimboldo wurde ebenfalls erfasst und wie eine hilflose Gliederpuppe angehoben. Schreiend wirbelte der kleine Körper des Himmelsmechanikers durch die Luft und verschwand in der Dunkelheit des Altarraums, in dem das Poltern und Splittern übereinanderfallender Sitzbänke zu hören war.

Fabio und seine beiden Gegner konnten nicht weiterkämpfen, so sehr zerrte der Wind an ihren Kleidern. Dennoch konnten sie sich aufrecht halten. Der Gardist und der Schwertkämpfer, die am Boden miteinander rangen, hatten nicht so viel Glück. Der Sturm erfasste auch sie und schleuderte sie in die Dunkelheit.

Langsam schwang die Windschraube des arkanomechanischen Geräts in Meridianus' Händen aus und der Wind verlor an Kraft. In diesem Moment stürzte der dunkel gekleidete Mann, der Fabio vorhin entwischt war, in Begleitung von gleich drei Wachmännern in die Halle. Die Gardisten richteten ihre Armbrüste auf Fabio, der sich verzweifelt nach einer Fluchtmöglichkeit umblickte.

Er musste sich eingestehen, dass er gegen eine solche Übermacht nicht ankommen würde. Der rothaarige Gnom drehte sich um und musterte Fabio geringschätzig.

»Und nun zu dir, tapferer … Knappe. Ich gebe zu, es beleidigt mich, dass es der Orden nicht für nötig erachtet, einen richtigen Paladin gegen mich auszuschicken. Aber wie ich hörte, sind die Reihen des Ordens momentan etwas schwach besetzt …« Der Gnom schürzte boshaft die Lippen. »Und nun lass deine Waffe fallen!«

»Nicht so voreilig!«, rief da eine vertraute Stimme.

Alle blickten suchend nach oben, und Fabio entdeckte schräg über sich, auf einer Galerie in fast vier Schritt Höhe, eine Gestalt mit blonder Haarmähne.

Sylvana! Die wilde Frau, die sie damals aus dem Käfigwagen befreit hatten. Wie war sie hierhergekommen?

Geschmeidig sprang sie über das Geländer und fletschte die Zähne. »Ich hoffe, ich kann noch in euer kleines Spielchen mit einsteigen!«

»Schießt, ihr Trottel!«, brüllte der Gnom.

Die Gardisten legten an und ließen ihre Armbrüste schnappen, doch Sylvana war bereits in die Höhe gesprungen und vollführte unter den verdutzten Blicken der Männer eine Luftrolle, bevor sie in die Tiefe stürzte. Wie ein Katapultgeschoss traf sie die Männer. Gleich zwei ihrer Gegner wurden umgerissen und kippten wie gefällte Bäume zu Boden. Knochen knackten, und als sich Sylvana wieder erhob, hielt sie zwei lange Klingen in den Händen, die von Blut gerötet waren.

»Auf was wartet ihr, Freunde?«, knurrte sie. »Die Dame ist im Spiel!«

Im nächsten Moment war der hohe Raum vom Klirren der Waffen und von den Schreien der Gegner erfüllt. Fabio stürmte vor und hieb rechts und links um sich. Ein Schwert flog durch die Luft, irgendwo war das Reißen aufgeschlitzten Leders zu hören, und immer wieder erklang das helle, metallische Geräusch aufeinanderprallender Klingen.

Fabio machte sich mit einem Rundumschlag Luft und sah aus den Augenwinkeln, wie Sylvana mit ihren Waffen den Gegnern zusetzte. Wen sie nicht mit den Klingen erreichte, den brachte sie mit Tritten, Schlägen und Kopfstößen zu Fall.

Ohne dass Fabio etwas Entscheidendes dazu beigetragen hatte, war der Kampf plötzlich zu Ende. Ringsherum lagen Verletzte, die mitleiderregend stöhnten.

Längst war der rothaarige Gnom vor ihnen zurückgewichen. Fassungslos starrte er zu Sylvana, die sich hechelnd umblickte und die Messer in ihren Händen wirbeln ließ. Das waren vier Schritt Höhe, die die Wilde mit einem Satz überwunden hatte. Auch Fabio war klar, dass das nicht mit rechten Dingen zuging.

»Na, Kleiner«, fauchte Sylvana den Gnom an. »Wenn das hier die Bauern waren, dann bist du wohl ihr König?«

Zornig hob Meridianus seinen Aeroaster, dessen mechanische Flügel bereits zu schwirren begannen. »Freu dich nicht zu früh, Fremde. Auch dich werde ich einfach wegpusten!«

Fabio und Sylvana griffen gemeinsam an, doch da setzte schon der magische Sturmwind ein, der ihnen wie eine Wand entgegenschlug. Fabio prallte schmerzhaft gegen die Merkurielstatue, auch seine seltsame Waffengefährtin wurde zu Boden gerissen. Brüllend rammte sie ihre Messer zwischen die Bodenfliesen und hielt sich daran fest.

Da stolperte eine kleine zerraufte Gestalt aus dem Dunkeln des Altarraums auf sie zu. Meister Arcimboldos Kleider waren zerrissen und eines seiner Brillengläser hatte einen Sprung bekommen.

»Noch sind wir beide nicht miteinander fertig, Meridianus!«, keuchte er. »Viele Grüße von Poliogenes!«

Diesmal hielt er nicht sein Tranceometer in Händen, sondern die Kugel mit den vielen Linsen, die er von seinem Kollegen erhalten hatte.

Der rothaarige Gnom schrie auf, als sich aus der Kugel ein Lichtblitz löste, der Fabio einen Moment lang blendete. Auf einmal ebbte der Sturmwind ab. Fabio blinzelte und sah, dass der rothaarige Himmelsmechaniker am Boden lag und die Hände vor die Augen hielt. Er stöhnte. Sein Windapparat lag einen Schritt neben ihm unter dem Baugerüst.

»Ich hasse dich, Arcimboldo!«, brüllte er, während er die

Bodenfliesen abtastete. »Warte nur, bis ich wieder sehen kann, dann mache ich dich fertig. Du wirst diese Nacht sowieso nicht überleben. Ich werde dafür sorgen, dass …«

Sylvana trat neben ihn und bückte sich. »Schach matt, kleiner König!«

Sie schlug ihm den Knauf eines ihrer Messer auf den Kopf und der Gnom sackte bewusstlos zusammen.

Dann war alles still. Nur ab und zu hörte man einen der Verletzten stöhnen.

»Wer bist du?«, fragte Fabio.

»Ist das so wichtig?« Sylvana grinste spöttisch und warf ihr Haar in den Nacken. Dann steckte sie ihre Messer zurück in den Gürtel. Ihre Augen folgten Arcimboldo, der sich mühsam zu Fabio hinüberschleppte. Der ging ihm entgegen und stützte ihn. Es war ohnehin ein Wunder, dass sich der alte Mann bei seinem Sturz nicht alle Knochen gebrochen hatte.

»Dann die wichtigere Frage«, stöhnte der Himmelsmechaniker. »Auf welcher Seite stehst du?«

»Habe ich das nicht gerade deutlich gemacht?« Sylvana spuckte auf den Boden. »Ich bin aus demselben Grund hier wie ihr. Und diesmal werde ich es nicht zulassen, dass ihr mir noch einmal zuvorkommt.«

Meister Arcimboldo schnaubte verärgert. »Warum sollten wir mit dir zusammenarbeiten, wenn du uns nicht verrätst, wer du bist und woher du kommst?«

»Ganz einfach, kleiner Mann.« Sylvana trat auf die beiden zu und verzog den Mund. Sollte das vielleicht ein Lächeln sein? »Weil ihr beide mir euer armseliges Leben nun schon das zweite Mal zu verdanken habt.«

»Ohne uns würdest du immer noch in diesem Käfig vor dich hin schimmeln«, meinte Fabio unbeeindruckt.

»Na gut, dann steht es eben zwei zu eins. Andererseits seid ihr vor Rückschlägen ebenso wenig gefeit, wie eure armselige Vorstellung vorhin gezeigt hat.«

»Ich gebe zu, kämpfen kannst du«, meinte Fabio anerkennend.

Sylvana beugte sich lächelnd zu ihm vor. »Jungchen, ich hatte noch nicht mal richtig losgelegt.«

Fabio und Meister Arcimboldo warfen einander alarmierte Blicke zu.

»Du hast unsere Frage immer noch nicht beantwortet«, sagte der Gnom. »Warum sollen wir gerade mit dir zusammenarbeiten?«

»Vielleicht weil heute der Tag ist, an dem seltsame Bündnisse geschlossen werden.« Sie zwinkerte ihm zu und blickte zur Kuppeldecke auf. »Ein junger Paladin und ein Himmelsmechaniker. Menschen und Gnome. In diese bunte Gesellschaft passe ich bestimmt auch noch rein.«

»Spar dir deinen Spott«, schimpfte Arcimboldo. »Wenn du wirklich auf unserer Seite stehst, warum hast du dann nicht früher in den Kampf eingegriffen?«

Sylvanas Augen verengten sich. »Weil ich vorhatte abzuwarten, bis die Männer hier die Uhr finden würden. Dass ihr sie bei der Suche unbedingt stören musstet, macht unsere Situation auch nicht besser.«

Der Gnom musterte sie kühl.

»Die letzte Schlacht steht bevor, Meister Arcimboldo«, sagte Sylvana. »Und jeder in dieser Welt sollte sich entscheiden, wo er steht, wenn sie beginnt. Und ich habe mich entschieden!«

Fabio runzelte die Stirn. Schließlich seufzte er. »Was soll's. Wir haben ohnehin nichts zu verlieren. Im Moment können wir über jede Unterstützung froh sein. Tun wir uns also mit Sylvana zusammen.«

Meister Arcimboldo betrachtete die wilde Frau noch immer nachdenklich. »So sei es. Aber ich warne dich, Sylvana. Ich werde dich im Auge behalten.«

»Soll ich mich jetzt fürchten?« Sie schlug in gespieltem Entsetzen ihre Hände vor das Gesicht. »Lasst uns lieber anfangen zu suchen.«

»Willst du uns nicht erst einmal sagen, was du mit den Uhren zu tun hast?«, forderte Fabio sie auf.

»Reden, reden, reden! Du vertust unsere Zeit, Knappe. Du wirst dich noch etwas gedulden müssen. Also, Vorschläge?«

»Da oben, unter der Kuppel«, murmelte der Himmelsmechaniker und deutete nach oben. »Ich bin mir sicher, dass Meridianus dort nicht ohne Grund gesucht hat. Ich vermute, unsere Feinde sind bislang noch nicht fündig geworden, und das, obwohl sie die Basilika schon mindestens drei Tage lang absuchen. Allerdings müsst ihr das Klettern übernehmen.« Mit schmerzverzerrtem Gesicht fasste er sich an den Rücken. »Der kleine Zwischenfall eben hat mir doch ärger zugesetzt, als ich dachte.«

Fabio folgte Sylvana zum Gerüst, während Meister Arcimboldo ächzend den Aeroaster seines Widersachers aufhob und sich dann neben den Bewusstlosen hinkniete, um ihn zu durchsuchen.

Beim Hinaufklettern bemerkte Fabio, dass sich die Frau aus dem Dolomitischen Himmelsmassiv mit der Gewandtheit einer Katze bewegte. Als er die fünfte Ebene des Gerüstes erreicht hatte, erschienen die Figuren des Gemäldes in riesiger Vergrößerung vor ihm. Manche Stellare hatten menschliche Gestalt, andere waren als Sterne dargestellt. Cagliomaeus musste viele Jahre an diesem Kunstwerk gearbeitet haben. Sicher nicht ohne Grund. Fabio kam an einer der Stellen vorüber, wo Vampire durch den Sternenwall brachen.

Ein kurzer Blick nach unten, wo Meister Arcimboldo klein und zerbrechlich im Schein der fünf Säulen stand, ließ Fabio schwindeln. Auch schien es ihm, als würden ihn die Statuen Molunahs, Merkuriels, Venudhas, Marsakiels und Juprabims vorwurfsvoll anstarren. Fabio wandte sich schnell von dem Anblick ab und folgte Sylvana die knarzenden Leitern hinauf bis zur Plattform direkt unter dem zentralen Schlussstein. Er musste den Kopf einziehen, so weit oben hing die Plattform unter der Kuppel. Schräg unter ihm war die Kampfszene zwischen Astronos und Molunah zu sehen. Jetzt konnte er das Sternenszepter ganz aus der Nähe betrachten, das den Schlussstein der Kuppel in seiner ganzen Breite ausfüllte. An seinem Ende befand sich der flammende Sonnenball.

Sylvana hob prüfend einige bemalte Gesteinssplitter auf, die neben ihr auf dem Gerüst gelegen hatten, und blickte danach wieder zur Decke. Meridianus hatte an einigen Stellen über ihren Köpfen Löcher durch den Putz hindurch ins Gestein gehauen.

»Und?«, schnaubte sie ungeduldig. »Siehst du irgendetwas Auffälliges?«

»Ich weiß nicht.« Fabio erhob sich und betastete vorsichtig die Kuppel, weil ihm nun doch etwas auffiel. »Siehst du das hier?« Er fuhr mit den Fingern über eine Mulde mitten im kugelförmigen Endstück des Zepters. Sie war fast so groß wie ein menschlicher Kopf und ihre Form war auf beiden Seiten konkav. Silvana reckte den Hals und runzelte die Stirn. »Stimmt. Aber kann diese Vertiefung nicht auch zufällig entstanden sein?«

»Irgendwie glaube ich schon seit einigen Tagen nicht mehr an Zufälle«, erwiderte Fabio. Er spähte nach unten zu Arcimboldo und formte mit seinen Händen einen Trichter, in den er hineinrief: »Eine Mulde im Schlussstein! Etwa eine halbe Hand breit und tief.«

Seine Stimme hallte verzerrt von der Kuppelwand wider.

»Dann macht sie besser sichtbar«, kam von unten die Stimme des Gnoms. »Nehmt Wasser!«

Sylvana griff zu einem Wasserschlauch an ihrem Gürtel und reichte ihn Fabio. Der benetzte damit seine Hand und strich über die Mulde, sodass sie sich vom hellen Gelb ihrer Umgebung besser abhob.

»Erinnert dich die Form nicht an etwas?«, fragte ihn Sylvana.

»Nein, da fällt mir nichts ein.«

»Die Mulde hat die Form einer Sanduhr.« Sylvana deutete mit dem Finger auf die Kanten. »Oben und unten sind gerade Kanten, doch in der Mitte verjüngt sich die Mulde. Die Seiten sind sogar etwas geschwungen. Sieht aus wie eine Sanduhr. Und man sieht sie nur, wenn man direkt daruntersteht.«

»Die Darstellung einer Uhr also. Nein, das ist auf gar keinen Fall ein Zufall.« Fabio klopfte die Stelle mit seinem Schwert ab und etwas Putz bröckelte ihm entgegen.

»So kommen wir hier nicht weiter«, schimpfte seine Begleiterin. »Wäre hier etwas, dann hätte der Gnom es bereits gefunden.«

»Warte!« Fabio berührte sie am Arm. »Vielleicht gibt es eine alte Sanduhr in der Basilika? Fragen wir doch einfach diese Laiendienerin. Ich glaube, sie hat sich oben im Schlaftrakt versteckt.«

»Im Schlaftrakt? Wieso denn im Schlaftrakt? Ich habe diese Schlampe in der Sakristei eingesperrt.«

»Nein, äh ... Wir haben sie vorhin befreit.«

»Was hast du?! Dieses elende Miststück gehört zu denen da unten. Verstehst du? Die war mit dem rothaarigen Wicht bestens bekannt. Und ihr Vollidioten habt sie freigelassen?«

Bestürzt blickte Fabio sie an.

In Windeseile kletterten die beiden wieder nach unten, wo sie Arcimboldo bereits erwartete. Verwirrt blickte er sie an. »Was ist passiert?«

Sylvana stürzte kommentarlos an ihm vorbei zum Molunahstor, während ihm Fabio die Situation erklärte. Arcimboldo erbleichte. »Dann müssen wir so schnell wie möglich raus hier! Das Mädchen ist bestimmt längst losgelaufen, um Verstärkung zu holen.«

Aus der Vorhalle kam nun Sylvana gerannt.

»Ich habe das Tor verriegelt«, schnaubte sie. »Und zwar gerade noch rechtzeitig. Draußen auf dem Merkurielsplatz haben sich etwa zwanzig Gardisten eingefunden. Und es kommen immer mehr hinzu. Sie werden kommandiert von einem

Edelmann, der so wirkt, als ob er was zu sagen hätte. So wie es aussieht, lässt er die Basilika gerade einkreisen.«

»Graf della Monzoni!«, riefen Fabio und Arcimboldo wie aus einem Munde.

»Wer auch immer das ist, wir müssen jetzt raus hier.« Sylvana sah sich misstrauisch zu den anderen vier Portalen um und zerrte sie bereits in Richtung Sakristei, als Fabio noch einmal einen Blick hinauf zu dem Zepter an der Kuppel warf.

»Wir Narren!« Er blieb stehen. »Ich weiß jetzt, auf was uns Cagliomaeus hinweisen wollte. Die Sonne! Und darin das Zeichen einer Uhr. Versteht ihr nicht? Ich gehe jede Wette ein, dass das ein Hinweis auf die Sonnenuhr draußen über der Vorhalle ist!«

»Bei Molunah!«, flüsterte Arcimboldo. »Du könntest Recht haben!«

In diesem Moment waren gedämpfte Geräusche aus Richtung der Vorhalle zu hören. Jemand machte sich an dem Tor zu schaffen. Das Geräusch wiederholte sich auch an den anderen vier Portalen.

Sylvana ließ ihre Fingerknöchel knacken. »Dann los! So kurz vor dem Ziel werden wir doch wohl nicht aufgeben.«

»Und er?« Fabio deutete auf den bewusstlosen Meridianus.

»Für ihn haben wir jetzt leider keine Zeit mehr«, meinte Arcimboldo mit leisem Bedauern.

»Soll ich mich um ihn kümmern?« Sylvana zückte eines ihrer Messer.

»Nein. Lass ihn!« Meister Arcimboldo hob abwehrend eine Hand. »Wir werden uns nicht der Methoden unserer Feinde bedienen. Denn das ist der Weg des Astronos!«

»Ihr beide macht mich noch wahnsinnig! Aber wie ihr wollt.« Sylvana schüttelte ungehalten den Kopf und bedeutete ihnen, ihr zu einer der Außenwände zu folgen. Dort, in den Schatten, befand sich eine Wendeltreppe, die nach oben zu jener Galerie führte, von der sie im Kampf herabgesprungen war. Fabio stützte Meister Arcimboldo, der vor Schmerzen die Zähne zusammenbiss, und sie erreichten den Umlauf unterhalb der Kuppeldecke.

Unten wurde mit lautem Getöse gegen die Torflügel der Basilika gestoßen.

Ihre Gegner machten Ernst.

»Und was jetzt?«, flüsterte Fabio. Keuchend hielt er sich an einer kleinen Stellarsfigur, die das Geländer schmückte, fest.

»Soweit ich mich erinnere, war da vorn eine Pforte«, meinte Sylvana. »So, wie die liegt, sollte sie hinaus aufs Vordach der Basilika führen. Und ich verwette meine Messer darauf, dass wir von dort weiter hinauf zum Pferdegespann mit der Sonnenuhr gelangen.«

Die drei stolperten weiter. Sylvana sammelte während des Laufens einen Tornister auf, den sie offenbar auf der Galerie zurückgelassen hatte, als sie sich ins Kampfgetümmel gestürzt hatte. Fabio sah, dass aus ihm ein Wurfhaken ragte, wie er ihn bereits weiter hinten im Andachtsraum der Mystikerinnen entdeckt hatte. Wenn es noch Zweifel gegeben hatte, wer sich durch das Fenster dort gewaltsam Eintritt verschafft hatte, so waren sie jetzt beseitigt.

Endlich erreichten sie die Tür. Sie war klein und fiel kaum auf, da sie zwischen zwei Scheinpfeilern mit Sternsymbolen verborgen lag. Leider war sie verschlossen.

Meister Arcimboldo kniete schwerfällig vor dem Schloss und kramte im Futteral nach einem Dietrich. »Gnomenarbeit«, seufzte er. »Ausgerechnet.«

Es dauerte nicht lange und das Türschloss sprang auf.

Unter ihnen in der Halle war nun das Splittern von Holz zu hören. Kommandorufe ertönten.

Hastig schlichen die Gefährten ins Freie und der warme Wind der Lagune blies ihnen ins Gesicht. Ganz so, wie Sylvana vermutet hatte, standen sie nun auf einem Balkon mit hoher Brüstung, von dem aus eine nach außen getarnte Sprossenleiter aus Eisen weiter hinauf zur Kuppel führte. Von ihrem Standort aus hatten sie einen hervorragenden Ausblick auf den nächtlichen Merkurielsplatz, die im Mondlicht glitzernde Lagune im Süden und das umliegende Häusermeer Venezias.

Sylvana bedeutete ihnen, die Köpfe einzuziehen, da unter ihnen auf dem Merkurielsplatz noch immer Dutzende von Laternen auszumachen waren. Monzoni schien die gesamte Nachtwache Venezias dort versammelt zu haben.

Meister Arcimboldo nahm sich ein weiteres Mal der Pforte an und schloss diese wieder ab. Vorsichtig wandten sie sich nun der Leiter zu, die zu einer halbrunden Plattform hinaufführte. Dort zeichnete sich der große Streitwagen mit den fünf Rössern und der Stellarsstatue dunkel vor der metallisch schimmernden Sonnenscheibe ab. Sylvana kletterte nach oben und reichte Meister Arcimboldo die Hand, um ihm hinaufzuhelfen. Rasch duckten sie sich hinter den Rücken der Statue, die sie mit ihren ausgebreiteten Flügeln zusätzlich vor allzu neugierigen Blicken schützte. Wenig später drängte sich auch Fabio neben seine Begleiter.

»Dann mal los!«, meinte Sylvana grimmig.

»Wie ungewöhnlich!« Meister Arcimboldo nahm seine beschädigte Brille ab und berührte aufgeregt das bronzene Standbild des Stellars. Trotz ihres stattlichen Alters schimmerte die Plastik noch immer in warmen Tönen. Der himmlische Streiter trug eine volle Rüstung, bestehend aus Schwert, Schild, Helm, Brünne und gepanzerten Beinlingen. Nirgendwo hatte sich Grünspan angesetzt.

Jede Vorsicht ignorierend erhob er sich und trat vor den Stellar, um auch die fünf Rösser näher zu inspizieren. »Nein, mehr noch, das ist ungeheuerlich!«

»Zieht den Kopf ein, kleiner Mann, sonst werden wir noch entdeckt«, kommandierte Sylvana und erhob sich nun ihrerseits. »Und über was redet Ihr überhaupt?«

»Begreift ihr denn nicht?« Arcimboldo lachte. »Die Rösser, hier«, er deutete auf ihre Flanken, auf denen Fabio jedoch im Mondlicht kaum etwas erkennen konnte. »Jedes von ihnen trägt das Zeichen eines der fünf Erzstellare! Jedes Pferd steht also für einen Erzstellar. Aber hier, auf dem Streitwagen, wer ist das?«

»Ich habe immer geglaubt, es wäre Molunah«, meinte Fabio zögernd, aber selbst von seiner Position aus konnte er erkennen, dass die Figur einen männlichen Körper hatte.

»Nein, ganz sicher nicht«, widersprach Meister Arcimboldo. »Ich hatte schon eine Vermutung, als ihr die Sanduhr gefunden habt. Seht doch, die Abbildung einer Sanduhr befindet sich auch hier, im Innern des Streitwagens!«

Und tatsächlich: Auf der Innenseite des Wagens zeichnete sich das Abbild einer Stundenuhr ab.

»In den alten Schriften wird sie als sein Symbol verwendet. Auch Cagliomaeus erwähnt ihn«, plapperte der Gnom aufgeregt weiter. »Und unter uns Himmelsmechanikern wird sein Einfluss auf die Geschicke Astarias schon sehr lange diskutiert.«

»Wessen Einfluss?«, fragte Fabio verwirrt.

»Der sechste Erzstellar! Der lang verborgene Wanderer!« Arcimboldos Augen funkelten vor Begeisterung. »Es heißt, sein Wandelstern sei seit dem Stellarskrieg verdunkelt und deswegen nicht mehr am Firmament auszumachen. Es gibt Legenden, die behaupten, dass Astronos ihn erschlagen hat. Andere sind sich sicher, dass er sich nur verborgen hält. Doch er gilt als fast ebenso mächtig wie Molunah. Angeblich gebietet er über die Zeit, versteht ihr?«

»Und wie ist sein richtiger Name?« Fabio strich sich verwundert eine Strähne seines hellen Haars aus der Stirn, in dem sich immer wieder der Seewind fing. Von einem »Verborgenen Wanderer«, der am Sternenzelt seine Bahnen zog, hatte er noch nie gehört.

»Verschollen im Laufe der Jahrhunderte«, flüsterte der Himmelsmechaniker. »Ausgelöscht durch die Zeit selbst.«

»Unsinn!«, zischte Sylvana. »Ist euch Trotteln noch nie der Gedanke gekommen, dass der Seher, der all diese Werke geschaffen hat, vielleicht auf der falschen Seite stand? Habt ihr euch noch nie gefragt, von wem er all seine Eingebungen und Visionen empfangen hat?«

Meister Arcimboldo starrte Sylvana fassungslos an. »Was? Wie kommst du …?«

»Vor lauter Begeisterung über all die Rätsel, die uns dieser

Kerl hinterlassen hat, vergesst Ihr das Naheliegende, Meister Arcimboldo. Dass es womöglich Astronos selbst war, der diesem Seher einen Weg zu seiner Befreiung eingeflüstert hat. Wer sagt Euch, dass der Kerl nicht selbst sein Anhänger war? Dass all diese Rätsel und Prophezeiungen allein dazu dienen, uns in die Irre zu führen?«

Arcimboldo stöhnte und hielt sich an den Wagenrädern fest. »Nein … nein, das glaube ich nie und nimmer. Warum befindet sich dann hier im Wagen das Symbol der Sanduhr?«

»Warum überhaupt ein Streitwagen, Himmelsmechaniker?«, hielt Sylvana dagegen. »In den Legenden meines Volkes heißt es, dass Astronos einst der Herr aller Stellare war und in einem riesigen Streitwagen über das Himmelsgewölbe fuhr. Und wenn das stimmt, dann ist diese Statue hier sicherlich die unverschämteste Verherrlichung des Astronos in allen Stadtstaaten!«

Es folgte eine Stille, die nur vom Nachtwind unterbrochen wurde, der klagend über die Reliefs der Basilika strich.

»Das ist jetzt einerlei«, sagte Fabio, der von weiter unten wieder Stimmen zu hören glaubte. »Wir müssen diese Uhr finden. Viel Zeit bleibt uns nicht mehr.«

Schweigend machten sie sich wieder auf die Suche.

Pferde, Streitwagen und Statue. Nichts ließen sie aus. Doch erst als sich Fabio der großen Sonnenscheibe hinter dem Standbild zuwandte, die sich als mit Blattgold überzogenes Mosaik vor ihm erhob, entdeckte er endlich etwas, was ihn aufmerken ließ. Im Zentrum der Scheibe, dort wo sich die goldenen Stundenmarkierungen in einer gedachten Linie überschnitten, befand sich ein Schlitz.

»Hier, da ist was. Ich hab was gefunden!« Aufgeregt winkte er die andern herbei.

Meister Arcimboldo untersuchte die Öffnung. »Sehr interessant. Das könnte so etwas wie ein Schloss sein«, murmelte er. Er nahm wieder seinen Dietrich aus dem Futteral und stocherte damit in dem Schlitz herum. Schließlich schüttelte er den Kopf. »Allerdings müsste der dazu passende Schlüssel ziemlich groß sein.«

Fabio untersuchte den Schlitz ein weiteres Mal. Er war ungefähr so lang und so breit wie die Öffnung einer Schwertscheide. Da kam ihm eine Idee.

»Sylvana, kommst du an das Schwert der Statue des Wagenlenkers heran?«

»Du meinst, an das Schwert von Astronos?« Sie grinste, als sei ihr ein besonders guter Scherz geglückt, machte sich aber sogleich ans Werk. Sie rüttelte an dem ausgestreckten Arm der Statue herum und tatsächlich knirschte es metallisch. Ein kratzendes Geräusch war zu hören, als sie dem Stellar das Bronzeschwert aus der Hand zog.

»Nicht schlecht, Knappe.« Sie wog die Waffennachbildung prüfend in der Hand. »Du bist zwar ein lausiger Kämpfer, aber wenn es darauf ankommt, hast du gute Einfälle.«

»Her damit!«, mischte sich Meister Arcimboldo ungeduldig ein. Er nahm Sylvana die Waffe aus der Hand und beäugte sie interessiert. »Da sind tatsächlich ein paar tiefe Rillen in der Klinge.«

Schweigend wuchtete er das Schwert herum und schob die Klinge in den Schlitz. Ein Rumpeln ertönte.

»Ja!« Fabio ballte begeistert die Faust, als zu ihren Füßen

eine Steinplatte beiseiteglitt. Meister Arcimboldo, der direkt auf ihr stand, ruderte hilflos mit den Armen und musste von Fabio gehalten werden, sonst wäre er der Länge nach hingestürzt. Unter der Platte wurde eine Aussparung im Gestein sichtbar, in der etwas schimmerte.

Eine Sanduhr!

Sie bestand aus funkelndem Kristallglas und war fast so groß wie Fabios Unterarm. Ihre beiden Glaskolben ruhten in einem Gestell aus Eichenholz, dessen beide Stellflächen mit drei verschnörkelten Holzstreben verbunden waren.

Bevor Meister Arcimboldo zugreifen konnte, hatte Sylvana die Uhr auch schon gepackt und hielt sie ins Mondlicht. Leise rieselte darin hell glitzernder Sand.

»Ihr erlaubt doch, dass ich dieses Ding einstweilen an mich nehme, oder?« Mit einem herausfordernden Lächeln sah sie Meister Arcimboldo und Fabio an.

Der Himmelsmechaniker setzte sich wütend seine Brille auf. »Tu, was du nicht lassen kannst. Ohne meine Hilfe wirst du dieser Uhr ihr Geheimnis nie entlocken können.«

Unten, an der Tür zum Balkon, rüttelte jemand.

»Na, dann lasst uns schleunigst diesen ungastlichen Ort verlassen.« Sylvana lachte rau und packte die Sanduhr in ihren Tornister, nachdem sie diesem den Wurfhaken und ein weiteres Seil entnommen hatte. »Folgt mir!«

Sylvana half ihnen dabei, an einem Mauersims entlang die Kuppel zu umrunden, bis sie die Rückseite der Sternenbasilika erreicht hatten. Noch immer waren rings um das Gebäude leise Stimmen zu hören, nur sehen konnten sie ihre Gegner nicht.

Sylvana deutete zu einem schmalen Kanal, der sich zwischen den Dächern abzeichnete. Er führte in nordöstlicher Richtung zur Lagune. »Da vorn ist eine Gondel verborgen. Mit ihr werden wir mein Versteck erreichen.«

»Und wie?«, murrte der Gnom, der sich mühsam an einem erhabenen Relief mit Sternen und Kometenabbildungen festhielt und ängstlich in die Tiefe spähte. »Erst mal müssen wir hier runter.«

»Natürlich müssen wir das, Gnom.« Kampfeslustig schulterte sie ihr Gepäck und verankerte den Wurfhaken an einer mit Taubenkot überkrusteten Stellarsplastik. Dann warf sie ihre Haarmähne zurück und zwinkerte ihnen zu. »Ich werde unten mal eben den Weg frei räumen. Seht ihr beiden Hübschen nur zu, dass ihr euch etwas beeilt!«

Sie ergriff das Seil und sprang über die Dachkante, bevor Fabio und Meister Arcimboldo sie daran hindern konnten. Fassungslos starrten die beiden auf das Seilende, das sich nun straffte.

»Was für ein arrogantes Weibsstück!«, brummte der Himmelsmechaniker. »Cagliomaeus soll ein Anhänger des Astronos gewesen sein? Lachhaft. Besser, wir behalten *sie* im Auge. Denn ich sag dir, mit dieser Wilden werden wir noch eine böse Überraschung erleben.«

Spuren aus Sand

Das Wasser des Kanals glitzerte silbern im Mondlicht und stank nach Unrat. Sylvana legte die lange Ruderstange zwischen Fabio und Meister Arcimboldo und zog die Gondel, mit der sie geflüchtet waren, in den Schatten eines Landungsstegs. Von möglichen Verfolgern war weder etwas zu sehen noch zu hören. Doch die Sicherheit, in der sie sich wähnten, war trügerisch. Die hohen dunkelgrauen Wände der Palazzi, die rechts und links des Wasserweges aufragten, schluckten das Mondlicht und das beständige Plätschern unter dem Bootskiel mochte andere Geräusche übertönen.

Inzwischen befanden sie sich irgendwo in einem der vornehmeren Viertel der Lagunenstadt. Fabio hatte längst jede Orientierung verloren, und wenn er an die jüngsten Entdeckungen in der Sternenbasilika dachte, begann sein Herz laut zu klopfen.

Nachdem sie sich von dem hohen Gebäude abgeseilt hatten, war es zu einem kurzen Kampf mit zwei Gardisten gekommen. Beide hatten gegen Sylvana nicht den Hauch einer Chance gehabt, doch wenigstens hatte sie die Männer am Leben gelassen. Natürlich war der Kampf nicht unbemerkt geblieben. Bevor jedoch weitere Gegner aufgetaucht waren, hatte Meister Arcimboldo einen der beiden Männer mit seinem Tranceometer hypnotisiert. Aus einem sicheren Versteck heraus konnten die Freunde danach beobachten, wie er die Schar ihrer Feinde in die falsche Richtung führte. Auf diese Weise war es ihnen gelungen, unbemerkt in das Gewirr der Wasserstraßen einzutauchen.

Doch Fabio hatte nicht die geringste Ahnung, wie es nun weitergehen sollte. Sylvana hatte das Kommando übernommen und ihm war dabei ebenso unwohl zumute wie dem Himmelsmechaniker.

Die Wilde hatte die Gondel inzwischen vertäut und sprang einige Treppenstufen hinauf. Fabio stützte Meister Arcimboldo, und so rasch es ging, folgten sie Sylvana in eine schmale Gasse, die tagsüber sicher nur von Angehörigen der ärmeren Schichten benutzt wurde. Sie blieben erst stehen, als Sylvana auf ein Grundstück mit einer Hausruine deutete. Die Mauern waren vom Ruß verdreckt, die Fenster sahen aus wie leere Augenhöhlen und der schmale Vorgarten war übersät mit Schindeln und geborstenen Holzbalken.

»Was ist das?«, flüsterte Fabio.

»Eine Hausruine, Knappe. Sieht man doch. Und jetzt halt den Mund, bis wir drinnen sind!«

Nachdem ihre Begleiterin eine verkohlte Tür angehoben und beiseitegeräumt hatte, betraten sie eine rußgeschwärzte Vorhalle, in deren Decke große Löcher klafften. Dahinter waren die funkelnden Sterne des Nachthimmels zu sehen. Danach gelangten sie in einen Raum, der sicher einmal ein Speisesaal gewesen war. Auch das Mobiliar wies Brandspuren auf. Kunstvolle Wandmalereien zeigten Wasserwesen: Nixen und Tritone, Fische und Seeschlangen. Doch auch den Bildern hatte das Feuer übel mitgespielt. Der Geruch nach verbranntem Holz war allgegenwärtig.

Sylvana bewegte sich geschmeidig auf ein Lager aus Pferdedecken zu. Sie hatte es in der Nähe zweier Tonvasen errichtet, deren Außenseiten von tiefen Sprüngen übersät waren. Dort legte sie ihren Rucksack ab.

»Willkommen in meinem kleinen Stadtpalast!« Sie grinste. »Gerüchte sagen, die früheren Hausbesitzer seien vor einem Monat ausgezogen, weil es ihnen hier zu warm war.«

Fabio schwieg und stellte einen umgedrehten Schemel wieder richtig hin. Dann half er Meister Arcimboldo dabei, sich vorsichtig darauf niederzulassen. Der Himmelsmechaniker verzog schmerzerfüllt sein Gesicht, das durch zahlreiche Kratzer und Schrammen verunstaltet war.

»Das ist ja urgemütlich«, ächzte der Gnom. »Irgendwie habe ich es mir nicht anders vorstellen können.«

Er nahm die Brille ab und betastete das gesprungene Glas, während Fabio Sylvana im Auge behielt, die die große Sanduhr hervorgekramt hatte. Sie trat zum Fenster und drehte den geheimnisvollen Gegenstand im Mondlicht hin und her. Fabio konnte beobachten, wie der Sand einmal in die eine, dann in die andere Richtung lief.

»In den Glaskolben wurde eine Darstellung Molunahs eingeätzt«, stellte Sylvana fest. »Ansonsten ist an diesem Stundenglas nicht Außergewöhnliches.«

»Zumindest nichts, was du erkennen würdest«, bemerkte der Himmelsmechaniker gehässig.

»Na, dann gib dir mal Mühe, Gnom!« Silvana warf Meister Arcimboldo die Sanduhr zu, und nur Fabios ausgezeichneten

Reflexen war es zu verdanken, dass das Kleinod nicht am Boden zerschellte.

»Bist du jetzt vollkommen wahnsinnig geworden?«, schrie Fabio die Frau an.

Die zeigte sich jedoch wenig beeindruckt. »Fangt endlich an!«, knurrte sie.

»Nein!«, platzte es aus Meister Arcimboldo heraus. »Erst wirst du uns sagen, wie du auf die Spur der Uhr gekommen bist. Vorher werde ich gar nichts tun.«

Sylvana beugte sich drohend vor. »Ich kann dir auch wehtun, kleiner Mann.«

»Dann nur zu!«, zischte der Himmelsmechaniker und nahm Poliogenes' Linsenapparat zur Hand, der sofort begann, gefährlich zu ticken und surren. »Aber vorher werde ich dir noch ein wenig leuchten. Ich werde dir genau so viel Licht spenden, dass du den Rest deines armseligen Lebens damit zubringen wirst, als blinde Bettlerin durch die Straßen Venezias zu irren!«

Sylvana starrte das Gerät an und knurrte.

»Ihr spielt unseren Gegnern in die Hände!«, rief Fabio. »Ist es das, was ihr wollt? Ich dachte, wir haben beschlossen zusammenzuarbeiten!«

Vorsichtig trat Sylvana ein paar Schritte zurück.

»Und du hör auf, uns zu behandeln, als seien wir deine Lakaien«, wandte sich Fabio an die Frau. »Wenn du willst, dass wir dir helfen sollen, dann erwirb dir unser Vertrauen! Also: Wer bist du? Und was willst du mit den Uhren?«

»Ich will sie finden und zerstören!«

»Närrin!« Mühsam erhob sich der Himmelsmechaniker.

»Wer sagt uns denn, dass es nicht noch andere Wege gibt, die geheime Offenbarung des Cagliomaeus zu finden? Denn wenn du Recht hast und ich Unrecht, wenn der Seher also tatsächlich in Astronos' Diensten stand, dann muss es mehrere Wege zum Versteck der Prophezeiung geben. Niemals hätte sich der Erzverräter auf nur einen einzigen Weg – den über die Uhren – verlassen. Wer gibt uns die Gewähr, dass unsere Gegner nicht schon morgen andere Mittel finden, ihr Ziel zu erreichen?« Arcimboldos Stimme wurde immer lauter. »Ja, wer sagt uns denn, dass sie diese nicht schon längst gefunden haben? Du weißt es sicher nicht, aber der Baron und sein Neffe haben uns einen intakten Astronos-Schädel gezeigt, ein Instrument, durch das Astronos zu seinen Anhängern sprechen kann!«

Sylvana knirschte mit den Zähnen, nickte aber.

»Dämmert es dir langsam? Das alles heißt nämlich nichts anderes, als dass sich Astronos in seinem Sternenkerker bereits wieder rührt. Wie sollen wir unseren Gegnern zuvorkommen, wenn wir die einzige Spur, die wir im Augenblick haben, vernichten?«

Arcimboldo blickte Sylvana beschwörend an.

»Und jetzt wird es höchste Zeit, dass wir erfahren, was für eine Rolle du in diesem Spiel hast. Ich will wissen, mit wem ich zusammenarbeite!« Erschöpft ließ er sich zurück auf den Schemel fallen. Auch Fabio musterte die Gefährtin gespannt.

»Ich sagte es schon, ich stehe auf eurer Seite«, sagte Sylvana. »Auch mein Volk hütet … Dinge, die die Zeiten überdauert haben. Ich kann und darf euch nicht davon erzählen, denn es handelt sich um heiliges Wissen. Ihr müsst euch seiner erst als würdig erweisen.« Sie trat mit feierlichem Ernst vor das zerstörte Fenster und blickte zum Sternenhimmel auf. »Der Weltenbrand naht. Das Zeitalter geht seinem Ende entgegen. Wenn wir es nicht verhindern. Und meine Mission wird entscheidend dazu beitragen.«

»Große Worte.« In Meister Arcimboldos Tonfall war Geringschätzung zu hören. »Vor allem beantworten sie meine Frage nicht.«

Sylvana drehte sich mit entschlossener Miene um. »Sagen wir es so: Ich bin den Sternen gefolgt. Sie haben mich zunächst zu jenem Ort gebracht, an dem die Uhr des Werftvorstehers versteigert wurde. Doch ich kam zu spät, die Uhr hatte bereits ihren Besitzer gewechselt. Doch es war nicht schwer, den Namen des neuen Eigentümers herauszufinden. Also habe ich mich sofort zum Palazzo des Barons de Vontafei begeben, um die Uhr zu holen. Dabei ist es, na ja …«, sie knirschte mit den Zähnen, »zu einem bedauerlichen Zwischenfall gekommen, der mich an der Ausführung meines Plans hinderte. Aber wer weiß, was die Stellare damit bezweckt haben! Nichts auf der Welt geschieht ohne Grund.«

Fabio erinnerte sich plötzlich wieder an die Worte dieses Astrologen.

»Du wirst der Gesandten begegnen, die dem Sternenlicht folgt. Diese Aufgabe bedeutet ihr Hoffnung und Strafe zugleich. Eure Schicksale sind miteinander verbunden.«

»Was sagst du da?«, zischte Sylvana.

Fabio merkte erst jetzt, dass er vor sich hin gemurmelt hatte. »Nichts, ich … Die Worte stammen aus einem Horoskop, das mir jemand erstellt hat.«

Misstrauisch funkelte ihn Sylvana an.

»Weiter!«, rief der Himmelsmechaniker.

»Viel gibt es da nicht mehr hinzuzufügen«, meinte Sylvana. »Nachdem ich im Palazzo der de Vontafeis nicht fündig geworden bin, wurde mir klar, warum ihr Gnome euch wirklich auf dem Landsitz herumgetrieben habt. Daraufhin bin ich nach Venezia gereist, um euch wieder aufzuspüren. Leider war ich einen ganzen Tag zu früh hier. Ihr habt offenbar nicht die Hauptstraße genommen?«

»Natürlich nicht«, erwiderte Arcimboldo. »Aber gräm dich nicht. Du hättest unseren Wagen nicht einmal bemerkt, wenn du direkt neben dem Stadttor von Venezia Wache gestanden hättest. Dafür habe ich gesorgt.«

Verwundert blickte Fabio den Himmelsmechaniker an.

»Oh, ich habe dort auf euch gewartet«, sagte Sylvana. »Viel zu lange. Und ich habe auch das Gnomenviertel nach euch abgesucht. Ich muss zugeben, ihr habt all eure Spuren gut verwischt. Bei Einbruch der Abenddämmerung wurde es mir zu dumm. Ich habe mich auf den Weg zum Ordenshaus der Paladine begeben, auch wenn ich wusste, dass die Ritter bereits ausgerückt waren. Wie groß war meine Überraschung, als ich dort unseren Goldjungen entdeckte. Man ließ ihn gerade ins Ordenshaus ein.« Sylvana musterte Fabio mit forschendem Blick. »Eigentlich wollte ich dir um Mitternacht einen kleinen Überraschungsbesuch abstatten. Aber als ich in euer Ordenshaus eindrang, war es leer. Du selbst warst leider fort.«

Fabio nickte und erklärte, was sich in der vergangenen Nacht im Ordenshaus abgespielt hatte.

»Ein Sternenvampir?« Sylvana schien zum ersten Mal

überrascht und ballte drohend die Fäuste. »Darüber musst du mir später mehr berichten. Auf jeden Fall fiel mir erst heute Nachmittag ein, dass sich in eurer Begleitung auch Celeste de Vontafei befand. Immerhin bestand der Hauch einer Hoffnung, dass sie die Uhr an sich genommen hatte. Die Sternenbasilika schien mir daher der geeignete Ort, um euch aufzuspüren. Als ich aber dort ankam, wurde ich Zeuge, wie du aus der Basilika geflohen bist, auf deinen Fersen eine ganze Rotte Gardisten.«

»Du warst da?«, fragte Fabio verblüfft.

»Aber ja. Leider ist es dir irgendwie gelungen, mich und diese Gardisten abzuhängen. Ich bin dann wieder zur Sternenbasilika zurückgekehrt, und dort belauschte ich ein Gespräch zwischen der Laiendienerin und dem rothaarigen Gnomen. So geriet ich auf die Spur der zweiten Uhr. Den Rest kennt ihr.«

Fabio und Meister Arcimboldo schwiegen. Schließlich setzte sich der Himmelsmechaniker seine Brille wieder auf und griff nach der Sanduhr in Fabios Händen.

»In Ordnung, Sylvana«, brummte er. »Ich bin bereit, dir weiter zu vertrauen. Einstweilen jedenfalls!«

Der Gnom betrachtete die Sanduhr mit einer Ehrfurcht, die nur ein Himmelsmechaniker für solche Wunderwerke empfinden konnte, legte die Uhr auf seine Knie und griff zu seinem Werkzeugfutteral. »Sehen wir doch mal, welche Überraschungen uns Cagliomaeus diesmal hinterlassen hat.«

Er begann, an einer der Stellflächen herumzubohren.

Fabio ließ ihn in Ruhe und betrachtete die rußbeschmutzten Bilder an den Wänden. Stolze venezianische Kriegsschiffe waren dort ebenso verewigt wie eine feierliche Prozession aus zahlreichen Prunkgondeln, die in der Lagune vor der Stadt stattfand.

Sylvana trat neben Fabio und betrachtete ihn interessiert. »Und du hast dich wirklich mit einem Sternenvampir gemessen?«

»Ja.« Fabio erklärte ihr, mit welchem Trick er ihm entkommen war.

»Sternentau also!« Sylvana grinste. »Das war gut. Sehr gut sogar.«

»Ja, aber was ich immer noch nicht verstehe, ist das Gesicht, das hinter der schrecklichen Fratze des Sternenvampirs zum Vorschein kam. Es sah aus wie das eines Menschen. Wie das Antlitz einer Frau.«

»Dass es hier in Astaria Sternenvampire gibt, ist ein wohlgehütetes Geheimnis«, erklärte Sylvana. »Niemand weiß genau, wie es ihnen gelingt, in die Schöpfung einzudringen, denn zwischen ihnen und unserer Welt steht der Sternenwall. Doch in einigen Legenden heißt es, dass sich diese Monster Menschen als Vasallen suchen und diese sogar als Wirte benutzen.«

»Menschliche Vasallen?« Ein bitterer Zug lag auf Fabios Lippen. Ihm wurde wieder klar, wie wenig er über die Geheimnisse von Astaria wusste. »Wie kann ein Mensch freiwillig solchen Ausgeburten der Finsternis dienen? Ist ihnen nicht klar, dass sie damit zur drohenden Zerstörung der Welt beitragen?«

»Deine Schlichtheit rührt mich zu Tränen, Knappe.« Sylvana lächelte mitleidig. »Seit wann kümmert es die Menschen, was mit der Welt geschieht, wenn sie nur genug Profit aus den Ereignissen schlagen können?«

»Nicht alle sind so!«, protestierte Fabio. »Es gibt auch solche, die ihre Verantwortung kennen.«

Hinter ihnen klackte es, und als sie sich umwandten, lachte sie Meister Arcimboldo triumphierend an. »Ich wusste es! Mir kamen die Sockel dieser Sanduhr doch gleich etwas dick vor.«

Er hatte es geschafft, an einem der Sockel einen Deckel zu öffnen. Behutsam fischte er ein metallisches Objekt mit reliefgeschmückten Kanten aus dem Hohlraum, das den beiden Bauteilen ähnelte, die Poliogenes ihnen in der Werkstatt gezeigt hatte.

»Wir kommen unserem Ziel immer näher«, wisperte er. »Jetzt fehlen nur noch zwei!«

»Zwei was?«, wollte Sylvana wissen.

Fabio erklärte ihr, was es mit den fünf Bauteilen des gesuchten Astrolabiums auf sich hatte. Als er das geheimnisvolle Wolkenschiff erwähnte, machte Sylvana vor Staunen große Augen. »Die *Sternenwind*? Das Schiff existiert noch?«

»Du hast von diesem Gefährt gehört?«, fragte Fabio.

»Ja. Die *Sternenwind* war eine der Waffen, die damals im Großen Krieg der Städte zum Einsatz kamen. Angeblich gehörte sie zu einer Flotte aus drei Luftschiffen, die die Himmelsmechaniker für die Kriegsherren in Genua angefertigt hatten. Die Schlachten damals wurden nicht nur zu Land und zu Wasser ausgetragen, sondern auch am Himmel. Wenn es möglich ist, dieses Schiff zu finden, sollte uns das jede Anstrengung und jede Gefahr wert sein.«

Inzwischen hatte Meister Arcimboldo den Sockel wieder zugeklappt und dokterte missmutig am zweiten Standfuß des Stundenglases herum.

»Seltsam«, murrte er. »Auf diesem Sockel ist eine kleine Eins eingeritzt. Aber ich habe keine Ahnung, was das bedeuten könnte. Das Gewicht deutet darauf hin, dass auch hier etwas drin ist, vielleicht sogar ein arkanomechanischer Mechanismus, aber ich kriege das verflixte Ding einfach nicht auf. Es sei denn … Sieh an, es sind die Zierstreben, die sich drehen lassen!«

Es klickte ein paarmal, dann war ein leises metallisches Schnurren zu hören. Schon begann der Sand innerhalb der Uhr zu schimmern und rieselte wie glitzernder Sternentau in den unteren Glaskolben. Staunend stellte der Gnom die Uhr auf dem Hocker ab.

»Sagenhaft!«, flüsterte er. »Seht nur!«

Doch Fabio hatte für die Uhr keinen Blick. Seine ganze Aufmerksamkeit galt der festlichen Gondelprozession an der Wand, die die Sanduhr so plötzlich beleuchtete. Das große, rotgoldene Prunkschiff, besetzt mit zahlreichen Würdenträgern, stach ihm besonders ins Auge.

»Was … was ist dort dargestellt?«, keuchte er und deutete auf das Bild.

»Warum ist das jetzt so wichtig?« Sylvana blickte ungehalten zu ihm. »Die Szene stellt die rituelle Vermählung Venezias mit dem Mitternachtsmeer dar. Diesen Unsinn feiern sie hier einmal im Jahr.«

»Wer sind die beiden dort?« Fabio trat an das rußbeschmierte Wandgemälde heran und deutete auf zwei Figuren in Brokatgewändern, die am Bug der großen Gondel standen. Ein Mann und eine Frau. Feierlich warfen sie Blumen ins Wasser.

»Kannst du dir das nicht denken?«, sagte Sylvana. »Das sind Seine Erlaucht Bartolomeo di Ariosto, der Doge der Stadt, und seine Frau, der Ducchessa Vesperuga.«

Fabio trat näher heran und wischte vorsichtig mit dem Finger die Rußspuren von den Gesichtern der beiden Figuren an der Wand. Er drehte sich um und sein Gesicht war schreckensbleich. »Ich habe das Gesicht der Ducchessa schon einmal gesehen. Während des Kampfes im Ordenshaus. Sie ist der Sternenvampir!«

Fassungslos starrten Sylvana und Meister Arcimboldo erst Fabio und dann das Bildnis an. Dann trat der Gnom mit der Sanduhr vor.

»Nun, dann sieht es so aus, als hätten wir jetzt zwei Gründe, ihr einen Besuch abzustatten. Seht!«

Fabio und Sylvana blickten auf das schimmernde Stundenglas. Der glitzernde Sand rieselte gleichmäßig durch die Verengung in der Mitte und türmte sich im unteren Glaskolben zu einem Miniaturgebäude auf, das – obwohl es sich noch nicht fertig zusammengesetzt hatte – schon jetzt in seiner charakteristischen Form zu erkennen war.

»Der Dogenpalast!«, flüsterte Meister Arcimboldo. »Dort finden wir die vierte Uhr.«

»Schlimmer noch«, flüsterte Fabio. »Dort ist auch Celeste de Vontafei. Sie befindet sich in höchster Gefahr!«

Flucht aus den Bleikammern

Die Stimmung war gedrückt, als Fabio, Sylvana und Meister Arcimboldo an der langen Uferwehr entlangschlichen. Sie waren im Hafenviertel der Stadt angekommen und standen damit nur einige Häuserblocks von der Sternenbasilika entfernt.

Im Mondlicht waren zwei Handelsschiffe zu erkennen, die mit eingeholten Segeln an den Molen lagen, und jenseits des Hafenbeckens brannten die Lichter einer Kaschemme, aus der trunkener Gesang dröhnte.

Tagsüber genoss man von hier aus sicher einen grandiosen Blick auf die Lagune, deren Wellen immerzu gegen die Kaimauern plätscherten. Doch Fabio interessierte im Moment nur der etwa zweihundert Schritt entfernt gelegene Dogenpalast. Die berühmten Bleidächer des Palastes waren zwar nicht ganz so hoch wie die Kuppel der nahen Sternenbasilika, deren Halbrund sich hinter der Festung erhob, doch auch sie ragten beeindruckend vor seinem Blick auf.

Da im Dunkeln Stimmen zu hören waren, drückten sich die Gefährten in den Schatten einer aufgebockten, kieloben liegenden Gondel. Sie befand sich in der Nähe eines hölzernen Krans, und dem strengen Pechgeruch nach zu urteilen, waren ihre Planken erst am Nachmittag kalfatert worden.

»Hat schon einer von euch eine Idee, wie wir ungesehen in den Palast kommen sollen?«, flüsterte Fabio.

Was sie vorhatten, war die reinste Tollheit. Vor allem die Nähe des Palastes zum Merkurielsplatz bereitete Fabio Kopfzerbrechen. Sicher lauerten dort und in den Gassen rund um die Basilika noch immer die Männer des Grafen und warteten darauf, dass einer der Gefährten so unvorsichtig war, sich wieder blicken zu lassen. Doch die Sorge um Celeste ließ ihn nicht ruhen. Was war er nur für ein Narr gewesen, all die warnenden Vorzeichen nicht richtig zu deuten! Die tagelange Abwesenheit der Mystikerinnen. Die Tasche mit den Phiolen, die die Baroness niemals absichtlich zurückgelassen hätte. Er hatte Celeste den Feinden sozusagen auf dem Silbertablett geliefert! Bei diesem Gedanken krampfte sich sein Herz schmerzhaft zusammen.

»Die Palasttore können wir vergessen«, wisperte Sylvana und wartete kurz, bis die Stimmen verklungen waren. »Zu gut bewacht. Allerdings sind die Außenfronten des Dogenpalastes an zwei Seiten mit Bogengängen versehen. Die Rundgänge liegen zwar recht weit oben, mit Seilen könnte es uns aber gelingen, auf diesem Weg in den Palast einzudringen.«

»Wir haben keine Seile mehr«, meinte Meister Arcimboldo ungehalten, »und auch keine Wurfhaken. Du hast wohl vergessen, dass wir deine Ausrüstung in der Sternenbasilika zurücklassen mussten.«

»Dann macht doch einen bessern Vorschlag, Gnom!«, gab Sylvana beleidigt zurück.

»Mir ist da in der Tat eine Idee gekommen: Der Dogenpalast verfügt über einen Abwasserkanal, der in einen der Seitenkanäle mündet. Es wird gemunkelt, dass er auch als Fluchttunnel dient. Bei Ebbe liegt er im Trockenen und derzeit haben wir Ebbe. Allerdings ist er zum Kanal hin mit einem schweren Gittertor gesichert.«

»Sieh an, unser kleiner Himmelsmechaniker ist erstaunlich gut über den Palast informiert«, spottete Sylvana.

»Viele Gnome arbeiten in der Stadt als Kanalarbeiter und Rattenfänger und die haben so ihre Informationen …«, antwortete Meister Arcimboldo.

»Zur Sache«, schaltete sich Fabio ungeduldig ein. »Meister Arcimboldo, glaubt Ihr, dass Ihr mit diesem Gittertor fertig werdet?«

»Versprechen kann ich nichts. Aber ich will es gern versuchen.«

»Dumm, dass wir die andere Gondel zurückgelassen haben«, meinte Sylvana. »Lassen wir also diese hier zu Wasser!« Schon war sie unter die Holzblöcke geschlüpft, auf denen das Boot lag, und wuchtete die Gondel ein Stück in die Höhe.

Fabio traute seinen Augen kaum. Er hätte es nie für möglich gehalten, dass sie von einem Mann allein bewegt werden konnte, geschweige denn von einer Frau!

Dennoch half er zusammen mit Arcimboldo, die Gondel umzudrehen und ins Hafenbecken hinabzulassen, dessen Wasserspiegel weit unter ihnen lag. Fabio zuckte zusammen, als die Gondel knirschend über die Kante der Kaimauer schrammte, doch nachdem das Boot auf dem Wasser war, beruhigte er sich: Einmal im Boot, würden sie sich beinahe geräuschlos fortbewegen können.

Er blickte sich noch einmal prüfend nach allen Seiten um

und stellte zufrieden fest, dass der Bootsdiebstahl trotz des hellen Mondlichts unbemerkt geblieben war. Bevor die Gondel forttreiben konnte, ließen sich Fabio und der Gnom zu ihr hinab. Als Letzte folgte Sylvana, die irgendwo im Dunkeln eine Holzstange aufgetrieben hatte und das Gefährt sogleich von der Hafenmauer abstieß.

Mit eingezogenen Köpfen glitten sie über die Wasserfläche hinweg. Auf der gegenüberliegenden Seite des Hafenbeckens waren die Kontore der Händler zu sehen und noch immer glitzerte das Wasser silbern im Sternenlicht. Fabio verfluchte bereits den Umstand, dass der Mond so hell schien, als hinter einem der hohen Segelschiffe das verräterische Platschen eintauchender Ruder zu hören war. Sylvana lenkte die Gondel in Richtung einiger Pfähle, die aus dem Wasser ragten, und warf sich auf den Bauch. Kommandos waren zu hören und der Schein einer Blendlaterne strich über Pfähle und Gondel hinweg. Doch zu Fabios Erleichterung entfernte sich das Licht wieder.

»Hafenwächter!«, flüsterte Sylvana dicht neben Fabio. Offenbar hätte sie nichts gegen ein kleines Gefecht einzuwenden gehabt.

Sie warteten ab, bis die Ruderschläge sich entfernt hatten, dann erhob sich Sylvana und brachte die Gondel wieder auf Kurs. Der Dogenpalast mit seinen markanten Schmuckornamenten und Eckkapitellen glitt nun rechter Hand an ihnen vorbei. Fabio konnte an der zum Hafen weisenden Außenfassade des Palastes einen der Bogengänge erkennen, von denen Sylvana gesprochen hatte. Und immer wieder streifte sein Blick große, spitzbogige Fenster, von denen manche mit Balkonen verziert waren. Wachen konnte er in der Dunkelheit nicht entdecken, was ihn verwunderte.

Ob Graf della Monzoni alle Gardisten für die Jagd auf die Gefährten zusammengezogen hatte? Fabio lächelte grimmig in sich hinein. Wenn dem so war, hatte ihnen der Graf unabsichtlich in die Hände gespielt.

Sylvana bog knapp hinter dem Gebäude in einen Seitenkanal ein und stieß Meister Arcimboldo an. Der Gnom spähte über die Bordwand und deutete auf eine Stelle an der Außenmauer des Palastes. Fabio sah, dass die Fahrrinne hier aufgrund der Ebbe gefährlich flach geworden war. Zu beiden Seiten ragten schlammige Flächen aus dem Wasser, die sich eng an Kanalwände und Palastmauern schmiegten.

Etwa vier Gondellängen vom Bug entfernt, prangte ein geziegeltes Halbrund in der Palastmauer, das nach Art eines Fallgatters mit einem dicken Gitter gesichert war. Die Tunnelöffnung war erstaunlich breit, und der Algenbewuchs an der Mauer zeigte, dass die Öffnung üblicherweise zum Teil im Wasser verschwand. Sylvana hörte erst auf zu rudern, als die Gondel leicht gegen das Gitter stieß. Warme Luft, die nach Fäkalien stank, schlug ihnen entgegen.

Fabio spähte noch einmal zurück, doch ihre Ankunft schien unbemerkt geblieben zu sein. Da er ganz vorne im Bug hockte, packte er die glitschigen Gitterstreben – und stieß einen unterdrückten Laut aus.

»Das Gitter lässt sich bewegen!«

Tatsächlich sah er inmitten der eisernen Streben eine gut getarnte Gitterpforte, durch die er in einen finsteren Tunnel blicken konnte. Der beißende Gestank, der ihm entgegenwehte, war jetzt fast unerträglich. Doch jetzt zählte nur, dass sich die metallene Pforte tatsächlich unter leisem Quietschen aufdrücken ließ.

»Etwas sorglos, die Wächter hier«, meinte Sylvana grinsend. »Das wird sich jetzt rächen.«

Sie bedeutete den Gefährten, die Köpfe einzuziehen, und steuerte die Gondel in den Abwassertunnel hinein. Er war gerade so hoch, dass die aufgebogenen Enden ihres Bootes nicht gegen die Ziegeldecke stießen. Dennoch schrammte die Gondel immer wieder über schlammigen Grund, und Fabio wunderte sich bereits, dass sie überhaupt vorankamen, als Meister Arcimboldo die Stundenuhr herauskramte und ihren Sand zum Leuchten brachte. Fabio konnte jetzt sehen, wie Sylvana mit eingezogenem Kopf immer wieder an Decke und Tunnelwände griff und die Gondel mit angestrengtem Gesichtsausdruck weiter nach vorne zog.

Kurz darauf lag der Tunnel hinter ihnen und sie fuhren in ein großes, von Brackwasser geflutetes Tonnengewölbe ein, an dessen Rand feucht schimmernde Treppenstufen weiter nach oben führten. Überall um sie herum gluckste es. Die Decke der Kaverne war dick mit weißem Schimmel überkrustet und vereinzelt waren lange Tropfsteine aus Salz zu sehen.

Vor ihnen im Zwielicht dümpelten gleich sieben große Gondeln im Wasser. Sylvana knurrte und auch Fabio und Meister Arcimboldo blickten einander alarmiert an.

»Was ist das hier?«, wisperte Fabio. »Ein geheimes Bootshaus?«

Sylvana zog ihre Messer. »Wir werden es herausfinden.«

Sie machten ihr Boot neben den anderen Gondeln fest,

dann schlichen sie die Treppenstufen nach oben und gelangten so zu einer niedrigen Tür mit einem eingelassenen Gitterfenster. Sie war nur angelehnt.

»Bei Molunah, hier stimmt doch etwas nicht!«, brummte Meister Arcimboldo misstrauisch. »Hier ist es so still wie in einem Grab.«

Längst hatte Sylvana die Tür aufgeschoben und blickte in den niedrigen Gang, der in beiden Richtungen verlief. »So viel Nachlässigkeit ist wirklich verdächtig, denn wir befinden uns hier zweifellos auf der Kerkerebene des Dogenpalastes. Hier sollten sich eigentlich die gefährlichsten Halsabschneider und Halunken der Lagunenstadt befinden. All jene, die noch nicht zur Galeerenfron oder zum Tod durch Erhängen oder Ersäufen verurteilt wurden.«

Sie trat zu mehreren Zellentüren, die sich kaum von jener unterschieden, durch die sie das Kellergeschoss betreten hatten, und spähte durch die Gitterfenster. »Die Zellen sind leer! Sehr ungewöhnlich. Nur hier«, sie öffnete eine der Türen weiter hinten, »eine tote Palastwache! Sieht ganz so aus, als habe hier ein Ausbruch stattgefunden.«

Fabio verzichtete darauf, den Toten näher zu betrachten. Er war schon froh, dem unerträglichen Gestank unten in der Kaverne entkommen zu sein. Doch auch hier lag ein seltsamer Geruch in der Luft, wie von nassem Tierfell … Fabio riss sein Schwert aus der Scheide.

»Riecht ihr das nicht?«, rief er. »Hier stinkt es nach Goblins!«

»Aha, auch schon bemerkt?« Sylvana schien völlig unbeeindruckt.

»Goblins? Hier im Dogenpalast?« Meister Arcimboldo ließ die leuchtende Sanduhr sinken und sah sie erschrocken an.

»Wir Narren! Natürlich!« Fabio wurde bleich. »Wenn die Ducchessa wirklich ein Sternenvampir ist, dann ... Jetzt ist mir alles klar: die vielen Goblins auf der Toteninsel, die Anwesenheit des Hochschamanen in Venezia. Außerdem hat mir Schwertbruder Ardoin vor seinem Tod berichtet, dass die Ducchessa den Großteil der venezianischen Soldaten auf Piratenjagd geschickt hat. Das alles gehört zu ihrem Plan, begreift ihr? Die Stadt steht jetzt nahezu schutzlos da. Auch die Paladine sind fort. Unsere Feinde wollen Venezia einnehmen und damit im Handstreich die größte Macht am Mitternachtsmeer ausschalten. Sicher haben sie längst heimlich ihre Streitkräfte über die ganze Stadt verteilt. Es ist nur noch eine Frage der Zeit, wann sie zuschlagen werden.«

Meister Arcimboldo ächzte. »Nein, das ist keine Frage der Zeit mehr. Der Angriff hat bereits begonnen! Erinnert ihr euch nicht? Meridianus meinte vorhin, ich würde diese Nacht nicht überleben. Jetzt weiß ich warum.«

»Tun wir einfach das, womit sie nicht rechnen«, zischte Sylvana und ließ ihre Messer wirbeln. »Versalzen wir ihnen die Suppe!«

»Nein, das ... das ändert alles!«, stöhnte der Himmelsmechaniker. »Ich muss zurück. Ich habe Familie. Ich muss sie warnen. Sie müssen raus aus der Stadt, bevor es zu spät ist!«

»Und Ihr meint nicht, dass ...«, begann Fabio, doch der Gnom unterbrach ihn mit unwirscher Geste.

»Nein. Meine Familie geht jetzt vor. Ich darf sie nicht einer Sache opfern, die wahrscheinlich ohnehin aussichtslos ist.

Machen wir uns nichts vor: Wenn die vierte Uhr hier im Dogenpalast war, dann wurde sie sicher schon gefunden.« Arcimboldo ballte verzweifelt eine Faust. »Ich schwöre, dass ich bis eben noch bereit war, es sogar mit dieser Ducchessa aufzunehmen. Egal, welch finstere Kräfte sich ihrer bemächtigt haben mögen. Aber wenn ich mich jetzt nicht um meine Frau und meine Tochter kümmere, dann verliere ich alles, wofür es zu kämpfen lohnt. Und dabei ist es mir egal, ob ihr mich jetzt für feige haltet.«

»Nein, Ihr seid ganz und gar nicht feige«, antwortete Fabio ruhig. »Im Gegenteil. Geht und beschützt Eure Familie. Ich würde Euch sogar begleiten, wenn ich könnte. Aber Celeste de Vontafei braucht meine Hilfe – wenn sie denn nach all dem noch lebt.«

»Bin ich hier die Einzige, die noch nach der vierten Uhr suchen will?«, rief Sylvana wütend.

»Nein, ich werde mit dir gehen«, sprach Fabio. »Ich bin mir sicher: Wenn wir Celeste aufspüren, dann werden wir auch Hinweise auf die Uhr finden. Und jetzt geht, Meister Arcimboldo!«

»Wartet!« Sylvana hielt den Gnom auf. »Sollten wir diese Uhr tatsächlich finden, dann brauchen wir Euch, um ihr Rätsel zu lösen. Wie können wir Kontakt mit Euch aufnehmen? Wo können wir Euch treffen?«

»Sollte ich das Glück haben, meine Familie rechtzeitig zu erreichen, werden wir vor dem Tor zur Festlandbrücke auf euch warten«, erklärte der Gnom.

»Das Stadttor ist zu!«, meinte Fabio.

»Du hast wohl vergessen, mit wem du es zu tun hast,

Junge!« Arcimboldo schürzte vielsagend die Lippen. »Wir werden dort so lange auf euch warten wie nur möglich.«

Meister Arcimboldo drückte Fabios Hand und rannten die Stufen zur Kaverne hinunter. Ohne das Licht der Sanduhr wurde es dunkel um die Zurückgebliebenen.

»Schade, ich hatte fast begonnen, mich an den kleinen Kerl zu gewöhnen.« Sylvana lachte rau. »Allerdings hätte er uns im Kampf nur behindert, weil wir immer auf ihn hätten achtgeben müssen. Also los, lass uns ein paar Goblins zur Strecke bringen!«

Sylvana rannte in der Finsternis an ihm vorbei, und Fabio blieb nichts anderes übrig, als hinter ihr herzustolpern. Einige Treppenstufen weiter war über ihnen schwacher Fackelschein zu erkennen.

Fabio schlüpfte durch eine hölzerne Pforte und wurde sofort von Sylvana hinter eine Säule gezogen. Sie waren in einem Arkadengang gelandet, der einen großen, gepflasterten Innenhof umschloss. Dahinter waren die hohen Fassaden des Palasts zu sehen, die mit Marmorsäulen, Steinornamenten und Fresken verziert waren. Reliefgruppen an den Mauern zeigten Szenen aus der ruhmreichen Vergangenheit Venezias. Doch was sich ihnen hier im Mondschein enthüllte, hatte gar nichts Glorreiches an sich. Im Hof vor ihnen lagen die Leichen von etwa einem Dutzend Gardisten, die allesamt schwere Verletzungen aufwiesen. Zwei Tote waren sogar auf den Stufen zu sehen, die zwischen zwei kolossalen Stellarsstatuen, die Merkuriel und Marsakiel darstellten, zum Hauptgebäude führten. Überall streiften Goblins umher, die die Toten ausplünderten und ihre Waffen an sich nahmen. Immer wieder waren auch

Gestalten in schwarzen Umhängen zu sehen, die offenbar gemeinsame Sache mit den Goblins machten. Sie waren mit Messern, Schwertern und Armbrüsten bewaffnet.

»Jetzt begreife ich«, wisperte Fabio, »weshalb wir hier so leicht eindringen konnten. Bis eben muss hier noch ein blutiger Kampf getobt haben.«

»Sei leise!«, zischte Sylvana und zog ihn im Schatten des Arkadengangs weiter, bis sie schließlich an eine Treppenflucht kamen.

Sie schlichen zum oberen Stockwerk hinauf und erreichten ungesehen einen weiß gekalkten Gang, in dem weitere Tote lagen. Unter ihnen befanden sich auch Goblins.

Sie gingen gerade an einer mit reichen Schnitzereien verzierten Tür vorbei, als sie am hinteren Ende des Ganges Schritte von schweren Stiefeln vernahmen. Lautstärke und Rhythmus deuteten darauf hin, dass es sich um viele Personen handelte. Hastig zog Fabio die Tür auf und sie schlüpften in einen getäfelten Beratungssaal, dessen Decke mit einer Karte von Astaria bemalt war. Um einen langen Tisch standen etwa zwei Dutzend Stühle herum. Glücklicherweise schien der Raum leer. Doch hinter der Tür zum Gang näherten sich nun Stimmen, die rasch lauter wurden.

»Der Dogenpalast, die Sternenbasilika und die Garnisonen im Osten sollten jetzt allesamt in unserer Hand sein«, sprach ein Mann, dessen Stimme Fabio nur zu bekannt war: Graf della Monzoni. »Allerdings bereiten uns das Arsenal und einige Festungen im Osten noch Kopfzerbrechen. Dürfte vermutlich nicht mehr lange dauern, bis die Wachen dort Alarm schlagen.«

»Sollen sie doch«, krächzte jemand, dessen Stimme Fabio ebenfalls wiedererkannte. Das musste Gruuk, der Hochschamane der Goblins sein. Der Trupp kam hinter der Tür zum Stehen.

»Eine Flotte mit fast tausend meiner Krieger befindet sich bereits in der Lagune«, fuhr der Goblin fort. »Sie dürften in Kürze hier eintreffen. Was auch immer die Feinde uns entgegenwerfen, wir werden sie zermalmen! Und sollten unsere eigenen Kräfte nicht ausreichen, werde ich Astronos' Macht entfesseln.«

Fabios Herz schlug laut vor Aufregung. Wie gern wäre er jetzt in den Gang gestürmt, um Monzoni den Verrat heimzuzahlen, doch so, wie es sich anhörte, standen da draußen noch mindestens zehn weitere Kämpfer.

»Das werdet Ihr bleiben lassen!«, brauste Monzoni auf. »Meine, äh, Herrin wünscht, dass Ihr das Arsenal unangetastet lasst. Es wird für unsere weiteren Pläne benötigt.«

»Ich habe es Euch schon einmal gesagt«, knurrte der Hochschamane. »Eure Herrin ist nicht meine Herrin. Sie ist nur ein Mittel zum Zweck und sie wird sich meinen Wünschen unterordnen.«

»So, werde ich das?«, wisperte da eine raue Stimme. Angstschreie von Goblins und Menschen waren zu hören und irgendjemand polterte gegen die Tür, deren Oberfläche sich auf einmal merkwürdig abkühlte.

Auch Sylvanas Hände hatten sich mittlerweile so fest um die Griffe ihrer Messer geschlossen, dass ihre Knöchel weiß hervortraten. In ihren Augen funkelte ein seltsames Feuer.

»Wenn alles vollbracht ist«, sagte die geisterhaft monotone

Stimme, »könnt Ihr mit der Stadt verfahren, wie Ihr wollt, Goblin. Aber keinen Augenblick früher.«

»Ich lasse mir von dir nichts befehlen«, brauste Gruuk auf. »Ich kann dich jederzeit wieder dorthin schicken, woher du gekommen bist.«

»Sei dir dessen nicht so sicher, Schamane«, flüsterte die Stimme kalt. »Vorher werde ich deinen armseligen Körper in Staub verwandeln und dich jenen Schrecken fühlen lassen, der seit Jahrhunderten jenseits des Sternenwalls lauert. Dein Nachfolger wird dann sicher etwas einsichtiger sein.«

Auf einmal ertönten außerhalb des Palastes Alarmhörner. Zunächst nur eines, doch schon bald wurde sein Ruf aufgenommen und erschallte auch weiter entfernt.

»Der Angriff ist entdeckt!«, stellte della Monzoni trocken fest. »Bringen wir ihn zu Ende!«

»Ja, bringen wir es zu Ende«, wisperte die unheimliche Stimme. »Doch du, della Monzoni, kommst mit mir ...«

Auf Gruuks Kommando hin setzte sich der Trupp erneut in Bewegung. Langsam nahm die Tür wieder ihre frühere Temperatur an. Als die Geräusche im Gang verklungen waren, bemerkte Fabio, dass er am ganzen Leib zitterte.

»Das war ... das war der Sternenvampir!«, keuchte er.

»Ich weiß«, erwiderte Sylvana ungerührt. »Sei froh, dass er unsere Gegenwart nicht gespürt hat. Angeblich können Sternenvampire das. Noch einmal werden wir nicht so viel Glück haben. Wenn doch, bin ich gespannt, ob ich stark genug bin, es mit ihm aufzunehmen.«

»Hast du noch alle fünf Sinne beisammen? Du hättest sehen sollen, was dieses Monster mit Schwertbruder Ardoin gemacht hat! Sollten wir ihm nochmals begegnen, dann ist das hier das Einzige, was uns vielleicht zu retten vermag.« Fabio zog die beiden Phiolen mit dem Sternentau aus seiner Gürteltasche.

»Wir werden sehen.« Sylvana steckte ihre Messer weg. »Und jetzt lass uns die Zeit, die uns bleibt, nicht wieder mit Geschwätz vertun.«

Sie öffnete die Tür, und die Gefährten schlichen den Gang hinunter in die Richtung, aus der della Monzoni und Gruuk mit ihrem Trupp gekommen waren. Bald gelangten sie in ein mit Gemälden ausgeschmücktes Treppenhaus, über welches sie das nächste Stockwerk erreichten. Dort hielt ein Mann mit schwarzem Umhang Wache. Überrascht drehte er sich zu Sylvana und Fabio um und hielt seine Laterne hoch.

»Wer seid ihr?«, fragte er verblüfft. »Schickt euch der Graf?«

»Nein, mich schickt dein schlechtes Gewissen!« Sylvana sprang vor und noch bevor der Fremde eine Waffe ziehen konnte, schlug sie ihn zu Boden und setzte ihm ein Messer an den Hals. »Und jetzt wirst du uns flugs ein paar Fragen beantworten!«

»Ihr wisst wohl nicht, mit wem ihr es zu tun habt?«, stöhnte der Fremde.

»Doch, mit einer dreckigen Made!«, zischte Fabio und hockte sich neben ihn. »Sag uns, wo die Sternenmystikerinnen sind!«

»Die?« Der Mann lachte gehässig. »Tot. Ihr kommt zu spät. Unsere Herrin hat ihnen in unserem Beisein den Garaus gemacht. Schon vor mehreren Tagen. Ihre Macht ist grenzenlos, versteht ihr? Aber wenn ihr mich in Frieden lasst, dann werde ich vielleicht ein gutes Wort für euch einlegen. Denn jetzt sind wir die Herren von Astaria!«

Fabio war wie gelähmt. Er konnte den Mann nur anstarren.

»Wo waren sie eingesperrt?«, fauchte Sylvana und verstärkte den Druck der Klinge.

»Oben, unterm Dach«, ächzte der Mann. »In den Bleikammern, wo die Hochverräter weggeschlossen werden. Aber was interessiert dich das noch? Überleg dir lieber ...«

»... wie ich dir besonders große Schmerzen bereiten kann? Dafür muss ich nicht lange überlegen.« Sylvana verpasste ihm eine gewaltige Ohrfeige, die ihn bewusstlos niedersinken ließ.

»Wir sind umsonst gekommen«, flüsterte Fabio niedergeschlagen.

»Unsinn, denk nach, Knappe!« Sylvana packte ihn am Kragen. »Dieser Sternenvampir hat letzte Nacht im Ordenshaus nach dir gesucht! Warum?«

»Weil er dachte, dass ich die Uhr habe.«

»Genau.« Sylvana ließ ihn wieder los und griff zu der am Boden stehenden Laterne. »Weil unsere Gegner zuvor die Baroness verhört haben, um herauszufinden, mit wem sie angereist ist. Die Goblins haben den Landsitz der de Vontafeis nicht ohne Grund angegriffen. Auch sie waren auf der Suche nach der Uhr. Doch sie haben sie nicht gefunden. Also mussten sie davon ausgehen, dass die Gnome oder einer von euch sie zuvor an sich genommen haben. Ich bin mir daher sicher, dass das Mädchen noch lebt. Sie ist die Einzige, von der sie etwas über den Verbleib der Uhr erfahren können.«

»Aber Celeste wusste doch nichts vom Raub der Uhr.«

»Irgendetwas hat sie unseren Feinden ganz sicher aufgetischt. Wäre ich die Ducchessa, würde ich die Baroness so lange am Leben lassen, bis ich mir sicher bin, dass sie keinen Nutzen mehr für mich hat. Außerdem ist Celeste das einzige Druckmittel, das sie gegen dich in der Hand hat.«

»Gegen mich?«

»Aber sicher.« Sylvana erhob sich und verzog ihre Lippen zu einem spöttischen Lächeln. »Denn dass du viel tiefer in diese Geschehnisse verstrickt bist, als du vielleicht selbst ahnst, erkennt sogar ein Blinder.«

Fabio sah Sylvana verwundert an, dann atmete er tief ein. »Lass uns diese verdammten Bleikammern suchen!«

Außerhalb des Palastes ertönten immer noch Alarmhörner. Sylvana schien zu überlegen, ob sie die Wache sicherheitshalber ins Jenseits befördern sollte, doch als sie Fabios missbilligenden Blick sah, nahm sie dem Mann den Umhang ab, schnitt ihn in Streifen und fesselte und knebelte den Bewusstlosen. Nachdem er zu einem handlichen Paket verschnürt war, schob sie ihn hinter eine Tür.

Dann machten sich Fabio und Sylvana auf, um den Palast zu durchkämmen. Sie durchquerten Hallen und Säle und ein weiteres Mal trafen sie auf zwei Männer des Grafen. Doch beide Bewaffnete hatten den Kampfkünsten der Gefährten nichts Ebenbürtiges entgegenzusetzen. Schließlich gelangten sie zu einem der Türme und fanden dort Wachstuben und aufgebrochene Waffenkammern. Ein säuerlicher Goblingeruch hing in der Luft, doch von den Feinden war weder etwas zu hören noch zu sehen. Sylvana trat eine schmale Tür auf und sie gelangten über eine enge Stiege mit ausgetretenen Stufen unter die Bleidächer des Palastes. Dort war es warm und stickig. Die Dachsparren hingen so tief, dass sie ihre Köpfe einziehen mussten. Zu ihren Füßen huschte eine Maus davon, und über ihnen auf dem Dach war das gedämpfte Gurren von Tauben zu hören. All das ignorierte Fabio, denn dicht an dicht reihten sich zu ihrer Rechten schwere Eichentüren mit schmalen Sehschlitzen und eisernen Türriegeln. Die meisten von ihnen standen offen, doch ganz hinten befand sich eine Tür, die noch verschlossen war.

Mit zitternden Händen schob Fabio den Riegel zurück.

Kaum hatte er die Tür geöffnet, als ihm aus der Dunkelheit ein Tonnapf entgegenflog, der nur knapp seinen Kopf verfehlte und am Türrahmen zerschellte. Im nächsten Moment musste er einem Krug ausweichen, der gegen ihn geschwungen wurde. Fabio wich dem Angriff aus und … stand Celeste de Vontafei gegenüber.

»Hört auf, ich bin's!«, flüsterte er.

Celestes Anblick ließ Fabios Herz für einen Moment aussetzen. Die langen Haare hingen ihr wirr in die Stirn und ihr Gesicht war übersät mit Blutergüssen, die ahnen ließen, dass man sie geschlagen hatte. Ihr früher so vornehmes Jagdgewand war an manchen Stellen zerrissen und vollkommen verschmutzt. Sie wirkte matt und verzweifelt.

Kaum hatte sie begriffen, wer vor ihr stand, entglitt ihr das Gefäß und es fiel polternd zu Boden. Tränen der Erleichterung rannen über ihre Wangen, doch noch immer konnte Fabio einen Rest Aufmüpfigkeit in ihren Augen sehen.

»Die Sternenmystikerinnen!«, brachte sie tonlos hervor. »Sie sind alle tot. Und hier treibt ein schreckliches Monster sein Unwesen. Ich glaube, es ist ein Sternenvampir. Versteht ihr? Ein Sternenvampir!«

»Ich weiß.« Fabio legte tröstend einen Arm um sie und führte sie aus der Kammer.

Sylvana reichte der Baroness kommentarlos einen Wasserschlauch, aus dem das Mädchen gierig trank. »Der Doge ist tot. Schon lange. Die Verschwörer haben ihn umgebracht«, sprudelte es zornig aus Celeste heraus. »Und die Dienerin aus der Basilika gehört zu ihnen. Nachdem sie mich hier hochgebracht hatten, wollten sie alles über die Nussbaumuhr meines Vaters wissen und mit wem ich nach Venezia gekommen bin. Dieses ...« Abermals rann ein heißer Strom Tränen über ihre Wangen. »Dieses Monster hat mich gequält. Eine meiner Schwestern hat sie vor meinen Augen zu Staub verwandelt. Zu Staub, verstehst du?« Sie schluchzte. »Es war so schrecklich!«

»Wir werden es diesen Unholden heimzahlen«, versprach Fabio. »Ihr selbst werdet es ihnen heimzahlen!«

Er reichte Celeste die beiden Phiolen mit dem Sternentau, die sie mit starrem Blick entgegennahm, dann berichtete er mit knappen Worten, was sich seit ihrer Trennung zugetragen hatte. Celeste blickte ihre beiden Retter erstaunt an.

»Fabio, wieso hast du mir nichts von der Uhr erzählt, als wir unterwegs waren?«, fragte sie wütend und schniefte. »Sie war im Besitz meines Vaters. Du hättest mir sagen müssen, dass sie gestohlen wurde.«

Fabio hätte viele Gründe nennen können, doch keiner davon erschien ihm jetzt noch passend.

»Es tut mir leid«, sprach er stattdessen. »Ich habe einen Fehler gemacht.«

»Was ist mit der Uhr hier im Dogenpalast?«, unterbrach Sylvana die beiden. »Haben dir unsere Gegner irgendetwas darüber verraten?«

»Eine Uhr hier im Dogenpalast?« Celeste schniefte. »Keine Ahnung. Aber dieses Monster hat mir zwei Eisenteile mit Schnörkelverzierungen, Zahnrädern und Blattfedern gezeigt und wollte wissen, ob ich noch andere dieser Art kennen würde.«

»Wie ich vermutet habe!«, rief Fabio. »Ich wette, das sind die beiden fehlenden Bauteile für das arkanomechanische Astrolabium. Das heißt, die beiden fehlenden Uhren, einschließlich der hier im Palast, wurden bereits von unseren Gegnern aufgespürt. Wir können uns die Suche also sparen. Oder wir müssten es schon direkt mit diesem Sternenvampir aufnehmen – in unserer momentanen Situation erscheint mir das vollkommen wahnwitzig.«

»Warten wir es ab.« Sylvana musterte die Prellungen, mit denen Celestes Körper überzogen war. »Aber du hast Recht, ihr beide müsst erst mal raus hier. Danach sehen wir weiter.«

Geduckt eilten die drei zurück zum Wachturm und von dort durch Hallen, Säle und Korridore wieder hinunter in den Innenhof des Palastes. Im Sternenlicht, direkt vor dem Haupttor nach draußen, war ein gemischter Trupp aus Goblins und Astronos-Anhängern zu sehen, die sich mit erbeuteten Hellebarden ausrüsteten.

»Schafft ihr es bis zum Tor?«, fragte Sylvana.

»Sicher.« Fabio nickte verwirrt und sah, dass auch Celeste nicht recht wusste, was sie tun sollte.

»Aber wie kommen wir an den Kriegern vorbei?«

»Ich werde sie ablenken. Also reißt euch zusammen. Wir sehen uns später.« Mit diesen Worten schlich sie davon.

Es dauerte eine Weile, bis Sylvana wieder in ihrem Blickfeld auftauchte. Sie erschien in einem der Bogengänge auf der gegenüberliegenden Seite des Hofs und stemmte einen toten oder bewusstlosen Goblin in die Höhe.

»He, ihr verdammten Kriecher!«, brüllte sie über den Hof und wartete, bis die Aufmerksamkeit der Feinde allein ihr galt. »Wer von euch räudigen Hunden will der Nächste sein?« Mit Schwung warf sie den toten Körper über die Brüstung.

Wutgebrüll ertönte auf dem Hof vor dem Tor, und bis auf einen Goblin stürmten alle Feinde hinüber zum Nachbarflügel. Pfeile und Speere flogen hinauf zur Balustrade, doch Sylvana war längst wieder abgetaucht und nur ihr Gelächter war zu hören.

Tauben stoben von den Dächern auf.

Fabio wartete ab, bis die Gegner in den gegenüberliegenden Treppenaufgängen verschwunden waren, dann liefen er und Celeste im Schatten des Arkadengangs auf das Palasttor zu. Der zurückgebliebene Goblin, der noch immer auf den Lärm im Nachbargebäude lauschte, drehte sich überrascht zu ihnen um und hob sein Sichelschwert. Fabio stürmte hinter einer Säule vor, schlug mit Wucht die Schwertspitze beiseite und erledigte den Goblin mit einem einzigen Schwertstreich. Ohne den Toten eines weiteren Blickes zu würdigen, stürmte er zu den Torflügeln und stemmte unter Mühen den schweren Riegel hoch.

»Hey, da macht sich einer am Tor zu schaffen!«, brüllte irgendwo hinter ihnen eine Männerstimme.

Fabio winkte hastig Celeste zu, die sich jetzt ebenfalls aus den Schatten löste. Rasch schlüpften sie durch das Tor auf den Merkurielsplatz.

Nach wie vor ertönten in der Stadt Signalhörner, und an einigen Ecken des Platzes hatten sich verschlafen wirkende Bürger und verwirrt dreinblickende Nachtwächter versammelt, die noch immer nicht begriffen hatten, welche Gefahr der Stadt drohte. Dafür war nun weiter südlich von ihnen, im großen Hafenbecken, lauter Donnerhall zu hören. Eines der Schiffe stand in Flammen. Im Feuerschein wurde ein gutes Dutzend Boote mit niedrigen Bordwänden vor dem dunklen Himmel sichtbar. Darin saßen Gestalten, die Fabio sofort als Goblins identifizierte. Die kleine Flotte ruderte unter lautem Kampfgeschrei auf den Merkurielsplatz zu.

»Wir müssen die Städter warnen!«, keuchte Celeste, die nach Atem rang.

»Wer jetzt noch nicht auf den Beinen ist, ist selbst schuld!«, rief Fabio und zerrte sie mit sich in eine schmale Gasse. »Wir müssen raus aus der Stadt, bevor hier alles in Chaos und Zerstörung versinkt.«

Irgendwo tief im Stadtinnern war neuerliches Donnergrollen zu hören.

Sie rannten über dunkle Brücken und liefen durch enge Straßen. Immer wieder kamen sie zu Plätzen, auf denen verängstigte Bürger zusammenströmten. Einige von ihnen hatten sich bewaffnet, andere waren damit beschäftigt, ihr Hab und Gut auf Gondeln und Packpferde zu verstauen. Nur in wenigen Gassen wurde gekämpft. Tapfere Gardisten stellten sich dort Männern mit schwarzen Umhängen entgegen, und hin und wieder nutzten Plünderer die allgemeine Verwirrung, um ihre Mitbürger auszurauben.

Fabio und Celeste gingen dem Treiben aus dem Weg und stürmten weiter in Richtung Stadttor, das zur Festlandbrücke führte.

Fabio blieb stehen und blickte zum Himmel auf.

»Was ist denn?«, fragte Celeste.

»Seht, Euer Hochwohlgeboren, dort!« Er deutete auf zwei große Schatten am Himmel, die mit schweren Schwingenschlägen über die Dächer der Stadt glitten und mit ihren Körpern immer wieder Teile des Sternenhimmels verdunkelten. »Himmelsreiter!«

Celeste gab einen erschrockenen Laut von sich.

Die Goblinreiter lenkten ihre Riesenfledermäuse nun etwas weiter nach Westen und verschwanden schließlich außer Sicht.

Die Entdeckung erinnerte Fabio daran, dass sie nun schon seit einiger Zeit keinem der Unholde mehr begegnet waren. Offenbar konzentrierten die Goblins ihre Angriffe auf die Garnisonen, die noch nicht durch Verrat gefallen waren. Doch er war sich sicher, dass es nicht mehr lange dauern würde, bis die Feinde die letzte Gegenwehr der Stadt ausgeschaltet hatten. Der Nachthimmel glühte im Schein von Feuersbrünsten, die an verschiedenen Stellen Venezias ausgebrochen waren.

Hand in Hand rannten sie weiter und endlich kam der Vorplatz mit dem Stadttor in Sicht. Eine Reihe mit Säcken und Möbeln beladener Karren hatte sich davor eingefunden und eine lärmende Menschenmenge hämmerte gegen die Torflügel des Bollwerks. Sie waren noch immer verschlossen. Doch zu Fabios Erstaunen standen zwei vertraute Gestalten in den grün-gelben Wappenröcken der Stadtgarde vor einem der Tortürme: der dicke Odilio und der lange Jacopo.

»Wann merkst du endlich, dass wir nicht verrückt sind?«, schrie Odilio einen Kameraden oben auf den Zinnen des Turms an, der ängstlich zur Menge hinabspähte. »Was muss denn noch passieren, damit ihr uns glaubt?«

»Graf della Monzoni gab uns die Anweisung …«

»Dann furz auf die elende Anweisung!«, bellte Odilio. »Der Graf ist ein Verräter. Er und die Goblins arbeiten zusammen! Öffnet endlich das Tor. Lasst die Leute raus!«

Fabio und Celeste drängten sich zu ihnen durch und auch Fabio schrie nun los: »Im Namen des Paladinordens, macht das Tor auf oder ihr habt den Tod von Hunderten auf dem Gewissen!«

Jacopo und Odilio drehten sich sofort nach ihm um und riefen unisono: »Ihr lebt noch?«

»Ja, aber nicht mehr lange, wenn eure Kameraden so verstockt bleiben«, fauchte Celeste.

Endlich verschwanden die Gestalten über ihnen hinter den Zinnen und kurz darauf rumpelte das Fallgatter des Tores rasselnd in die Höhe. Schwere Riegel schnappten und die Balken, die die Torflügel versperrten, glitten mit kratzenden Geräuschen in die steinernen Aussparungen in den Turmwänden zurück.

Begeisterte Rufe hallten aus der Menge, als sich mit einem Mal der Sternenhimmel verdunkelte. Fabio blickte erschrocken auf und entdeckte einen riesigen Taubenschwarm, der sich wie eine wirbelnde Wolke vor den Mond schob. Weiter hinten ertönten laute Kommandorufe und ein bewaffneter Haufen Schwarzgekleideter drängte auf den Torplatz. Grob bahnten sich die Verräter mit Speeren und Schwertern einen Weg durch die Menschenmenge. Schreie gellten, einige der Bürger begannen sich mit Knüppeln, Forken und langen Stöcken zu wehren. Irgendwo in der Menge bäumte sich ein Pferd auf und trampelte einen der Angreifer nieder.

»Schnappt euch den Knappen und das Mädchen!«, befahl eine hoch aufragende Gestalt mit Schnauzbart.

»Della Monzoni! Wie kommt der so schnell hierher?« Fabio zog sein Schwert und schob Celeste hinter sich. »Euer Hochwohlgeboren, lauft schnell los, sobald sich die Gelegenheit ergibt!«

»Gar nichts werde ich tun!«, zischte Celeste und hob trotzig einen schweren Pflasterstein vom Boden auf.

Die verängstigte Menschenmenge stob auseinander, doch immerhin stemmten sich inzwischen einige Beherzte gegen die Torflügel und öffneten sie.

In der Zwischenzeit stürmten drei ihrer Gegner heran. Schon kreuzte Fabio mit dem ersten von ihnen die Klinge, als links und rechts von ihm laute Hoho-Rufe ertönten. Unerschrocken standen Odilio und Jacopo Fabio mit ihren Hellebarden bei und hielten die beiden anderen Angreifer auf Distanz. Und ganz so, als würde Marsakiel höchstpersönlich sein wachsames Auge auf den Kampfplatz werfen, waren nun auch oben auf den Türmen Kommandos zu hören. Hinter den Zinnen legten einige Gardisten ihre Armbrüste an und feuerten eine Pfeilsalve auf die Verräter mit den schwarzen Umhängen ab. Zwei von ihnen brachen getroffen zusammen.

»Die Verräter wollen eure Familien tot sehen! Nieder mit ihnen!«, gellte hinter Fabio Celestes Stimme. Dann warf sie ihren Pflasterstein.

Immer mehr der Flüchtlinge hielten inne, hörten auf Celestes Ruf und eilten zurück, um sich wütend ddenen entgegenzuwerfen, die ihnen die Flucht aus der Stadt verwehren wollten. Weitere Pflastersteine flogen durch die Luft und innerhalb von Augenblicken wendete sich das Geschick. Weit über die Hälfte der Rebellen war bereits gefallen und die Menge drängte die verbliebenen Männer immer weiter zurück, während die ersten durch das geöffnete Tor hindurch auf die Festlandbrücke rannten.

Der Himmel über ihren Köpfen war inzwischen von einem immer lauter werdenden Brausen und Schwirren erfüllt. Der Taubenschwarm bildete einen Keil und sauste über Dächer und Wehranlagen. Und genau in dem Augenblick, als alle Kämpfenden erschrocken zum Himmel aufblickten, stürzte sich der Schwarm auf sie herab.

»Köpfe runter!«, rief eine vertraute Gnomenstimme.

Ein Wind erhob sich, der im Nu auf Sturmstärke anschwoll. Nicht weit von Fabio entfernt, vor einem unscheinbaren Handkarren mit langer Deichsel, flirrte die Luft, und Meister Arcimboldo trat auf den Platz, so als habe sich in der wirbelnden Luft eine unsichtbare Tür geöffnet. Fabio, der soeben einen zweiten Angreifer niedergestreckt hatte, blickte entgeistert in seine Richtung.

Arcimboldo hielt den von Meridianus erbeuteten Aeroaster in die Höhe, dessen Windsegel schwirrten. Der Taubenschwarm sauste nun direkt auf den Gnom zu. Doch die Vogelleiber wurden von den Windböen ergriffen, herumgewirbelt und schließlich zu Boden geschleudert.

»Fort mit euch, elendes Menschenpack!«, rief eine kalte Stimme aus einer der Gassen. Ein Wesen, geformt aus reiner Finsternis, schwebte auf den Platz. Der Sternenvampir!

Celeste stieß einen spitzen Schrei aus und Fabio sah, wie die Menschen, die nach der Windattacke stöhnend wieder auf die Beine kamen, schreiend davonrannten. Selbst manche der Verräter ergriffen bei dem schrecklichen Anblick die Flucht. Nur Graf della Monzoni und zwei seiner Männer blieben zurück. Doch auch sie verharrten stumm beim Anblick des Monsters.

Wie schon im Ordenshaus erschien es Fabio so, als würden immerzu unsichtbare Winde an dem Schattenkörper des Ungeheuers zerren.

»Wusste ich doch, dass ich euch hier versammelt finde!« Zwei kalte, bläulich glühende Punkte inmitten der wallenden Finsternis fixierten Fabio und Celeste und der Dämon nahm nun eine menschenähnliche Form an.

Längst hatte sich der Platz geleert. Er war übersät mit Toten und Verletzten und überall lagen herrenlose Besitztümer herum. Fabio stand noch immer gemeinsam mit Jacopo und Odilio vor dem Torturm, um Celeste abzuschirmen, die sich angsterfüllt gegen die Mauer drückte. Auch die beiden Torwächter zitterten.

»Habt ihr Narren wirklich gedacht, ich hätte eure Anwesenheit im Palast nicht gespürt?« Die Schattenkreatur lachte. »Ich musste euch nur folgen. Und nun zu dir, Gnom! Wo sind die Uhren?«

Der Sternenvampir schwebte auf Meister Arcimboldo zu. Der hatte längst sein Tranceometer hervorgekramt und hielt es mit ausgestreckten Armen dem Feind entgegen. Das Artefakt glühte bläulich und die Zeiger rotierten.

»Du hast Angst, Sternenvampir!«, rief der Gnom. »Du hast Angst!«

»Verschone mich mit deinen Spielereien!«, zischte die Geisterstimme.

Vom Einfluss des Tranceometers vollkommen unberührt, jagte der Sternenvampir auf Meister Arcimboldo zu. Der Himmelsmechaniker wich erschrocken zurück, stolperte und stürzte der Länge nach aufs Pflaster. Der Sternenvampir entriss ihm das Artefakt mit seinen Krallen und drehte es kurzerhand um, sodass Zeiger und Ziffernblatt jetzt auf den Gnom wiesen.

»Sag mir, wo die restlichen Teile des Astrolabiums sind!«, zischte der Dämon.

»Poliogenes hat sie«, erwiderte Arcimboldo mit sonderbar schwerer Stimme und glotzte das Tranceometer an. »Dort im Wagen!« Er deutete zitternd zu dem Handkarren.

»Noch mehr Tricks!« Der Sternenvampir lachte und warf das Tranceometer zu Boden. Ein Strahl flüssiger Dunkelheit schoss aus der Klaue des Wesens und traf den Karren. Die Luft waberte wie bei großer Hitze, dann klirrte es auf einmal wie von zersplitterndem Glas. Wo sich eben noch die Karre abgezeichnet hatte, stand jetzt der wuchtige Kastenwagen der Gnome. Die beiden Ponys wieherten ängstlich und auch Munadella und Poliogenes, die vorn auf dem Kutschbock saßen, stießen erschrockene Laute aus.

Die Gnome hatten sich offenbar mit einer arkanomechanisch erzeugten Luftspiegelung getarnt!

Fabio gelang es endlich, seine Lähmung abzuschütteln, und stürzte auf den Sternenvampir zu. Doch auch der Graf blieb nicht mehr länger untätig. Gefolgt von seinen beiden Männern stellte er sich Fabio in den Weg. Sie kreuzten die Klingen. Da mischten sich plötzlich auch Odilio und Jacopo ein und lieferten sich einen wilden Kampf mit den beiden übrigen Verrätern.

Während Fabio und della Monzoni einander mit Schwerthieben traktierten, nahm der Knappe aus den Augenwinkeln wahr, wie Munadella vom Kutschbock sprang, ihre Armbrust hob und beide Bolzen zugleich auf den Sternenvampir abfeuerte. Die Geschosse zerplatzten zu Staub. Doch bevor der Dämon den Karren erreichte, sprang auch Poliogenes auf. In seinen Händen lag das runde Linsenartefakt.

»Du bekommst uns nicht!«, krächzte er.

Die Metallkugel summte und plötzlich zerschnitt ein blendender Lichtstrahl die Dunkelheit. Die gleißende Lanze durchbohrte den Sternenvampir auf Schulterhöhe und das Monster schrie gepeinigt auf.

Inzwischen drängte Graf della Monzoni Fabio mit wuchtigen Schwerthieben immer weiter zurück gegen den Turm. »Heute wirst du sterben, du lästiges Insekt. Ein zweites Mal entkommst du mir nicht!«

Drüben bei der Kutsche ertönte lautes Geschrei. Der Sternenvampir fegte Munadella mit einem einzigen Klauenhieb aus dem Weg, entriss ihr die Armbrust und stieß Poliogenes damit das Linsenartefakt aus den Händen. Schon hatte der

Vampir den Gnom vom Kutschbock gerissen und zerrte ihn auf den Boden. Poliogenes stöhnte.

»Her mit den fehlenden Teilen des Astrolabiums!«, wisperte die Schattengestalt. Zielstrebig tastete das Monster nach dem Beutel, der am Gürtel des Himmelsmechanikers baumelte und packte ihn.

Fabio schrie entsetzt auf, schlug einen Haken und stürzte nun ausgerechnet über einen der am Boden liegenden Verräter. Es gelang ihm noch, sich auf den Rücken zu werfen, als das Schwert della Monzonis auf ihn niederfuhr. Mit letzter Kraft stieß er sein eigenes Schwert zwischen sich und den Grafen. Ein hässliches Klirren ertönte und sein Schwert wurde ihm aus der Hand geschlagen.

»Na, kommt dir das bekannt vor, dreckiger kleiner Paladin?« Graf della Monzoni trat mit gesenktem Schwert über ihn und grinste. »Und jetzt verabschiede dich von der Welt, Knappe!«

Er hob seine Waffe hoch über den Kopf und schlug zu. Fabio fühlte plötzlich den Deckel eines zerbrochenen Fasses unter seinen Fingern. Geistesgegenwärtig riss er das Fundstück als improvisierten Schild über sich, als die Klinge herabsauste. Splitternd bohrte sich das Schwert zwischen die Dauben und drang dennoch einen Fingerbreit in Fabios Schulter ein. Der Knappe schrie auf, doch mit einer Stärke, die er auf seine Verzweiflung schob, wuchtete er den Deckel beiseite und das darin verkantete Schwert wurde nun Monzoni aus der Hand gerissen. Hart trat sein wütender Gegner zu und ergriff den Dolch, der noch immer in Fabios Stiefel steckte. Der schaffte es jedoch, seinem Gegner die Beine wegzutreten, dann wälzten beide im erbitterten Ringen um den Dolch über den Boden.

Plötzlich kam ein Gurgeln aus Monzonis Mund. Sein Körper versteifte sich und er blickte Fabio fassungslos an. Dann brach sein Blick und der Knappe entdeckte, dass sein Gegner während des Ringens auf die Überreste einer zerschlagenen Kiste gerollt war, aus deren Holz lange Metallnägel ragten. Zwei von ihnen hatten sich unter dem Gewicht der Kämpfenden in den Hals des Verräters gebohrt.

Wütend und beschämt über sich selbst erhob sich Fabio. Es hatte eines Zufalls bedurft, um den Elenden zur Strecke zu bringen. Eines Zufalls. Fahrig nach der leichten Wunde an seiner Schulter tastend, rannte er hinüber zu dem Fassdeckel, der ihm das Leben gerettet hatte, und zerrte so lange am Griff von della Monzonis Schwert, bis er es endlich in der Hand hielt.

Schräg vor ihm kämpften derweil die beiden Torwachen noch immer gegen die übrigen Männer. Jacopo gelang es, seinem Gegner das hintere Ende der Hellebarde über den Kopf zu ziehen, sodass er nun Odilio zu Hilfe zu eilen konnte, dessen Bewegungen immer langsamer wurden.

Fabio sah, dass der Sternenvampir unter triumphierendem Gelächter die drei fehlenden Teile des Astrolabiums zurück in den Beutel gleiten ließ.

»Ich fürchte, du hast deine Schuldigkeit getan, Gnom«, sprach der Dämon mit Grabesstimme und griff nach Poliogenes' Kehle. »Und jetzt werde ich dich zu Staub verwandeln!«

In diesem Moment sprang vom Kutschbock ein dunkler Schatten auf den Sternenvampir zu. Yargo!

Der Gnomenjunge hielt eine brennende Laterne in der

Hand und schlug auf das, was Fabio für den Schädel des Dämons hielt. Glas zersplitterte, Öl spritzte, und für einen Augenblick stand die Luft in Flammen.

Der Vampir zischte wütend und packte den Jungen, bevor dieser entkommen konnte. Er riss Yargo zu Boden und warf sich über ihn. »Dann stirbst du eben zuerst!«

»Ich hoffe, ich enttäusche dich nicht«, sagte Yargo mit vollkommen ruhiger Stimme.

Beide Krallen bohrten sich in den Körper des Jungen, und voller Entsetzen wurde Fabio Zeuge, wie sich Yargos Kleidung mit Reif überzog. Schreiend stürzte der Knappe vor – und wusste doch im selben Moment, dass er zu spät kommen würde.

Doch Yargos Körper löste sich nicht auf. Stattdessen starrte der Junge den Sternenvampir unverwandt an. »Überrascht?«

Die blauen Augenlichter des Sternenvampirs glühten zornig auf, und der Dämon packte den Jungen abermals, um ihn diesmal durch seine schiere Kraft zu töten.

Fabio wollte in seiner Verzweiflung bereits das Schwert in die wabernde Gestalt rammen, als ihn ein schneidender Ruf zurückhielt. »Lass ihn mir, Fabio!«

Es war Celeste.

Der Knappe hielt inne und sah, dass Celeste längst neben Meister Arcimboldo kniete, der blinzelnd wieder zu sich kam. Die Baroness erhob sich, wischte sich mit dem Handrücken über die Lippen und ließ eine ihrer Phiolen sinken. Sie war leer.

Von ihrer Erscheinung ging ein sanftes Strahlen aus, so als würde sie im Mondlicht baden. Auch der Sternenvampir hatte die Veränderung bemerkt, die mit ihr vorging. Ein Seufzen hallte über den Kampfplatz und die Kreatur ließ Yargo los. Die blauen Glühpunkte im Antlitz der Schattenkreatur schienen die junge Sternenmystikerin bannen zu wollen.

»Du bist nur eine Novizin!«, zischte der Sternenvampir.

Celeste schwieg. Dann hob sie wie in Trance eine Hand und schloss die Augen.

Die Schattenkreatur kreischte und wollte sich schon auf das Mädchen stürzen, als ein plötzlich aufkommender Wind an der Baroness zerrte. Ein leises Knistern lag in der Luft und die Welt schien einen Herzschlag lang stehen zu bleiben.

Jäh legte sich um Celestes Hand ein silberner Glanz und augenblicklich jagte ein Hagel aus Eisschrapnellen auf den Sternenvampir zu, schüttelte ihn und schleuderte ihn gegen den Brunnen, der sich auf dem Vorplatz erhob. Der Sternenvampir schrie auf und versuchte sich von dem Eis zu befreien, das sich wie ein Panzer um seinen Schattenleib legte und ihn immer mehr erstarren ließ.

Celeste stöhnte auf. Das Licht, das ihren Körper eben noch umhüllt hatte, erlosch schlagartig, und sie fiel ohnmächtig zu Boden.

Fabio war sofort bei ihr und hob ganz vorsichtig ihren Kopf an.

Celeste zitterte und ihre Lider flatterten. Ihr ganzer Körper war so kalt, als habe sie stundenlang im Schnee gelegen.

»Weg hier!«, rief Meister Arcimboldo.

Der Himmelsmechaniker sammelte hastig sein Tranceometer auf, half dem zitternden Poliogenes auf die Beine und beugte sich kurz über Yargo, der ihn gleichgültig anblickte, sich dann aber steif erhob und sich zu Fabios Verwunderung den Reif von der Kleidung klopfte.

Odilio und Jacopo hasteten sofort an Fabios Seite und beugten sich ebenfalls über die Baroness.

»Lebt Ihre Hochwohlgeboren noch?«, keuchte Odilio.

»Ja, bringen wir sie zu den Gnomen. Schnell!«, antwortete Fabio.

Die beiden halfen ihm nun dabei, Celeste zum Kastenwagen zu tragen. Munadella und Ambra warteten dort bereits auf sie. Die Gnomenfrau hatte glücklicherweise nur leichte Blessuren davongetragen. Sie nickte ihrem Mann beruhigend zu und spannte erneut die Armbrust, die neben der Deichsel gelegen hatte. Die kleine Ambra machte den Wagen abfahrbereit.

Da zerriss hinter ihnen ein Knall die Stille, dem das Prasseln ungezählter Eisstücke folgte.

Fabio wirbelte herum und blickte ebenso wie die anderen entsetzt auf den Sternenvampir, der sich aus Celestes magischem Frostpanzer befreit hatte. Erneut glitt er auf sie zu. Blaues Licht schoss aus seinem Antlitz.

»Wir sind noch nicht fertig miteinander!«, wisperte der Dämon. »Ihr dachtet doch wohl nicht, dass es eine einfache Novizin mit mir aufnehmen könnte!«

Hilflos hob Fabio das erbeutete Schwert und Poliogenes suchte panisch nach seiner Linsenapparatur. Ambra reichte sie ihm. Einige der Linsen waren zersprungen.

Die Gefährten warfen einander ratlose Blicke zu und wichen zurück.

»Du spielst offenbar gern mit Kindern, Ducchessa!«, hallte

eine laute Stimme über den noch immer menschenleeren Vorplatz. Offenbar hatte sich rasch herumgesprochen, welche Mächte hier aufeinanderprallten. »Wie wäre es, wenn du stattdessen gegen mich anträtest!«

Fauchend sah sich der Sternenvampir um und auch Fabio entdeckte jetzt die Person, die die Herausforderung ausgesprochen hatte.

Oben, auf einem der Hausdächer in unmittelbarer Nähe zum Tor, stand Sylvana. Ihre Silhouette mit dem wehenden Haar hob sich schwarz vor dem Mond ab, ihre Erscheinung hatte jetzt etwas Majestätisches. Aus irgendeinem Grund zögerte der Sternenvampir bei ihrem Anblick, ganz so wie vor dem Zusammentreffen mit Celeste vorhin.

Sylvana sprang mit einem mächtigen Satz über die Dachkante, überschlug sich mehrfach in der Luft und kam sicher auf allen vieren unten auf dem Pflaster auf.

Fabio riss die Augen auf, während die kleine Gruppe, die sich um den Kastenwagen geschart hatte, verblüffte Laute ausstieß.

Sylvana erhob sich bereits wieder. »Ich bin keine Novizin. Darauf kannst du Gift nehmen!«

»Sieh an!«, wisperte der Sternenvampir und fuhr seine Krallen aus. »Noch eine, die begierig darauf ist zu sterben!«

»Wer weiß!«, knurrte Sylvana. »Vielleicht werde ich es sein, die dich ins Nichts hinter dem Sternenwall zurückschickt.«

Die wilde Frau legte den Kopf in den Nacken und stieß ein Heulen aus, das an einen Wolf erinnerte. Mit einem Mal spannten sich ihre Nackenmuskeln, dichtes blondes Haar begann ihren ganzen Körper zu überziehen, wie an Gesicht und Armen zu sehen war. Ihre Hände verwandelten sich in Pfoten, an denen Klauen wuchsen. Doch am schrecklichsten war das, was mit Sylvanas Kopf geschah: Innerhalb kürzester Zeit hatte er die Form eines Raubtierschädels angenommen, der mit gelben Augen seinen Feind taxierte.

»Ein Wolfsmensch!«, stöhnte Poliogenes. »Ich habe immer geglaubt, die gäbe es nur in Schauermärchen.«

Sylvana zeigte ihre langen Reißzähne und knurrte.

Schon gingen Sternenvampir und Werwölfin aufeinander los. Brüllend hieben sie mit ihren Krallen aufeinander ein, schleuderten einander zu Boden oder gegen eine Mauer. Wo Sylvana den Dämon mit ihren Fängen und Reißzähnen erwischte, wurde hell schimmernde, menschliche Haut sichtbar. Dort aber, wo sich die Krallen des Sternenvampirs in das Fleisch der Wolfsfrau bohrten, wurde ihr helles Haar stumpf und grau. Keiner der beiden gab einen Zollbreit nach. Fauchend, jaulend und knurrend wälzten sich die beiden Gegner über den Platz.

In diesem Moment ertönte lautes Gebrüll. Ein großer Trupp Goblins erreichte auf der gegenüberliegenden Seite den Platz und blieb argwöhnisch stehen, um dem fürchterlichen Schauspiel vor dem Tor zuzusehen. Der Sternenvampir kreischte schmerzerfüllt auf und stieß Sylvana in hohem Bogen von sich weg auf das Dach des Brunnens zu, das unter dem Gewicht der Werwölfin zerbarst. Die Schattenkreatur wirkte jetzt deutlich menschlicher und irdischer als zuvor. Fabio meinte sogar zu sehen, dass sie wankte.

»Worauf wartet ihr, Goblins?«, zischte der Dämon geschwächt. »Tötet das Miststück oder ich töte euch!«

Mit markerschütterndem Triumphgeheul stürmten die Unholde auf Sylvana zu.

»Verschwindet!«, bellte die Wolfsfrau in Richtung Kastenwagen. Schwankend kam sie wieder auf die Beine. »Haut ab!«

Kaum hatte sie die Warnung ausgesprochen, als die Flut der Angreifer über Sylvana hinwegrollte und überall unübersichtliches Kampfgetümmel herrschte.

Ambra ließ die Zügel auf die Rücken der Zugtiere klatschen und die verängstigten Ponys erwachten aus ihrer Lähmung. Rumpelnd fuhr der Kastenwagen an und rollte auf das Stadttor zu.

Auch Fabio sprang auf, während Sylvana unter den Goblins wütete wie ein Hai in einem Schwarm Makrelen. Doch auch sie schien langsam zu ermüden.

Längst hatte sich Munadella wieder auf dem Dach des Wagens eingefunden, und noch während sie aus dem Tor rollten, schickte sie zwei der Unholde mit Pfeilen ihrer Armbrust ins Schattenreich.

In den weiter entfernten Gassen war bereits die nächste Kampftruppe zu hören. Hier konnten die Gefährten nichts mehr ausrichten.

»Und das Astrolabium?«, rief Fabio verzweifelt. Er ballte die Fäuste und kam sich vor wie ein Feigling.

»Verloren!«, ertönte weiter vorn die verzagte Stimme Meister Arcimboldos.

Fabio sah nun selbst, dass der Sternenvampir die Gelegenheit genutzt hatte, in die Dunkelheit zu entkommen. Und er hatte mit sich genommen, was er gesucht hatte.

Rumpelnd rollten die Räder des Wagens über die Brücke,

die zum Festland führte, und die Kampfgeräusche auf dem Platz hinter dem Tor wurden leiser. Fabio warf einen flüchtigen Blick auf die glitzernde Wasserfläche jenseits des Damms und sah Hunderte von Gondeln und Booten, die sich in Richtung Festland absetzten.

Sie erschienen ihm wie Vorboten einer düsteren Zukunft.

Der Krieg hatte begonnen und sie hatten versagt.

Verbündete

Fabio saß niedergeschlagen vor dem kleinen Lagerfeuer und betrachtete die Flammen, die sich auf della Monzonis Schwert spiegelten. Dass er wenigstens diesem Schurken seinen Verrat hatte heimzahlen können, wog nun nicht mehr viel.

Die ganze letzte Nacht hindurch und einen Großteil des heutigen Tages hatten sie sich auf der Flucht befunden. So lange, bis die Ponys, die den Kastenwagen zogen, vor Erschöpfung fast zusammengebrochen waren. Meister Arcimboldo war es zu unsicher gewesen, sich dem Zug der anderen Flüchtlinge anzuschließen, die den bekannten Handelsstraßen in westliche Richtung folgten, um sich nach Firenze durchzuschlagen. Stattdessen waren sie in nordöstliche Richtung gefahren, um Wege zu benutzen, die nur Gnome kannten. Zweimal waren sie an Dörfern vorbeigekommen, deren Einwohner noch nichts von den Geschehnissen in Venezia ahnten, doch die meiste Zeit über hielten sie sich an verschwiegene Pfade, die sie durch hügelige Landschaften und dichte Wälder führten. Welches Ziel der Himmelsmechaniker im Sinn hatte, war Fabio immer noch nicht klar. Aber er war zu erschöpft, um nachzufragen.

Erst vor einer Stunde hatten sie im Schutz eines Wäldchens

ihr Lager aufgeschlagen. Dunkle Wolken trieben über den Nachmittagshimmel, und das trübe Licht, das sie hindurchließen, entsprach der Stimmung, die sich unter den Gefährten ausgebreitet hatte.

Fabio ließ seinen müden Blick über die Anwesenden wandern. Munadella und Ambra warfen weiter hinten schweigend die Zutaten für eine Suppe in den Kochkessel, während ihm schräg gegenüber die beiden tapferen Torwächter saßen. Der Helm des schlaksigen Jacopo war zerbeult und Odilios grün-gelber Waffenrock wies tiefe Risse auf. Doch glücklicherweise waren die beiden Gardisten bis auf einige Prellungen unverletzt geblieben.

Beide hielten dampfende Becher in den Händen, die ihnen Ambra vorhin gereicht hatte. Jacopo stierte in seinen Becher und kostete hin und wieder von dem heißen Getränk, während der dicke Odilio zwischen den Bäumen hindurch zum Himmel aufsah.

»Sieht nach Regen aus«, brummte Odilio.

»Meinst du wirklich?« Jacopo schlürfte. »Also ich finde, man merkt schon, dass es Tee sein soll.«

Fabio musste wider Willen lächeln.

Die beiden hatten das Herz auf dem rechten Fleck. Sie mochten dem äußeren Anschein nach nicht gerade der Stolz der venezianischen Garde gewesen sein, doch Fabio war froh, in Gesellschaft solch tapferer Männer zu reisen.

Allerdings bezweifelte er, ob sie begriffen hatten, wie groß ihre Niederlage wirklich war. Wie er selbst lauschten die beiden immer wieder in Richtung des Kastenwagens am Rand der Lichtung, vor dem Meister Arcimboldo und Poliogenes saßen und leise mit Celeste de Vontafei diskutierten. Poliogenes hatte eine Skizze der beiden Bauteile des magischen Astrolabiums angefertigt, die ihm der Sternenvampir abgenommen hatte. Und Arcimboldo hatte ihr aus dem Gedächtnis jene Schnörkel und Windungen hinzugefügt, die das Stück Meteoreisen aus der Sanduhr aufgewiesen hatte. Auf der Zeichnung war nun so etwas wie eine Karte mit Wegen und Landmarken zu erahnen. Die Gnome hofften, dass sich Celeste an die Form der beiden anderen Bauteile des Astrolabiums erinnerte, die ihr der Sternenvampir gezeigt hatte.

»Wirklich, ich habe kaum darauf geachtet«, hörte Fabio ihre verzagte Stimme. Sie sah kurz zu ihm herüber, doch er konnte ihr nicht helfen. Er war nur froh, dass die Baroness den Schwächeanfall von letzter Nacht überwunden hatte. Noch immer stand ihm ihr Bild vor Augen, wie sie erstmals die Macht der Sternenmystikerinnen entfesselt hatte. Ein Schauer lief ihm über den Rücken. Doch dann musste er auch an die anderen Erlebnisse zurückdenken. Vor allem ging ihm Sylvana nicht aus dem Sinn. Er hatte die ungewöhnliche Frau bis gestern einfach nur für wild und ungehobelt gehalten, doch dass in ihr eine Bestie schlummerte, war für ihn noch immer unbegreiflich. In nur einer Woche hatte er mehr Wunder gesehen als in seinem ganzen bisherigen Leben. Und noch immer wusste er nicht, was er von alledem zu halten hatte.

»Probiert es trotzdem«, meinte Meister Arcimboldo und reichte Celeste einen Kohlestift, den sie zögernd an sich nahm. Fabio erhob sich, ging zu ihnen hinüber und sah, dass die Baroness Schwierigkeiten hatte, den Stift in ihrer zitternden Hand zu halten.

»Lasst Euch Zeit«, ermutigte Poliogenes sie.

Auch Fabio lächelte ihr aufmunternd zu und entdeckte dabei, dass Yargo allein neben den beiden Ponys stand und sie streichelte. Sie hatten die Pferde am Rand des Lagers, nicht weit vom Kastenwagen entfernt, angepflockt, und beide fraßen aus Hafersäcken, die ihnen um den Hals hingen. Meister Arcimboldo und Poliogenes hatten sich während der Fahrt mit Yargo im Wagen zurückgezogen, offenbar um seine Verletzungen zu begutachten. Die einzige Veränderung, die Fabio an dem seltsamen Bengel bemerkte, war, dass Yargo seit der Attacke des Sternenvampirs etwas steif ging. Hinzu kamen ruckhafte Bewegungen, die ihn hin und wieder heimsuchten, als habe er mit Schmerzen zu kämpfen, die er nicht zeigen wollte. Doch sein Gesicht trug noch immer jenen teilnahmslosen Ausdruck zur Schau, den Fabio bereits von ihm kannte.

Bis gestern hatte er noch gedacht, dass der Gnomenjunge vielleicht einfach nur etwas blöde im Kopf war, doch spätestens seit dessen Auseinandersetzung mit dem Dämon war er sich sicher, dass noch etwas anderes dahintersteckte. Es musste einen Grund haben, warum die Gnome ihn von Fabio fernzuhalten suchten.

Fabio sah sich unauffällig zu seinen Begleitern um, doch jeder von ihnen war beschäftigt. Langsam ging er um den Wagen herum und näherte sich den Ponys. Nur Yargo bemerkte ihn und sah fragend zu ihm auf.

»Und, ist alles in Ordnung mit dir?«, fragte Fabio ihn leise. »Wie fühlst du dich?«

»Sicher willst du wissen, ob es mir so geht wie vor dem Kampf mit dem Sternenvampir«, antwortete Yargo mit tonloser Stimme. »Seine Kälte hat meinem Körper nicht gutgetan. Aber Meister Arcimboldo und Poliogenes sind sich sicher, dass er mir auch nicht geschadet hat.«

Fabio war von dieser Antwort verblüfft. »Mich würde interessieren, wie du es überhaupt geschafft hast, diesem Ungeheuer zu trotzen? Du hättest gestern Nacht eigentlich sofort zu Staub zerfallen müssen.«

»Ja, das war eine aufschlussreiche Erfahrung«, antwortete Yargo und bedachte ihn mit einem rätselhaften Blick. »Sie bestätigt die Theorie, dass ein Sternenvampir seinen Opfern die Lebenskraft raubt. Er saugt sie aus ihnen heraus. Fleisch und Knochen zerfallen dabei zu Staub.«

»Und warum stehst du noch auf den Beinen?«, wollte Fabio wissen.

»Darüber darf ich nicht sprechen«, erklärte der Kleine. »Besser, du ...«

»Alarm!«, tönte plötzlich Odilios Ruf vom Lagerfeuer.

Fabio hörte, wie die beiden Gardisten jenseits des Kastenwagens aufsprangen. Auch Munadella ließ den Kochlöffel fallen, griff geistesgegenwärtig zu ihrer Armbrust und zog dabei Ambra hinter sich.

Fabio wies Yargo an zurückzubleiben und hetzte mit gezogenem Schwert an der Deichsel des Kastenwagens vorbei. Auch seine übrigen Gefährten waren aufgesprungen. Meister Arcimboldo hielt bereits den erbeuteten Aeroaster in der Hand, Celeste zückte den Dolch, den Fabio ihr am Morgen gegeben hatte, und Poliogenes drückte sich gegen eines der Wagenräder.

Zwischen den Bäumen erschien eine Gestalt mit strähniger

blonder Haarmähne, deren Körper mit blutigen Schrammen und Prellungen übersät war. Sylvana!

Das Ausmaß ihrer Verletzungen wurde Fabio erst bewusst, als die unheimliche Schicksalsgefährtin die Lichtung betrat. Sylvana trug einen blutigen Armverband und sie humpelte nun ebenso wie Poliogenes. In ihrem Waffengurt steckte nur noch ein Messer, das andere musste sie irgendwo verloren haben.

»Na, sind wir noch Verbündete?«, knurrte die Wolfsfrau.

Die Gefährten sahen sich stumm an.

»Sicher«, meinte Fabio und steckte sein Schwert weg. »Du siehst zum Fürchten aus.«

»Findest du?« Sylvana fletschte grinsend die Zähne. »Ich dachte mir, ihr Gnome habt vielleicht noch eine Hundehütte für mich frei. Ich verspreche auch, stubenrein zu sein und meine Knochen nicht in eurem Garten zu verbuddeln.«

»Wie meint sie das?«, fragte Jacopo, die Hellebarde in Abwehrstellung.

»Sie meint, dass sie gerade nicht in der Lage ist, ihr Hinterbein anzuheben, um dich anzupinkeln«, brummte Odilio.

Die beiden Kameraden senkten ihre Waffen.

Fabio, Celeste und Meister Arcimboldo gingen Sylvana entgegen und wollten sie stützen, doch die wilde Frau schlug das Angebot aus. »Lasst mich. Ich seh vielleicht aus wie ein Krüppel, aber meine Wunden heilen schneller, als ihr glaubt. Ich brauche jetzt nur was zu fressen.«

Munadella wies Ambra an, am Kutschbock zu warten, und ging in den Wagen, um mit einem abgehangenen Schinken wieder herauszukommen. Argwöhnisch reichte sie ihn der

Frau, die ihr das Fleisch abnahm und sich neben das Lagerfeuer setzte. Wie ein wildes Tier vergrub sie ihre Zähne in dem Schinken.

Eine Weile sah ihr die kleine Gruppe beim Essen zu.

»Und wir können nichts für dich tun?«, fragte Celeste, die ihre Überraschung als Erste überwunden hatte.

»Nein«, schmatzte Sylvana und riss ein neues Stück Schinken vom Knochen. »Sind bloß Fleischwunden. Aber dieser elende Sternenvampir hat mir übel zugesetzt. Ich habe seine Kräfte unterschätzt. Er hat mich ausgelaugt und geschwächt. Fast wäre es diesen lausigen Goblins gelungen, mich niederzustrecken. Aber ich bin ihnen entkommen.«

Poliogenes schob sich vor. In seinem Blick lag der Ausdruck eines Gelehrten, der eine seltene Tierart zu Gesicht bekommt. »Du bist ein Lykanthroph. Ein Wolfsmensch. Bis gestern dachte ich, deine Art sei ausgestorben oder bloß Legende.«

»Ausgestorben?« Sylvana blickte spöttisch zu ihm auf. »Nein, mein Volk lebt seit unzähligen Jahren zurückgezogen, um der Aufmerksamkeit von euch Gnomen und Menschen zu entgehen.«

»Auch ich habe schon einmal von euch Wolfsmenschen gelesen«, mischte sich Celeste aufgeregt ein. »In früheren Zeiten soll man euch gejagt haben.«

»Vielleicht haben auch wir unseren Häschern nachgestellt«, antwortete Sylvana unwillig.

»Ich dachte, Lykanthrophen verwandeln sich nur bei Vollmond in Bestien«, hakte Poliogenes nach. »Aber du scheinst dich verwandeln zu können, wann es dir gefällt.«

»Gefällt?« Sylvana schnaubte. »Nur die Kinder meines Volkes verwandeln sich unkontrolliert, wenn Molunah auf uns niederblickt. Wir anderen haben uns damit ... arrangiert.«

»Aber es ist doch das Licht Molunahs, das diese Verwandlung auslöst, oder?«, fragte Meister Arcimboldo.

Sylvana verzichtete auf eine Antwort.

»Richtig«, fuhr Poliogenes fort. »Es heißt, auf euch Lykanthrophen liegt Molunahs Fluch.«

»Hört auf, mir all diese lästigen Fragen zu stellen«, knurrte die Wilde und verschlang ein weiteres Stück Fleisch. »Schlimm genug, dass ihr wisst, wer ich bin. Denkt lieber darüber nach, wie wir unsere Gegner aufhalten können, bevor sie Erfolg haben.«

Fabio sah Sylvana erstaunt an. »Das heißt, du siehst noch eine Möglichkeit, sie zu stoppen?«

»Der Zeitpunkt, an dem ich aufgebe, Knappe, ist der, an dem ich tot vor deinen Füßen liege.«

Meister Arcimboldo reichte ihr das Pergament, auf dem sie versucht hatten, die Karte aus den Bauteilen des Astrolabiums nachzuzeichnen.

»Hier«, er trat umständlich neben die wilde Frau und deutete auf das Gewirr aus Linien, Flächen und Landmarken. »Celeste de Vontafei, Poliogenes und ich glauben, einen Teil der Karte rekonstruiert zu haben, die uns Cagliomaeus auf den Bauteilen hinterlassen hat. Das hier«, er tippte auf einen schraffierten Fleck, »könnte von der Größe her der Goldsee sein. Zumindest, wenn wir das hier«, er zeigte auf eine Landmarke bestehend aus drei Zacken, »richtig als die Nogarakuppen gedeutet haben. Leider sind die Flächen hier oben etwas ungenau. Ihre Hochwohlgeboren war sich nicht sicher, aber wir vermuten, dass die Spur nach Norden, ins Hochgebirge weist.«

»Ihr glaubt also, dass die *Sternenwind* irgendwo im Dolomitischen Himmelsmassiv versteckt liegt?« Sylvana verschlang das restliche Fleisch und warf den abgenagten Knochen ins Feuer, das prasselnd zum Himmel stob. Knurrend leckte sie sich die Finger ab und nahm dem Gnom das Blatt aus der Hand. »Das grenzt die Suche wenigstens ein.«

»Aber dieses Gebiet ist noch immer riesig«, widersprach Celeste. »Das Wolkenschiff dort zu finden, ist nahezu unmöglich. Außerdem werden auch die Ducchessa und ihre Verbündeten dorthin unterwegs sein.«

»Wartet!« Alle Blicke richteten sich auf Fabio. »Bei der *Sternenwind* handelt es sich doch um ein großes Schiff, das den Himmel befahren kann.«

»Allerdings«, meinte Poliogenes.

»So ein großes Wunderwerk zu verbergen, dürfte nicht einfach sein«, fuhr Fabio fort. »Das Versteck muss demzufolge drei Voraussetzungen erfüllen: Es muss groß genug sein, es muss das Schiff vor Wind und Wetter schützen und es muss tief genug in den Bergen liegen, damit niemand zufällig daraufstößt. Wenn es sich im Gebirge befindet.«

»Weiter«, meinte Meister Arcimboldo.

»Nichts weiter. Aber je mehr ich darüber nachdenke, desto mehr bin ich davon überzeugt, dass es eines großen Aufwandes bedurfte, dieses Wolkenschiff zu verstecken. Und deshalb dürfte es auch nicht ganz leicht sein, es zu bergen.«

»Was du nicht sagst, Knappe«, brummte Sylvana.

»Kommt es nicht auch darauf an, wie viele Männer einem

für die Suche zur Verfügung stehen?«, meinte Odilio. Alle sahen sich überrascht zu ihm und Jacopo um. Die beiden Gardisten grinsten verlegen, als sie die Blicke auf sich spürten.

»Vielleicht reicht dazu ja schon ein großer Trupp Goblins aus«, sagte Celeste.

Sylvana pulte sich ein Stück Fleisch zwischen den Zähnen hervor und schnippte es in die Flammen. »Kein dummer Gedanke, Mädchen. Ich tippe ebenfalls auf Goblins! Zufällig weiß ich, dass ein großer Haufen dieser Scheusale erst vor Kurzem hier in der Nähe war.« Sie sah zu Fabio hinüber, fuhr dann aber an alle gerichtet fort: »Wir sollten eigentlich in der Lage sein, die Goblins aufzuspüren. Finden wir sie, finden wir vielleicht auch das Wolkenschiff. Und ich weiß auch schon wie.«

»Nichts gegen deine so außergewöhnlichen Fähigkeiten«, sagte Celeste, »doch in deinem derzeitigen Zustand wirst du uns keine große Hilfe sein. Auch du kannst ein derart riesiges Gebiet nicht allein und in so wenig Zeit, wie wir sie haben, durchkämmen.«

»Lass das nur meine Sorge sein«, grollte Sylvana und stemmte sich ächzend wieder in die Höhe. »Schon morgen werden wir mehr wissen. Und nun sollten wir unsere Kräfte sammeln. Wir werden sie noch benötigen.«

Munadella und Ambra setzten endlich die Suppe auf, die sie vorbereitet hatten, und eine gute Stunde später aßen die Gefährten schweigend am Lagerfeuer. Das unerwartete Auftauchen Sylvanas schien niemanden mehr zu wundern. Fabio gestand sich ein, dass er insgeheim sogar damit gerechnet hatte.

Nach dem Essen versuchten alle, sich etwas von den Strapazen der Flucht zu erholen. Meister Arcimboldo und Munadella sprachen abseits der Lichtung eine Weile ernst miteinander. Danach setzte sich der Himmelsmechaniker zu Poliogenes, der verzweifelt damit beschäftigt war, sein seltsames Linsengerät wieder instand zu setzen. Doch es schien ihm nicht zu gelingen.

Celeste baute ihr Lager neben Fabios Ruheplatz auf. Er freute sich über die Nähe der Baronstochter, konzentrierte sich aber dennoch darauf, Sylvana im Auge zu behalten. Auch Odilio und Jacopo blieben misstrauisch und behielten ihre Waffen in Griffweite. Immer wieder warfen sie Fabio Blicke zu, als erwarteten sie von ihm ein Zeichen zum Zuschlagen.

Sylvana wechselte unterdessen scheinbar unbekümmert und ohne schlimme Schmerzen ihre Verbände und lauschte hin und wieder in den Wald hinein. Dass sie dabei beobachtet wurde, schien sie nicht weiter zu stören. Nur hin und wieder musterte sie Fabio eindringlich, als wüssten nur sie beide, wie ernst die Lage war.

Irgendwann ging die Sonne im Westen unter, samtene Dunkelheit legte sich über die Bäume und Büsche des Waldes. Die Wolkendecke riss einen Spalbreit auf und enthüllte das kreuzförmige Sternbild des Schwertes, das über ihnen wie eine Fackel leuchtete. Der rote Wandelstern Marsakiel schien eigentümlich nah, und Fabio hatte den Eindruck, als habe sich der Erzstellar aufgemacht, um das Schwert zu ergreifen.

Nach und nach verstummten die Geräusche im Wald. Fabio beobachtete von seinem Lager aus den langen Jacopo, der sich neben das Lagerfeuer setzte und dort wie vereinbart die erste

Nachtwache übernahm. Der Gardist hatte zwar bereitwillig angeboten, auch eine der späteren Wachen zu übernehmen, doch das hatte Fabio freundlich abgelehnt. Er mochte den schlaksigen Kerl, doch traute er ihm auch ohne Weiteres zu, dass er die Zeit für ein außerplanmäßiges Nickerchen nutzte.

Schlaf fand Fabio nicht.

Argwöhnisch beäugte er Sylvanas Lager. Es überraschte ihn nicht, dass sie sich lautlos erhob, nachdem Jacopo losgegangen war, um vom Waldrand neues Brennholz zu holen. Fabio wartete ab, bis Sylvana im Wald verschwunden war, dann stand er ebenfalls auf. Er legte seinen Umhang über Celeste, die unruhig neben ihm schlief, und huschte hinter der Wolfsfrau her.

Lautlos schlich er durch den Wald und beobachtete, wie Sylvana eine kleine Senke erreichte und stehen blieb. Spöttisch drehte sie sich um. »Du glaubst doch wohl nicht, ich hätte dich nicht bemerkt?«

Fabio kam hinter einem Baum hervor. »Zumindest hätte es mich gewundert. Du wusstest, dass ich dich im Auge behalte.«

»Ich habe mich sogar darauf verlassen«, knurrte die wilde Frau. »Komm mit, ich möchte dir etwas zeigen, was ich auf dem Herweg entdeckt habe. Richte dich darauf ein, dass du tapfer sein musst.«

Fabio runzelte die Stirn. Ungerührt lief Sylvana weiter. Er hatte Mühe, angesichts all der Farne und Zweige, die ihm ins Gesicht schlugen, mit ihr Schritt zu halten. Die Wolfsfrau erklomm einen Hügel und bedeutete ihm hinaufzukommen. »Sieh! Ich denke, du hast ein Recht darauf, die Wahrheit zu erfahren.«

Fabio kämpfte sich zu ihr hoch und blickte vom Hügel aus auf eine mondbeschienene Lichtung, die wie ein großer Keil inmitten des Waldes lag. Sie war übersät mit Toten.

Fabio keuchte auf und starrte ungläubig auf die Kadaver unzähliger Reit- und Lastpferde. Sie waren mit Goblinpfeilen gespickt. Dazwischen lagen Ritter und Knappen in der rotweißen Ordenstracht der Paladine. Ihre Kettenhemden schimmerten silbern im Sternenlicht, und viele von ihnen hielten noch immer ihre Schwerter und Lanzen in den verkrampften Händen. Irgendwo weiter hinten, auf einer kleineren Anhöhe, waren mehrere Karren zu sehen, die im Halbkreis aufgebaut waren. Durch die große Anzahl der Toten, die dort zum Teil übereinanderlagen, wurde ihm schnell klar, dass sich seine Schwertbrüder dort verschanzt und ihrem letzten Gefecht gestellt hatten. Zwischen ihnen ragte schräg die zerrissene Standarte der Paladine mit dem Feldzeichen Marsakiels in die Höhe. Ihre Fetzen wehten im Nachtwind leicht hin und her.

»Neiiin!« Fabio riss sein Schwert aus der Waffenscheide und stürmte den Hügel hinab. Auf der Lichtung roch es nach Blut, Leder und Metall, und in diesen Geruch mengte sich bereits der süßliche Geruch der Verwesung. Mit Tränen in den Augen lief er an zahllosen Pferdekadavern vorbei, hielt ab und zu inne, wenn er zwischen den toten Paladinen ein bekanntes Gesicht erblickte, und brüllte vor Wut, als er inmitten seiner Schwertbrüder die erste Goblinleiche fand. Die Kreatur hielt einen gefiederten Kurzbogen in den Händen. Die Lichtung war regelrecht übersät mit Goblinpfeilen.

Hier hatte keine Schlacht stattgefunden, sondern ein Gemetzel!

Endlich erreichte Fabio den Halbkreis der Karren. An dieser Stelle hatten die Paladine offenbar versucht, sich eine Weile mit Schilden, Speeren und Armbrüsten zu verteidigen. Die große Anzahl toter Goblins, die er zwischen seinen Schwertbrüdern fand, zeigte ihm, dass die Angreifer hier erstmals zum Nahkampf übergegangen waren. Fabio erwartete jeden Augenblick, seinen Herrn Ludovico unter den Toten zu finden. Stattdessen entdeckte er die sterblichen Überreste von Schatzmeister Palatinus. Der hochgewachsene Ordensritter lag mit einer großen Kopfwunde neben dem Sattel seines Pferdes und hielt noch immer eine zersplitterte Lanze umklammert. Fabio schien es, als läge in den gebrochenen Augen des Mannes eine stumme Anklage. Fabio sank neben dem Leichnam auf die Knie und begann leise zu weinen.

»Es war ganz offensichtlich ein Hinterhalt.« Sylvana sah ihn voller Mitgefühl an und blickte sich auf dem Schlachtfeld um. »Vielleicht sind einige entkommen, doch darauf würde ich keine allzu große Hoffnungen setzen.«

»Die ganze Zeit über hatte ich gehofft, dass wir meinen Schwertbrüdern noch begegnen würden«, erwiderte er mit tonloser Stimme. »Dass sie uns im Kampf gegen unsere Feinde beistehen würden. Doch jetzt … sind alle tot. Keiner von ihnen ist mehr übrig.«

»Doch«, knurrte Sylvana. »Einer ist ihnen entgangen. Und das bist du!«

Fabio kam wieder auf die Beine und fühlte sich leer und ausgebrannt. Immer wieder sah er sich zu den Toten um, deren starre Blicke und stumme Schreie ihm eine Gänsehaut über den Rücken jagten.

»Was kann ich schon ausrichten?«, wisperte er.

»Das Licht in dir brennt hell, Fabio!« Sylvana sah ihm fest in die Augen. »Die Stellare haben einen unscheinbaren Knappen vom Orden der Morgenröte aus dem Osten bis hierhergeführt. Du hast aller Gefahren zum Trotz überlebt. Und deinem Geschick ist es zu verdanken, dass sich eine Gemeinschaft zusammengefunden hat, wie es sie niemals zuvor gegeben hat. Glaubst du ernsthaft, das ist Zufall? Nichts in dieser Welt geschieht zufällig!«

Fabio blinzelte sich die Tränen weg. »Und wozu das alles?«

»Das wird die Zukunft zeigen, Knappe. Und jetzt lass mich meinen Teil dazu beitragen, dass wir es herausfinden.«

Sylvana wandte sich von ihm ab, kletterte auf einen der Karren und breitete dort oben feierlich die Arme aus. Dann warf sie die Haarmähne in den Nacken und stimmte ein lautes, unheimliches Heulen an, dessen Widerhall sich am Waldrand brach und weit über die Ebene getragen wurde. Sylvanas klagender Ruf fand schon kurz darauf Antwort. In weiter Ferne war nun Wolfsgeheul zu hören, in das sogleich ein zweiter Ruf und dann ein dritter einstimmte.

Fassungslos blickte Fabio in Richtung Norden und erkannte auf einem Berg, der in einiger Entfernung über dem Wald aufragte, die schwarze Silhouette eines Wolfes. Das Tier stand dort mit hoch erhobenem Kopf und antwortete mit klagendem Jaulen. Fabio kam es vor, als würde Sylvana auf diese Weise mit dem Tier sprechen.

Kurz darauf lief der Wolf fort, doch das unheimliche Geheul in der Ferne dauerte an.

Sylvana sprang vom Karren und wirkte erschöpft. »Das ist

alles, was ich im Moment tun kann. Meine vierbeinigen Freunde werden den Ruf ins Dolomitische Himmelsmassiv tragen. Dort werden sie sich für uns umsehen. Ein so großer Trupp Goblins wird ihnen nicht entgehen.«

Fabio stimmte ihr zu und sah sich wieder zu seinen toten Schwertbrüdern um.

»Kannst du auch dafür sorgen, dass deine … Wolfsfreunde ihnen nichts zuleide tun?«

Sylvana nickte. »Das habe ich schon, Knappe.«

Fabio schritt weitere Tote ab. Die meisten von ihnen kannte er nur durch eine flüchtige Begegnung. Doch seine größte Sorge stellte sich als unbegründet heraus. Sein Herr war nicht unter ihnen.

»Wenn mich unsere Weggefährten nicht fragen«, meinte Fabio bedrückt, »werde ich ihnen nichts von diesem schrecklichen Fund erzählen. Es würde sie sicher nur noch mehr beunruhigen.«

»Das dachte ich mir.«

Sie überquerten das Schlachtfeld und noch immer hielt Fabio Ausschau nach seinem Herrn. Doch auch hier fand er ihn nicht. Er flehte zu Marsakiel, dass er den Goblins entkommen war. Sein Herr Ludovico war erfahren, warum sollte er den Goblins nicht ein zweites Mal entwischt sein? Dabei wusste Fabio selbst, wie trügerisch seine Hoffnung war. Denn sollten die Goblins ihn verschleppt haben, stand seinem Herrn ein Schicksal bevor, das weitaus grausamer war als der Tod auf dem Schlachtfeld.

Schweigend kehrten sie zum Lager zurück. Dort hielt noch immer der hagere Jacopo Wache. Als er sie sah, sprang er auf und blickte überrascht zu ihren leeren Schlafplätzen hinüber. Fabio schickte ihn schlafen, nahm Jacopos Stelle am Feuer ein und starrte bedrückt in die Flammen.

Der dicke Odilio löste ihn irgendwann ab, doch die schreckliche Szene im Wald ließ Fabio noch lange Zeit keine Ruhe finden. Erst als sich Celeste im Schlaf murmelnd zu ihm umdrehte und mit der Hand seinen Arm berührte, wichen die furchtbaren Bilder. Er tastete vorsichtig nach ihren Fingern und spürte erstmals etwas Trost. Dann, endlich, schlief er ermattet ein.

Als Fabio wieder erwachte, waren Celeste und die Gnome bereits auf den Beinen. Das Morgenlicht schimmerte rot zwischen den Bäumen hindurch, es roch nach Tee, der auf dem Lagerfeuer in einem Kessel dampfte, und Munadella und Ambra waren damit beschäftigt, einen Laib Brot anzuschneiden. Odilio und Jacopo halfen Yargo dabei, die Ponys vor den Kastenwagen zu spannen, während Celeste hinten auf den Stufen des Wagens saß und etwas auf ein Blatt Pergament schrieb.

Fabios Kopf fühlte sich so schwer an, als hätte er wieder den Schlafwein der Gnome getrunken. Sofort stürmten die Gespenster der letzten Nacht auf ihn ein. Doch er kam nicht dazu, weiter zu grübeln, weil Meister Arcimboldo verärgert auf ihn zutrat.

»Sie ist weg!«, fuhr ihn der Himmelsmechaniker an.

»Wer ist weg? Sylvana?« Fabio blinzelte schlaftrunken und sah, dass die Brille des Gnoms wieder zwei makellose Gläser hatte. Offenbar hatte sie ihm Poliogenes in der Zwischenzeit repariert.

»Ja, wer sonst?«, schimpfte Meister Arcimboldo. »Wusste ich doch, dass diese Lykanthrophin unzuverlässig ist. Sie hat sich uns nur zugesellt, um uns die mageren Fleischvorräte wegzufressen.«

»Nein, das ist nicht wahr!« Fabio stemmte sich in die Höhe. »Sie wird wiederkommen. Lasst mich berichten, was sie letzte Nacht für uns getan hat.«

Fabio ging zum Lagerfeuer, rief die kleine Gemeinschaft zusammen und erzählte allen von den Wölfen, die Sylvana gerufen hatte. Ungläubig starrten ihn seine Zuhörer an. Die schrecklichen Funde auf dem Schlachtfeld verschwieg er.

»Und wie hoch ist die Erfolgsaussicht, dass diese Wölfe etwas finden?«, fragte Poliogenes.

»Sehr hoch«, ertönte eine raue Stimme. Am Waldrand knackte es und Sylvana betrat die Lichtung. Munadella warf einen bösen Blick in die Runde. Offenbar behagte es ihr überhaupt nicht, dass Sylvana kam und ging, wie es ihr beliebte.

»Meine vierbeinigen Freunde haben die Goblins entdeckt«, knurrte die Wilde. »Ein regelrechtes Heer von ihnen ist letzte Nacht über den Bärenpass ins Dolomitische Himmelsmassiv marschiert. Und das ist doch recht ungewöhnlich.«

»Sie sind über den Bärenpass gegangen?« Meister Arcimboldo wirkte nachdenklich. »Soweit ich weiß, erreicht man von dort aus den Knochenkessel.«

»Den was?«, fragte Fabio irritiert.

»Nur eine gnomische Bezeichnung für einen Talkessel, in dem die alten Könige von Verona vor langer Zeit ihre Gräber errichtet haben«, sagte Munadella und zog missmutig an einem ihrer Zöpfe.

»Die Gräber der alten Könige? Ich habe davon gelesen«, meinte Celeste aufgeregt. »Allerdings unter einem anderen Namen. Ihr meint die alte Nekropole von Verona. Sie liegt beinahe unzugänglich im Dolomitischen Himmelsmassiv. Genutzt wird sie nicht mehr, seit Verona das Königtum abgeschafft hat. Und das ist jetzt über sechshundert Jahre her. Doch angeblich wird die Nekropole noch heute von Wächtern gegen Grabräuber geschützt.«

»Von denen bald sicher keiner mehr am Leben ist«, krächzte Poliogenes. Dann lächelte er. »Aber wenn ich es mir recht überlege, wüsste ich kaum ein besseres Versteck für das Wolkenschiff. In den Flanken des Talkessels befinden sich, wie man sagt, viele natürliche Höhlen, die schon die einstigen Könige als Gräber genutzt haben.«

»Dann sieht es so aus, als wüssten wir endlich, wo genau sich das Versteck befindet«, sagte Meister Arcimboldo.

»Und die schlechte Nachricht?«, brummte Odilio.

»Ja, richtig«, pflichtete Jacopo seinem Kameraden bei. »Wo es eine gute Nachricht gibt, gibt es meist auch eine schlechte.«

»Ihr zwei scheint ziemlich gewitzt zu sein, wie?« Sylvana fletschte die Zähne. »Leider ist das tatsächlich noch nicht alles. Die Wölfe berichteten mir, dass der Bärenpass von den Goblins abgeriegelt wurde. Wer sich hindurchwagt, haucht sein Leben unter einem Hagel von Pfeilen aus. Es scheint, als wollten unsere Feinde kein weiteres Risiko eingehen.«

»Aber nach allem, was ich gelesen habe, gibt es keinen anderen Weg zu dieser Nekropole«, flüsterte Celeste betroffen. »Wie kommen wir dann dorthin?«

Die Gnome schwiegen betreten.

»Verdammt, wir werden doch jetzt nicht einfach aufgeben. So nah am Ziel!«, brauste Fabio auf. »Wir müssen in diesen Talkessel hinein. Irgendwie!«

»Hört mir zu!«, knurrte Sylvana. »Ich stamme aus dem Dolomitischen Himmelsmassiv. Ich kenne mich dort aus. Wenn wir den Bärenpass nehmen, wird das keiner von uns überleben. Dort gibt es keine Verstecke, wir wären den Bogenschützen hilflos ausgeliefert. Doch weiter im Osten gibt es noch einen anderen Weg zu diesem Talkessel. Allerdings ist er ebenfalls nicht ungefährlich. Wir könnten versuchen, die Hochebene von Lugubra zu durchqueren.«

Die Himmelsmechaniker sahen Sylvana vollkommen entgeistert an.

»Das ist nicht dein Ernst«, presste Meister Arcimboldo nach einer Weile hervor.

»Doch«, grollte Sylvana. »Es sei denn, Ihr wisst eine andere Möglichkeit.«

»Darf ich fragen, was es mit dieser Hochebene auf sich hat?« Fabio kam sich mal wieder wie ein ungebildeter Tölpel vor. Dass Odilio und Jacopo wissend nickten, machte die Sache nicht besser.

»Die Hochebene gilt seit Anbeginn der Zeiten als verflucht«, war plötzlich Yargo zu hören. Alle sahen den Jungen erstaunt an, der neben Ambra stand und nun einen Schritt vortrat. »Zumindest wurde sie schon vor fünfhundert Jahren gemieden. Einst stand dort das stolze Lugubra, eine der ersten Menschenstädte des Kontinents. Man sagt, am Ende des Stellarkrieges wurde sie von einem fallenden Stern ausgelöscht, der erst Tod und Zerstörung und dann Fäulnis und Verderben über die einstige Metropole brachte. In einigen Berichten heißt es sogar, dieser Meteor sei ein Teil von Astronos' Herzen gewesen. Glücksritter haben immer wieder versucht, Lugubras Schätze zu bergen. Doch keiner von ihnen kam je wieder zurück. Angeblich geht dort etwas Böses um.«

»Danke, Yargo«, sagte Meister Arcimboldo hastig. »Und jetzt wünsche ich, dass du wieder nach den Ponys siehst.«

Yargo nickte kommentarlos und wandte sich um.

»Und du begleitest Yargo und hilfst ihm«, befahl Munadella ihrer Tochter.

»Aber …«

»Kein Aber!«

Schmollend verließ Ambra den Platz, nicht ohne ihrer Mutter einen bösen Blick zuzuwerfen.

»Meister Arcimboldo«, schimpfte Fabio. »Irgendwie beschleicht mich zunehmend das Gefühl, dass Ihr Yargo immer dann am Sprechen hindert, wenn er etwas Interessantes zu sagen hat.«

»Wenn das so ist, dann wird es dafür Gründe geben«, antwortete der Himmelsmechaniker kühl.

»Auf der Hochebene von Lugubra geht tatsächlich etwas um«, grollte Sylvana. »Eine Splitterkreatur!«

»Was?« Fabio zuckte erschrocken zusammen.

»Was soll das sein, eine Splitterkreatur?«, fragte Celeste.

»Bei uns Paladinen heißt es«, erwiderte Fabio mit rauer Stimme, »dass damals, als Astronos stürzte, sein Herz als glühender Meteor auf die Erde fiel. Doch der finstere Stern zerbrach, kaum dass er die Wolkendecke durchstoßen hatte. Angeblich haben sich seine Splitter über die ganze Welt verteilt. Die größeren von ihnen sollen damals gewaltige Naturkatastrophen ausgelöst haben, die kleineren hingegen bohrten sich in die Herzen von Lebewesen. Aus ihnen wurden Monster, denen sich die Helden der Vorzeit entgegenstellten. Das alles geschah in den Tagen nach der Großen Finsternis, als der Paladinorden gegründet wurde. Diese Splitterkreaturen wurden zwar schon sehr lange nicht mehr gesehen, doch angeblich existieren einige von ihnen noch immer im Verborgenen.«

»Was sich auch mit unseren Überlieferungen deckt«, ergänzte Poliogenes. »Angeblich sind die Riesenfledermäuse der Goblins aus solchen Wesen hervorgegangen.«

»Ganz sicher sogar«, brummte Meister Arcimboldo. »Auf jeden Fall ist der Weg über die Hochebene von Lugubra so ziemlich die dümmste Idee, die hier geäußert wurde. Die Ruine der Mondschattenstadt gilt auch unter uns Gnomen als einer der gefährlichsten Orte der Welt. Da könnten wir auch den Pass nehmen, da wissen wir wenigstens, was uns erwartet.«

»Was sagt Ihr da?« Fabio erhob sich. »Wieso Mondschattenstadt? Ich dachte, ihr Name sei Lugubra?«

»Lugubra heißt die Ruinenstadt nur in der Sprache der alten Bergvölker«, erklärte Poliogenes. »Übersetzt lautet ihr Name Mondschattenstadt. Wieso fragst du?«

»Weil mich die erste Etappe meiner Suche angeblich nach Norden führen wird«, antwortete Fabio gedankenverloren. Wieder kamen ihm die Worte des Astrologen in den Sinn. Ihm wurde klar, dass sich viele seiner Vorhersagen zu erfüllen begannen.

»Was für eine Suche?«, wollte Celeste wissen.

»Keine Ahnung. Aber in Venezia bin ich einem Astrologen begegnet«, murmelte Fabio. »Er meinte, die Suche sei mein Schicksal.«

Sylvana fixierte ihn mit ihren gelben Augen. »Ist das der Kerl, von dem du bereits in der Nacht vor unserem kleinen Ausflug in den Dogenpalast gesprochen hast?«

»Ja, ich ...« Fabio schüttelte den Kopf, als könnte er damit seine Erinnerungen verscheuchen. »Einiges davon hat sich, glaube ich, schon erfüllt. Und er sagte, mein Schicksal wäre mit einem hoch gelegenen Ort verbunden. Er erwähnte eine Zerstörung, die in längst vergangenen Zeiten geschah. Und er sprach davon, dass mir Molunahs Schatten den Weg weisen würde. Angeblich würde ich auf diese Weise etwas entdecken, das wichtig für das Schicksal von ganz Astaria ist.«

»Wenn dieser Mann sein Handwerk versteht«, meinte Celeste, »dann solltest du seine Vorhersage ernst nehmen. Denn die Sterne lügen nicht.«

Fabio lächelte bitter. »Die gleichen Worte hat auch er gebraucht.«

Eine Weile herrschte Schweigen auf der Lichtung, das nur vom gelegentlichen Schnauben der Ponys durchbrochen wurde.

»Mir behagt das alles zwar noch immer nicht, aber uns bleibt offenbar keine andere Wahl«, brummte Meister Arcimboldo und polierte fahrig seine Brille. Energisch setzte er sie wieder auf. »Dann werden wir eben versuchen, diese Hochebene zu durchqueren.«

»Arcimboldo!«, brauste Munadella auf, doch der Himmelsmechaniker unterbrach sie, indem er ihr eine Hand auf den Arm legte.

»Du weißt, dass ich nicht anders kann. Allerdings werden sich unsere Wege hier trennen. Du, Munadella, und du, Poliogenes, ihr werdet gemeinsam mit Ambra und Yargo nach Stella Tiberia fahren. Ich gestehe mir das nur ungern ein, aber es ist an der Zeit, die Sternenmystikerinnen zu informieren.« Er wandte sich an Celeste. »Euer Hochwohlgeboren, habt Ihr Euren Bericht fertig?«

Die Baroness nickte und stand auf. Sie drückte Munadella das Blatt in die Hand, auf dem sie vorhin noch geschrieben hatte. »Richtet meinen Schwestern die besten Grüße von mir aus. Ich habe alles aufgeschrieben, was sich in Venezia zugetragen hat.«

Munadella nahm das Pergament widerwillig entgegen.

»Wollt Ihr denn nicht mit zur Sternenburg fahren, Euer Hochwohlgeboren?«, fragte Fabio und sah sich Hilfe suchend zu seinen Gefährten um. »Ihr könnt doch nicht allen Ernstes erwägen, mit uns zu kommen. Das ist viel zu gefährlich!«

»Ich wüsste nicht, was mich daran hindern könnte, Knappe.« Celeste hob forsch die Hand, in der ihre letzte Phiole mit Sternentau lag. »Wenn uns tatsächlich die Sterne führen, dann scheint es nötig zu sein, dass euch jemand begleitet, der die Gabe der Sternenmystikerinnen besitzt.«

»Meister Arcimboldo, Sylvana, bitte redet es Ihrer Hochwohlgeboren aus!«

»Nein, Celeste de Vontafei hat Recht«, brummte der Himmelsmechaniker. »Ihre Fähigkeiten könnten uns noch von Nutzen sein.«

»Tja, Knappe!« Sylvana klopfte Fabio auf die Schulter. »Noch nie was von den Waffen der Frauen gehört? Glaube mir, die sind unschlagbar.«

Fabio wandte sich seufzend den beiden Gardisten zu. »Und wie sieht es mit euch beiden aus?«

Odilio salutierte grimmig. »Wir melden uns bereitwillig zum Dienst, Paladin. Wir Venezier haben nämlich noch eine Rechnung mit dem Feind offen.«

Die Splitterkreatur

Misstrauisch beäugte Fabio die zerklüfteten Bergrücken, die sich links und rechts von ihnen steil emporhoben. Die Luft hatte sich merklich abgekühlt, über ihnen trieben dichte Wolken über den Himmel und hin und wieder polterten Steine von den Berghängen. Fabio fragte sich, wie hoch sie schon aufgestiegen waren. Bis zum Horizont erstreckte sich das Dolomitische Himmelsmassiv. Manche der Berggipfel ragten wie Messerklingen in den Himmel, während tief unter ihnen ein Nebelmeer die Täler bedeckte.

Am Morgen hatte er einen Adler gesehen, der unter ihnen seine Kreise zog. Sie mussten dem Himmel also näher gekommen sein, als er es je für möglich gehalten hatte.

Ob Celeste de Vontafei, Meister Arcimboldo und die beiden Gardisten noch die Kraft besaßen, diesen Anblick zu würdigen, bezweifelte der Knappe. Er vernahm nur angestrengtes Keuchen hinter sich auf dem Felsgrat, den sie entlangmarschierten. Wann immer Fabio einen Blick über die Schulter warf, sah er in erschöpfte und verschwitzte Gesichter. Sie alle hatten sich zwar einigermaßen an die dünne Bergluft gewöhnt, doch wenn sie dieses Tempo beibehielten, würden sie vor Erschöpfung zusammenbrechen, bevor sie die Hochebene auch nur zu Gesicht bekamen.

Seit drei Tagen und zwei Nächten trieb Sylvana sie nun schon an. Sie rasteten stets nur für wenige Stunden, in denen sie in einen kurzen, traumlosen Schlaf fielen, dann ging es schon wieder weiter.

Fabio hielt inne und wartete, bis Celeste auf seiner Höhe war. »Geht es noch?«

»Es muss«, erwiderte Celeste völlig außer Atem. Sie stützte sich ebenso wie Meister Arcimboldo auf einen knorrigen Wanderstecken, den sie am Fuße des Gebirges aufgelesen hatte. »Dabei liegt diese unheimliche Hochebene immer noch vor uns. Und die ganze Zeit frage ich mich, ob wir nicht zu spät kommen.«

»Wir können nur hoffen, dass dieser Cagliomaeus das Schiff gut verborgen hat«, seufzte Fabio. »Über alles andere möchte ich mir lieber keine Gedanken machen.«

Er musterte sie, während er neben ihr herging. »Gibt es noch irgendetwas, was ich Euch abnehmen kann, Euer Hochwohlgeboren?«

»Nein«, keuchte Celeste und brachte ein kleines Lächeln zustande. »Du trägst ja schon fast alles.«

»Eure Zauberei in Venezia war übrigens sehr beeindruckend. Ich meine, dafür, dass Ihr noch gar nicht von den Sternenmystikerinnen ausgebildet worden seid.«

»Ich habe nur getan, was mir mein Herz geraten hat«, meinte Celeste traurig und verharrte mitten im Schritt. »Ich wünschte, mein Vater wäre dabei gewesen. Ich meine natürlich, unter anderen Umständen. Ich glaube, ich habe ihm nie gesagt, wie gern ich ihn hatte.«

»Er wusste es, verlasst Euch darauf.«

»Als ich den Sternentau zu mir nahm«, sprach sie zögernd weiter, »war mir, als wäre ich eins mit der Schöpfung. Und ich habe sie gespürt.«

»Wen?«

»Die Stellare! Ich habe sie so nah gefühlt, als würden sie in all ihrer Herrlichkeit neben mir stehen. Mächtig, milde und schön und zugleich unnahbar wie die Sterne, als die sie am Nachthimmel erscheinen. Einer von ihnen hat zu mir gesprochen. Sein Flüstern war wie das Splittern von Eis. Nicht so wie bei einem Gletscher, der bricht, vielmehr … wie ein Knistern, das du hörst, wenn sich Eisblumen auf ein Fenster legen. Ich weiß nicht, wie ich es anders beschreiben soll.«

»Und was sagte die Stimme?« Fabio dachte unwillkürlich an seine Erlebnisse vor einigen Tagen auf der Lichtung, als Celeste den Sternentau eingesammelt hatte. Die anderen Gefährten hatten bereits aufgeholt und so marschierten Fabio und Celeste weiter. »Bitte erzählt doch!«

»Sie wies mir einen Weg, mich den Stellarskräften zu öffnen«, fuhr Celeste fort. »Und sie erklärte mir, dass es meine Aufgabe sei, dich und die Gruppe zu beschützen.«

»Ihr sollt uns beschützen?«

»Ich bin eine Sternenmystikerin«, antwortete sie mit Nachdruck. »Das ist meine Aufgabe.«

»Diese Einstellung ehrt Euch, Euer Hochwohlgeboren. Auch wenn ich Euch lieber irgendwo in Sicherheit sähe.«

»Wir de Vontafeis sind keine Feiglinge. Und ich tue stets das, wonach mir der Sinn steht.« Sie lächelte keck. »Und nun hör endlich auf, mich weiter mit ›Euer Hochwohlgeboren‹ anzureden. Nenn mich Celeste.«

»Oh.« Fabio erwiderte ihr Lächeln überrascht. »Wie Ihr wünscht … Celeste.«

»Wir sind da!« Sylvana, die ihnen vorausgeeilt war, winkte ihnen zu. Fabio lief mit schmerzenden Beinen zu ihr hinauf. Als er neben sie trat, wehte ihm der Wind einen feinen Sprühregen ins Gesicht, der einen leichten Geruch nach Fäulnis mit sich trug.

Vor ihnen erstreckte sich ein gespenstisch anmutendes Hochmoor. Zwischen grauen Nebelschwaden, die die Hochebene wie ein zerrissenes Leichentuch bedeckten, erhoben sich tief eingesunkene Gebäude. Von dem alten Lugubra war nicht mehr übrig als eine Ruinenlandschaft aus zerbröckelnden Mauern, eingestürzten Säulen und zerfallenen Fundamenten, zwischen denen der Wind heulte.

Inzwischen hatten auch die anderen zu ihnen aufgeschlossen. Erstickte Laute erklangen in Fabios Rücken, als auch der Rest der kleinen Truppe den unheimlichen Ort erblickte.

»Von nun an solltet ihr leise sein«, knurrte die Wolfsfrau. »Was auch immer hier lauert, wir können nur darauf hoffen, dass es schläft.«

»Wie sollen wir überhaupt durch diesen Sumpf hindurchkommen?«, flüsterte Fabio. Er deutete auf die Wasserflächen zwischen den Ruinen. »Ein falscher Schritt und wir würden versinken.«

»Ihr müsst mir nur folgen und dürft nie vom Pfad abweichen«, antwortete Sylvana leise. »Ich kenne mich mit Hochmooren wie diesem aus. Ich werde schon einen Pfad finden, der begehbar ist.«

»Also, bringen wir es hinter uns!«, brummte Meister Arcimboldo und kramte nach seinem erbeuteten Aeroaster. Odilio und Jacopo sahen sich bekümmert an.

Sie machten sich vorsichtig an den Abstieg und erreichten die ersten Ausläufer der sumpfigen Ebene. Sylvana huschte vor und spähte immer wieder nach allen Seiten. Die trügerischen Wasserflächen meidend, tastete sie sich auf schlammigen Pfaden voran, deren Untergrund überraschenderweise ausreichend fest war.

So führte sie die kleine Gruppe zu den Stümpfen einer langen, geborstenen Mauer, die einen halben Schritt aus dem dunklen Untergrund ragte und tief in das Hochmoor hineinführte. Der Nebel wurde dichter und Fabio musste schlucken, weil das feuchte Gespinst seltsame Formen bildete, die Phantomen gleich an ihnen vorüberzogen. Ob es hier Geister wie in den Lemurenbergen gab?

Um sie herum gluckste es und irgendwo im Sumpf stiegen Blasen auf, die mit schmatzenden Lauten zerplatzten. Fabio spähte den Weg zurück und glaubte nicht weit entfernt zwei gedrungene Gestalten inmitten des grauen Treibens zu erkennen. Doch schon waren sie wieder verschwunden.

Fabio schüttelte sich. Besser er dachte nicht mehr an irgendwelchen Spuk.

Tiefer und tiefer drangen sie in die Ruinenlandschaft vor und hatten Mühe, mit der Wolfsfrau Schritt zu halten, die sich mit schlafwandlerischer Sicherheit zu bewegen schien. Hinter ihm rutschte Jacopo auf einem glitschigen Stein aus und konnte gerade noch von Odilio festgehalten werden. Auf Celestes Gesicht lag ein angewiderter Ausdruck, denn auch ihre Stiefel sanken immer wieder tief im Morast ein.

Welche Menschen hier einst gelebt hatten, vermochte Fabio nicht zu sagen. Doch ihre Kultur musste weit entwickelt gewesen sein. Hin und wieder ragten verstümmelte Reiterstandbilder aus dem Sumpf auf, die Krieger mit seltsamen Spitzhelmen zeigten. Und sie kamen immer wieder an den Überresten einstmals prächtiger Gebäude vorbei, deren zerfallene Mauern wirkten, als hätte ein Riese sie zertreten. Ihre mächtigen Steinquader lagen wie übergroße Würfel vor treppenförmigen Monumenten, umweht von dichten Nebelschwaden.

Fabio half gerade Celeste, ihren Fuß aus einem stinkenden Sumpfloch zu ziehen, als er das Gefühl hatte, dass der Boden unter ihnen zu erzittern begann. Selbst die fahlgelbe Pflanzendecke, die sich mosaikartig über die Wasserflächen ausbreitete, bewegte sich leicht auf und ab. Sylvana blieb misstrauisch stehen.

Durch den Nebel schob sich plötzlich Odilio auf Fabio und Celeste zu.

»Knappe«, flüsterte der dicke Gardist, »Jacopo liegt mir schon die ganze Zeit über in den Ohren, weil er glaubt, wir würden verfolgt. Und eben meine ich dahinten im Nebel selbst was gesehen zu haben. Da schleicht jemand hinter uns her.«

»Etwa diese Splitterkreatur?«

»Weiß nicht. Ich will damit nur sagen, dass wir vielleicht auf Jacopo hören sollten. Der hat so'n Gefühl dafür.«

Da sich das Beben nicht wiederholte, bedeutete Sylvana ihnen, ihr weiter zu folgen.

»Gut.« Fabio nickte dem Dicken zu und dachte wieder an die Schemen zurück, die er vorhin selbst im Nebel zu sehen geglaubt hatte. »Aber wir können uns jetzt nicht darum kümmern. Wir müssen erst einmal weiter.«

Vorsichtig führte Sylvana die kleine Gruppe auf zerbrochenen Steinsäulen entlang, die halb eingesunken im Moor lagen, und ließ sie die geborstenen Fundamente uralter Häuser erklimmen, deren Gestein von glitschigen Ranken überwuchert war. Auf diese Weise umrundeten sie große frei liegende Wasserflächen, bis sie zu einem Platz gelangten, auf dem die Überreste einer Stellarsstatue standen. Welchen der Himmlischen die einstigen Bewohner der Stadt hier dargestellt hatten, wusste Fabio nicht. Der Kopf des geflügelten Standbildes war abgebrochen und das Gestein war verwittert und dick mit Flechten bewachsen.

Zumindest hatten sie hier wieder einigermaßen festen Boden unter den Füßen. Sogar die Reste von Pflastersteinen waren zu erkennen. Ächzend ließen sie sich auf dem abgebrochenen Flügel gleich neben dem Sockel nieder.

»Wie weit ist es noch?«, murrte Odilio, dessen Hose über und über mit Schlamm bespritzt war.

»Wir haben das Hochmoor fast zur Hälfte durchquert«, meinte Sylvana und starrte angestrengt in den Nebel. »Hinter dem Höhenzug dort im Westen, der diese Hochebene einschließt, liegt der Knochenkessel.« Wachsam spitzte sie die Ohren. »Wir sollten uns in Acht nehmen, denn das, was hier haust, müsste schon längst auf uns aufmerksam geworden sein.«

Fabio spähte in den Nebel, doch es war nichts zu sehen.

»Vielleicht haben wir ja Glück und wurden doch noch nicht bemerkt«, flüsterte Celeste. »Wir waren sehr vorsichtig.«

»Nein, ich fühle es ebenfalls«, widersprach Meister Arcimboldo leise. »Irgendetwas lauert da draußen im Nebel. Ganz so, als warte es nur darauf, dass wir tief genug in den Sumpf vordringen, damit auch ja keiner von uns entkommt. Aber mich beunruhigt noch etwas anderes: Hier findet sich keine Spur von tierischem Leben. Nicht einmal Insekten oder kleinere Amphibien. Nichts.«

»Und was ist das hier?«, meinte Jacopo. »Er nahm seine Hellebarde zur Hand und stocherte damit im dunklen Morast herum. Dann beugte er sich vor und präsentierte einen langen Knochen, an dem Flechten wie strähniges Haar herabhingen. »Allerdings frage ich mich, zu was für einem Tier der gehört.«

Odilio sprang japsend auf.

»Lass das Ding sofort fallen«, keuchte er. »Das ist kein Tierknochen.«

Sylvana war bei den Gardisten, bevor Jacopo dem Vorschlag folgen konnte. Sie packte den Knochen, schnüffelte daran und sah sich hektisch um.

»Der Oberschenkelknochen eines Menschen«, fauchte sie. »Zerbissen, wie von gewaltigen Kiefern. Kein halbes Jahr alt. Und dahinten liegen noch weitere. Und dort auch.« Sie wies zu zwei Stellen inmitten des grauen Dunstes. »Es sieht fast so aus, als wären sie nach einer Mahlzeit ausgespien worden.«

Celeste griff furchterfüllt nach Fabios Arm, der sie geschwind hochzog. »Wir dürfen nicht hierbleiben. Wir müssen weiter.«

Als sei seine Stimme gehört worden, begann die Erde ein weiteres Mal zu beben. Diesmal erzitterte sogar die alte Stellarsstatue.

Auch Meister Arcimboldo und Jacopo sprangen auf, da sich die Vibrationen weiter steigerten.

»Himmel, da!« Odilio deutete ängstlich zu einer schroff gezackten Mauer in einiger Entfernung, deren Quader sich mit Rissen zu überziehen begannen, nur um im nächsten Moment so weit angehoben zu werden, dass allen der Atem stockte. Das Wasser um sie herum schlug hohe Wellen, die bis zum Sockel der Statue schwappten, und entgeistert starrte Fabio auf den gewaltigen Auswurf aus Erde und Schlamm, der sich wurmgleich durch den Nebel auf sie zuwalzte.

»Lauft!«, brüllte Sylvana.

Die Wolfsfrau riss Odilio mit sich, der schreckensbleich dem nahenden Grauen entgegenblickte. Die Gefährten hetzten mit großen Sprüngen an der Statue vorbei. Als sie gerade auf einen Reliefbogen mit altertümlichen Schlachtenszenen sprangen, der schräg vor ihnen aus dem Sumpf ragte, explodierte das Moor förmlich.

Wasser mit Morast spritzte in hohen Fontänen in den grau verschleierten Himmel und prasselte in dicken Klumpen auf sie nieder. Hinter ihnen bohrte sich ein gewaltiger, schleimig glänzender Schatten aus der Erde, der sich unter lautem Rasseln hoch über ihre Häupter aufschwang.

Ein warmer, übel riechender Dunst hüllte die Gefährten ein und Celeste stieß einen gellenden Schrei aus. Auch Fabio keuchte ungläubig.

Die unheimliche Kreatur, die sich hinter ihnen aufbäumte, sah aus wie ein übergroßer Blutegel, der beinahe die Ausmaße eines Turms erreichte. Der Rumpf des Monsters krümmte sich über den Platz, auf dem sie eben noch gestanden hatten, und oberhalb eines gewaltigen Saugnapfes, dessen Lamellen erregt zitterten, klappte so etwas wie eine Mundöffnung auf. Mehrere Reihen haifischartiger Zähne kamen zum Vorschein und schlangengleich fuhr die Splitterkreatur auf den Platz herab. Ihre gigantischen Kiefer bohrten sich mit einer Wucht in den Untergrund, als hätte ein Katapultgeschoss nur wenige Schritte von ihnen entfernt eingeschlagen. Abermals ging eine Lawine aus Matsch auf sie nieder.

»Nicht bewegen! Bleibt einfach ganz ruhig stehen!«, rief Meister Arcimboldo und ruderte mit den Armen, da die Steinplatte unter ihren Füßen leicht schwankte.

»Stehen bleiben? Seid Ihr wahnsinnig geworden?«, wisperte Celeste, befolgte aber dennoch seinen Rat.

Fabio sah sich gehetzt um und zog sein Schwert. Sie standen nur wenige Schritte von dem Monster entfernt. Musste die Kreatur sie nicht jeden Augenblick entdecken!

Fassungslos sahen sie mit an, wie das Wesen immer wieder seine Reißzähne in den aufgewühlten Untergrund rammte. Dabei stieß es ein enttäuschtes Schnauben aus.

Die Stellarsstatue knirschte und fiel beim Ansturm des Monsters um, das bei dem Getöse zusammenzuckte. Fabio stand noch immer wie erstarrt da und wagte nicht einmal, sich den Schmutz abzuwischen.

»Seht ihr«, raunte der Himmelsmechaniker kaum hörbar. »Es ist blind!«

»Kann es uns wittern?«, fragte Sylvana leise, die neben Fabio auf einem glitschigen Mauerfragment balancierte.

»Ich weiß es nicht«, wisperte Meister Arcimboldo, noch immer mit den Armen rudernd.

Der hagere Jacopo hielt ihm seine Hellebarde hin, sodass er sich daran festhalten konnte.

Das Monster zog seinen Hinterleib nun immer weiter aus dem Sumpf und schob sich an den Resten der Statue vorbei. Der Riesenegel war mindestens zehn Schritt lang und sein Leib war so dick und breit wie eine Bierkutsche. Er ließ sich mit seinem massigen Leib auf dem Platz nieder und verharrte dort lauernd. Trotz des allgegenwärtigen Nebels konnten sie sehen, dass er seinen großen Saugnapf auf den Boden drückte. Die Fleischlappen an seinen Rändern zitterten unruhig.

In diesem Moment riss der Nebel weiter im Westen auf und gab den Blick auf ein hohes, weitgehend intaktes Bauwerk frei. Es besaß einen quadratischen Sockel, der eine runde Säulenhalle trug. Der marmorne Prunkbau thronte auf einer Erhebung, die wie eine kleine Insel aus dem Moor ragte. Fabio blinzelte. Die hoch aufragenden Pfeiler, der Dachfirst und die Reliefbögen – das Gebäude hatte er schon einmal gesehen. Damals auf der Lichtung, als Celeste den Sternentau eingesammelt hatte, und später auch in seinen Träumen.

»Bei allen Stellaren! Ich kenne das Gebäude dahinten.«

»Wie bitte?«, wisperte Meister Arcimboldo.

»Später!«, zischte Fabio und schätzte die Entfernung bis dorthin. Das waren vielleicht fünfundzwanzig oder dreißig Schritte. »Wir müssen uns bis dorthin durchschlagen. Die Mauern geben uns Schutz.«

»Und wie?« Celeste zitterte am ganzen Leib.

»Sylvana«, flüsterte Fabio. »Wie weit kannst du werfen?«

Die Wolfsfrau fletschte die Zähne, da sie seinen Plan durchschaute. »Probieren wir es aus.«

Vorsichtig hob sie einen Stein auf, wog ihn in den Händen und warf ihn in hohem Bogen durch den Nebel. Er klatschte in den Morast und der riesige Blutegel schnellte mit einer Geschwindigkeit herum, die ihm Fabio bei seiner Größe nicht zugetraut hätte. Die Splitterkreatur öffnete ihr wagenradgroßes Maul, präsentierte scharfe Zahnreihen und ließ sich in den Sumpf fallen. Abermals schossen Schlammfontänen in die Höhe. Einen gewaltigen Schlammberg vor sich her schiebend, walzte das Ungetüm auf die Stelle zu, wo der Stein aufgeschlagen war.

Celeste warf Fabio einen bangen Blick zu. »Es reagiert auf Geräusche!«

»Nein, dann hätte es uns schon längst gehört«, flüsterte Meister Arcimboldo. »Es ist viel schlimmer. Ich glaube, es reagiert auf Erschütterungen des Bodens. Es spürt, wenn sich etwas im Moor bewegt.«

»Heißt das, wir müssen hier jetzt so lange regungslos stehen bleiben, bis wir vor Hunger sterben?«, fragte Jacopo ängstlich.

»Verflucht, könntest du ausnahmsweise mal an etwas anderes denken?«, schnaubte Odilio. »Hier sind *wir* das Futter!«

Das Ungeheuer verharrte, so als spüre es, dass es getäuscht worden war.

»Seht ihr den Schuttberg dort?«, knurrte Sylvana und wies zu einer dammartigen Erhebung, die aus dem Nebel ragte und in Richtung des Gebäudes mit den Säulen führte. »Wenn wir ihm folgen und schnell genug sind, könnten wir es schaffen.«

»Versuchen wir es«, meinte Fabio.

Er nickte Sylvana zu und beide sammelten vorsichtig steinerne Brocken aus dem Sumpf auf. Unterdessen schraubte sich der Blutegel in ihre Richtung.

Siehe da, das Ungeheuer reagierte bereits auf die leisesten Erschütterungen!

Fabio zählte lautlos bis drei, dann warfen sie die Steine in hohem Bogen nach Osten. Es gluckste ein paarmal im Moor. Das Ungetüm begann sofort, den Sumpf genau in dieser Richtung zu durchpflügen. Sie warteten, bis es die Stelle erreicht hatte, wo die Steine aufgeschlagen waren.

»Jetzt!«, brüllte Fabio.

Auf sein Kommando hin rannten sie los. Wasser spritzte auf und ihre Stiefel schmatzten, als sie den Damm erreichten und auf diesem Weg zu dem Gebäude rannten.

Hinter ihnen stieß die Splitterkreatur ein rasselndes Brüllen aus und nahm die Verfolgung auf. Fabio, Meister Arcimboldo, Celeste und die beiden Gardisten rannten schreiend um ihr Leben.

Doch der Riesenegel kam unaufhaltsam näher und Fabio begriff, dass sie zu langsam waren. Rücksichtslos rammte das Ungeheuer zwei Säulenbruchstücke aus dem Weg, fräste sich durch Mauerreste hindurch und bäumte sich wie ein schwarzer Berg über ihnen auf.

Fabio riss sein Schwert hervor, obwohl er wusste, dass ihn das Monster allein mit seinem Körpergewicht zermalmen konnte. Da hielt Meister Arcimboldo plötzlich den Aeroaster in der Hand.

Eine heftige Windböe zerrte an Fabios Kleidern. Er wurde umgeworfen und rutschte den Damm hinunter. Sogleich stemmte sich der magische Orkan gegen die Splitterkreatur, krallte sich in den turmhohen Leib und warf das schwarze Ungetüm mit Macht nach hinten.

Der Sumpf erzitterte unter dem Aufprall, mit dem das Monster in den Schlamm stürzte.

Fabio stellte erleichtert fest, dass seine Freunde die kleine Insel inzwischen erreicht hatten, doch er steckte nun bis zu den Knien im Morast fest. Mit jeder Bewegung versank er ein Stück weiter im Boden.

Nur Sylvana stand noch etwas entfernt im Nebel. Als sie sah, in welch misslicher Lage Fabio war, hob sie, ohne auf den starken Wind zu achten, einen großen Steinblock an und warf diesen neben sich ins Wasser. »Komm schon, du elende Kreatur! Zeig mir, wie schnell du bist!«

Der gewaltige Riesenegel warf sich herum und bohrte sich nun wie ein übergroßer Maulwurf in den Untergrund. Das Heulen und Tosen des arkanomechanisch hervorgerufenen Sturms strich nun wirkungslos über ihn hinweg.

Fabio versuchte abermals dem Sumpf zu entkommen, doch er sackte immer tiefer ein. Da fühlte er mit einem Mal Hände, die ihn packten und mit aller Kraft an ihm zerrten. »Schnell, Knappe!«

Fabio schrie auf, als er erkannte, wer ihm da so unerhofft beistand. Es waren Ambra und Yargo!

»Was macht ihr denn hier?«, keuchte er und ergriff die ausgestreckten Hände der Gnomenkinder. Stück für Stück gelang es ihnen, Fabio aus dem Klammergriff des Sumpfes zu befreien, während weiter vorn, dort wo Sylvana vorhin noch gestanden hatte, das Moor erbebte. Von irgendwoher erscholl ihr raues Gelächter.

»Ich hoffe, du bist uns nicht böse«, meinte Ambra.

»Böse? Wir müssen weg hier. Sofort!« Fabio packte die beiden an den Armen, sprang mit ihnen von Quader zu Quader und flehte zu den Stellaren, dass Sylvana ihren Ablenkungsversuch überlebte.

Doch das Monster hatte sich längst ein lohnenderes Ziel gesucht, denn in diesem Augenblick erbebte der Sumpf hinter Fabio wie unter den Schritten eines Kolosses.

»Hierher, schnell!«, brüllten ihnen Odilio und Jacopo von einem schmalen Portal des Prunkbaus zu und winkten hektisch.

Der Riesenegel schoss wie ein kolossaler Raubfisch aus dem Schlamm und Fabio und die beiden Gnomenkinder hetzten auf den Prunkbau zu. Ohne auf Odilio und Jacopo zu achten, die noch immer den Zugang versperrten, setzten die drei zu einem gewaltigen Sprung an. Rasend schnell kam das Portal auf sie zu und da waren sie auch schon hindurch. Fabio, Ambra und Yargo und prallten gegen die beiden Gardisten, dann schlug Fabio mit der Schulter irgendwo gegen eine Steinwand. Zu fünft rutschten sie über harte Fliesen, während das Ungeheuer hinter ihnen gegen die Außenwand des Gebäudes schlug. Die Wände des Baus dröhnten und die Splitterkreatur stieß ein höllisches Fiepen aus, dem ein stinkender Dunst folgte. Fabios Magen rebellierte. Ohne auf den Schmerz in seiner Schulter zu achten, rollte er in eine Ecke und übergab sich dort. Erst als er seinen Magen vollständig entleert hatte, sah er, dass es Odilio nicht anders ergangen war. Der Dicke kniete nicht weit von ihm entfernt und sah ihn mit geröteten Augen an. »Himmel, hat das Vieh Mundgeruch!«

Draußen vor dem Zugang ertönten dumpfe Laute, in die sich schabende und kratzende Geräusche mischten. Das Monster versuchte hereinzukommen, doch sein Körper war zu massig. Dann drang trübes Licht durch den Eingang und von der Splitterkreatur war nichts mehr zu hören. Dass das Monster aufgegeben hatte, konnte Fabio nicht glauben. Wahrscheinlich lauerte es in unmittelbarer Nähe und wartete nun darauf, dass sie wieder herauskamen. Es wusste nur zu genau, dass sie hier in der Falle saßen.

Ambra und Yargo, die nur wenige Schritte von Fabio und den beiden Gardisten entfernt lagen, stöhnten.

»Ihr?«, krächzte Jacopo und blinzelte verwirrt. Schon waren Celeste und Meister Arcimboldo herbeigeeilt. Auch sie starrten Ambra und Yargo fassungslos an.

»Ambra? Yargo?«, rief Meister Arcimboldo. »Bei allen Stellaren, was tut ihr hier?«

»Tut mir leid, Vater«, antwortete Ambra kleinlaut. »Aber … aber wir mussten hinter euch her.«

»Ihr musstet?« Meister Arcimboldo bekam einen hochroten Kopf, und für einen Augenblick sah es so aus, als würde er sich vergessen.

»Habt ein Einsehen mit ihnen«, ächzte Fabio leicht schwankend. »Sie haben mir gerade das Leben gerettet.«

»Bist du unverletzt?«, fragte ihn Celeste besorgt.

»Nur ein paar Prellungen«, würgte er und atmete tief ein. »Aber Sylvana ist noch immer dort draußen.«

»Was hat deine Mutter dazu gesagt?«, herrschte der Gnom seine Tochter an. »Ich wette, sie weiß nicht einmal, dass du hier bist, stimmt's?«

»Wir haben ihr und Meister Poliogenes etwas von dem Schlafkraut ins Essen getan«, erklärte Yargo trocken.

»Nur, damit sie uns nicht folgen«, fügte Ambra hinzu.

»Ihr habt was?!«, schrie der Himmelsmechaniker. Es klatschte, als der Gnom Ambra eine kräftige Ohrfeige verpasste. »Ist dir nicht klar, welche Sorgen sie sich machen wird? Du solltest deine Mutter verdammt noch einmal gut genug kennen.«

Ambra hielt sich die Wange und schluchzte. »Es tut mir leid. Aber ich hatte wieder einen Traum. So wie damals, als wir Yargo gefunden haben. In dem Traum habe ich gesehen, dass wir euch helfen müssen. Und von dem bösen Riesenegel da draußen habe ich auch geträumt. Schon vor einer Woche.«

Fabio, Celeste und die beiden Gardisten blickten entgeistert drein.

»Dann ist Yargo gar nicht Euer Sohn?«, fragte Fabio den Himmelsmechaniker und sah erstaunt zu dem Gnomenjungen hinüber, der scheinbar unbeteiligt lauschte.

Meister Arcimboldo drehte sich zornig um. »Nein, ist er nicht. Yargo ist so etwas wie mein Ziehsohn. Das muss für den Augenblick als Erklärung genügen.«

Celeste ging stirnrunzelnd vor Ambra auf die Knie. »Du hast tatsächlich Wahrträume, Kleine?«

»Ja, manchmal.« Ambra schniefte und sah bekümmert zu ihrem Vater auf.

»Wie seltsam«, murmelte Celeste.

»Eure Familie ist wirklich für mehr als eine Überraschung gut, Meister Arcimboldo«, sagte Fabio kopfschüttelnd. »Aber es ist, wie es ist. Vielleicht sollten wir uns erst einmal umsehen, wo wir hier überhaupt sind. Außerdem sollten wir uns überlegen, wie wir Sylvana helfen können.«

»Wenn sie noch nicht gefressen wurde«, brummte Odilio mürrisch.

Erst jetzt kam Fabio dazu, sich umzusehen. Sie hatten in einer großen, überdachten Marmorhalle Zuflucht gefunden, deren Mosaikboden von Schutt, gelblichen Flechten und schlammigen Pfützen übersät war. Die Wände ringsum zierten moosbewachsene Stellarsplastiken. Unter ihnen waren Darstellungen geflügelter Himmlischer mit Waffen ebenso häufig zu finden wie solche, die Harfen, Leiern und andere Musikinstrumente trugen.

Weit über ihren Köpfen, in der brüchigen Decke des Baus, prangten große gezackte Löcher, durch die fahles Licht ins Halleninnere sickerte. Ihr Schein beleuchtete einen hohen mit Blattgold überzogenen Pfeiler, der oben im Zentrum der runden Decke in einem Geäst goldener Querstreben mündete und auf diese Weise die Dachkonstruktion trug. Die Außenseite des Pfeilers war ringsum mit stilisiertem Blattwerk geschmückt, zwischen dem mehrzackige Sterne prangten, die ebenfalls vergoldet waren.

An der Stirnseite des Saals stand, erhöht auf einem Sockel, ein großer Thron, der alle Blicke auf sich zog. Auf ihm saß eine überlebensgroße weibliche Marmorgestalt mit prunkvollen Gewändern und wallendem Haar, das von einem Lorbeerkranz zusammengehalten wurde. Die marmorne Frau hatte strenge Gesichtszüge. Sie trug ein Zepter in der einen und eine Schriftrolle in der anderen Hand. Auch an ihr hatte der Zahn der Zeit genagt, denn ein Stück des Lorbeerkranzes lag herausgebrochen auf dem Boden und das steinerne Gewand war von Flechten überwuchert.

»Wo sind wir hier?«, fragte Fabio verwundert.

»Ich glaube, das hier ist so etwas wie ein Krönungssaal«, sagte Celeste.

»Wohl eher ein Mausoleum«, ergänzte Meister Arcimboldo und deutete, noch immer wütend, zu Boden. Sternförmig um die Säule herum waren ein Dutzend Grabplatten eingelassen. Die Inschriften waren jedoch längst verwittert.

In diesem Augenblick ertönte aus einem schmalen Gang, nicht weit vom Thron entfernt, ein Brüllen. Fabio hielt bereits wieder della Monzonis Schwert gepackt, als Sylvana zu ihnen hereingestolpert kam.

»Sylvana!«, rief Fabio erfreut aus.

»Na, hast du mich schon vermisst, Knappe?« Mit einem zufriedenen Knurren begrüßte die Wolfsfrau ihn. »Das war verflucht knapp. Fast hätte mich dieses Drecksvieh doch noch erwischt. Jetzt lauert es da draußen, weil es weiß, dass hier drin leckeres Fressen wartet.«

»Ich befürchte, die Splitterkreatur wird die Belagerung länger durchhalten als wir.« Meister Arcimboldo putzte sich seufzend etwas Schmutz von seiner Brille und spähte wieder hinüber zu Ambra und Yargo, die still in einer Ecke standen. Ambra erwiderte seinen Blick traurig.

Die Wolfsfrau entdeckte die beiden nun ebenfalls und grinste. »Was sehe ich denn da? Hier hat wohl eine kleine Familienzusammenführung stattgefunden?«

»Halt den Mund, Sylvana!«, schimpfte Meister Arcimboldo.

»Kann mir mal lieber jemand sagen, was wir jetzt machen sollen?«, fragte der dicke Odilio. »Ein offener Angriff gegen diese Sumpfbestie kommt wohl nicht infrage.«

Fabio schüttelte den Kopf und hob resigniert seine Waffe. Im Vergleich zu der Splitterkreatur kam sie ihm vor wie ein Zahnstocher.

»Es muss einen Weg hier raus geben«, sagte Celeste. »Es darf einfach nicht sein, dass diese Goblins das Wolkenschiff bergen, während wir hier vermodern.«

»Schau dich doch um.« Sylvana fletschte die Zähne. »Einen besseren Ort zum Vermodern finden wir in ganz Astaria nicht.«

»Nein«, widersprach Fabio ernst. »Ich habe diesen Prunkbau bereits zuvor gesehen. In einer Art Traum oder einer Vision – und das kann unmöglich ein Zufall sein. Vielleicht finden wir hier etwas, was uns weiterhilft.«

Die Gefährten blickten ihn zweifelnd an. Vor allem Ambra warf ihm einen längeren Blick zu.

»Seht euch um!«, forderte Fabio die kleine Gruppe auf. »Vielleicht gibt es hier irgendetwas Auffälliges.«

Meister Arcimboldo gab Ambra und Yargo einen mürrischen Wink. »Na los, wenn ihr schon hier seid, dann macht euch auch nützlich.«

»Ja!« Ein begeistertes Lächeln huschte über Ambras Gesicht und sie zog Yargo mit sich. Sie verteilten sich über die Halle und sahen sich in Nischen und hinter Pfeilern um. Odilio entzündete sogar eine Laterne, um die dunklen Ecken besser ausleuchten zu können, während Jacopo betrübt zu dem goldglänzenden Pfeiler in der Mitte der Halle aufsah. »Das erinnert mich daran, dass ich meinen letzten Sold noch nicht erhalten habe.«

»Könntest du bitte suchen?«, fauchte Celeste.

»Ich weiß ja nicht, ob das etwas zu bedeuten hat«, brummte der dicke Odilio, der gerade den Thron untersuchte. »Aber diese Königin hier ist ganz aus Marmor, äh, und der Thron ebenfalls.«

»Und was bitte soll daran auffällig sein?«, murrte Meister Arcimboldo, der den Mosaikboden neben den Grabplatten von Erde und Schlamm befreite.

»Na ja, diese Nachbildung einer zusammengerollten Schriftrolle, die sie in der Hand hält, ist es nicht«, antwortete der Dicke und beleuchtete das Objekt. »Sie ist aus Kupfer, glaube ich.«

Interessiert näherten sich die Gefährten dem Thron und der Gnom trat vor die linke Hand der Statue. Er zog an der rotgolden schimmernden Pergamentrolle und schon glitt ihm das Kupferrohr entgegen. »Tatsächlich. Wie seltsam. Das Metall hat nicht einmal Grünspan angesetzt.«

Der Gnom untersuchte den schweren Gegenstand und hielt die Metallrolle schließlich wie ein Fernrohr gegen das Licht. »Unfassbar, da drin sind … Buchstaben.«

Er versuchte, das Kupferrohr wie ein Papier auseinanderzurollen, doch das harte Metall widersetzte sich standhaft all seinen Versuchen.

»Gib her, Gnom.« Sylvana nahm dem Himmelsmechaniker die Schriftrolle ab, krallte ihre Finger in die Fugen des Metalls und spannte ihre Nackenmuskulatur an. Dann bog sie die Kupferrolle auseinander. Grinsend reichte sie Meister Arcimboldo das aufgebogene Blech. »Nette Sicherung. Wer auch immer das hinterlassen hat, wollte wohl zum Ausdruck bringen, dass rohe Gewalt im Zweifelsfall noch immer windigen Erfindergeist schlagen kann.«

»Das wird sich erst noch herausstellen«, grummelte Arcimboldo und betrachtete die Schrift. »Da steht etwas in der alten Sprache.«

Von den Sternen, rein und klar,
am Mutigsten nur einer war.
Von Kampf erfüllt, von bittrem Schmerz
ist die Schneide, ist sein Herz.

»Ein Rätsel?« Celeste sah verwundert in die Runde.

Die beiden Gardisten spähten durch die gezackten Löcher der Saaldecke hoch in den Nebel, und Sylvana sprach aus, was sie dachten. »Hier sieht man dummerweise keine Sterne.«

»Ich glaube nicht, dass damit die echten Sterne gemeint sind«, platzte es aus Ambra heraus. »Aber Sterne gibt es hier schon, und zwar sehr viele!« Sie deutete auf die Stellarsskulpturen, die Nischen und Wände der hohen Halle ausfüllten.

»Und wer von ihnen war der Mutigste?«, fragte Meister Arcimboldo. »Doch wohl Molunah, die einst mit Astronos rang.«

»Nicht unbedingt«, widersprach Fabio. »Die alten Legenden sind da nicht ganz eindeutig. Bei uns Paladinen heißt es zwar, dass Molunah die Mächtigste war, doch der Mutigste unter ihnen war Marsakiel, der Erzstellar des Krieges. Er soll während des Stellarkrieges ganz allein eine Bresche im Sternenwall verteidigt haben, durch die ein ganzes Heer von Sternenvampiren in die Schöpfung einzudringen versuchte. Es heißt, sein Herz war bereits verletzt und er blutete aus zahlreichen Wunden, als er den Kampf aufnahm. Das sei auch der Grund, warum er noch heute als roter Wandelstern am Firmament erscheint. Doch er hielt stand, wo viele andere Stellare zuvor gescheitert waren.«

»Dann lasst uns nach deinem Marsakiel suchen«, knurrte Sylvana und gemeinsam gingen sie die Saalwände ab.

Es war Celeste, die die anderen schließlich aufgeregt zu sich rief. »Seht, ich glaube, dort oben ist er!«

Vor ihr, inmitten eines Frieses mit unzähligen weiteren Stellarsabbildungen, befand sich eine Nische in der Steinwand. In ihr stand eine rötliche Stellarsplastik, die mit Schwert und Schild bewaffnet war. Ernst blickte der Himmlische seinen Betrachtern entgegen. Erst auf den zweiten Blick erkannte Fabio, dass auf dem Schild ein dünner Schriftzug prangte.

Celeste übersetzte ihn schwerfällig. »Zeig … deinen … Mut!«

Fabio runzelte erstaunt die Stirn. »Wir sollen unseren Mut beweisen?«

»Lasst uns versuchen, die Statue rauszuziehen oder zu kippen«, schlug Meister Arcimboldo vor.

Fabio ruckelte an den Flügeln und bemerkte, dass sich die Plastik tatsächlich bewegte. Sie ließ sich um ihre eigene Achse drehen.

Hinter ihr, bislang verdeckt von den Flügeln, kam ein rundes Loch in der Rückwand der Nische zum Vorschein, an dessen Rändern es metallisch blitzte.

»Seht euch das an!«, murmelte Fabio.

Er trat einen Schritt zurück, damit Odilio mit seiner Laterne hineinleuchten konnte.

»Tückisch«, murmelte der Gardist.

Das Loch in der Wand erwies sich als Röhre, aus der über die ganze Länge angelaufene, silbern schimmernde Klingen aufragten wie die Stacheln eines Igels. Am hinteren Ende befand sich ein metallischer Griff.

»Offenbar kann man den Griff herausziehen«, sagte Fabio. »Allerdings läuft man dabei Gefahr, dass man sich den Arm aufschlitzt.«

»Klingen aus Silber!« Sylvana beugte sich vor und grollte. »Hier hat jemand nachgedacht. Die könnten sogar mir ernsthaft schaden.«

»Wie interessant.« Meister Arcimboldo lächelte die Wolfsfrau gedankenvoll an. »Also verhält es sich mit Silber so wie in den alten Überlieferungen geschildert. Die Frage hatte ich mir bis jetzt natürlich aus vornehmer Zurückhaltung verkniffen.«

Sylvana schnaubte.

»Aber vielleicht wüsste ich da eine andere Möglichkeit«, erklärte der Himmelsmechaniker listig. »Sollte doch nicht so schwer sein, eine Schlaufe um den Griff zu legen. Dann ziehen wir am Seil und umgehen so die Klingen.«

»Eine tolle Idee, Vater«, lobte ihn Ambra. »Aber zuerst müsste trotzdem jemand in die Röhre greifen, um das Seil am Griff zu befestigen.«

»Dich habe ich nicht gefragt«, knurrte Meister Arcimboldo und die Kleine senkte den Blick.

»Nein«, widersprach Fabio. »Hier steht, man soll seinen

Mut unter Beweis stellen. Dann sollten wir das auch tun! Und jetzt rasch aus dem Weg!«

Er verscheuchte seine Gefährten, krempelte sich die Ärmelaufschläge hoch und trat dicht an die Nische heran. Behutsam steckte er seinen Arm in die Röhre. Zweimal spürte er einen scharfen Schnitt und er presste vor Schmerz die Augen zusammen. Doch erst, als er nah an der Wand lehnte, erreichte er das hintere Ende der Röhre. Seine Finger klammerten sich um den Griff und er zog vorsichtig daran. Abermals schnitten die Klingen in sein Fleisch.

»Ziehen funktioniert nicht«, ächzte Fabio mit an die Wand gedrückter Wange. »Aber ich glaube, dafür lässt sich der Griff drehen.«

Es knirschte und das Geräusch wanderte über die Wand bis zur Saaldecke hinauf. Es verebbte erst, als Fabio den Griff wie einen Schlüssel einmal ganz umgedreht hatte. Weit über ihm an der Raumdecke rumpelte es, dann war ein pfeifender Laut zu hören.

»Verflucht! Was ist ...!«

Aus den Augenwinkeln sah Fabio, wie Sylvana Jacopo nach hinten riss. Bereits im nächsten Moment sauste dicht hinter seinem Rücken mit großer Wucht ein schlanker Schatten herab, der mit einem singenden Geräusch im Mosaikboden einschlug und dort zitternd stecken blieb.

»Meine Güte!«, keuchte Meister Arcimboldo.

Fabio erstarrte. Unmittelbar hinter ihm steckte ein Schwert im Steinboden!

Die lange Klinge schimmerte rötlich im Laternenlicht und der kunstvolle Schwertgriff lief in zwei Knäufen aus, die sichelförmigen Halbmonden nachempfunden waren. Vorsichtig zog Fabio seinen Arm aus der Röhre. Er war blutbeschmiert und schmerzte von den zahlreichen Schnittwunden. Doch sein Interesse galt allein dem Schwert, das aus einer verborgenen Nische an der Decke herabgesaust war. Noch nie hatte er eine derart kunstvoll gearbeitete Waffe erblickt.

»Eine Falle!«, kommentierte Yargo die Situation trocken. »Diese Klinge hätte Euch in zwei Teile gespalten, wenn Ihr Euch nicht so dicht gegen die Wand gedrückt hättet.«

»Du meinst wohl: Wenn er nicht so mutig gewesen wäre?«, zischte Celeste und bedachte Meister Arcimboldo mit einem eisigen Blick.

Der Himmelsmechaniker ging auf den unausgesprochenen Vorwurf nicht ein.

»Das ist ungeheuerlich!«, flüsterte der Gnom. »Dieses Schwert besteht ganz aus Meteoreisen. Kein Zweifel. In Astaria gibt es vielleicht ein halbes Dutzend solcher Artefakte. Es ist schon unglaublich schwer, an wenige Unzen dieses kostbaren Metalls heranzukommen. Doch ein Gegenstand, in dem eine solche Menge Meteoreisen verarbeitet wurde, habe ich noch nie gesehen.«

»Seid Ihr Euch sicher?«, fragte Sylvana.

»Oh ja«, flüsterte der Himmelsmechaniker. »Seht nur, wie tief die Klinge in den Stein eingedrungen ist! So hart ist nur Meteoreisen. Auch wenn die rötliche Färbung des Metalls etwas ungewöhnlich ist.«

Fabio sah das Schwert bewundernd an. Die Klinge funkelte in Odilios Lampenlicht. »Ich gestehe, eigentlich darf ich als Knappe ein solches Langschwert nur in Ausnahmefällen führen«, sagte er und berührte kurz die erbeutete Waffe von della Monzoni, die er noch immer bei sich trug. »Aber wenn ihr nichts dagegen habt, würde ich dieses Schwert gern für meinen Orden in Besitz nehmen. Ich denke, wir Paladine könnten es bei den Kämpfen, die uns bevorstehen, noch gut gebrauchen.«

»Knappe«, grollte Sylvana, »meinetwegen darfst du dir mit dieser Klinge auch die Fußnägel schneiden. Ich denke, du hast sie dir verdient.«

Meister Arcimboldo nickte zögernd. »Und da sie aus Meteoreisen besteht, dürften wir jetzt auch eine wirksame Waffe gegen den Sternenvampir besitzen.«

»Ich reiche dir wohl nicht?« Sylvana grinste den Gnom an.

»Ein solches Täubchen wie dich würde ich doch nicht als Waffe bezeichnen«, spottete der Gnom. »Höchstens als Wolf im Schafspelz.«

Fabio sah zu Celeste hinüber, und erst als diese nickte, schloss er seine blutbeschmierten Finger um den Griff und zog daran. Das Schwert glitt aus dem Stein.

Fasziniert trat er mit der eigentümlichen Waffe zur Raummitte und hieb zweimal prüfend in die Luft. Die Klinge war perfekt ausbalanciert. Sicher besaß nicht einmal Seine Exzellenz Silvestro, der mächtige Großmeister des Ordens, ein solches Schwert.

»Dann können wir ja endlich das Untier da draußen erledigen!« Der lange Jacopo hob begeistert seine Hellebarde. »Und einen Freiwilligen für den Kampf haben wir jetzt auch.«

Die kleine Gemeinschaft bedachte ihn mit bösen Blicken.

»Oder etwa nicht?«, meinte der schlaksige Gardist zögernd.

Fabio lächelte und sah sich um. »Doch, ich glaube, ich kann es in der Tat mit dieser Splitterkreatur aufnehmen. Allerdings nicht so, wie du vielleicht denkst, Jacopo.« Er deutete mit dem Schwert zu der vergoldeten Säule. »Meister Arcimboldo, schätze ich es richtig ein, dass diese Säule den Dachstuhl trägt?«

»Ja, schon …« Der Gnom näherte sich ihm und sah zur Decke hinauf. »Darf ich fragen, was du vorhast?«

»Ganz einfach. Die Ohrfeige, die Ihr vorhin Eurer Tochter gegeben habt, brachte mich auf den Einfall.«

»Die Ohrfeige?«

»Mir klingen noch jetzt die Ohren«, maulte Ambra beleidigt.

»Himmel!« Meister Arcimboldo riss die Augen auf. »Die Idee ist brillant!«

»Was für eine Idee?«, knurrte Sylvana.

»Dieses Untier da draußen nimmt jeden unserer Schritte wahr«, erklärte der Himmelsmechaniker. »Das kann es aber nur, wenn es über sehr feine Sinnesorgane verfügt.«

»Dieses Schwert hier besteht aus Meteoreisen«, fuhr Fabio grimmig fort. »Man kann mit ihm sogar Steine spalten, wie wir gesehen haben. Ich dachte mir, ich könnte mich damit an dieser Säule versuchen. Mit etwas Glück werde ich so die Decke zum Einsturz bringen. Und das dürfte ein Beben auslösen, das unserem Freund da draußen so zusetzt, dass er eine Weile taub wird.«

Die Gefährten sahen sich sprachlos an.

»Die Idee könnte von mir stammen«, knurrte Sylvana begeistert.

»Nur hat der Plan einen Schönheitsfehler«, wandte Celeste ein. »Was ist mit uns? Die Gesteinsmassen werden uns unter sich begraben.«

»Nein«, widersprach die Wolfsfrau und deutete zu dem Gang, durch den sie vorhin in die Halle gekommen war. »Wir verstecken uns dort. Und wenn der Schutt heruntergefallen ist, dann laufen wir raus und durchqueren das Moor, bevor diese Splitterkreatur weiß, was hier überhaupt vor sich gegangen ist.«

»Und was ist mit dir?«, wandte sich Celeste bestürzt an Fabio.

»Tja, ich muss wohl schnell sein. Sollte ich es nicht schaffen, dann habt wenigstens ihr eine Möglichkeit zu entkommen.«

»Aber …«

»Kein Aber, Celeste! Denkt daran, was Ihr mir vorhin gesagt habt. Denn bei mir ist es nicht anders. Ich bin ein Paladin. Und das ist meine Aufgabe.«

Celeste schluckte. Sie antwortete auf die gleiche Weise wie nur wenige Stunden zuvor. »Diese Einstellung ehrt dich, Paladin. Auch wenn ich dich lieber irgendwo in Sicherheit sähe.«

Fabio lächelte schmal.

»Viel Glück!« Sylvana zog die Baroness kurzerhand mit sich. Auch Meister Arcimboldo, Ambra, Yargo und die beiden Gardisten versteckten sich nun zögernd in dem Gang. Erst als er seine Freunde in Sicherheit wusste, trat Fabio an die Säule heran, atmete tief ein und holte zu einem wuchtigen Schlag aus.

Die Meteoreisenklinge beschrieb einen blitzenden Bogen und drang tief in das Gestein ein. Die Säule dröhnte. Fabio riss die Klinge wieder heraus und hämmerte nun mit ihr auf den Pfeiler ein wie ein Holzfäller auf einen Baum. Blattgold und Gesteinsbrocken prasselten zu Boden, dann war es geschafft. Mit einem knirschenden Laut trat das Schwert auf der anderen Seite der Säule wieder aus. Über ihm, in der steinernen Saaldecke, knackste und knirschte es. Die Säule zitterte unter der Belastung, die Bruchstellen verrutschten, Risse wanderten über das marmorne Gebilde wie Spinnweben, und von der Hallendecke lösten sich erste Steine, die krachend in die Tiefe sausten.

Fabio stürmte los, als ein schweres Rumpeln den Saal erfüllte. Lärmend brach über ihm die Decke auseinander und quadergroße Gesteinsmassen stürzten unter lautem Getöse in die Tiefe. Er hechtete im letzten Moment nach vorn in den dunklen Gang hinein und konnte doch nicht verhindern, dass irgendetwas Schweres sein Bein streifte. Dann schien die Welt in einem mächtigen Beben unterzugehen. Boden und Gangdecke wackelten, als explodierte in unmittelbarer Nähe ein Vulkan. Gesteinssplitter bohrten sich in Fabios Fleisch und im nächsten Augenblick flutete eine gewaltige Staublawine die schmale Zuflucht. Er glaubte schon, ersticken zu müssen, als irgendjemand an seinen Armen zerrte und ihn vorwärtszog.

Er hustete. Im grauen Staubnebel sah er für einen Augenblick Meister Arcimboldo und Ambra, die mit Tüchern vor dem Gesicht dastanden und Fabios Handgelenke umklammert hielten. Dann verlor er das Bewusstsein.

Als er wieder zu sich kam, lag er auf einem Erdhaufen draußen im Sumpf. Celeste, Meister Arcimboldo und die beiden Gnomenkinder beugten sich besorgt über ihn, während Sylvana, Odilio und Jacopo gespannt über eine geborstene und halb im Moor versunkene Mauer hinwegspähten.

Fabio erhob sich stöhnend, folgte ihren Blicken und sah nicht weit entfernt, umhüllt von Nebelschwaden, die zusammengestürzte Ruine der königlichen Halle. Schräg dahinter ragte die turmhohe Gestalt des Riesenegels auf. Sein schwarzer Leib war nur schemenhaft zu erkennen, doch das gewaltige Untier pendelte wie unter großen Schmerzen hin und her und stieß beständig schrille Klagelaute aus, die selbst durch den Nebel kaum gedämpft wurden.

»Der Plan hat funktioniert.« Sylvana wandte sich mit gehässigem Grinsen zu Fabio um und drückte ihm das Schwert in die Hände, das er verloren hatte. »Das war nicht schlecht, Knappe. Und jetzt hoch mit dir, ein paar Goblins warten noch darauf, von uns verdroschen zu werden.«

Sternenwind

Der kalte Höhenwind zerrte an Fabios feuchter Kleidung, während die Sonne hinter den Gipfeln des Dolomitischen Himmelsmassivs unterging und die vereisten Kuppen der Bergwelt in rötliches Licht tauchte. Doch Fabio hatte kaum einen Blick für das Naturschauspiel. Er lag erschöpft neben Sylvana, Celeste und Meister Arcimboldo und spähte von einem Berggrat aus auf einen trichterförmigen Talkessel hinab, von dessen Wänden das Klopfen und Hämmern unzähliger Goblinarbeiter widerhallte.

Es war nun fast zwei Stunden her, seit sie das Hochmoor hinter sich gelassen hatten. Unter Sylvanas Führung hatten sie zielsicher den Knochenkessel erreicht, wie die Gnome die alte Totenstadt genannt hatten. Und tatsächlich ragten im Tal vor ihnen zahlreiche Grabanlagen auf. Zwei besonders beeindruckende Mausoleen, säulengeschmückte Gebäude aus rosenfarbenem Marmor, thronten auf großen Felsen inmitten des Tals. Zu ihren Füßen hatten die Goblins ein Lager aus Lederzelten errichtet, zwischen denen mehrere Feuerstellen auszumachen waren. Die übrigen Königsgräber erhoben sich festungsartig an den Wänden des Kessels. Sie waren zum Teil mit Zierwehren und langen steinernen Treppen versehen, die sich ins Tal hinabschlängelten. Und ein jedes von ihnen verfügte über wuchtige Steinportale mit kunstvoll ausgestalteten Reliefbögen, auf denen die Taten der Könige dargestellt waren, die dort zur ewigen Ruhe gebettet lagen.

Doch im Moment richtete sich ihr Augenmerk allein auf das Treiben der Goblins am Fuß der Bergflanke schräg unter ihnen. Die alten Baumeister hatten dort einen Höhlenzugang durch eine künstliche Wand aus Felsgestein versperrt, die die Goblins niederzureißen versuchten. Ohne Zweifel befand sich dort das Versteck des Wolkenschiffes. Einen großen Teil des Zugangs hatten die Unholde bereits freigelegt, denn in der Mauer gähnte ein gewaltiges Loch. Kleinere Trupps arbeiteten auf dem übrig gebliebenen Fundament und brachen dort einzelne Steinquader mit Meißeln, Hämmern und übergroßen Hebeln heraus, während andere Goblinarbeiter damit beschäftigt waren, die schweren Blöcke an langen Seilen wegzuziehen.

Ein lautes Rumpeln hallte von den Talwänden, als abermals einer der großen Felsen aus der Wand brach und auf den Hang vor der Höhle stürzte. Dort lagen bereits unzählige weitere Steinblöcke aufgetürmt zu einem großen Berg.

»Wir sind zu spät gekommen«, seufzte Fabio.

»Vielleicht auch nicht«, murmelte Meister Arcimboldo. »Aber ich gebe zu, wenn in dieser Höhle unter uns wirklich die *Sternenwind* verborgen liegt, dürfte die Öffnung bald groß genug sein, dass das Wolkenschiff einfach hindurchschweben kann. Was auch immer wir jetzt unternehmen werden, wir sollten uns damit beeilen.«

»Und wie sollen wir an den Goblins vorbeikommen?«, flüsterte Celeste. »Ich zähle da unten fast siebzig Köpfe.«

»Es dürften sogar noch mehr sein«, knurrte Sylvana. »Du vergisst den nahen Bärenpass. Da liegt mit Sicherheit noch eine große Anzahl dieser Kreaturen auf der Lauer.«

»Also, Vorschläge?« Fabio tastete nach dem Griff des Schwertes aus Meteoreisen. Dabei wusste er selbst, dass ihm die Waffe gegen eine solche Übermacht kaum würde helfen können.

»Wie wäre es, wenn wir uns an der Bergflanke direkt oberhalb des Höhlenzugangs mit Seilen hinunterlassen?«, schlug Sylvana vor.

»Ich glaube, du überschätzt unsere Kletterkünste gewaltig«, schimpfte Celeste. »Zumindest die meinen.«

»Und meine ebenfalls.« Meister Arcimboldo putzte wie so oft seine Brille und betrachtete die Bergflanke, zu der Sylvana wies, etwas genauer. »Das Gestein dort erscheint mir außerdem viel zu brüchig. Nein, wir müssen uns schon einen anderen Weg ins Tal suchen. Fragen wir doch mal die anderen, ob sie fündig geworden sind. Wo sind die vier überhaupt?«

Fabio sah sich um und entdeckte Odilio etwas weiter unter ihnen. Schwerfällig kam er über ein Geröllfeld auf sie zu.

»Und?«, wollte Sylvana leise wissen.

»Ambra hat einen Pfad zwischen den Felsen entdeckt.« Der dicke Gardist grunzte verärgert, da einer seiner Stiefel zwischen den Steinen eingeklemmt war und er vergeblich versuchte, ihn freizubekommen. »Da sind sogar ein paar ausgetretene Stufen, die runter ins Tal führen. War wohl ein geheimer Weg für Würdenträger oder so.«

»Na, das ist doch schon mal ein Anfang.« Fabio kletterte leise zu ihm hinab.

»Wo sind die anderen?«

»Da hinten.« Odilio nickte unglücklich in Richtung einiger großer Felsen und zerrte weiter an seinem Bein.

»Wir müssen uns etwas einfallen lassen, wie wir in diese verdammte Höhle hineinkommen«, grollte Sylvana.

»Vielleicht machen die Goblins ja irgendwann mal Pause.« Jacopo tauchte zusammen mit Ambra und Yargo hinter den Felsen auf und sah verwundert auf seinen dicken Kameraden hinab. »Du, Odilio, ist es möglich, dass du dir dein Bein eingeklemmt hast?«

»Alles ist möglich, du Hornochse. Selbst so dämliche Fragen wie deine.«

Endlich gelang es dem Dicken, sich zu befreien, und sogleich landete er auf seinem Hinterteil. Mahnend hob er einen Finger, als Jacopo etwas sagen wollte.

»Der Gedanke ist gar nicht so schlecht.« Meister Arcimboldo fuhr sich nachdenklich über die Stirnglatze und lächelte böse.

»Welcher Gedanke?«, fragte Fabio.

»Der mit der Pause.« Der Gnom zückte sein Tranceometer. »Besorgt ihr mir einen der Goblinarbeiter da unten, und ich sorge dafür, dass wir eine kleine Verschnaufpause bekommen.«

»Sollt Ihr kriegen, Gnom!« Sylvana winkte die Gardisten zu sich und ließ sich von ihnen zu der Felsspalte führen, von der Odilio gesprochen hatte. Ambra und Yargo wollten ihnen schon nacheilen, doch der Himmelsmechaniker hielt sie zurück.

»Nein«, erklärte er bestimmt. »Ihr beide bleibt hier oben.«

»Aber Vater …«

»Nein, Ambra. Diesmal hört ihr beide auf mich, verstanden? Da unten lauert eine ganze Goblinarmee auf uns. Und du solltest wissen, was die mit euch machen, wenn sie euch erwischen.«

»Wir sollen hier bloß rumsitzen und auf euch warten?«, maulte Ambra.

»Genau das werdet ihr tun! Wenn sich das Wolkenschiff tatsächlich unter uns befindet und wir es in die Hände bekommen, holen wir euch nachher hier oben ab.«

»Und was sollen wir tun, wenn ihr scheitert?«, fragte Yargo.

»Dann werdet ihr warten, bis sich die Lage da unten beruhigt hat«, brummte Arcimboldo. »In diesem Fall schlagt ihr euch bis zur nächsten Gnomensiedlung durch und bittet dort um Hilfe. Und du, Ambra, wirst dafür sorgen, dass Yargo in die Obhut von Poliogenes gelangt. Versprichst du mir das?«

Ambra nickte betrübt.

Meister Arcimboldo seufzte, drückte die Kleine an sich und streichelte ihr über den Kopf. »Ich verspreche, wir werden uns Mühe geben, in Ordnung?«

»Ja.« Ambra sah mit geröteten Augen zu ihm auf.

Fabio, Celeste und Meister Arcimboldo eilten nun den anderen zur Felsspalte nach. Ganz so, wie Odilio gesagt hatte, führte ein schmaler Pfad schräg hinunter in die Tiefe. An manchen Stellen war der Untergrund der Kluft sogar treppenartig behauen. Eine Weile schlichen sie zwischen dunklen Felswänden hindurch, die so eng waren, dass der dicke Odilio zweimal Probleme hatte, sich hindurchzuzwängen, als ihnen Sylvana hektisch Einhalt gebot. »Leise! Ich rieche Goblins!«

Fabio gab das Kommando weiter und Sylvana schlich hinter eine Biegung. Inzwischen mussten sie fast den Grund der Talsenke erreicht haben. Kurz darauf war ein gedämpftes Geräusch wie von einem fallenden Körper zu hören, dann kam Sylvana wieder zurück. Sie schleifte einen bewusstlosen Goblin mit großen Fledermausohren und schmutzbeschmiertem Leinenpanzer hinter sich her.

»Der Felsspalt führt ganz in der Nähe in eine kleine Höhle hinein«, knurrte sie. »Sieht aber nicht so aus, als ob die Goblins diese Höhle schon kennen würden. Einige Felsen versperren die Sicht. Nur der hier«, sie deutete abfällig auf ihren Gefangenen, »war etwas schlauer. Diese faule Made hat sich offenbar vor der Arbeit gedrückt. Er saß auf der untersten Stufe und hielt dort ein Nickerchen.«

Jacopo lachte leise. »Ganz wie wir sonst, was Odilio?«

Der Dicke brachte seinen Kameraden mit einer unflätigen Geste zum Schweigen und wurde rot.

»Bewusstlos nützt er mir nichts«, murrte Meister Arcimboldo und ließ sich neben dem Goblin nieder. Er ließ das Tranceometer über dem Kopf des Unholds baumeln und schlug ihm einige Male gegen die Wangen, um ihn zu wecken.

Es dauerte etwas, bis er wieder zu sich kam. Seine Lider flatterten, er fauchte und versuchte aufzuspringen, doch Fabio hinderte ihn mit seinem neuen Schwert daran.

»Nur einen Laut und du bist tot!«, zischte er.

Das Zifferblatt des arkanomechanischen Artefaktes begann blau zu leuchten und die fünf Zeiger drehten sich.

»Du hörst jetzt nur noch auf meine Stimme, Goblin!«, sagte Meister Arcimboldo.

Der Unhold starrte das Tranceometer an und sein Blick wurde gläsern.

»Wie viele seid ihr hier?«

»Mehr als zweihundert Hände«, gurgelte der Goblin.

»Also über einhundert dieser Kreaturen«, murmelte Celeste. »Bei Molunah!«

»Wer ist euer Anführer?«

»Gruuk!« Der Goblin stöhnte.

»Habt ihr das Wolkenschiff gefunden?«, bohrte der Gnom weiter nach.

»Ja, in der Höhle.«

»Befindet sich ein Sternenvampir unter euch?«

»Ja ...«

»Wann ist eure nächste Arbeitspause?«

»Wir ... arbeiten im Wechsel.«

»Wann findet die Ablösung statt?«

»Immer dann, wenn der Gong ertönt und Fraß verteilt wird. In etwa drei Stunden.«

»Nun, dann wird es dich freuen, dass deine Schicht schon etwas früher endet.«

Die borkigen Lippen des Goblins verzogen sich zu einem Grinsen.

»Du wirst jetzt zurück zu eurem Lager gehen und dort den Gong schlagen, der zum Essen ruft. Und das möglichst kräftig, hast du mich verstanden?«

»Ja, das werde ich tun ...«

»Und wenn dich jemand fragt, warum du das tust, dann erklärst du, dass es dir Gruuk befohlen hat.«

»Gruuk hat mir das befohlen ...«

Der Himmelsmechaniker lächelte zufrieden. »Uns wirst du vergessen, sobald du diese Felsspalte verlassen hast. Ich wünsche dir guten Appetit. Und jetzt geh!«

Der Goblin erhob sich verwirrt und stapfte schwerfällig an Sylvana vorbei, die ihn und Arcimboldo mit unruhigen Blicken musterte. Auch Celeste, Odilio und Jacopo starrten dem Goblin fassungslos hinterher.

»Wagt es ja nicht, dieses Ding jemals an mir auszuprobieren, Gnom!«, herrschte Sylvana Meister Arcimboldo an. »Denn dann reiße ich Euch den Kopf ab.«

»Du wirst doch nicht etwa Angst vor mir haben?« Der Himmelsmechaniker ließ das Tranceometer zuschnappen.

»Jetzt ist nicht der richtige Zeitpunkt zum Streiten«, meinte Celeste. Doch auch sie musterte den Gnom ungehalten. »Aber ich pflichte Sylvana bei. Euer seltsames Gerät ist überaus heimtückisch. Mich würde interessieren, was die Sternenmystikerinnen von diesem Artefakt halten.«

»Ich habe nicht vor, sie zu fragen, Euer Hochwohlgeboren«, antwortete Meister Arcimboldo. »Dies sind die Belange der Himmelsmechaniker und nicht die Euren.«

»Ich glaube, Ihr vergesst, welche Bedeutung die Sternenmystikerinnen haben, Meister Arcimboldo.«

»Wie eben schon gesagt«, ging Fabio dazwischen, »jetzt sollten wir uns wirklich um wichtigere Probleme kümmern. Meister Arcimboldo steht auf unserer Seite. Vergesst das bitte nicht.«

»Ja, aber wie wir wissen, trifft das nicht auf alle Himmelsmechaniker zu«, grollte Sylvana. »Genug davon. Wenn ich euch ein Zeichen gebe, dann beeilt euch. Und ihr beiden dahinten«, sie deutete zu den Gardisten hinüber, »nehmt gefälligst eure auffälligen Umhänge ab.«

Odilio und Jacopo gehorchten, ohne zu murren.

Anschließend hasteten sie die schmale Kluft weiter nach unten. Ganz so, wie Sylvana beschrieben hatte, erhoben sich unmittelbar vor dem unteren Zugang zwei hohe Felsen. Jenseits der Steinriesen war das Tal von lauten Arbeitsgeräuschen erfüllt. Fabio drängte sich neben Sylvana und sah, dass sie tatsächlich nicht mehr weit von der großen Höhle entfernt waren. Soeben schleuderten die Goblins erneut Seile mit Wurfhaken auf die Mauerkrone, die von der Felswand übrig geblieben war. Ein Trupp aus zehn Unholden zog an langen Seilen und unter lautem Geschrei rissen sie einen weiteren Block aus der Wand. Auch dieser fiel krachend auf den großen Steinberg.

Schließlich ertönte ein lautes Scheppern aus der Mitte des Tals und hallte an den Bergwänden wider.

Die Goblins vor der Höhle blickten sich verwundert um, sahen zum Himmel auf, der sich bereits deutlich verdunkelt hatte, und ließen ihr Arbeitsgerät fallen. In kleinen Kolonnen machten sie sich auf den Weg zum Zeltlager.

Fabio entdeckte erst jetzt, dass die Überreste der Felswand mit farbigen Malereien verziert waren. Den Reitern und Soldaten zufolge, die dort noch zu erkennen waren, musste auf der Wand eine große farbenfrohe Schlachtenszene dargestellt gewesen sein. Sicher hatte das riesige Felsgemälde bloß als Tarnung für das Schiffsversteck gedient.

Plötzlich verstummte das laute Scheppern im Zeltlager der Goblins.

»Da unten dürfte jetzt einer in Erklärungsnöte geraten«, brummte Meister Arcimboldo. »Viel Zeit werden wir nicht haben, dann werden sie zurückkommen.«

»Also los, schnell jetzt!« Sylvana huschte geduckt hinter den Steinriesen hervor. Sie sprang zu einem anderen Felsen und drückte sich eng an die hoch aufragende Flanke des Talkessels. Vorsichtig, jede sich bietende Deckung ausnutzend, folgten ihr Fabio und die anderen.

Nach und nach trafen unten im Lager die Goblins ein. Von der Sonne war nur noch ein schmaler roter Schein hinter den Berggipfeln zu sehen. Fabio erschauderte. Denn sollte einer der Goblins auf die Idee kommen, einen prüfenden Blick zurück zur Höhle zu werfen, würde es um sie geschehen sein.

Dummerweise waren zwei ihrer Gegner zurückgeblieben. Sie standen mit Seilen in den Händen auf dem Steinberg und starrten hinunter ins Lager. Sylvana schlich sich von hinten an sie heran und drehte einem von ihnen den Kopf auf den Rücken, bevor der Goblin überhaupt wusste, wie ihm geschah. Noch bevor der zweite Alarm schlagen konnte, hatte Sylvana ihn erledigt. Lautlos legte sie seinen Körper neben seinen Kumpanen hinter einem Steinblock ab. Die Gefährten schlossen hastig zu ihr auf.

»Wie sollen wir jetzt unentdeckt über die Mauer kommen?«, flüsterte Celeste und blickte erschreckt zu den Überresten der Felswand.

Aus dem Goblinlager waren schnatternde Stimmen und erregtes Geschrei zu hören.

Fabio betrachtete die Leitern und Seile an der Wand. Darüber gähnte gleich einem unersättlichen Schlund der obere Teil des großen Höhlenzugangs. Die Reste der zerstörten Mauer wirkten wie die Zähne eines Kiefers.

»Dahinten ist ein Zugang in der Wand. Seht ihr?«, sagte der Gnom leise und wies zu einer bemalten Stelle dicht über dem Gesteinsberg, wo einige Reiter zu sehen waren, die mit langen Lanzen auf fremdes Kriegsvolk zupreschten. Dort, dicht über dem Boden, prangte ein quaderförmiges Loch in der Mauer, das sie im Schutz der großen Blöcke auf dem Schuttberg leicht erreichen konnten. Sylvana ließ grimmig ihr blutiges Messer wirbeln, sprang los und schlüpfte ins Innere.

Hastig folgte ihr die kleine Gruppe.

Die Höhle, in die sie nun gelangten, war gewaltig. Lange Fackeln an den Wänden erhellten eine ebenso hohe wie breite Grotte, die an einigen Stellen mit Backsteinen verkleidet war und an anderen Stellen von steinernen Streben gestützt wurde.

Doch die Dimensionen der Höhle verblassten angesichts dessen, was sich in ihrer Mitte befand. Dort schwebte, von den Fesseln der Schwerkraft befreit und von straff gespannten Seilen am Boden gehalten, ein großes galeerenartiges Schiff. Sein spitz zulaufender Kiel lief in einer langen Ramme aus und war so beschaffen, dass man das Gefährt auch zu Wasser lassen konnte. Doch hier schwebte das Wolkenschiff über einem schweren Gerüst, auf dem es vermutlich zuvor gestanden hatte. Die *Sternenwind* war zwar nur halb so groß wie die üblichen Kriegsschiffe, die Fabio im Hafen Venezias und viele Monate zuvor in Genova gesehen hatte, doch sie bot keinen weniger einschüchternden Anblick. Jenseits der Zinnen, die Vorder- und Heckkastell zierten, ragten schwere Geschütze auf, die mehrere Geschosse auf einmal verschießen konnten. Und über der Seitenreling waren Stützpfeiler angebracht, an denen von Ketten gehaltene Plattformen herabhingen. Auf ihnen waren Gestelle mit übergroßen Armbrüsten montiert. Fabio, dem sich der Zweck dieser Plattformen nicht sofort erschloss, sah nun staunend zu den drei hohen Masten auf, an denen Segel befestigt waren, die aus silbrig glänzendem Stoff bestanden. Auch die Streben an den Seiten, die Fabio im Zwielicht zunächst für Ruder gehalten hatte, waren in Wahrheit Masten, von denen weitere Segel herabhingen.

»Bei Marsakiel!«, flüsterte er beeindruckt.

Da wurde er von Sylvana gepackt und hinter drei Kisten mit Arbeitsgerät gezogen, wo bereits seine Gefährten hockten. Auch sie betrachteten das Wolkenschiff staunend.

Nun endlich wurde auch Fabio auf die Bewegungen oben auf dem Schiff aufmerksam. Dort schienen noch einige Goblins zu arbeiten. Und immer wieder bellte eine Stimme, die ihm nur zu bekannt vorkam, Befehle über Deck. Das da oben musste Meridianus sein, der rothaarige Himmelsmechaniker, dem sie in der Sternenbasilika begegnet waren.

Auch Meister Arcimboldo presste zornig die Lippen aufeinander, und Fabio fragte sich, wie ihre Gegner diesen Ort überhaupt so schnell erreicht hatten. Von der Ducchessa – oder dem Sternenvampir – war nichts zu sehen.

Fabio deutete auf zwei Strickleitern, die von der Reling herab bis zum Boden baumelten.

»Im Moment sind sie noch beschäftigt«, flüsterte er. »Wenn wir uns beeilen, schaffen wir es vielleicht über die Leitern nach oben.«

»Und dann?«, fragte Celeste.

»Offenes Gefecht!«, knurrte Sylvana. »Mich mit eingerechnet, sind wir vier Kämpfer. Und da oben zähle ich höchstens ein Dutzend Gestalten. Die können wir leicht überwältigen.«

»Ich, äh ...«, wisperte der dicke Odilio, »... ich bin eher ein Bodenkämpfer. Ich verteidige standhaft jede Tür und jede Gasse. Aber ...«

»Du meinst wohl, du verstopfst sie«, meinte Jacopo respektlos.

Odilio warf ihm einen bösen Blick zu. »Was ich damit sagen will, ist ...«

»... dass du Dickwanst zu lange brauchen wirst, um da hochzukommen.« Sylvana warf einen unwilligen Blick auf den Kugelbauch des Wächters. »Hab schon verstanden. Dann hältst du eben hier unten Wache. Zu dritt sollten wir mit denen da oben auch fertig werden.«

»Entschuldige, wir sind zu fünft!«, stellte Celeste richtig. Neben ihr stand Meister Arcimboldo und funkelte Sylvana durch seine Brillengläser an.

Fabio, der keine Lust auf weitere Diskussionen hatte, ergriff Celestes Hand und nickte seinen Kameraden entschlossen zu. »Ihr nehmt die linke Leiter, wir die rechte.«

Dann ging es los. Sie schlichen durch die düstere Höhle auf das Wolkenschiff zu, dessen Rumpf gewaltig über ihnen aufragte. Fabio und Celeste eilten von Schatten zu Schatten, dann hatten sie die erste der beiden Strickleitern erreicht. Sie führte hinauf zum Vorderkastell.

»Ihr haltet Euch hinter mir, verstanden?«, befahl Fabio Celeste.

Zu seiner Überraschung gab die hübsche Baroness keine Widerworte, sondern nickte nur. Inzwischen hatten Sylvana, Jacopo und Arcimboldo die andere Strickleiter erreicht, die an den seltsamen Schrägmasten vorbei hinauf zum Hauptdeck der *Sternenwind* führte. Auf einen Wink Sylvanas hin griff Fabio nach der ersten Sprosse und zog sich nach oben. Celeste folgte ihm und die Strickleiter schwankte unter ihren Kletteranstrengungen. Noch immer konnte Fabio kaum glauben, dass sich das seltsame Schiff tatsächlich in der Luft hielt.

Von Deck waren die Stimmen nun immer deutlicher zu hören.

»Was sagst du da? Du hast den Ersatzballen mit Wolkengarn zerrissen?«, brüllte der rothaarige Gnom. »Wir haben dafür keinen Ersatz. Dafür lasse ich dich vierteilen, du elende Kreatur!«

Als Antwort war das wütende Fauchen eines Goblins zu hören.

»Und wieso höre ich vor der Höhle keine Arbeitsgeräusche mehr? Was ist da vorn los?«

Sylvana befand sich nun knapp unterhalb der Reling, auf gleicher Höhe wie Fabio. Direkt unter ihr kletterte Jacopo und hinter ihm folgte Meister Arcimboldo mit ungeduldigem Gesichtsausdruck.

Fabio trennten noch einige Schritte von der Brüstung des erhöht liegenden Vorderkastells, während Sylvana schon weitergeklettert war.

Sie bedeutete ihm durch Handzeichen, dass sie auf ihn warten würde, als plötzlich ein lautes Fiepen von den Höhlenwänden hallte.

Entgeistert blickte Fabio zur Höhlendecke auf und sah dort zwischen den Schatten die übergroßen Leiber dreier Riesenfledermäuse, die kopfüber von der Steindecke hingen. Jetzt wusste er, wie dieser Meridianus so schnell ins Dolomitische Himmelsmassiv gelangt war.

Ketten hielten die gefährlichen Flugbestien an der Felswand, doch das hinderte sie nicht daran, aufgeregt ihre Schwingen auszubreiten und abermals schrille Laute auszustoßen. Oben an Deck ertönten Alarmrufe und lautes Getrappel war zu hören.

Sylvana zog sich über die Reling.

»Kommt nur!«, brüllte sie, dann war ihr Körper verschwunden und Kampfgeräusche hallten von den Höhlenwänden. Fabio kraxelte weiter und hatte die Wehr des Vorderkastells gerade erreicht, als direkt über ihm ein Goblin erschien, der fauchend in die Tiefe spähte. Fabio packte ihn mit einem raschen Griff am Ohr und zog mit aller Kraft daran. Brüllend verlor der Unhold das Gleichgewicht, stürzte an Celeste vorbei in die Tiefe und schlug hart auf dem Höhlenboden auf.

Mit einem Satz war Fabio auf dem Vorderkastell und schwang das Meteoreisenschwert. Keinen Augenblick zu früh, denn schon warf sich ein zweiter Goblin auf ihn. Ihre Klingen prallten mit singendem Geräusch aufeinander und die Waffe seines Gegners zersprang in zwei Teile. Bevor sein verblüffter Gegner wusste, wie ihm geschah, hatte ihm Fabio den entscheidenden Stoß versetzt.

Fabio half Celeste dabei, das Vorderkastell zu erklimmen, während Sylvana und Jacopo auf dem Hauptdeck einen ungleichen Kampf gegen ein halbes Dutzend Goblins austrugen. Ihre Gegner waren mit Säbeln, Speeren und Beilen bewaffnet. Sylvana schlitzte soeben einem der Unholde den Leinenpanzer auf, ein zweiter lag bereits zu ihren Füßen. Doch aus einer Luke im Schiffsbauch stürmten zwei weitere Goblins und ein dritter streckte schon den Kopf heraus. Bevor auch er an Deck gelangen konnte, warf sich Sylvana zwischen die beiden Neuankömmlinge, warf die Klappe zu und ließ den Riegel mit einem schnellen Tritt einrasten.

»Verteidigt das Schiff! Ruft die Herrin!«, erscholl die schrille Stimme von Meridianus. Der Verräter, den Meister Arcimboldo in Venezia geblendet hatte, tauchte auf dem Heckkastell auf und riss sich eine Augenbinde vom Kopf. Blinzelnd und mit geröteten Augen versuchte er, dem Kampf unter ihm zu folgen.

»Bleibt hier oben!«, rief Fabio Celeste zu, nachdem er sich vergewissert hatte, dass sich zwischen den Aufbauten des Vorderkastells kein weiterer Goblin verbarg. Mit einem Schrei stürmte er eine Treppe hinunter und griff in den Kampf ein, der auf dem Mitteldeck tobte.

Jacopo blutete bereits aus einer Armwunde und konnte die beiden Gegner, die ihn bedrängten, nur mühsam mit seiner Hellebarde auf Distanz halten. Die übrigen Goblins warfen sich auf Sylvana, die soeben einen weiteren Gegner niederstreckte. Offenbar versuchten die Unholde, die Wolfsfrau durch schiere zahlenmäßige Übermacht in die Knie zu zwingen. Endlich war Fabio heran und räumte mit seiner Meteoreisenklinge unter den Feinden auf. Gleich zwei Goblins fielen unter seinen Schwerthieben, und endlich gelang es auch

Jacopo, einen seiner Gegner mit einem Rundumschlag über die Reling zu stoßen.

Sylvana wollte gerade den nächsten Angreifer niederstechen, als auf der Steuerbordseite, auf einer der Plattformen, ein mechanisches Schnappen erklang. Dicht neben Fabios Kopf zischte ein Bolzen durch die Luft, der die Wolfsfrau in die Schulter traf und sie mit Wucht gegen den Hauptmast nagelte. Sylvana brüllte vor Schmerz und Wut und ihr entglitt das lange Messer. Dennoch gelang es ihr, einen der Goblins mit dem ausgestreckten Arm zu packen, zu sich heranzuziehen und ihn mit einem kräftigen Kopfstoß zu Boden zu strecken.

Fabio zertrümmerte derweil den Speer eines Goblins und stach ihm in die Brust, dann nahm er seinen Dolch zur Hand und wirbelte zu der schwankenden Plattform herum. Dort, verschanzt hinter einer übergroßen Armbrust, stand der Gegner, der soeben auf Sylvana geschossen hatte. Er lud die Waffe nach. Fabios Dolch sauste durch die Luft und schickte den Unhold für immer zu seinem dunklen Herrn, als neben ihm auf der Treppe ein lautes Scheppern erklang, dem ein dumpfes Poltern und Stöhnen folgte. Zu Fabios Überraschung hockte dort Celeste auf einem bewusstlosen Goblin. Fabio gewahrte erst jetzt, dass der Unhold versucht hatte, ihn hinterrücks niederzustechen. Doch Celeste hatte den Versuch vereitelt, indem sie ihn angesprungen und mit einem Rundholz niedergeschlagen hatte. Fabio nickte ihr kurz zu und eilte Jacopo zu Hilfe, der noch immer mit seinem Gegner focht. Der Goblin kreischte Fabio gereizt, was der schlaksige Gardist ausnutzte. Er verpasste dem Unhold einen kräftigen Fußtritt, der ihn straucheln ließ, und stach ihn nieder.

»Bravo!«, wisperte eine geisterhafte Stimme, die klang, als würden Nägel über Eis schrammen. »Doch jetzt werdet ihr alle sterben!«

Alarmiert wirbelte Fabio herum und sah über sich auf dem Vorderkastell den Sternenvampir. Seine Nachtgestalt überragte die Brüstung zum Hauptdeck und er durchbohrte sie mit glühenden, eisblauen Blicken. Celeste schrie und taumelte entsetzt zu Fabio und Jacopo. Sylvana knurrte.

Abermals versuchte die Wolfsfrau, sich vom Hauptmast zu lösen, an dem sie der schwere Bolzen festhielt. Doch ihre Bemühungen waren erfolglos. Fabio wunderte sich, warum sie sich nicht einfach verwandelte, um sich ihrer Wolfskräfte zu bedienen, als der Sternenvampir einen gehässigen Zischlaut ausstieß. »Mach dir keine Gedanken, Menschenwölfin, um dich kümmere ich mich später! Erst nehme ich mir den Knappen und dieses kleine Luder vor!«

Der Dämon glitt bereits die Treppe hinunter, als Celeste Fabio an der Schulter berührte.

»Fabio«, wisperte sie ihm angsterfüllt ins Ohr. »Ich glaube, ich habe die Phiole mit dem Sternentau irgendwo auf Deck verloren!«

»Ich habe etwas Besseres«, antwortete Fabio grimmig. Er wartete ab, bis sich ihm der Dämon auf Schlagweite genähert hatte, und sprang nach vorn. Der Sternenvampir erkannte erst jetzt, mit welcher Waffe Fabio kämpfte. Entsetzt fauchend wich er zurück und schwebte die Stufen wieder nach oben. Doch Fabio folgte ihm.

»Jetzt wirst du für deine Taten büßen!«, brüllte Fabio und riss das Schwert zum Stoß bereit nach hinten.

»Wage es nicht, Knappe!«, zischte der Dämon. »Oder dein Herr Ludovico stirbt!«

Fabio hielt mitten in der Bewegung inne. Die Schwertspitze verharrte nur eine Handbreit über dem Leib des Schattenwesens. »Du elende Kreatur! Du lügst! Mein Herr ist längst tot!«

»Meinst du das wirklich?« Die blauen Augenlichter des Sternenvampirs waren auf die Meteorklinge gerichtet. »Was, wenn dein Herr hier ist und du ihn retten könntest?«

Der Schattenleib des Dämons waberte, dann deutete er mit seinen schwarzen Krallen auf die Luke, die Sylvana vorhin zugeschlagen hatte.

»Sieh nach!«, forderte ihn der Sternenvampir auf. »Dein Herr ist mein Gefangener! Er wird sterben, wenn mir etwas geschieht.«

Der Dämon sprach auf einmal sehr laut, so als wollte er sicherstellen, dass man ihn auch unter Deck hörte.

»Er will dich reinlegen«, ächzte Sylvana, die noch immer blutend am Hauptmast hing. »Da unten lauern bloß weitere Goblins.«

»Und falls nicht?« Fabios Blick wanderte unstet zwischen Luke und Sternenvampir hin und her. Wenn sein Herr wirklich als Gefangener auf dem Schiff war, musste er versuchen, ihn zu befreien.

»Signore Ludovico!«, brüllte Fabio über das Deck. »Seid Ihr hier?«

»Ja ... Ich bin hier, Junge!«, tönte unter der Luke eine vertraute Stimme. »Kämpfe! Nimm auf mich keine Rücksich...«

Ein dumpfes Geräusch wie von einem Schlag war zu hören und die Worte brachen ab. Fabios Augen blitzten vor Zorn.

Am liebsten hätte er seine Klinge sofort tief in den Leib des Sternenvampirs gestoßen. »Wehe, du tust ihm etwas an. Dann werde ich dich, Dämon, in Streifen schneiden!«

»Es liegt ganz bei dir«, höhnte das Schattenwesen.

Weiter vorn in der Höhle war plötzlich Odilios Ruf zu hören. »Die Goblins, sie kommen!«

Fabio nickte Jacopo und Celeste zu, die nun an die Luke herantraten und sie entriegelten. Der hagere Gardist senkte drohend die Hellebarde und Celeste suchte hastig nach ihrer verlorenen Phiole. Der Lukendeckel wurde geöffnet und ein Goblin kletterte ins Freie.

»Weg mit euch, Menschen!«, fauchte der Unhold. Zögernd folgten Jacopo und Celeste seinem Befehl. Zu Fabios Entsetzen schob sich nun eine ihm vertraute Gestalt aus der Öffnung: sein Herr Ludovico! Der Unhold hielt Ludovico dicht an sich gepresst und drückte ihm ein Messer gegen die Kehle.

»Signore Ludovico!«, keuchte Fabio.

»Himmel, Junge!«, brachte der alte Ritter erschöpft hervor. »Warum hast du nicht auf mich gehört?«

Statt des Waffenrocks im Rot-Weiß der Paladine trug Fabios Herr schlichte dunkle Kleider, die grau von Erde und Steinstaub waren. Sein schimmerndes Kettenhemd hatten ihm die Goblins abgenommen. Doch im Gegensatz zu Celeste schien Ludovico seine Gefangenschaft einigermaßen unversehrt überstanden zu haben. Und dafür war Fabio mehr als dankbar.

Der Goblin grunzte und schob sich mit seinem Gefangenen auf die Treppe zum Vorderkastell zu.

»Er soll stehen bleiben!«, forderte Fabio.

»Nein, Knappe, du wirst jetzt deine Waffe fallen lassen!«, zischte der Sternenvampir. »Denn nur ein Wort von mir und dein Herr wird sein Leben aushauchen.«

Der Goblin lachte gehässig und zerrte den Paladin an Sylvana und Jacopo vorbei die Treppe zum Kastell hinauf.

»Gar nichts wird er!«, erscholl hinter ihnen auf dem Achterdeck plötzlich die Stimme Meister Arcimboldos. Fabio hatte den Gnom in all der Aufregung völlig vergessen. Der Himmelsmechaniker hielt den halb blinden Meridianus am Schopf gepackt und schüttelte ihn. Der Rothaarige stöhnte auf. »Wenn ihr dem Paladin etwas zuleide tut, wird auch Meridianus dran glauben müssen. Und ich verwette mein Leben darauf, dass ihr ohne ihn das Wolkenschiff nicht navigieren könnt.«

Der Sternenvampir stieß ein höllisches Zischen aus. »Dann habe ich immer noch dich!«

»Das wird dir nichts nützen!«, rief der Gnom. »Denn vorher werde ich mit dem Helioskop meines Kollegen das Astrolabium einschmelzen. Dann bleibt dir nichts mehr.«

»Das wagst du nicht!« Der eisblaue Blick des Sternenvampirs bohrte sich förmlich in den Leib des Gnoms.

Fabio wusste, dass ihm dringend etwas einfallen musste. Und zwar schnell. Denn vor dem Eingang zur Höhle war bereits vielstimmiges Kampfgeschrei zu hören.

»Hört auf, Meister Arcimboldo!«, rief Fabio. »Ich bin nicht bereit, meinen Herrn Ludovico zu opfern.«

Er wich etwas vor dem Sternenvampir zurück, der sofort die Gelegenheit nutzte, um sich außer Reichweite des Meteoreisenschwerts zu bringen. Nur wenige Augenblicke später schwebte er neben dem Goblin und entriss ihm den Paladin. Ludovico stöhnte vor Schmerz.

»Fabio, was bei allen Stellaren tust du denn da?«, flüsterte Celeste schockiert. Auch die übrigen Gefährten starrten entsetzt auf die Szene.

»Übergebt uns meinen Herrn, Ducchessa, und ich tue, was Ihr wollt!«, rief Fabio unbeeindruckt.

»Glaubst du, ich überlasse dir deinen Herrn, solange du dieses Stellarsschwert besitzt?«, höhnte der Dämon.

Fabio umrundete den Stützpfeiler der Plattform, der ihm etwas Deckung versprach. Hauptsache, der Sternenvampir erkannte nicht, was er plante.

»Was ist, Knappe? Hast du etwa Angst vor mir?«, geisterte die Stimme des Schattengeschöpfs über das Deck. »Fort mit der Waffe und ich erfülle dir deinen Wunsch!«

»Gut!« Fabio trat vor. Alle Blicke waren jetzt gebannt auf ihn gerichtet. Er hob seinen Arm und warf das Schwert von der Plattform. Die Klinge beschrieb eine Drehung in der Luft und schlug klirrend weit unter ihnen auf dem Höhlenboden auf.

»Bist du wahnsinnig?«, stöhnte Sylvana, die noch immer am Mast hing.

»Und jetzt lasst meinen Herrn im Austausch gegen Meridianus gehen!«, rief Fabio. »Aber ich warne euch! Meister Arcimboldo wird tun, was er angedroht hat.«

Der Gnom blickte voller Anspannung zu Fabio. Er hatte den Plan des Knappen durchschaut und nickte entschlossen.

»Der Himmelsmechaniker soll auch dieses Helioskop fortwerfen!«, fauchte die Nachtgestalt triumphierend.

»Nein, erst lasst ihr meinen Herrn frei!«, forderte Fabio.

Hinten am Höhleneingang waren bereits die ersten Goblins zu sehen. Brüllend kletterten sie über die Mauerreste und stürmten in die Höhle.

»Ich denke, ich weiß etwas Besseres!« Die Augen des Sternenvampirs blitzten bösartig und er hob den Körper des Paladins hoch über seinen Kopf. Ludovico ächzte. Mit großem Schwung schleuderte die Schattengestalt Ludovico hinüber zum Heckkastell. Der Paladin wirbelte schreiend durch die Luft und krachte gegen die beiden Himmelsmechaniker, die unter dem Aufprall zu Boden gingen.

Fauchend schwebte die nachtschwarze Gestalt des Sternenvampirs über das Geländer des Vorderkastells und setzte auf dem Hauptdeck auf. »Und jetzt, Knappe, werde ich dir deinen Lebensatem aussaugen!«

»Irrtum, Ducchessa!« Fabio lächelte böse, trat einen Schritt zurück und griff nach dem Schwert aus Meteoreisen, das hinter dem Stützpfeiler zwischen den Planken steckte. »Das, was da eben nach unten gefallen ist, war das Schwert des Grafen Monzoni!«

Fabio stürzte vor und schlug zu. Der überraschte Sternenvampir kreischte auf und versuchte auszuweichen. Doch es gelang ihm nicht mehr. Die Meteoreisenklinge fuhr durch den Schattenleib.

Der Sternenvampir prallte gegen die Wand des Vorderkastells. Er begann zu zucken und verwandelte sich zur Hälfte in eine menschliche Gestalt. Vor Fabio lag eine fürchterliche Kreatur, halb Dämon, halb Frau, über deren Oberkörper sich ein klaffender Schnitt zog.

Fabio stieß ein weiteres Mal zu, doch diesmal verfehlte er das Monster.

»Greift an!« Kreischend stürzte der Sternenvampir an Jacopo vorbei zur Reling und warf sich mit einem flatternden Geräusch über Bord.

»Signore Ludovico! Meister Arcimboldo!« Ungeachtet der Goblins, die unter ihnen auf das Wolkenschiff zuliefen, rannte Fabio hinauf zum Achterkastell. Dort war leises Stöhnen zu hören. Zu seiner großen Erleichterung hatte Meister Arcimboldo den Aufprall von Ludovicos Körper relativ unbeschadet überlebt. Er stand bereits wieder auf den Beinen und tastete nach dem Paladin, der nun die Augen aufschlug und die Hand des Gnoms packte.

»Herr, Ihr seid in Sicherheit!«, rief Fabio schnell. »Der Sternenvampir stellt keine Gefahr mehr dar!«

»Was?« Der Paladin blinzelte benommen und starrte ungläubig auf Fabios Schwertschneide, von der dunkles Blut troff.

Zögernd ließ er den Himmelsmechaniker los.

Meridianus lag mit verrenkten Gliedmaßen neben dem Steuer und rührte sich nicht mehr. Er hatte sich das Genick gebrochen.

»Wir müssen weg von hier!«, keuchte Meister Arcimboldo.

»Und wie?«, wollte Fabio mit Blick auf seinen Herrn wissen, der sich stöhnend erhob. Inzwischen befanden sich unter dem Schiff fast zwanzig Goblins.

»Ganz einfach«, zischte der Himmelsmechaniker. »Kappt die Seile! Wir werden fliegen! Nötigenfalls rammen wir den Rest der Mauer um.«

»Und weshalb hat Meridianus das nicht bereits getan?«, rief Fabio.

»Natürlich weil ihm der Wind dazu fehlte!« Der Gnom hob triumphierend den erbeuteten Aeroaster in die Höhe. »Und jetzt Beeilung!«

»Herr, seht Ihr Euch in der Lage, uns zu helfen?«, wandte sich Fabio an den Paladin. Der hatte sich inzwischen aufgerichtet und sah sich entgeistert auf dem Schiff um, das sich nun in ihrer Hand befand. Drüben auf dem Vorderkastell wuchtete sich der dicke Odilio über die Reling.

»Ja, natürlich«, ächzte der Paladin benommen und folgte seinem Knappen die Stufen zum Hauptdeck hinunter.

»Odilio, Jacopo, Celeste, kappt die Seile!«, brüllte Fabio. »Fangt mit den Strickleitern an!«

Alle zogen ihre Messer. Kurz darauf stürzten ein paar Goblins wieder zurück auf den Höhlenboden.

»Nett, dass hier jeder mit sich selbst beschäftigt ist«, knurrte Sylvana unten am Mast und biss vor Schmerz die Zähne zusammen. »Aber vielleicht könnte sich mal jemand um mich kümmern?«

»Gleich!« Fabio rannte an ihr vorbei, warf seinem Herrn einen Goblindolch zu und durchtrennte mit raschen Schwertschlägen die Seile, mit denen das Wolkenschiff am Boden vertäut war. Zwei schwarz gefiederte Pfeile sausten über die Decksaufbauten, und Jacopo und Odilio revanchierten sich, indem sie ihre toten Feinde über Bord warfen.

Endlich war das letzte Seil durchtrennt und die *Sternenwind* machte einen Satz nach oben, sodass der Hauptmast an der Höhlendecke entlangschrammte. Fabio musste ein weiteres Mal gegen die Übelkeit ankämpfen, während unter ihnen die Schreie der Goblins gellten.

»Entschuldigung! Ich muss erst noch ein Gefühl für das gute Stück bekommen.« Meister Arcimboldo stand jetzt zusammen mit Celeste hinten auf dem Heckkastell und drehte das Steuerrad.

»Dann beeilt Euch gefälligst damit!«, brüllte Sylvana unter Schmerzen.

Ludovico, der zu Boden gefallen war, als sich das Schiff zu bewegen begann, zog sich an einer Taurolle wieder hoch und griff zögernd nach einem Goblinspeer.

Meister Arcimboldo betätigte unterdessen eine Art Kompass, der auf einer hüfthohen Säule befestigt war. Das Gerät funkelte golden und Fabio wusste, dass es sich um das Astrolabium handeln musste.

Die silbern schimmernden Segel des Hauptmastes fielen nach unten und das Schiff senkte sich wieder ein Stück. Schon hob Meister Arcimboldo den Aeroaster an, dessen Windrad brauste und schwirrte. Eine laue Brise strich über das Deck und die Segel über ihren Köpfen bewegten sich leicht. Knarrend setzte sich die *Sternenwind* Richtung Mauer in Bewegung. Zu Fabios Verwunderung waren dort nur wenige Goblins zu sehen.

»Also gut. Haltet euch fest!«, rief der Himmelsmechaniker.

Die Brise steigerte sich jäh zu einem tosenden Wind, der das große Segel erfasste und blähte. Durch das Wolkenschiff ging ein scharfer Ruck und mit Macht glitt es auf die Höhlenöffnung zu. Die Masten ächzten, dann krachte das Luftgefährt gegen die Mauer. Knirschend bohrte sich der Rammsporn in das Felsgestein und ein gewaltiger Stoß ging durch das Wolkenschiff, der Sylvana erneut vor Schmerzen aufschreien ließ. Vom Rumpf her war das Splittern von Holz zu hören, in das sich das Rumpeln schwerer Steinquader mengte, während über ihren Köpfen die Spitzen der Masten brachen und Holz- und Gesteinssplitter auf sie herabregneten. Ein lang gezogenes Kratzen ertönte vom Schiffsbauch zu ihnen herauf, dann hatten sie es geschafft. Die *Sternenwind* schwebte vor dem Eingang der Höhle.

Fabio lachte, als er das Tal erblickte, über dem sich der Himmel bereits verfinstert hatte. Am Firmament funkelten die ersten Sterne und auch der Mond stand über den Gipfeln.

»Endlich!«, knurrte Sylvana.

Unter klagendem Geheul verwandelte sie sich in ihre Werwolfsgestalt und befreite sich mit einem Ruck vom Mast. Erschöpft ging sie in die Knie und presste hechelnd die Hand auf die Schulterwunde. Fabio wurde erst jetzt bewusst, dass sich Sylvana offenbar nur unter dem Einfluss Molunahs verwandeln konnte. Auch sein Herr Ludovico betrachtete die Werwölfin argwöhnisch. Als er den Speer hob, winkte ihm Fabio beruhigend zu.

Das Wolkenschiff löste sich vom Höhleneingang und gewann leicht an Höhe, als unter ihnen aus unzähligen Kehlen wütendes Kampfgeschrei aufbrandete. Von allen Seiten flogen Wurfanker über die Reling, ein Ruck ging durch das Schiff und es verharrte trotz des Windes, der das Hauptsegel blähte. Ein rascher Blick über Deck zeigte Fabio, dass sie sich nur knapp drei Schritt über dem Erdboden befanden. Unter ihm wogte das Heer der Goblins und immerzu wurden neue

Wurfhaken in die Höhe geworfen. Einige von ihnen verfehlten ihr Ziel, doch nach und nach verkanteten sich immer mehr in der Reling und den Schiffsaufbauten. Die Seile waren unten an großen Steinblöcken befestigt und unter lauten Hauruckrufen zerrten die Goblins an ihnen. Das Schiff knarrte.

Eine Falle!

Die Goblins versuchten, die *Sternenwind* zu sich herunterzuziehen.

»Odilio, Jacopo, kappt die Taue!« Fabio schlug ein Seil durch und wich erschrocken zurück, da dicht neben seinem Gesicht ein Pfeil durch die Luft sauste.

»Das ist nicht so einfach, Knappe!«, schrie Odilio gegen das Goblingebrüll an. Wann immer die Gardisten der Reling zu nahe kamen, reagierten die Angreifer auch dort mit gezieltem Beschuss. Zwei weitere Wurfhaken polterten an Deck und verhakten sich zwischen den Aufbauten. Fabio fluchte.

Die *Sternenwind* hatte es keine zehn Schritt aus der Höhle herausgeschafft. Doch ihre Flucht durfte jetzt nicht einfach enden.

Die Siegesrufe der Goblins wurden bereits lauter, als ein lautes Rumpeln von den Talwänden widerhallte. Es kam nicht von unten, sondern … von oben.

»Aufpassen!«, schrien Celeste und Meister Arcimboldo gleichzeitig. »Eine Lawine!«

Das Getöse steigerte sich und Fabio gewahrte im Mondlicht, dass sich der Berghang über ihren Köpfen scheinbar in Bewegung gesetzt hatte. Im nächsten Moment prasselten Geröll und riesige Steine auf sie herab. Das Wolkenschiff erzitterte unter dem Aufprall, denn einige der Steine stürzten auf die Heckaufbauten und zerschmetterten die Reling. Doch der Großteil der Gesteinslawine rauschte am Wolkenschiff vorbei in die Tiefe. Unter ihnen brandete lautes Wehgeschrei auf.

Fabio sprang zur Reling und sah, dass die Gesteinsmassen eine breite Schneise in das Heer der Goblins geschlagen hatten. Viele der Seile waren zerrissen und kaum einer ihrer Feinde war noch imstande, sich um das Schiff zu kümmern.

Fabio durchschlug die letzten Taue und nur wenig später schwebten sie wieder zum Himmel empor.

Ludovico stand nicht weit von ihm entfernt und starrte ungläubig nach unten. Fabio machte eine Siegesgeste, versicherte sich mit einem raschen Blick, dass Meister Arcimboldo und Celeste unverletzt geblieben waren, und rannte hinüber zu Sylvana, die noch immer geschwächt vom Blutverlust neben dem Hauptmast kniete. Abrupt blieb Fabio stehen, denn die Werwölfin sah mit gelblich funkelnden Augen zu ihm auf und knurrte.

»Geh weg von mir!« Sie fletschte drohend ihre Reißzähne und scheuchte ihn fort. Fabio wich hastig zurück.

Das Wolkenschiff war inzwischen so hoch über dem Tal aufgestiegen, dass vor ihnen nun die schroffen Flanken des Kessels aufragten. Der Aeroaster des Himmelsmechanikers hatte seinen Dienst erfüllt. Längst fing sich der Bergwind in den Segeln des Hauptmastes. Meister Arcimboldo wendete die *Sternenwind* und trieb sie auf den Felsgrat über dem Höhleneingang zu.

»Werft Strickleitern über Bord«, brüllte der Gnom, »damit Ambra und Yargo zu uns hochkommen können!«

Odilio und Jacopo folgten der Aufforderung. Doch erst als Ambra mit einem frechen Grinsen über die Reling kletterte, begriff Fabio, dass die Lawine nicht zufällig auf das Tal niedergegangen war. Sie und Yargo hatten sie ausgelöst. Und das gerade im rechten Moment.

»Diese Gnome erstaunen mich immer wieder«, hörte er hinter sich Celestes Stimme. Die Baroness sah mitgenommen aus. Ihr langes Haar hatte sich gelöst und unter ihrem rechten Auge verlief eine blutige Schramme. Doch der Anblick Ludovicos, der sich ihnen näherte, zauberte ein Lächeln auf ihre Lippen.

»Signore!« Sie knickste leicht vor dem Paladin. »Ich hoffe, Ihr habt Eure Gefangenschaft wohlbehalten überstanden?«

»Ja, Euer Hochwohlgeboren. Es war hart, aber ich bin wohlauf.« Ludovico räusperte sich. Dann musterte er Fabio und das Meteoreisenschwert und sah sich schließlich zu den übrigen Gefährten um. »Ehrlich gesagt bin ich noch immer etwas verwirrt. Wie seid ihr überhaupt in den Talkessel gelangt?«

»Das ist eine lange Geschichte, Herr«, sagte Fabio glücklich. »Aber ich werde sie Euch gern erzählen.«

Das Vermächtnis des Sehers

Tja, und so haben wir die *Sternenwind* gefunden. Den Rest wisst Ihr«, beendete Fabio seinen Bericht. Er nahm die Wasserflasche entgegen, aus der sein Herr Ludovico mit großen Schlucken getrunken hatte, und betrachtete ihn besorgt.

Es war nun bereits eine gute Stunde her, seit sie mit der *Sternenwind* das umkämpfte Tal verlassen hatten. Eine Stunde, die Fabio vornehmlich damit verbracht hatte, seinem Herrn all die Ereignisse der letzten Tage zu schildern, während sie mit dem Wolkenschiff durch die Luft fuhren. Kalte Höhenwinde rüttelten immerzu an den Rahen und der Takelage, unter ihren Füßen knarrten die Planken und Wolkenschleier zogen über das Deck. Abermals durchstieß das Himmelsschiff eine Wolkenbank und erlaubte ihnen so einen Blick auf den Horizont, der vom fahlgrauen Schein Molunahs beleuchtet wurde. Sie trieben mit der *Sternenwind* über einem Meer aus Wolken, über dem sich das Sternenzelt mit all seinen funkelnden Lichtern spannte. Durchbrochen wurde die fremdartige Wolkenlandschaft allein von den schroffen Gipfeln des Dolomitischen Himmelsmassivs.

»Unglaublich, Junge. Wirklich!« Der Paladin saß kopfschüttelnd auf der untersten Stufe der Treppe zum Vorderdeck. Abermals betrachtete er die Meteoreisenklinge, die neben Fabio an der Wand des Bugkastells lehnte.

»Ich muss dir das sicher nicht sagen«, fuhr Ludovico fort, »aber ich bin sehr stolz auf dich. Ich habe noch nie von einem Knappen gehört, der bereits vor seiner Schwertleite solche Taten vollbracht hat. Und es beschämt mich, dass du ganz nebenbei auch noch meine eigenen Verpflichtungen übernommen hast.« Er sah zu Celeste auf, die neben ihnen an der Reling stand. »Ich hoffe, mein Knappe hat es trotz der Umstände nicht an Respekt fehlen lassen.«

»Im Gegenteil.« Celeste lächelte und sah Fabio dabei in die Augen. »Euer Knappe hat dem Orden der Morgenröte alle Ehre gemacht.«

Fabio spürte, wie ihm vor Verlegenheit das Blut ins Gesicht schoss. Schnell drehte er sich zu seinen Gefährten um.

Meister Arcimboldo stand zusammen mit Yargo und Ambra oben neben dem Schiffsruder und unterhielt sich leise mit ihnen. Doch ebenso wie Sylvana, die neben einem Stützpfeiler auf einer der bewehrten Plattformen saß und ihren frischen Schulterverband überprüfte, warfen sie immer wieder neugierige Blicke in ihre Richtung. Zu Fabios Bedauern waren nur Odilio, Jacopo und Celeste wirklich erfreut über Ludovicos Erscheinen gewesen.

Die treuen Gardisten befanden sich derzeit unter Deck. Nachdem die beiden auf Geheiß des Himmelsmechanikers die Geschütze an Deck inspiziert hatten, durchkämmten sie nun die unteren Etagen des Schiffes, um nach etwaigen Gerätschaften Ausschau zu halten, die ihnen im Kampf noch nützlich sein konnten.

»Und jetzt seid Ihr dran, Herr. Erzählt mir doch bitte, wie es Euch ergangen ist«, forderte Fabio den Paladin auf. Ludovico seufzte und kratzte sich den Bart.

»Da gibt es nicht viel zu erzählen, Knappe. Alles begann damit, dass wir in den Wäldern Eures Vaters«, er nickte kurz in Celestes Richtung, »in einen Hinterhalt der Goblins gerieten. Wir haben uns erbittert gewehrt, doch sie waren in der Überzahl. Ich bin ihnen nur entkommen, weil ich während des Kampfes in den Fluss gestürzt bin, den wir tags zuvor überquert hatten. Ich wurde eine Meile flussabwärts gerissen, und als ich wieder zurückkam, war keiner der Männer mehr am Leben.«

»Was ist mit meinem Cousin?«, wollte Celeste ängstlich wissen.

»Er war es, der uns zu dieser Lichtung geführt hat, Euer Hochwohlgeboren. Dorthin, wo uns die Goblins erwartet haben.« Ludovico presste die Lippen aufeinander. »Ich befürchte, er hat uns absichtlich diesen Kreaturen ausgeliefert.«

»Raimondo?« Celeste schlug sich entsetzt die Hand vor den Mund. »Nein! Das kann nicht sein.«

Voller Mitleid sah Fabio Celeste an. Er mochte Raimondo de Vontafei noch immer nicht. Doch war ihm ein solcher Verrat wirklich zuzutrauen? Wie passte das zu dem verletzten Rappen des Adligen, den er damals vor dem Palazzo entdeckt hatte?

»Im Wald fand ich dann glücklicherweise mein Streitross wieder«, erzählte der Paladin weiter. »Mit ihm bin ich im Morgengrauen zunächst zum Palazzo geritten. Doch ich kam zu spät.«

»Und mein Vater?«, schluchzte die Baroness. »Wisst Ihr, wie es ihm ergangen ist?«

»Es tut mir leid«, antwortete der Paladin. »Die Goblins hatten den Palazzo bereits verwüstet. Bei meinem Eintreffen trieben sich dort noch über ein Dutzend von ihnen herum. Es bestand keine Aussicht, Überlebende zu finden. Ich habe mich daher sofort auf den Weg nach Venezia gemacht, um unsere Schwertbrüder zu informieren. Schatzmeister Palatinus hat den venezianischen Teil des Ordens noch am folgenden Tag in Marsch gesetzt. Doch unterwegs sind wir Paladine abermals in einen Hinterhalt dieser Unholde geraten. Alle Ritter sind darin umgekommen.«

»Ich weiß«, seufzte Fabio. »Ich habe das Schlachtfeld nach unserer Flucht aus Venezia gesehen. Eine wahre Hinrichtung!«

Ludovico und Celeste sahen ihn überrascht an.

»Dann weißt du ja Bescheid.« Ludovico ballte verbittert die Fäuste. »Ich selbst bin mit einem halben Dutzend Schwertbrüdern in die Gefangenschaft der Goblins geraten. Diese elenden Kreaturen haben uns brutal verhört und einen nach dem anderen umgebracht. Ich fürchte, mich haben sie nur deswegen am Leben gelassen, weil sie irgendwie erfahren haben, dass ich dein Herr bin, Fabio. Immer wieder wollten sie von mir wissen, wo du dich versteckt halten könntest. Du siehst also, deine Taten sind mir nicht verborgen geblieben.«

Fabio nickte.

»Vor allem trachteten sie danach herauszufinden, was ich über den Verbleib der Uhren wusste, deren Geheimnis uns zu diesem Luftschiff geführt hat.«

»Wie kommt es, dass diese Bestien Euch mit auf die *Sternenwind* genommen haben, Paladin?«, mischte sich Sylvana ein. Sie stützte sich auf den Pfeiler an der Steuerbordseite und beäugte den alten Ritter argwöhnisch. Ein Blick, den Ludovico auf gleiche Weise erwiderte.

»Dieser Sternenvampir wollte mich in seiner Nähe behalten«, sagte der Ordensritter. »Ich war sein Unterpfand für den Fall, dass es meinem Knappen doch noch gelingen würde, in den Talkessel vorzustoßen.«

»Seltsam, dass Ihr so wenige Wunden davongetragen habt«, bemerkte Sylvana.

»Seltsam, dass ausgerechnet ein Wesen wie du sich hier so aufspielt«, entgegnete Ludovico und erhob sich wütend. »Weiß mein Knappe, welche Gefahr von dir und deinesgleichen ausgeht? Weiß er von den vielen unschuldigen Frauen und Kindern, die in der Vergangenheit der Raserei und dem Blutdurst deines Volkes zum Opfer gefallen sind? Und weiß er, warum Molunah euch einst verflucht hat?«

Für einen Augenblick herrschte Schweigen an Deck, das nur vom Pfeifen des Windes und vom Knattern der Segel durchbrochen wurde. Fabio blickte die beiden Streitenden verwirrt an, Celeste und die Gnome waren nicht weniger erstaunt.

»Welche Gefahr?«, fragte Fabio.

Doch Sylvana schien nicht bereit zu sein, sich weiter zu diesem Thema zu äußern. Stattdessen spuckte sie abfällig auf die Planken. »Ich habe meine Loyalität bereits unter Beweis gestellt, Paladin. Du musst erst noch zeigen, was du wert bist.«

Mit diesen Worten stampfte sie die Treppe zum Vorderkastell nach oben.

»Welche Gefahr?«, wiederholte Fabio seine Frage.

»Es heißt«, murmelte Ludovico grimmig, »dass die Wolfsmenschen enger mit Astronos verbunden seien als die Goblins. Sie würden nur ein Ziel verfolgen: die Befreiung ihres gestürzten Herrn aus dem Sternenkerker!«

Fabio und Celeste tauschten besorgte Blicke.

»Mag sein«, sagte Fabio schließlich. »Doch ich glaube nicht, dass Sylvana ein falsches Spiel treibt. Sie hätte uns schon längst ausschalten können, stattdessen hat sie, ohne ihr eigenes Leben zu schonen, an unserer Seite gekämpft.«

»Dennoch ist es besser, wir bleiben vorsichtig«, mahnte Ludovico und beäugte wieder das Meteoreisenschwert. »Dir ist hoffentlich klar, dass uns nur diese seltsame Waffe schützen kann, sollte die Lykantrophin ihre dunkle Gesinnung doch noch offenbaren.«

Fabio nickte schwach und nahm das Schwert auf. »Habt Ihr jemals ein solches Schwert in den Händen gehalten, Herr?«

»Nein, ich habe es nicht einmal zu Gesicht bekommen.« Ludovico nahm seinem Knappen das meteoreiserne Artefakt vorsichtig aus der Hand. Mit ausgestrecktem Arm hielt er das Schwert in den Nachthimmel, sodass sich das Mondlicht auf der rot schimmernden Klinge spiegelte.

»Und du hast diese Waffe wirklich in dem verfluchten Lugubra gefunden?«, wollte Ludovico wissen.

»Ja, Herr.«

»Wir müssen sie unbedingt zum Castello di Arborea bringen, um sie dort Seiner Exzellenz Silvestro zu zeigen.«

»Natürlich, Herr.« Fabio zögerte. »In diesem Fall wird es wohl besser sein, wenn Ihr die Waffe an Euch nehmt.«

»Ich gebe zu, die Ordensregeln verbieten einem Knappen das Tragen eines normal großen Schwertes«, überlegte Ludovico laut, zwinkerte ihm dann aber freundlich zu. »Andererseits … Immerhin hast du es gefunden.«

»Danke, Herr.« Fabio verneigte sich leicht. »Aber behaltet es ruhig. Mit etwas Glück werden wir in den kommenden Tagen keine Waffen benötigen.«

»Guter Junge.« Ludovico lächelte und spähte aufmerksam in Richtung Vorderkastell, wo Sylvana vorhin verschwunden war.

Da ertönten auf einmal aus dem Heckkastell Geräusche, eine Tür öffnete sich und Odilio und Jacopo traten ins Freie. Sie schleppten eine alte Kiste mit sich, in der es leise klimperte. Die beiden Gardisten stellten die Kiste neben dem großen Mast ab und Jacopo griff nach einem schlichten Signalhorn.

»Da unten befindet sich eine ganze Menge alter Plunder!«, rief Odilio. »Laternen, Taue, Öl- und Wasserfässer, außerdem Kisten und Amphoren, Ballen aus einem merkwürdigen Stoff und sogar eine gut ausgestattete Waffenkammer.«

Fabio griff zweifelnd nach einem rostigen Entermesser, während Celeste eine angelaufene Messinglaterne aus der Kiste zog und sie schüttelte. »Ist noch Öl drin, nur den Docht müssen wir auswechseln.«

»Und wie steht es um das Schiff?«, erscholl vom Heckkastell die besorgte Stimme Meister Arcimboldos.

»Von innen konnten wir keine Beschädigungen entdecken!«, rief der dicke Gardist zurück.

»Na gut.« Der Himmelsmechaniker winkte Fabio zu sich. »Könntest du bitte zu mir heraufkommen?«

Fabio eilte mit dem rostigen Säbel in der Hand die Treppenstufen nach oben. Der Wind erfasste seine blonden Haare. Es war merklich kühler geworden, und zum ersten Mal spürte er, wie das Wolkenschiff hin und her schwankte, ganz wie ein richtiges Schiff. Als er über die Reling blickte, sah er in der Ferne, dass einige der mondbeschienenen Gipfel mit Eis und Schnee bedeckt waren. Wie Zuckerhüte ragten sie aus den Wolken.

Der Himmelsmechaniker hatte sich wieder hinter dem großen Steuerruder aufgebaut und behielt die hüfthohe Säule im Auge, die Fabio bereits vorhin aufgefallen war. Sie bestand zur Gänze aus Metall und war mit schweren Nieten auf den Planken montiert. Doch Fabio hatte nur einen Blick für das eigentümlich glitzernde Astrolabium. Das kreisrunde Artefakt, das oben auf der Säule thronte, war tellergroß und besaß zwei ineinandergeschachtelte Ringe. Meridianus, der verräterische Himmelsmechaniker, hatte ganze Arbeit geleistet. Fugenlos hatten sich die fünf Bauteile des Navigationsinstruments zu einer Gerätschaft zusammengefügt, auf der sich kleine sternartige Zackenräder inmitten einer vielfach durchbrochenen Platte aus Meteoreisen drehten. Die Stege, Radien und Zeiger des sonderbaren Artefakts waren mit den Symbolen von Planeten und Sternbildern bedeckt. Auch sie verschoben und drehten sich immerzu, als würden sie von Geisterhand bewegt.

»Beeindruckend«, meinte Fabio, während er den Säbel in den Gürtel steckte. Von dem Astrolabium ging eine Faszination aus, der er sich kaum entziehen konnte.

»In der Tat«, brummte der Gnom. »Das Astrolabium lenkt

das Schiff selbsttätig. Ich würde gern schneller vorankommen, aber dafür bräuchten wir eine richtige Mannschaft, die die übrigen Segel dieses Schiffes bedient. Die Arkanomechanik besitzt leider nur Zugriff auf das Hauptsegel.«

Ambra und Yargo, die noch immer vorn an der Brüstung zum Hauptdeck standen, näherten sich ihnen.

»Fabio, ich muss wissen, wie dein Herr zu den Himmelsmechanikern steht.« Meister Arcimboldo zog seine Weste enger um den Leib und sah ernst zu ihm auf.

»Er hat nichts erwähnt, was darauf schließen lässt, dass er einen Groll gegen Euch hegt«, antwortete Fabio.

»Und falls doch? Du weißt doch, wie ihr Menschen zu uns Gnomen steht. Und viele von euch Paladinen machen da keine Ausnahme. Was, wenn dein Herr aus den falschen Gründen glaubt, das Recht auf seiner Seite zu haben? Auf wessen Seite stehst du dann?«

Nicht nur der Himmelsmechaniker, auch Ambra und Yargo musterten ihn gespannt. Fabio seufzte. »Meister Arcimboldo, wir Paladine haben geschworen, für den Erhalt der Stellarsordnung zu kämpfen. Was auch immer vor fünfhundert Jahren geschehen ist, ich weiß längst, dass Ihr und Eure Familie aus rechtschaffenen Gründen handelt.«

»Weiß das dein Herr Ludovico auch?«, platzte es aus Ambra heraus. Ängstlich spähte sie nach unten zum Hauptdeck.

»Bitte macht euch keine Sorgen. Mein Herr verlässt sich auf mein Urteil ebenso wie ich mich auf das seine.«

»Das ist nicht die Frage, Junge!« Meister Arcimboldos Augen wurden schmal. »Auf wessen Seite wirst du stehen, wenn dein Herr vor lauter Misstrauen eine falsche Entscheidung trifft? Er ist dein Herr und du bist dem Orden zu Gehorsam verpflichtet.«

Fabio atmete tief ein. Er hatte gewusst, dass der Gnom ihm diese Frage irgendwann stellen würde. Treue und Gehorsam, Freundschaft und Pflichterfüllung. Er fühlte sich innerlich hin- und hergerissen. Und doch hatten ihn die letzten Tage gelehrt, dass die Welt außerhalb der Ordensburgen weitaus komplizierter war, als er es je für möglich gehalten hätte. »Damals, als ich in den Orden aufgenommen wurde«, sagte er ruhig, »erhielten wir Pagen unsere ersten Anweisungen vom obersten Waffenmeister des Ordens. Er hat uns etwas gelehrt, was ich nie vergessen habe. Er meinte, dass ein Paladin im Zweifel stets auf sein Herz hören müsse, um Richtig und Falsch auseinanderzuhalten. Und das tue ich. Solange Ihr nicht gegen die Stellarsordnung verstoßt, Meister Arcimboldo, werde ich für Eure Sicherheit bürgen. Das schwöre ich bei meiner Ehre als Paladin.«

»Gut, dein Wort reicht mir.«

»Ich hätte da ebenfalls eine Frage.« Fabio versuchte, einen Blick auf Sylvana zu erhaschen, die weit vorn am Bug des Wolkenschiffes stand. »Habt Ihr schon einmal Ähnliches über die Wolfsmenschen gehört wie das, was mein Herr eben erzählt hat?«

»Leider ja«, knurrte der Gnom leise. »Es gibt in der Tat gewisse Gerüchte. Sie würden erklären, warum Sylvana bei unserem Zusammentreffen in Venezia so gut über Astronos Bescheid wusste.«

»Und das heißt?«

»Hören wir auf deinen Herrn. Es ist gut möglich, dass sie

uns nur hilft, um an Cagliomaeus' Vermächtnis zu gelangen. Ich bin daher ebenfalls der Ansicht, dass wir Sylvana im Auge behalten sollten. Denn so, wie es aussieht, haben wir unser Ziel fast erreicht.« Der Himmelsmechaniker deutete an den Masten der *Sternenwind* vorbei.

Keine Meile voraus erhob sich ein schroffer, schneebedeckter Berggipfel, auf den das Wolkenschiff in gerader Linie zutrieb. Hin und wieder blies der Wind etwas Pulverschnee von dem hohen Felsgrat, der als silbrig glitzernde Fahne hinab zu den Wolken wehte.

Fabio seufzte und eilte wieder hinunter aufs Hauptdeck, um die übrigen Gefährten zu informieren. Aufgeregt kletterte er zusammen mit Celeste, seinem Herrn Ludovico und den beiden Gardisten aufs Vorderkastell, um sich die unbekannten Berggipfel aus nächster Nähe anzusehen.

Sylvana drehte sich zu ihnen um, kaum dass die kleine Gruppe nahte. Als sie sah, dass Ludovico das Schwert aus Meteoreisen in den Händen hielt, verzog sie verächtlich den Mund und marschierte zurück zum Hauptdeck.

»Ich sage euch, mit der erleben wir noch eine böse Überraschung«, flüsterte Ludovico grimmig. »Sollten wir die Offenbarung dieses Sehers finden, darf sie der Lykantrophin unter keinen Umständen in die Hände fallen.«

Fabio sah Celeste hilflos an, doch auch sie blickte Sylvana misstrauisch hinterher.

»Seht euch das an!«, dröhnte neben ihnen die Stimme Odilios, der über den langen Rammsporn hinweg deutete. »Das ist der sonderbarste Hafen, den ich je erblickt habe.«

Sie drängten sich gegen die Wehr des Kastells und erspähten durch die Höhennebel, was der dicke Gardist gemeint hatte. Das Wolkenschiff schwebte auf einen künstlich angelegten Landungssteg zu, der wie eine lange Zunge aus der Bergflanke ragte. Eis und Schnee hatten den luftigen Pier in ein frostiges Gewand gehüllt, doch man konnte noch immer die Reste einer alten Beladevorrichtung für Schiffe erkennen, deren Streben von glitzernden Eiszapfen übersät waren. Nicht weit davon entfernt gähnte ein dunkler Höhleneingang in der Flanke des schroffen Berggipfels.

Kurz darauf schrammte die *Sternenwind* mit dem Rumpf gegen die seltsame Felszunge. Es rumpelte und dicke Lagen aus Eis und Schnee brachen vom Landungssteg ab und stürzten in die Tiefe.

»Wir sind da!«, brüllte Meister Arcimboldo vom Achterdeck.

Fabio sah, dass Sylvana inzwischen Ambra und Yargo zur Hand ging, die das Schiff mit Seilen an einem froststarren Poller vertäuten. Mit einem seltsamen Blick sah sie zu ihm auf.

War sie wirklich eine Verräterin?

»Mir behagt es nicht, die *Sternenwind* unbewacht zurückzulassen«, erklärte Meister Arcimboldo, der nun wie der Rest der Gruppe zum Hauptdeck heruntergestiefelt kam. »Leider kann ich das Astrolabium nicht aus seiner Verankerung lösen. Das ganze Schiff würde dann in die Tiefe stürzen und an den Flanken des Berges zerschellen.«

»Geht ruhig, Himmelsmechaniker«, brummte Sylvana. »Ich werde das Schiff im Auge behalten.«

»Wir sollen diese Frau hier allein zurücklassen?«, fragte Ludovico. »Das behagt mir nicht.«

»Odilio, Jacopo!« Fabio fühlte sich hin- und hergerissen. »Wärt ihr vielleicht so nett und würdet Sylvana etwas Gesellschaft leisten?«

»Sollen wir sie etwa wärmen?«, witzelte Odilio und knuffte seinen Kameraden kichernd in die Rippen. Auch Jacopo grinste, doch das Lachen verging ihm, als er Sylvanas saure Miene bemerkte.

»Meinetwegen können die Bohnenstange und der Fettklops ebenfalls hierbleiben. Ich habe nichts zu verbergen.«

»Wenn Gefahr drohen sollte, hab ich ja das hier.« Jacopo hob sein neues Signalhorn.

»Gut, sehen wir uns an, was uns Cagliomaeus hier oben hinterlassen hat.« Meister Arcimboldo putzte seine beschlagene Brille und setzte sich das Gestell voller Tatendrang wieder auf.

Die Paladine schoben eine Rampe über die Reling und der kleine Trupp verließ mit ein paar Laternen das Schiff. Noch immer schnitt der Höhenwind Fabio in die Haut, doch er genoss die gute, reine Luft. Gemeinsam mit seinem Herrn Ludovico half er nun Celeste und den Gnomen dabei, durch knöchelhohen Schnee und an den Überresten der Beladungsvorrichtung vorbei den Höhleneingang zu erreichen.

Das Portal maß etwa drei Schritt in der Höhe, war so breit wie ein Kutschrad und verfügte über einen gemauerten Rundbogen aus einfachen Ziegeln. Türflügel entdeckte Fabio nicht. Doch direkt hinter dem Zugang führten eisüberkrustete Treppenstufen in die Tiefe.

Die Höhle, die sich jenseits der Stufen auftat, war überraschend groß und besaß einen ebenen Boden, der überall mit

Raureif bedeckt war. Flackernde Schatten geisterten im Licht ihrer Laternen über die Höhlenwände, über schroffe Felsvorsprünge und steinerne Säulen. Auch sie waren allesamt mit einer hauchdünnen Schicht funkelnden Eises überzogen. Vor Fabios Lippen tanzten Atemwolken und er stellte verwundert fest, dass es hier sogar noch kälter als draußen auf dem Landungssteg war.

»Seht euch das an!«, sagte Meister Arcimboldo, der sich bereits tiefer in das Bergversteck vorgewagt hatte. Er hob seine Lampe und riss einen großen Eisblock aus dem Dunkel, der von seinem Schöpfer am hinteren Ende der Höhle aufgestellt worden war. Das glitzernde Ungetüm besaß das Äußere eines riesigen Würfels, dessen Seitenkanten fast zwei Schritt lang und breit waren. Trotz der Jahrhunderte, die der Block an diesem Ort zugebracht hatte, blitzten und funkelten die quadratischen Seitenflächen noch immer wie poliertes Glas. Nirgends hatte sich Reif oder Schnee abgesetzt.

Als die kleine Gruppe näher trat, stellte sich heraus, dass der frostige Quader noch weitere Seltsamkeiten in sich barg. In seinem Innern befand sich ein gut sichtbarer Hohlraum, in dem ein komplizierter Mechanismus aus Zahnrädern, Stangen und Schwungscheiben untergebracht war. Auch sie bestanden ganz aus Eis.

»Bei allen Stellaren, was ist das?«, fragte Ludovico und wischte mit der Hand über den Block.

»Ich muss gestehen«, wisperte Meister Arcimboldo, der die eisigen Zahnräder von allen Seiten inspizierte, »dass ich etwas Derartiges noch nie gesehen habe. Doch nach allem, was wir über Cagliomaeus wissen, tippe ich auf eine ausgeklügelte

Arkanomechanik. In jedem Fall steht dieser Eisblock hier nicht ohne Grund.«

Er warf einen fachmännischen Blick über die Schulter und strich über den glatten Höhlenboden. »Bitte seid so gut und befreit ein Stück des Bodens vom Reif. Mich beschleicht gerade ein ziemlich ungutes Gefühl.«

Fabio und seine Gefährten taten, um was sie der Gnom gebeten hatte, und für eine Weile war die Höhle von kratzenden und schabenden Geräuschen erfüllt.

»Wir stehen auf einer Eisdecke!«, rief Celeste erstaunt. Sie trat zwischen Fabio und Ludovico und spähte auf die dunkel glitzernde Fläche, die sie gemeinsam freigelegt hatten.

»Yargo, Ambra, leuchtet mir mal!«, bat Meister Arcimboldo.

Die beiden Gnomenkinder richteten den Strahl ihrer Laternen auf den Untergrund, während der Himmelsmechaniker sein Gesicht gegen die Eisdecke drückte und die Augen mit den Händen abschirmte.

»Donnerwetter, auch der Boden ist so durchsichtig wie Glas«, sagte der Himmelsmechaniker nach einer Weile. »Die Eisdecke, auf der wir stehen, ist vielleicht zwei oder drei Handbreit dick. Weiter unter uns befinden sich … seltsame kegelförmige Erhebungen. Vielleicht sind das Stalagmiten, doch sicher bin ich mir nicht.«

»Wie weit unter uns?«, wollte Fabio wissen.

»Schwer zu sagen. Vielleicht sechs oder sieben Schritt«, antwortete Meister Arcimboldo und stand wieder auf.

»Bricht die Eisdecke«, stellte Yargo mit tonloser Stimme fest, »dürfte das euren Tod zur Folge haben.«

Euren? Fabio konnte sich keinen Reim auf diesen Ausspruch machen.

»Äh, ja. Gut möglich.« Meister Arcimboldo nickte und wandte sich den drei Menschen zu. »In dem Eisblock habe ich Streben bemerkt, die zur Oberseite des Würfels führen. Wenn ihr die Freundlichkeit hättet, an meiner statt einen Blick zu riskieren – ich bin leider nicht groß genug.«

Fabio, Celeste und Ludovico traten zu dem eisigen Quader hin und zogen sich dann hinauf, um die Oberfläche betrachten zu können.

»Da ist tatsächlich etwas«, brachte Fabio angestrengt hervor. »Hier oben im Block sind sieben ineinanderliegende Eisringe eingelassen, in deren Mitte sich eine leicht hervorstehende Halbkugel befindet. Jeder der Ringe ist vielleicht zwei Fingerbreit und abgesehen vom zweiten und siebten Ring ist jeder von ihnen mit so etwas wie einem Zapfen ausgestattet, der oben in einer kleineren Eiskugel mündet. Fast wie Griffe.«

»Außerdem ist der äußerste Ring mit zwölf nummerierten Sternensymbolen geschmückt«, brummte Ludovico und ließ sich wie die anderen wieder von dem Quader hinuntergleiten. Er griff nach dem Meteoreisenschwert, das er gegen den Eisblock gelehnt hatte.

»Außerdem befinden sich funkelnde Steine in diesen Zapfen oder Griffen«, meinte Celeste. »In jedem der Zapfen sitzt ein anderer Stein.«

»Was für Edelsteine?«, wollte Meister Arcimboldo aufgeregt wissen.

Celeste ließ sich von Fabio noch einmal nach oben helfen. »Im Zapfen des innersten Ringes befindet sich … ein durchscheinender Kristall. Wegen des Eises ist er nicht so gut zu erkennen. Das könnte ein Bergkristall sein oder vielleicht ein Diamant. Der zweite Eisring besitzt keinen dieser merkwürdigen Griffe, dafür schimmert er, als ob Goldstaub darin enthalten wäre. Doch der des dritten Rings enthält auf jeden Fall einen Achat. Dann folgen ein Smaragd, ein Rubin und ein Saphir. Die Farbgebung der Steine ist eindeutig.«

Fabio ließ Celeste wieder nach unten und bedauerte es innerlich, dass er sie nicht mehr halten durfte. Der Himmelsmechaniker lächelte schmal. »Ich schätze, Euer Hochwohlgeboren, Ihr wisst, wofür die Edelsteine stehen?«

»Natürlich«, antwortete Celeste. »Bergkristall steht in der alchemistischen Lehre für Molunah, Achat für Merkuriel, der Smaragd für Venudha, der Rubin für Marsakiel und der Saphir für Juprabim. Und Gold ist bekanntlich das Symbol für die Sonne. Die frostige Halbkugel mit den Eisringen stellt ohne Zweifel ein Abbild der sieben kosmischen Sphären um unsere Welt dar. Sie alle werden von der siebten Sphäre mit dem Sternenwall umschlossen, dargestellt von dem Eisring mit den zwölf Sternensymbolen.«

»Das sehe ich ebenfalls so.« Der Gnom lächelte.

»Und was soll das Ganze?«, fragte Ludovico ungeduldig.

»Nun, ich bin mir sicher, dass sich die Eisringe dort oben mittels der Zapfen drehen lassen«, antwortete Meister Arcimboldo gelassen. »Dieser Eisblock stellt vermutlich so etwas wie einen verschlüsselten Schließmechanismus dar. Wir benötigen lediglich die richtige Kombination.«

»Ein Schließmechanismus?«, meinte Fabio erstaunt. »Und wo soll die Tür sein, die er verschließt?«

»Im Zweifel stehen wir darauf«, seufzte der Himmelsmechaniker. Fabio sah, dass auch die anderen unbehaglich die Eisfläche unter ihren Füßen anstarrten. Allein Yargo stand etwas abseits, als ginge ihn das alles nichts an. Fabio beschloss, als Nächstes das Geheimnis des stillen Gnomenjungen zu ergründen.

»Signore Ludovico«, bat Arcimboldo den Paladin. »Vielleicht wärt Ihr so freundlich, mir mit einer Räuberleiter auf den Eiswürfel zu helfen?«

Ludovico brummte etwas Unverständliches und hob den Gnom kurzerhand empor, sodass dieser auf den Eisblock klettern konnte. Fabio hatte unterdessen das Gefühl, dass sich der Höhleneingang verdunkelte. Doch als er sich umwandte, konnte er nichts Ungewöhnliches erkennen.

»Faszinierend, in den Sternbildern des siebten Eisrings befinden sich tatsächlich die Ziffern Eins bis Zwölf!«

Der Himmelsmechaniker stand mit feierlichem Gesichtsausdruck über ihnen und betrachtete begeistert das Sphärenmodell auf dem gefrorenen Quader.

»Ich bin mir sicher, dass uns Cagliomaeus irgendwo einen Hinweis hinterlassen hat, wie diese Arkanomechanik zu bedienen ist. Bitte seht euch noch einmal genau in der Höhle um.«

Diesmal war es Ambra, die aufgeregt auf sich aufmerksam machte.

»Vater, ich habe etwas gefunden!« Die Gnomin leuchtete hinauf zur Höhlendecke direkt über dem Eisblock. Alle Blicke folgten dem Lichtschein und die Gefährten entdeckten im Felsgestein ein mit kleinen Eiszapfen übersätes Symbol.

»Eine Krone!«, rief Ludovico und sah sich lauernd zu den anderen um. »Das Herrschaftssymbol schlechthin. Manche schreiben es dem Astronos zu.«

»Ja, vielleicht«, meldete sich Celeste zu Wort. »Vielleicht wollte uns dieser Seher aber auch warnen.«

»Warnen?« Fabio sah die Baronesse irritiert an.

»Ja«, antwortete sie. »Das Sternzeichen der Krone soll der Sage nach an den einstigen Prinzen Bsilius erinnern. Er lebte vor langer Zeit und war es leid, dass er im Schatten seines alten Vaters stand. Denn solange dieser lebte, konnte Basilius nicht selbst König werden. Der Prinz warb daher in der Fremde skrupellose Männer an, die seinen Vater umbringen sollten. Doch kurz darauf starb der Alte eines natürlichen Todes und Basilius erreichte auf diese Weise sein Ziel. Leider konnte er sich seiner Regentschaft nicht lange erfreuen, denn die Männer, die er angeheuert hatte, hielten an ihrem Auftrag fest und brachten nun ihn um. Die Krone gilt daher astrologisch gesehen nicht allein als Herrschaftssymbol, sie steht auch als Gleichnis für jemanden, den sein eigener Ehrgeiz zu Fall bringen wird.«

»Sehr gut, Euer Hochwohlgeboren«, murmelte Meister Arcimboldo nachdenklich.

»Womit wir wieder bei der Frage angelangt wären, auf wessen Seite dieser Cagliomaeus eigentlich stand«, seufzte Fabio.

»Wieso?« Ludovico hob irritiert eine Augenbraue. »Doch ganz offensichtlich auf jener des gestürzten Erzstellars.«

»Vater, ich habe eine Idee!«, rief Ambra plötzlich und sah sich begeistert zu Yargo um. »Yargo, wie viele Sterne besitzt das Sternzeichen der Krone?«

»Fünf«, antwortete Yargo und beäugte seine Stiefschwester interessiert.

»Was, wenn man auf dem Würfel das Sternzeichen durch Drehen der Eisringe nachbilden muss?«, sprudelte es aus Ambra heraus. »Jeder Zapfen mit den Edelsteinen würde dann einen Stern verkörpern.«

Der Himmelsmechaniker fuhr sich nachdenklich über die Halbglatze. »Ambra, du bist genial. Das könnte tatsächlich funktionieren.« Er sah auf. »Soll ich es versuchen? Was meint ihr?«

»Ja, macht schon«, forderte Ludovico ihn auf.

Arcimboldo griff nach den Zapfen und drehte mit ihrer Hilfe einen Eisring nach dem anderen in seine Position. In das Innere des Quaders kam Bewegung, nun drehten sich die eisigen Zahnräder. Die Zacken griffen ineinander, der Eisblock begann zu vibrieren und Fabio konnte beobachten, wie sich mehrere der gefrorenen Stangen verschoben.

»Fertig!«, rief ihnen der Himmelsmechaniker von oben zu, als zu ihren Füßen ein gedämpftes Fauchen erklang. Fabio blickte erschrocken auf die Eisplatte, auf der sie standen, und entdeckte an mehreren Stellen ein rotes Glühen und Flackern, das irgendwo in der Tiefe seinen Ursprung hatte. Dann knackste es leise.

»Das … das ist der Schein von Feuer!«, keuchte Celeste erschrocken. »Meister Arcimboldo, das da unten sind keine Stalagmiten, das sind offenbar Schlote! Ihr habt unter uns ein Feuer entfacht. Wenn Ihr nicht ganz schnell etwas tut, dann wird die Eisplatte, auf der wir stehen, schmelzen und wir stürzen alle in die Tiefe.«

»Ich versuche es ja!« Angespannt verstellte der Gnom die Eisringe des Sphärenmodells, doch der rote Lichtschein unter ihren Füßen flackerte noch immer mit gleicher Intensität.

»Ungeschicktes Ding!«, herrschte Ludovico Ambra an. »Wegen dir wird uns die Offenbarung dieses Sehers noch verloren gehen.«

Irgendwo knackste es jetzt etwas lauter und ein erster Riss zog sich durch die Eisdecke.

»Ambra, Yargo! Sofort raus hier, habt ihr mich verstanden?«, rief der Himmelsmechaniker den Kindern zu.

Ambra griff nach Yargos Hand und schlitterte mit ihm zurück zum Höhleneingang.

»Ihr anderen solltet besser ebenfalls weglaufen. Uns bleibt nicht mehr viel Zeit!« Meister Arcimboldo verstellte die Eisringe ein weiteres Mal, doch das Feuer unter ihren Füßen wollte nicht erlöschen.

»Eine Uhr!«, entfuhr es Fabio plötzlich. »Ihr habt doch gesagt, die Sterne des äußersten Ringes sind mit Ziffern von eins bis zwölf beschriftet. Wenn das stimmt, dann liefern die anderen Uhren, die uns hergeführt haben, vielleicht den Schlüssel.«

Unter seinen Stiefelabsätzen knisterte es. »Erinnert Ihr Euch, Meister Arcimboldo?«, fuhr er hastig fort. »Jede der Uhren war einem der Erzstellare geweiht, der wiederum eine Sphäre beherrscht. Und auf den Zifferblättern befanden sich diese seltsamen Markierungen, die wir zuerst nicht verstanden haben.«

»Himmel, natürlich!«, rief der Gnom entgeistert. »Du meinst diese kleinen Silbersterne!«

»Ja, vielleicht sind sie der Schlüssel, um die Ringe auf dem Eisblock richtig einstellen zu können.«

»Dann beeilt euch damit!«, rief Celeste mit angsterfüllter Stimme, da sich im Eis unter ihnen inzwischen ein riesiges Gespinst von Rissen gebildet hatte.

»Bei der Nussbaumuhr befand sich der kleine Stern neben der Ziffer Drei!«, rief Fabio aufgeregt. »Das war die Uhr Juprabims.«

»Richtig! Und bei der Glasuhr, die Merkuriel geweiht war, war der Stern neben der Zwölf angebracht«, murmelte der Gnom und verstellte rasch die entsprechenden Eisringe. »Und endlich begreife ich, was die Eins auf der Sanduhr mit dem Abbild Molunahs zu bedeuten hatte.« Abermals verstellte er einen Ring. »Dummerweise haben wir zwei der Uhren nie zu Gesicht bekommen. Ihr etwa, Euer Hochwohlgeboren?«

»Nein.« Celeste schüttelte bekümmert den Kopf und wechselte erschrocken den Standort, da es unten ihren Füßen abermals knackste.

»Aber mir wurden sie gezeigt«, erklärte Ludovico überraschend. »Bei der Marsakiesluhr stand ein kleiner Stern neben der Sieben; bei der Uhr, die Venudah geweiht war, neben der Zehn.«

Hektisch drehte Meister Arcimboldo die verbliebenen Sphärenringe und der Feuerschein unter dem eisigen Höhlenboden erlosch. Erleichtert atmete Fabio aus. Doch schon im nächsten Moment begann der große Eisquader zu beben. Die frostigen Zahnräder in seinem Innern rotierten, die durchscheinenden Stangen verschoben sich, und der ganze Quader sackte Stück für Stück im Boden ab. Meister Arcimboldo stieß einen erschrockenen Laut aus und ruderte mit den Armen, um auf dem glatten Untergrund nicht das Gleichgewicht zu verlieren. Überall knackste und knisterte es. Ausgelöst durch die Erschütterungen bildeten sich rund um sie herum weitere Risse in der Eisdecke.

»Bei Molunah, das sieht gar nicht gut aus!«, flüsterte Fabio. Doch ebenso wie Celeste und sein Herr Ludovico war er nicht bereit, die Höhle zu verlassen. Er wollte nicht aufgeben. Nicht jetzt, so nah am Ziel.

Der frostige Quader hatte sich inzwischen auf Bodenhöhe abgesenkt, doch er rumpelte immer weiter in die Tiefe. Erst als sich seine Oberfläche mit dem darin eingelassenen Sphärenmodell etwa einen Schritt unter ihnen befand, verharrte er.

»Ich hab es, Freunde! Ich hab es!« Meister Arcimboldo bückte sich und griff in eine Nische in der Felswand, die bislang von dem Eisblock verdeckt worden war. Ächzend zog der Gnom einen Quartband mit einem Buchdeckel aus schwarzem Leder ins Freie, auf dem die goldene Abbildung einer Krone prangte. Sie wurde von fünf silbernen Sternen umringt.

Fabio reichte Meister Arcimboldo die Hand und half ihm auf. Der Gnom beachtete ihn kaum. Stattdessen eilte er auf seine Laterne zu, die neben der von Frost befreiten Fläche des Höhlenbodens stand, und blätterte feierlich den alten Folianten durch. Aufgeregt blickten ihm Fabio, Celeste und Ludovico über die Schulter. Der dicke Band enthielt vergilbte Seiten, die mit einer engen Handschrift beschrieben waren. Endlos wirkende Tabellen mit astrologischen Symbolen reihten sich aneinander. Sie wirkten auf Fabio ebenso rätselhaft wie die große Zahl seltsam anmutender Konstruktionsskizzen, die über die Seiten verstreut waren. Die Zeichnungen schienen Pendel oder Streitkolben darzustellen, doch Fabio war sich nicht ganz sicher.

Meister Arcimboldo blätterte zur ersten Seite zurück und begann laut zu lesen:

Dies sind die Aufzeichnungen des Sehers Cagliomaeus, der in dieser Schrift getreulich niederlegt, was ihm die astralen Kräfte offenbarten.

Wisse, dass sich der Weise über die Einflüsse der Wandelsterne zu erheben vermag, seit der Erste unter den Himmlischen mit seiner Rebellion die stellare Ordnung erschütterte. Erkenne, dass die Wandelsterne den irdischen Körpern ihre Eigenschaften nicht aufzwingen, sondern auf diese nur eine gewisse Anziehung ausüben. In dieser Freiheit des Willens liegt die größte Stärke, aber auch die größte Schwäche der Schöpfungsordnung. Sie war der Anlass für den ersten Stellarskrieg, der das Zeitalter begründete, und sie wird Auslöser des zweiten Stellarskriegs sein, der das Zeitalter beendet.

Begreife, dass in diesem Wechselspiel zwischen kosmischen und irdischen Kräften das Geheimnis allen Seins verborgen liegt. Denn wer wahre Weisheit erlangt, der vermag den Lauf der Sterne selbst zu beeinflussen.

So höre: Wenn der letzte Stern am Firmament erloschen und die Schöpfung bar jeder Hoffnung ist, wird der Gestürzte abermals nach dem Sternenthron greifen. Dann ist das Ende des Zeitalters gekommen und diese Zeit ist nah. Im Buch der Sterne aber steht geschrieben, dass das Schicksal des Gestürzten unaus-

weichlich mit dem Schicksal der Schöpfung verbunden ist. So hadere nicht mit dem Schicksal, du, der du diese Zeilen liest, sondern halte dich an das, was ich auf den folgenden Seiten niederlege. Denn der Fortbestand Astarias wird davon abhängen, ob es dem Ersten gelingen wird, die Ketten seiner stellaren Geschwister abzuwerfen. Dir aber ist bestimmt, deinen Teil dazu beizutragen, auf dass sich das Schicksal der Schöpfung erfüllen möge …

»Genug, Himmelsmechaniker!«, herrschte Ludovico Meister Arcimboldo an. Er entriss dem Gnom den Folianten und trat mit gezücktem Schwert einige Schritte zurück. »Ihr habt doch wohl nicht geglaubt, dass Ihr diese Offenbarung am Ende behalten werdet.«

»Aber Herr, Meister Arcimboldo steht auf unserer Seite!«, rief Fabio erschrocken.

»Halt gefälligst den Mund, Knappe!«, herrschte ihn Ludovico grimmig an. »Mit deinen Narrheiten und Einmischungen hast du bereits genug Schaden angerichtet. Und ich muss leider feststellen, dass du auf der falschen Seite stehst. Ich werde …«

»Gar nichts werdet Ihr, Paladin!«, hallte von irgendwoher die Stimme Sylvanas. Ludovico wirbelte brüllend herum, doch die Gefahr nahte von oben. Ein Schatten jagte von einem der Felsvorsprünge aus über ihre Köpfe hinweg und stürzte sich auf den Ordensritter. Ludovico versuchte noch auszuweichen, doch Sylvana stieß den Paladin um wie einen alten Baum. Sie hatte sich längst in ihre Wolfsgestalt verwandelt und schlug ihre Reißzähne geifernd in Ludovicos Nacken. Der überrumpelte Ritter schrie gellend auf und versuchte, die Werwölfin mit dem Meteoreisenschwert abzuwehren, doch Sylvana schlug den Knauf des Schwertes beiseite, fuhr ihre Krallen aus und schlug sie Ludovico in die Brust.

»Neiiin!« Fabio riss seinen Säbel hervor und jagte über die Eisfläche auf Sylvana zu. Mit voller Wucht hieb er nach ihr, doch die Werwölfin schleuderte ihm die Waffe mit einem gezielten Tritt aus der Hand und versetzte ihm einen harten Stoß mit ihrer Pranke. Fabio schlitterte benommen auf einen der steinernen Pfeiler zu und krachte unsanft dagegen. Sylvana schlug zwei weitere Male auf Ludovico ein. Als er sich nicht mehr rührte, griff sie nach der Offenbarungsschrift.

»Ihr Tölpel!«, schrie sie mit blutbeschmierten Lefzen und musterte die kleine Gemeinschaft mitleidlos. »Wie leicht ist es nur, euch zu täuschen! Ihr …«

»Glaubst du das wirklich?«, unterbrach Meister Arcimboldo sie. Längst hielt er den Aeroaster in den Händen. Bevor Sylvana reagieren konnte, tobte ein Orkan durch die Höhle, der die Wolfsfrau packte und zurück bis zum Eingang schleuderte. Hart prallte sie gegen die vereiste Felswand, doch sofort richtete sie sich wieder auf.

»Elender Narr!«, fauchte sie. »Ich …«

Nicht weit von ihr entfernt, neben dem Höhleneingang, leuchtete ein blaues Licht auf. Ambra trat mit hoch erhobenem Tranceometer auf die Lykantrophin zu. »Sei still, Sylvana. Leg das Buch beiseite und, äh, schlafe ein.«

Die Werwölfin knurrte etwas Unverständliches, doch schon ließ sie den Folianten fallen. Dann trübte sich ihr Blick und sie sackte auf dem Eis zusammen. Reglos blieb sie liegen.

Fabio, der sich längst wieder aufgerappelt hatte, rannte fassungslos zu seinem Herrn Ludovico, der mit klaffenden Wunden auf dem Eis lag. Ein Blutfleck hatte sich um seinen Oberkörper herum ausgebreitet und seine Lider waren geschlossen.

»Nein, das darf nicht … Ich kann nicht glauben, dass …« Fabios Augen füllten sich mit Tränen. »Wieso habt Ihr mir nicht geglaubt, Herr? Wir waren doch auf Eurer Seite!«

Celeste und Meister Arcimboldo traten neben ihn.

»Es tut mir so leid, Fabio.« Celeste sah ihn traurig an.

»Ich hab die ganze Zeit über gespürt, dass dein Herr uns Himmelsmechanikern nicht traut.« In der Stimme des Gnoms lag große Enttäuschung.

Fabio hörte seine Worte nicht, denn der Hass überspülte ihn wie eine dunkle Woge. Zornig griff er nach dem Schwert aus Meteoreisen, das neben ihm auf dem Eis lag.

»Diese Verräterin wird den Mord an meinem Herrn büßen!«, zischte er. »Ich werde ihr das Wolfsfell vom Leib schneiden und sie dorthin schicken, wo sie hingehört – zu ihrem Herrn, Astronos!«

Zornig stapfte er über die Eisfläche auf Sylvana zu, die noch immer hypnotisiert zu seinen Füßen lag. Ambra hielt das Tranceometer inzwischen gesenkt und blickte hilflos zu ihrem Vater hinüber.

»Nicht, Fabio!«, rief Celeste, die ihm ebenso wie der Himmelsmechaniker nachgeeilt war.

Fabio hatte schon sein Schwert gezückt und setzte die Spitze an die Kehle der Verräterin.

Wie hatte er sich nur so in Sylvana täuschen können?

»Sie wird jetzt ebenfalls sterben!«, rief er.

»Ohne sie werden wir nicht erfahren, was unsere Feinde planen«, mahnte der Himmelsmechaniker.

»Bitte, Fabio, überwinde deinen Schmerz«, versuchte auch Celeste ihn zu besänftigen. »Wenn du Sylvana jetzt tötest, dann verlieren wir mit ihr unsere einzige Verbindung zu den Astronos-Anhängern. Begreif doch: Offenbar gibt es unter ihnen verschiedene Gruppen. Vielleicht gelingt es uns mit ihrer Hilfe sogar, sie gegeneinander auszuspielen.«

»Sie soll das Recht haben weiterzuleben, während mein Herr tot ist?«, klagte Fabio. »Das ... das kann nicht gerecht sein!«

Da ertönte etwas entfernt vom Berggipfel Jacopos Signalhorn. Erst ein Mal, dann noch ein zweites und drittes Mal. Alarmiert wandten sich die Gefährten zum Höhleneingang um.

»Was soll das?«, fragte Celeste.

»Wir Dummköpfe!« Meister Arcimboldo griff erschrocken nach dem schwarzen Folianten und packte seine Tochter am Arm. »Die Himmelsreiter der Goblins. Sie müssen uns gefolgt sein!«

Fabio warf Sylvana einen letzten, finsteren Blick zu. »Gut, dann zurück zum Schiff. Doch glaubt mir, was diese elende Verräterin betrifft, habe ich noch keine endgültige Entscheidung getroffen!«

Eis und Blut

Fabio, Celeste, Meister Arcimboldo und Ambra stürzten nach draußen auf den verschneiten Pier, wo sie auf Yargo stießen, der dort ruhig auf sie gewartet hatte. Noch immer funkelten über ihnen die Sterne des Nachthimmels, die die schroffe Bergwelt in fahles Licht tauchten, und gemeinsam rannten sie durch den Schnee zurück zur *Sternenwind*, die mit hoch erhobenen Masten neben dem frostigen Landungssteg schwebte.

Dort erwartete sie das Gebrüll der beiden Gardisten, die Seite an Seite auf dem Heckkastell standen und sich mit ihren Hellebarden energisch gegen eine Riesenfledermaus zur Wehr setzten. Mit gewaltigen Schwingenschlägen hing sie über den Schiffsaufbauten und wurde von ihrem Reiter immer wieder zum Angriff gedrängt. Lange Reihen nadelspitzer Zähne blitzten im Mondlicht auf und die spitzen Schreie der geflügelten Kreatur ließen Fabio die Haare zu Berge stehen.

»Sie dürfen das Astrolabium nicht erreichen!«, brüllte Meister Arcimboldo.

Mit einem Kampfschrei auf den Lippen stürmte Fabio an einer der hängenden Plattformen vorbei an Deck und gewahrte über sich einen zweiten Schatten, der mit ausgebreiteten Schwingen über die Takelage des Wolkenschiffes strich. Er rannte bereits auf die Treppe des Heckkastells zu, als sich überraschend ein dritter Schatten vom Nachthimmel löste und sich rasend schnell auf ihn herabsenkte. Die Riesenfledermaus wollte ihn packen, doch Fabio stieß mit einem Ruck das Meteoreisenschwert nach oben und traf die Brust des Monsters. Die Kreatur kam ins Trudeln, krachte gegen den Hauptmast und stürzte mit schweren Schwingenschlägen zwischen die Wanten, von denen es sich erfolglos zu lösen versuchte. Der Goblin, der auf ihrem Rücken hockte, sprang gewandt ab und spannte seinen Kurzbogen.

»Fabio, pass auf!«, gellte Celestes Ruf durch die Nacht.

Kurz darauf durchschlug ein schwarzer Pfeil Fabios Oberschenkel. Mit einem lauten Schmerzensschrei prallte der Knappe unsanft gegen die Heckaufbauten. Der Goblin lachte hässlich und legte schon den nächsten Pfeil auf, als ihn plötzlich ein tobender Windstoß erfasste und gegen das Vorderkastell warf. Es knackte und der Kurzbogen zersplitterte bei dem Aufprall.

»Ambra, Yargo, kämpft!«, schrie Meister Arcimboldo, der mit einer Hand den Folianten und mit der anderen den Aeroaster umklammerte. Längst hielt Ambra ihre Steinschleuder in den Händen, spannte sie und half Odilio und Jacopo mit einem gut gezielten Schuss. Die Gardisten fochten schräg über ihr gegen zwei Himmelsreiter und ihre Flugtiere. Derweil biss die sterbende Riesenfledermaus in den Wanten wütend um sich. Yargo und Celeste wichen erschrocken zurück.

»Ich kümmere mich um den Goblin!«, brüllte Fabio und humpelte trotz der Schmerzen in seinem Bein auf den Bogenschützen zu. »Odilio und Jacopo, helft ihr!«

Er beobachtete, wie die Gnome die Treppe zum Achterkastell hinaufeilten und Celeste hinter einem der Stützpfeiler verschwand. Mit einem beiläufigen Streich seines Schwertes gab Fabio der verletzten Riesenfledermaus den Todesstoß. Der Himmelsreiter vor ihm fauchte gereizt und zog ein Sichelschwert, das er auf dem Rücken trug. Schon war Fabio heran und ließ das Schwert auf ihn niederfahren. Der Goblin parierte, aber Fabios erster Schlag hämmerte bereits eine gezackte Kerbe in die gegnerische Klinge. Wieder einmal musste Fabio feststellen, dass die Waffen der Goblins nicht so hart waren wie die Schwerter der Menschen. Der Meteoreisenklinge hatte sein Gegner erst recht nichts entgegenzusetzen. Doch Fabios Bein brannte wie Feuer, und noch immer behinderte ihn der schwarze Pfeil, der wie ein riesiger Dorn aus seinem Fleisch ragte. Abermals schlug er zu, doch diesmal brachte sich der Unhold mit einem raschen Sprung in Sicherheit und stürzte zur Treppe des Vorderkastells. Fabio wusste, dass er seinen Vorteil verspielt hatte. Wütend griff er nach dem Pfeilschaft in seinem Bein und brach ihn ab. Der Schmerz raubte ihm beinahe die Besinnung. Ein warmer Blutstrom ergoss sich über seine Beinkleider.

Drüben auf dem Achterkastell tobte indes der Kampf zwischen den Himmelsreitern, ihren Riesenfledermäusen und Fabios Gefährten. Zu seinem Schrecken sah er, dass auf einem der beiden Flugtiere Gruuk selbst saß. Mit einem angewiderten Gesichtsausdruck, als müsste er lästige Insekten bekämpfen, warf er einen Speer zwischen seine Gegner. Odilio riss abwehrend einen Arm hoch, doch der Speer traf ihn und er ging kreischend zu Boden.

»Odilio!« Jacopo erlegte das zweite Untier mit seiner Hellebarde. Meister Arcimboldo schritt unterdessen, gedeckt von Yargo, der die lange Waffe Odilios ergriffen hatte, auf Gruuk zu. Sein Tranceometer leuchtete blau und er brüllte unverständliche Kommandos. Doch der Hochschamane der Goblins lachte nur.

Fabio war nun wieder gezwungen, sich auf seinen eigenen Gegner zu konzentrieren, der ihn von den Treppenstufen des Bugkastells aus mit einem regelrechten Hagel aus Schwertschlägen niederzustrecken versuchte. Fabio parierte immerzu, doch aufgrund seiner Beinwunde kam er einfach nicht nah genug an den Unhold heran, um ihm seinerseits einen ordentlichen Hieb zu verpassen.

»Kopf runter, Fabio!«, war plötzlich Celestes Stimme zu hören.

Unwillkürlich folgte der Knappe ihrer Warnung und sah, dass Celeste auf einer der hängenden Plattformen stand und die dort montierte Armbrust gespannt hatte. Ein scharfes Schnappen erklang und ein Bolzen durchschlug die Schulter des Goblins über ihm. Der Unhold wurde schreiend zurückgeworfen.

Fabio kletterte schwerfällig zum Bugkastell hinauf, wo ihn sein Gegner bereits erwartete. Trotz der schweren Verletzung stürmte der Goblin auf ihn zu und für eine Weile erfüllte das helle Klirren von Metall auf Metall die Nacht. Endlich gelang es Fabio, dem Goblin die Waffe aus der Hand zu schlagen und ihm das Meteoreisenschwert tief in die Brust zu stoßen.

»Nimm das, Schamane!« Drüben vom Achterdeck des Heckkastells hallte Meister Arcimboldos Wutgebrüll durch die Nacht, während Jacopo und Yargo mit aufgepflanzten Hellebarden Odilio beschützten, der schräg hinter ihnen lag. Ambra stand nahe der Treppe zum Hauptdeck und schoss unentwegt Steine auf Gruuk und sein Reittier ab. Der Hochschamane fixierte das Gnomenmädchen und hob soeben eine Wurfaxt, als ihm eines ihrer Geschosse den Kopf in den Nacken riss. Der Goblin brüllte.

Meister Arcimboldo drängte vor und richtete seinen Aeroaster ein weiteres Mal auf den benommenen Hochschamanen und sein Flugtier. Mit einer magischen Orkanböe beförderte er die Riesenfledermaus und ihren Reiter zurück in den Nachthimmel. Doch im selben Moment wurde er rücklings von den Schwingen einer weiteren Riesenfledermaus getroffen und prallte gegen die Brüstung zum Zwischendeck. Das Geländer barst unter der Wucht des Aufpralls und der Himmelsmechaniker stürzte schreiend neben die große Ladeluke, wo er stöhnend liegen blieb. Noch immer umklammerte er den Folianten.

»Vater!«, schrie Ambra besorgt.

In diesem Augenblick tauchte Gruuk wieder auf. Wie ein finsterer Rachegeist stieg der Herrscher der Goblins auf dem Rücken seines Flugtiers jenseits der Backbordreling auf. Die Fledermaus krallte sich in die Brüstung und mit einem Satz sprang der Hochschamane an Deck. Bevor der benommene Himmelsmechaniker wusste, wie ihm geschah, trat ihm Gruuk den Aeroaster aus den Händen und entriss ihm die Offenbarungsschrift.

»Nicht!«, krächzte Meister Arcimboldo.

»Allein darum ging es!«, fauchte der Hochschamane triumphierend und seine spitzen Ohren zuckten erregt. »Wer hätte gedacht, dass mir ausgerechnet ein Verräter wie du einen solchen Dienst erweisen würde. Doch das wird dich nicht vor der Strafe des Astronos bewahren!«

Der Goblin griff an seinen Gürtel und hielt den schwarzen Astronos-Schädel in Händen, den Fabio bereits auf der Friedhofsinsel Venezias gesehen hatte. Die Augenhöhlen des grausigen Artefakts leuchteten auf und tauchten das Deck in einen glühend roten Schein.

»Nein!« Längst hatte Fabio nach einem Seil gegriffen, das von der Takelage des Schiffes bis hinunter zur Ladeluke reichte. Ohne auf die Schmerzen in seinem Bein zu achten, sprang er vom Heckkastell und schwang sich, an dem Seil hängend, auf den Hochschamanen zu.

Gruuks Kopf flog herum und er schaffte es gerade noch rechtzeitig Fabios Schwerthieb zu entgehen, dann prallten ihre Körper gegeneinander und die beiden Kontrahenten stürzten polternd über die Planken.

Der Aufprall schickte Wellen des Schmerzes durch Fabios Körper und das Blut in seinem Bein pochte heftig und stechend.

»Elender Paladin!« Der Hochschamane kam wieder auf die Füße, bevor Fabio reagieren konnte, und fletschte bösartig die Zähne. »Du musst dieser Knappe sein, der uns in Venezia entkommen ist. Vielleicht sollte ich Astronos dankbar dafür sein, dass er es mir nun ermöglicht, dich persönlich aus dem Weg zu räumen!« Stöhnend sah sich der Knappe nach dem Meteoreisenschwert um, das sich schräg hinter ihm in die Planken gebohrt hatte. Damit war es unerreichbar.

Gruuk lachte gehässig, als er mit hoch erhobenem Astronos-Schädel vor sein Flugtier trat. Von dort aus fixierte er Fabio kalt. Die Augenhöhlen des Totenschädels glühten immer stärker und Fabio fühlte einen seltsamen Schwindel. Irgendetwas bahnte sich mit Gewalt einen Weg in seinen Kopf, ein Gefühl, so erniedrigend und schrecklich, dass sogar das schlimme Pochen in seinem Bein in den Hintergrund trat. Er ächzte und presste sich die Hände gegen die Schläfen. Und doch konnte er nicht verhindern, dass die Welt um ihn herum in einem Meer aus bewegter Dunkelheit versank.

Das Säuseln des Windes wich jäh dem Prasseln kalter Flammen, die die Finsternis von einem Augenblick zum anderen erleuchteten, und irgendwo vor ihm war das Klirren von Ketten zu hören.

Bei allen Stellaren, was geschah mit ihm?

Ein einfacher Knappe. Sieh an …

Die Sphärenstimme, die in Fabios Kopf dröhnte, besaß den Klang kalten Stahls.

»Wer spricht da?« Fabio knirschte unter der Last der fremden Gedanken mit den Zähnen.

Weißt du das wirklich nicht?

Ein gewaltiger Schatten rückte in sein Blickfeld. Er war so schwarz wie ein erloschener Stern, und Fabio fühlte, wie von dem unheimlichen Wesen ein Sog ausging, der an seiner Seele zerrte. Fabio wollte laut schreien, doch er bekam keine Luft. Astronos!

Der gefallene Stellar war in seine Gedanken eingedrungen. Doch wie sehr sich Fabio auch wehrte, sein Wille erlag dem fremdartigen Ansturm wie ein Grashalm der Wucht eines Orkans.

»Weiche, Feind der Schöpfung!«, ächzte Fabio verzweifelt in Gedanken.

Aber wer sagt dir denn, dass ich ein Feind der Schöpfung bin? Die Stimme in seinem Kopf nahm einen schmeichelnden Ton an, so als spräche ein Vater mit seinem verängstigten Sohn. *Das alles sind Lügen. In die Welt gesetzt von meinen verräterischen Geschwistern. Sie sind es, die Astaria verraten haben. Nicht ich. Denn sie wollen verhindern, dass ihr Geschöpfe erwachsen, stark und unabhängig werdet. Ich hingegen war stets ein Freund der Schwachen, stets bemüht, euch stark zu machen. Doch meine Brüder und Schwestern sind auf euch Sterbliche eifersüchtig, sie wollen nicht, dass ihr das letzte Geheimnis erfahrt.*

»Das letzte Geheimnis?«, keuchte Fabio verwirrt.

Der Sinn eurer Bestimmung, eurer … Existenz.

Fabio japste verwirrt und konnte sich dennoch nicht dem lockenden Klang der Stimme entziehen.

Noch kannst du dich der richtigen Partei anschließen, junger Paladin. Denn das Licht brennt hell in dir, und ich fühle, dass du mir näher stehst, als du denkst.

»Verflucht, wovon sprichst du?«

Weißt du das wirklich nicht? Hast du nie das süße Gefühl gespürt, wenn du in die Schlacht geritten bist?

Auf einmal sah sich Fabio in blinkender Rüstung auf einem Schlachtfeld stehen. Vor ihm wogte ein Heer gesichtsloser Feinde heran und unwillkürlich hob er sein Schwert. Sein Herz schlug in hämmerndem Takt und pumpte das Blut durch die Adern. Um ihn herum waren andere Streiter und unwillkürlich stimmte Fabio in ihr Kriegsgeschrei ein.

Hast du nie das süße Gefühl gespürt, wenn dein Schwert Kettenglieder und vergängliches Fleisch zerteilte?

Fabio spürte, wie er Schilde zertrümmerte, zustach und auf seine Gegner einschlug. Gemeinsam mit seinen Kameraden trieb er eine tiefe Schneise in das Heer seiner Gegner.

Du willst mir weismachen, dass du nicht das Gefühl wahrer Macht kennst?

Er kannte es. Es war wie ein Rausch. Fabio fühlte sich unbesiegbar. Und alles, woran er dachte, war, den Feind so zu schlagen, dass er nie wieder die Gelegenheit bekam, sich zu erheben. Noch nie hatte er sich so lebendig gefühlt.

Siehst du, ich wusste, dass du das süße Wissen um deine Bestimmung kennst. Jemanden wie dich kann ich brauchen, um die Schwäche in der Welt auszurotten.

»Die Schwäche in der Welt auszurotten?« Die Vision wich schlagartig von ihm, und Fabio keuchte, so als hätte er soeben tatsächlich auf dem Schlachtfeld gestanden. Vor seinem geistigen Auge stiegen nun andere Bilder auf. Bilder von Frauen mit Kindern, die ihre toten Väter und Brüder beklagten. Greise und Kranke, die ängstlich vor ihm und den anderen Kriegern die Flucht ergriffen. »Von welcher Schwäche sprichst du?«

Du weißt, von welcher Schwäche ich spreche, junger Paladin. In der Welt ist aber kein Platz für Schwache. Der Sinn der Schöpfung ist vielmehr, die Starken von den Schwachen zu trennen. Ich weiß das. Du weißt das. Entzieh dich dieser Erkenntnis nicht.

Fabio zitterte am ganzen Leib, als er zu verstehen begann.

»Nein, wahre Stärke besteht darin, die Schwachen zu schützen. Wir sind doch keine Tiere!«

Sehr bedauerlich, dass du dich dieser schlichtesten aller Erkenntnisse verweigerst. In diesem Fall wirst du den Weg aller Schwachen gehen: Du wirst einen erbärmlichen Tod sterben.

Als diese Worte verklungen waren, kam Fabio wieder auf den Planken des Wolkenschiffes zu sich. Der Druck in seinem Schädel hatte sich gelöst und der Schmerz in seinem Bein pochte wieder wie zuvor. War das wirklich Astronos gewesen, der eben zu ihm gesprochen hatte? Wie lange hatte das Zwiegespräch gedauert? Fabio erkannte, dass nur wenige Augenblicke vergangen sein konnten, denn noch immer hielt Gruuk lachend den Astronos-Schädel erhoben.

Fabio sah voller Entsetzen, dass jetzt ein helles Feuer in den Augenhöhlen des Schädels aufloderte. Er hatte keine Chance mehr wegzukommen. Das Feuer verschmolz zu zwei grellen Glutpunkten, als sich ein schlanker Schatten vom Heckkastell aus zwischen sie warf. Yargo!

Der Gnomenjunge setzte mit einem scheppernden Laut auf den Planken auf, erhob sich sofort wieder und breitete schützend die Arme vor Fabio aus. Gleichzeitig schlugen Stichflammen aus dem Astronos-Schädel. Als sengende Feuerlanzen jagten sie auf den Gnomenjungen zu. Sie durchschlugen die Leibesmitte des Kindes und verkohlten einige Streben an den Heckaufbauten über Fabios Kopf. Yargo gab einen knirschenden Klagelaut von sich und klappte zusammen wie eine Marionette, deren Fäden zerschnitten worden sind.

Fassungslos starrte Fabio auf den Kleinen, der reglos und mit schwelendem Körper vor ihm lag. Auch Gruuk schien äußerst verblüfft.

»Yargo!«, stöhnte Meister Arcimboldo.

Fabio nutzte die Überraschung des Hochschamanen und riss schreiend das Schwert aus den Planken. Schon stemmte er sich hoch und wollte auf Gruuk zustürmen, als sich hinter ihm stampfende Schritte näherten. Fabio ruckte herum. Das war sein Herr Ludovico!

»Herr, ich dachte Ihr seid … tot?«, keuchte er.

»Falsch gedacht!«

Eine Faust raste auf Fabio zu und da verwandelte sich auch schon die Welt des Knappen in ein Meer aus bunten Funken. Hart stolperte er über den zusammengekrümmten Leib Yargos und stürzte rücklings aufs Deck. Ein brutaler Tritt gegen sein verletztes Bein trieb ihm vor Schmerz die Tränen in die Augen. Schon fühlte er, wie ihm Ludovico das Meteoreisenschwert aus den Fingern wand.

»Herr, was tut Ihr? Ich stehe auf Eurer Seite!«, wimmerte Fabio.

»So, tust du das?« Ludovico grinste böse und hieb mit der erbeuteten Klinge ein paarmal prüfend durch die Nachtluft. »Dann dienst du also ebenfalls Astronos? Und ich dachte, ich müsste dich an die Lehren unseres Herrn erst noch behutsam heranführen.«

»Ihr seid … ein Anhänger des Astronos?!« Fabio war, als schlösse sich eine kalte Hand um sein Herz. Auch Meister Arcimboldo ächzte. Erst jetzt bemerkte Fabio, dass weiter vorn, in Richtung Pier, Celeste und Ambra benommen auf den Planken lagen. Ludovico musste auch sie niedergeschlagen haben. Allein vom Achterdeck waren noch Kampfgeräusche zu hören.

Gruuks hämisches Gelächter hallte gellend über Deck. »Ich schätze, Ihr wollt Euch persönlich um diesen aufsässigen Jungen kümmern, mein Bester.«

»Ja, bringt die Aufzeichnungen ruhig in Sicherheit, Hochschamane. Ich räume hier noch auf und bringe Euch später das Schiff.« Ludovicos Blick war noch immer unverwandt auf Fabio gerichtet.

Der Goblin grunzte und schwang sich auf sein unheimliches Reittier. »Ich wünsche keine Überlebenden, Ludovico.«

Die Riesenfledermaus entfaltete ihre Schwingen und ließ sich rücklings über die Bordwand fallen. Mit ihrem finsteren Herrn verschwand sie in der Tiefe. Fabio war zum Heulen zumute. Ihre Niederlage hätte nicht schlimmer ausfallen können. Und noch immer begriff er nicht, wieso sein einstiger Herr überhaupt noch lebte.

Ludovico schien zu spüren, welche Frage Fabio quälte. Triumphierend riss er sein blutiges Hemd auf. Dort, wo vorhin noch tiefe Wunden geklafft hatten, war nun lediglich zernarbtes Gewebe zu erkennen.

»Damit du es weißt, Knappe, ich bin nicht irgendein Diener unseres dunklen Herrn, ich bin ein Erwählter. Ich bin ein Splitterträger.« Ludovico krempelte seinen rechten Ärmel zurück und gestattete Fabio einen Blick auf seinen Unterarm. Dort, dicht unter der Haut, zeichnete sich eine dunkle, fast daumengroßen Wölbung ab.

»Was du hier siehst, Knappe, ist ein Teil des Herzens unseres Herrn. Nur wenige von uns stehen so hoch in Astronos' Gunst, um solch eine Ehre zu empfangen. Du darfst also stolz darauf sein, mir gedient zu haben. Dieser Splitter verleiht mir Kräfte, von denen du nicht einmal zu träumen wagst. Wie du siehst, muss ich Verletzungen nicht fürchten. Nicht einmal deine wölfische Freundin kann mir etwas anhaben. Der dunkle Herr hält über jene, die ihm dienen, seine schützende Hand.«

Endlich begriff Fabio das ganze Ausmaß des Verrats.

»Ein anderer Schwertbruder sollte Celeste de Vontafei damals vom Landgut ihres Vaters abholen«, krächzte Fabio bestürzt. »Wir waren deswegen zu früh dort, weil uns in Wahrheit nie befohlen worden war, die Baroness nach Stella Tiberia zu begleiten.«

»Kluger Junge. Es ging allein um die Uhr.«

»Ihr selbst habt also die Männer des Barons in den Hinterhalt der Goblins gelockt!«

»Aber sicher.« Ein spöttisches Lächeln kräuselte Ludovicos Lippen. »Erinnerst du dich an den Astronos-Schädel, den dieser hochnäsige Raimondo im Dorf des Barons gefunden hat? Er war für mich bestimmt. Ich wusste damals noch nicht, dass unsere Goblinbrüder bereits so nah waren. Dabei hätte ich es mir denken können, nachdem wir auf der Anreise auf ihre Spuren gestoßen sind. Über ihn gab mir der Hochschamane genaue Anweisungen. Gruuk ist von alters her der oberste Diener unseres dunklen Herrn. Sicher ahnst du jetzt auch, mit welcher Tat ich mir den kostbaren Splitter verdient habe.«

»Mit der Auslöschung unseres Ordenshauses in Venezia«, antwortete Fabio verbittert und ihm kamen wieder die Worte des Astrologen in den Sinn. »Ihr seid der verräterische Bote. Ihr seid der Heuchler, vor dem ich gewarnt wurde. Nicht Sylvana.«

»Keine Ahnung, wovon du sprichst, Knappe.« Ludovico hob das Schwert. »Aber es interessiert mich auch nicht. Wenigstens hast du mir diese kostbare Waffe verschafft. Es wird mir ein Vergnügen sein, dich und deine Freunde damit zu töten. Und glaube nicht, dass ich dein blondes Schoßhündchen drüben in der Höhle vergesse. Womöglich würde sie unsere Pläne noch einmal durchkreuzen. Das werde ich verhindern. Und jetzt verabschiede dich von der Welt!«

Hinter ihnen, nahe der Brüstung, war ein leises Klirren zu hören.

Zu Fabios Überraschung hatte sich dort Celeste erhoben. Ihr hübsches Gesicht war von blutigen Schrammen überzogen, doch sie wirkte kühl und beherrscht. Vor ihr auf dem Boden lag die letzte Phiole mit Sternentau und ihr schlanker Körper wurde von jenem sanften Strahlen umschmeichelt, das Fabio bereits in Venezia bemerkt hatte.

»Ihr liegt falsch, Paladin!« Celestes Stimme klang streng und bedauernd zugleich. »Habt Ihr vergessen, dass Astronos noch nicht über Astaria gebietet? Und habt Ihr vergessen, dass die Stellare all jene bestrafen, die sich auf seine Seite schlagen?«

»Willst du dich etwa als Richterin aufspielen, Mädchen?«, zischte Ludovico ebenso überrascht wie erbost. »Falls ja, dann komm her und versuche es!«

Jäh überzogen sich Celestes Hände mit einem fahlsilbernen Glanz.

Ludovico schleuderte das Meteoreisenschwert mit einer

schnellen Bewegung auf die junge Stellarsdienerin zu. Doch das hatte Fabio kommen sehen. Als sein einstiger Herr zum Wurf ausholte, trat er mit seinem unverletzten Bein zu. Ludovico kam ins Wanken und die wirbelnde Klinge sauste dicht an Celeste vorbei und landete im tiefen Schnee auf dem Landungssteg. Im nächsten Moment prasselten unzählige magisch erzeugte Eiskristalle auf den Ordensritter nieder. Ludovico wurde von einem regelrechten Hagel erfasst und gegen die Reling geworfen.

»Ich bin ein Splitterträger!«, brüllte der Verräter gegen den eisigen Ansturm an und versuchte sich mit den Händen zu schützen. Doch sein Körper erstarrte innerhalb nur weniger Augenblicke in Kälte und Eis. Endlich überzog sich auch sein Gesicht mit Raureif und wurde zu einer wütenden Maske. Die Schreie verstummten. Wie eine bizarre Skulptur aus Eis und Schnee hob sich die steif gefrorene Gestalt Ludovicos gegen den Nachthimmel ab, an dem hell und klar der Nordstern funkelte.

Wie damals in Venezia sank Celeste erschöpft nieder, doch diesmal verlor sie nicht die Besinnung. Beruhigend winkte sie Fabio zu.

Fabio stemmte sich hoch und bemerkte, dass auch der Kampf oben auf dem Heckkastell zum Erliegen gekommen war. Eine Riesenfledermaus lag mit gebrochenem Flügel über dem Steuerruder und Jacopo kniete neben seinem dicken Kameraden. Ob er mitbekommen hatte, was sich zwischenzeitlich unten auf dem Hauptdeck abgespielt hatte, wusste Fabio nicht. Doch das war jetzt auch nicht wichtig.

Er wandte sich Yargos verbranntem Körper zu, von dem

ein seltsam strenger Geruch nach Steinöl ausging. Als er sich gerade über ihn beugen wollte, ertönte an der Reling ein leises Knacken. Entgeistert sah Fabio zu Ludovico auf. Das Gesicht des gefrorenen Ritters hatte bereits wieder Farbe bekommen. Ein kleiner Eiszapfen brach von seinem Bart ab und fiel zu Boden. Ludovico schlug die trüben Augen auf und blinzelte.

»Siehst du, Knappe«, wisperte er. »Ich bin ein Splitterträger. Warte nur, gleich bin ich wieder ich selbst, dann werdet ihr, du und deine Verbündeten, eure verdiente Strafe bekommen. Verlass dich darauf.«

Fabio sah sich hastig nach dem Meteoreisenschwert um, das irgendwo auf dem Pier im Schnee begraben lag.

»Na, was meinst du? Wirst du dein Schwert in der Dunkelheit rechtzeitig finden? Noch bevor mich Astronos' Kräfte von diesem lächerlichen Frosteinbruch befreien?« Der Ordensritter grinste böse. Zwei seiner Finger zuckten bereits und immerzu ging ein leises Knistern von ihm aus, während seine Glieder langsam wieder auftauten.

»Das brauche ich nicht.« Fabio humpelte auf ihn zu.

»Und wie willst du ohne die Waffe gegen mich bestehen?«, höhnte Ludovico. »Im Gegensatz zu dir bin ich kein schwacher Sterblicher mehr.«

»Ich weiß«, antwortete Fabio kühl. »Doch im Augenblick seid Ihr nichts weiter als ein nutz- und wehrloser Eisklumpen. Und da Ihr, wie Ihr selbst sagt, kein schwacher Mensch mehr seid, sondern ein Splitterträger, habt Ihr es wohl verdient, am eigenen Leib zu erfahren, wie es ist, zu zersplittern.«

Fabio trat dicht an seinen einstigen Herrn heran und sah ihm ein letztes Mal in die Augen. »Vielleicht habt Ihr es ja noch nicht bemerkt, aber hinter Euch geht es ziemlich steil in die Tiefe. Und nun gehabt Euch wohl, Verräter!«

»Das wagst du nicht. Das wagst du nicht!« Ludovicos Augen weiteten sich vor Entsetzen. Doch er konnte nicht verhindern, dass ihn Fabio an den vereisten Beinen packte und ihn wie eine Statue kurzerhand über die Reling kippte. Mit einem lang gezogenen Schrei stürzte der Ordensritter hinab. Fabio trat an die Schiffsverkleidung und hörte, wie der gefrorene Körper irgendwo tief unter ihm auf nackten Fels schlug. Ein lautes Klirren hallte durch die Bergwelt, als der Verräter in Aberdutzende Teile zerschellte.

Ludovicos Schreie verstummten schlagartig.

Ohne einen weiteren Gedanken an seinen ruchlosen Herrn zu verschwenden, schleppte sich Fabio zu Yargo, neben dem bereits Meister Arcimboldo und Ambra knieten. Beiden stand die Erschöpfung ins Gesicht geschrieben.

Auch Celeste näherte sich ihnen mit zittrigen Schritten.

»Es tut mir so leid, Meister Arcimboldo! Es tut mir so leid.« Trotz seines eigenen Verlustes hätte Fabio gern tröstendere Worte gefunden. Er würde niemals vergessen können, dass sich dieser seltsame Junge für ihn geopfert hatte.

Der Himmelsmechaniker sah zu ihm auf und winkte müde ab. »Mach dir keine Sorgen, Knappe. So schlimm ist es nicht. Viel schwerer wiegt allerdings der Verlust von Cagliomaeus' Aufzeichnungen.«

»Wie bitte?« Fabio sah den Gnom entgeistert an.

»Das heißt, du kannst ihn reparieren?«, fragte Ambra hoffnungsvoll. »Er wollte doch immer nur ein richtiger Junge sein.«

»Ich hoffe es. Jedenfalls wenn mir Poliogenes dabei hilft.«

Ebenso wie Celeste starrte Fabio auf Yargos Körper und sah erstmals, dass die Wunde des Jungen anders aussah, als er erwartet hatte. In der versengten Körperöffnung schimmerte es metallisch. Die Erkenntnis traf ihn wie ein Fausthieb. Yargos Körper bestand nicht aus Haut und Knochen, sondern aus Stangen, Zahnrädern, Schwungscheiben und drehbar gelagerten Pendeln und Spiralen. Teile seines mechanischen Innenlebens waren geschmolzen und verformt, doch andere zitterten und bewegten sich noch immer.

»Meine Güte, das kann doch nicht sein«, entfuhr es Fabio.

»Doch, so ist es«, seufzte Meister Arcimboldo. »Yargo ist kein Gnom. Er ist noch nicht einmal ein Wesen aus Fleisch und Blut, sondern ein horologischer Homunkulus. Eine denkende, mechanotempische Uhrwerk-Marionette, die wir vor einigen Monaten in einem Versteck gefunden haben, das wir Cagliomaeus zuschreiben. Es tut mir leid, dass wir euch sein Geheimnis nicht anvertraut haben, doch ich war zu misstrauisch. Zu welchem Zweck er erschaffen wurde, wissen wir nicht. Doch noch nie ist es einem Himmelsmechaniker gelungen, etwas Vergleichbares zu erschaffen. Yargo ist die Krönung der himmelsmechanischen Zunft. Er ist absolut einzigartig.«

Sprachlos sahen sich Fabio und Celeste an.

»Jacopo!«, rief Meister Arcimboldo nach oben. »Wie steht es um Odilio?«

»Ich glaube, er simuliert!«, rief der hagere Gardist zurück.

»Ich tue was, du Hornochse?« Sein dicker Kamerad ließ ein wütendes Stöhnen hören. »Warte nur ab, bis ich meinen Arm wieder bewegen kann. Dann setzt es Hiebe.«

Wider Willen lächelten die Gefährten einander an.

»Gut, holen wir Sylvana aus der Eishöhle. Wir haben ihr großes Unrecht getan«, sagte Fabio. »Und dann lasst uns die Segel setzen und endlich von hier verschwinden. Es gibt noch viel zu tun.«

Morgenröte

Fabio saß niedergeschlagen und übernächtigt auf einer Kiste und lauschte dem Wind, der an der Takelage des Wolkenschiffes zerrte. Der Rumpf knarrte leicht, doch die *Sternenwind* glitt ruhig und mit geblähtem Hauptsegel über dem Wolkenmeer dahin. Soeben ging die Sonne am östlichen Horizont auf. Das rot-weiße Lichterspiel erinnerte Fabio an die Farben der Paladine und an die Werte, für die seine Schwertbrüder einstanden und an die er selbst noch immer so fest glaubte.

Doch konnte er dem Orden noch trauen? Unaufhörlich musste er an den Verrat seines einstigen Herrn Ludovico denken. Wer von seinen Schwertbrüdern mochte der Versuchung des Astronos noch erlegen sein? Wenn nicht einmal die standhaften Paladine der Gefahr gewachsen waren, wie mochte es dann um den Rest der Welt bestellt sein? Unwillkürlich schob sich das Bild einer dicken Eiche vor sein geistiges Auge, deren Wurzeln in Wahrheit morsch und trocken waren.

Fabio seufzte und bemerkte Celeste erst, als sie direkt neben ihm stand. Die angehende Novizin hatte sich inzwischen gewaschen und ihr langes Haar ausgekämmt. Sanft umrahmte es ihr hübsches Gesicht. Zu seiner Überraschung hielt sie zwei dampfende Tonbecher in den Händen.

»Ist das Kakao?«, fragte Fabio verblüfft.

»Ja, Jacopo hat im Stauraum Geschirr gefunden und dann unten im Kastell ein Feuerchen in der alten Kombüse gemacht.« Celeste reichte ihm einen Becher und setzte sich neben ihn.

Fabio rückte etwas zur Seite und spürte, wie es in seinem Bein pochte, das Yargo geschickt verarztet hatte. Er trug inzwischen einen Verband, doch die Schmerzen wurden davon nicht gelindert.

»Ist Sylvana noch immer sauer?«, wollte er wissen und trank einen Schluck. Erst jetzt merkte er, wie durchgefroren er war.

»Ja, leider. Sie spricht nur das Nötigste mit uns.« Die Baroness sah sich um und Fabio folgte ihrem Blick. Die Wolfsfrau stand an der Reling des Hauptdecks und starrte mit grimmigem Gesicht in die Ferne. Hin und wieder bauschte der Wind ihre blonde Haarmähne auf, sodass ihr Schulterverband sichtbar wurde.

»Allerdings beschleicht mich zunehmend das Gefühl«, fuhr Celeste fort, »dass es sie weniger stört, dass wir sie für eine Verräterin gehalten haben. Ich glaube, sie trauert eher dem Kampf nach, den sie verpasst hat.«

Fabio schüttelte den Kopf und sah kurz zu Ambra hinüber, die hinter dem Steuerrad stand und das Schiff lenkte.

Was für ein Bild! Das Schiff in den Händen eines Gnomenmädchens, während der Rest der kleinen Mannschaft erschöpft und verletzt über Deck verstreut war. Fabio wusste, dass Meister Arcimboldo unten auf dem Hauptdeck war und sich um Yargo kümmerte. Der Himmelsmechaniker versuchte, seinen Schützling zu »reparieren«, wie es Ambra ausgedrückt hatte.

Stets hatte sich Fabio gefragt, was es mit Meister Arcimboldos stillem und ernstem Schützling auf sich hatte. Doch mit einer solchen Enthüllung hätte er niemals gerechnet. Der Gedanke, dass Yargo eine Maschine war, versetzte ihm einen leichten Stich. Denn auf eine seltsame Art hatte er Yargo gemocht. aber konnte man eine arkanomechanische Apparatur mögen?

Nachdenklich nahm Fabio einen weiteren Schluck und sah zum westlichen Firmament auf, wo in der Morgendämmerung noch einzelne Sterne zu sehen waren. »Ich frage mich, was wir jetzt tun sollen. Können wir überhaupt etwas tun?«

»Aber natürlich!«, antwortete Celeste mit Nachdruck. »Du wirst deine Schwertbrüder informieren und ich meine zukünftigen Schwestern in Stella Tiberia. Sicher hat sich der Einfall der Goblins in den Osten Astarias bereits wie ein Lauffeuer herumgesprochen.«

»Und wer sagt uns, dass wir unseren Brüdern und Schwestern noch trauen können? Nach allem, was wir erlebt haben?«, meinte Fabio voller Bitterkeit. »Dieser Astrologe in Venezia hat mir prophezeit, dass alles, woran ich glaube und wofür ich kämpfe, zerstört werden wird. Und bis jetzt haben sich seine Weissagungen erfüllt.«

»Noch wachen die Stellare über uns«, erklärte Celeste mit ruhiger Stimme und berührte mitfühlend seinen Arm. »Wir können immerhin einander vertrauen. Und ich denke, das ist doch schon einmal ein Anfang.«

»Einander?« Fabio sah die Baroness an.

»Ja, einander. Du und ich.« Celeste zwinkerte ihm frech zu. »Du bist zwar nur ein Bauernritter, aber ich bin mir sicher, mit etwas blaublütiger Unterweisung kann aus dir doch noch etwas Anständiges werden.«

Unwillkürlich musste Fabio lachen. Ob es nun Celestes Worte gewesen waren oder ihr Lächeln, er fühlte, dass die Mutlosigkeit von ihm abfiel.

»Glaubt ja nicht, dass sich ein Bauernritter so leicht herumkommandieren lässt«, flachste er.

»Ach, und ich dachte, du bist es gewohnt, Kommandos entgegenzunehmen.« Doch schon wurde Celeste wieder ernst. »Und jetzt sprich zu den anderen. Sie brauchen dich.«

»Mich?«

»Aber sicher.« Celeste nahm ihm entschlossen den Becher aus der Hand. »Hast du es denn immer noch nicht verstanden? Du bist ein Paladin, Fabio. So rein, wahrhaftig und tugendhaft, wie ich keinen zweiten kenne. Die Welt um uns herum verfinstert sich, doch um dich kreisen die Gestirne. Du bist derjenige, den die Stellare auserwählt haben, um die Welt vor dem Untergang zu bewahren. Du bist derjenige, der uns zusammengebracht hat. Ohne dich würde unsere kleine Gemeinschaft zerbrechen. Also geh und tu, was dir bestimmt ist.«

Fabio sah seine Begleiterin verblüfft an. Celestes Worte erinnerten ihn an das, was ihm Sylvana bereits vor einigen Tagen anvertraut hatte.

»Und was soll ich ihnen sagen?«

»Lass einfach dein Herz sprechen.«

Fabio nickte schwach, stützte sich auf das Schwert aus Meteoreisen und humpelte zur Brüstung des Hauptdecks. Meister Arcimboldo legte seine Schlüssel und Zangen beiseite, Ambra verließ gespannt ihren Posten am Steuerrad, Jacopo half Odilio auf, dessen rechter Arm in einer Schlinge lag, und selbst Sylvana drehte sich knurrend zu ihm um. Alle sahen sie ihn gespannt an, ganz so, als hätten sie nur auf sein Erscheinen gewartet.

»Meister Arcimboldo!«, rief Fabio zu ihm hinab. »Wie hoffnungslos ist unsere Lage ohne das Buch?«

Der Gnom erhob sich mit Sorgenfalten auf der Stirn. »Unsere Gegner sind uns mit der Offenbarung um einige Schritte voraus. Doch immerhin ahne ich, was uns Cagliomaeus in seinen Aufzeichnungen hinterlassen hat: die Bauanleitung zu einem arkanomechanischen Gerät, das vermutlich alles bisher Dagewesene in den Schatten stellt.«

»Und was ist sein Zweck?«

»Ich befürchte, es wird dazu dienen, Astronos von den Ketten der Erzstellare zu befreien«, antwortete Meister Arcimboldo und seufzte.

»Wie lange wird es dauern, bis ein solcher Apparat gebaut ist?«

»Wie lange?« Der Himmelsmechaniker zuckte mit den Schultern. »Mit Sicherheit einige Monate.«

»Gut, Freunde, dann bleibt jetzt nur noch eine Sache zu klären.« Fabio atmete tief ein und sein Blick richtete sich auf Sylvana, die ihn gespannt erwiderte. Er bediente sich bewusst der gleichen Worte, die sie damals nach dem Fall Venezias gebraucht hatte, als sie ihnen zu der Lichtung nachgefolgt war. »Sind wir noch Verbündete?«

Stille senkte sich über das Schiff, die nur vom Flüstern und Säuseln des Windes in den Wanten durchbrochen wurde. Menschen und Gnome blickten einander betreten an.

»Ich stelle euch diese Frage«, fuhr Fabio fort, »weil es außer euch niemanden mehr gibt, dem ich trauen kann. Die Sterne am Firmament erlöschen und mit ihnen erlischt die Hoffnung in unserer Welt. Doch wir haben nur diese eine. Und solange die Welt nicht gefallen ist, so lange weigere ich mich, den Kampf um sie aufzugeben. Doch diesen Kampf kann ich nicht alleine bestehen.« Fabio machte eine kurze Pause, bevor er weitersprach. »Ich weiß, dass die Niederlage, die wir heute erlitten haben, schmerzhaft ist. Doch noch immer nennen wir drei Dinge unser Eigen. Drei Dinge, mit denen wir den Feind das Fürchten lehren werden. Wir haben ein Schiff, wie es kein zweites gibt, wir haben ein Schwert, wie es kein zweites gibt, und verdammt noch mal, Freunde, vor mir steht eine Gemeinschaft aus Menschen und Gnomen, wie es sie ebenfalls kein zweites Mal gibt. Ich bin vielleicht nur ein einfacher Knappe, aber ich erkenne Mut und Tapferkeit, selbst wenn sie mir in Gestalt eines kleinen Gnomenmädchens gegenübertreten.« Fabio nickte Ambra zu, die schüchtern lächelte. »Aber ich weiß auch, dass das Vertrauen einiger von uns vielleicht für immer erschüttert wurde. Dennoch frage ich euch, ob ihr mir weiter im Kampf gegen unsere Feinde beistehen wollt. Ich bin ein Paladin. Doch ohne euch, Freunde, ist mein Schwert stumpf und all mein Tun vergebens.«

Die kleine Gruppe unter ihm schwieg noch immer.

Celeste stellte sich neben ihn. »Ich werde dein Auge und dein Ohr auf der Sternenburg sein. Und wenn die Himmlischen es so wollen, dann werde ich dir sogar in Astronos' Sternenkerker folgen.«

Auch der dicke Odilio räusperte sich. »Na ja, so wie ich es sehe, sind Jacopo und ich eh arbeitslos. Da können wir zur Abwechslung auch mal die Welt retten. Ist doch so, oder, Jacopo?«

»Klar, Odilio«, schnarrte der hagere Gardist in gewohnter Weise.

»Auch auf mich darfst du weiterhin zählen, Knappe.« Meister Arcimboldo nahm seine Brille ab und putzte sie. »Und ich denke, ich kann auch für Poliogenes sprechen.«

»Ich werde ebenfalls mitmachen!«, rief Ambra begeistert.

»Von dir habe ich nicht gesprochen«, fiel ihr Meister Arcimboldo barsch ins Wort. »Geh wieder zurück zum Ruder und überlege dir schon mal, was du deiner Mutter erzählen wirst!«

Unwillig räumte Ambra ihren Platz und jeder von ihnen blickte nun zu Sylvana. Die Wilde schnaubte, warf ihre Haarmähne zurück und trat in die Mitte der kleinen Gruppe. »Das Schicksal der Welt liegt also in den Händen von einigen Heißspornen, Taugenichtsen und kleinen Gaunern.«

»Na und?« Jacopo zuckte mit den Schultern. »Ist doch sonst auch nicht viel anders.«

»Stimmt auch wieder, Bohnenstange.« Sylvana grinste wölfisch. »Also gut, Knappe, ich bin dabei. Ohne mich würdet ihr sowieso nicht sehr weit kommen.«

»Danke, Freunde!« Fabio lächelte und blickte feierlich in die Runde. »Dann lasst uns bei Marsakiel schwören, dass wir dem Grauen gemeinsam standhalten. Nichts soll von nun an mehr zwischen uns stehen, komme es von außerhalb oder von innerhalb der Schöpfung.«

Fabio hob das Schwert aus Meteoreisen und sah, wie sich die Sterne auf der Klinge spiegelten. »Mag das Ende des Zeitalters auch gekommen sein, wir kämpfen für einen neuen Anfang!«

Anhang

Die Bewohner von Astaria

Die Hauptfiguren

Fabio Knappe der Paladine vom Orden der Morgenröte
Celeste de Vontafei Tochter des Barons Vittore de Vontafei, angehende Novizin bei den Sternenmystikerinnen
Meister Arcimboldo Gnom und Himmelsmechaniker
Sylvana Kämpferin aus dem Dolomitischen Himmelsmassiv

Arcimboldos Familie

Munadella Frau von Meister Arcimboldo
Ambra Tochter von Munadella und Meister Arcimboldo
Yargo Ziehsohn von Munadella und Meister Arcimboldo

Freunde, Verbündete, Feinde

Ardoin Paladin vom Orden der Morgenröte, Gewandmeister des venezianischen Ordenshauses

Aureana Hohe Sternenmystikerin von Stella Tiberia
Bartolomeo di Ariosto Der Doge von Venezia
Cagliomaeus Mysteriöser Himmelsmechaniker aus der Vergangenheit
Giovanni Leibdiener des Barons Vittore de Vontafei
Gruuk Hochschamane der Goblins
Ludovico Paladin vom Orden der Morgenröte; Fabios Herr
Meridianus Gnom und Himmelsmechaniker
Niccolo della Monzoni Siegelbewahrer des Dogen von Venezia
Odilio und Jacopo Zwei umtriebige, venezianische Gardisten
Pierina Laiendienerin in der Sternenbasilika
Poliogenes Gnom und Himmelsmechaniker
Palatinus Schatzmeister der venezianischen Paladine
Raimondo de Vontafei Cousin von Celeste
Silvestro Großmeister des Ordens der Morgenröte
Vesperuga di Ariosto Ducchessa von Venezia, Sternenmystikerin
Vittore de Vontafei Vater von Celeste; Baron aus der östlichen Grenzmark Veneziens

Herrscher der Sternenwelt: Die Erzstellare

Astronos Der gefallene Erzstellar rebellierte einst gegen die Schöpfungsordnung von Astaria; doch die anderen Erzstellare, seine Geschwister, besiegten ihn und sperrten ihn in den Sternenkerker.

Molunah Das mächtigste unter den Stellargeschwistern; der ihr zugeordnete Wandelstern ist der Mond und als ihre Attribute gelten Schwert und Sternenzepter; Molunah ist die Sendbotin der Magie und Astarias Alchimisten ordnen ihr den Diamanten und den Bergkristall zu; Silber gilt als das ihr geweihte Metall; ihre Farben sind Silber und Violett

Merkuriel Der himmlische Bote; sein Attribut ist der von zwei Schlangen umgebene Heroldstab; der ihm zugeordnete Wandelstern ist klein und daher schwierig zu beobachten; der Achat ist sein Stein, das ihm zugeordnete Metall ist Quecksilber und seine heilige Farbe ist Gelb.

Venudha Die Erzstellarin der Liebe wird als geflügelte Frau mit Füllhorn dargestellt; sie ist der Abendstern; ihre Stoffe sind Smaragd und Kupfer, ihre Farbe Grün.

Marsakiel Der Erzstellar des Krieges wird als geflügelter Kämpfer mit Streitkolben und Schild abgebildet; als roter Wandelstern zieht er über den Himmel; sein Rot findet sich auch in den Wappenfarben der Paladine; ihm sind Rubin und Eisen geweiht.

Juprabim Der Hüter der Gerechtigkeit wird als geflügelter Stellar mit Schwert und Waage dargestellt; seine Farbe ist Blau; die Astrologen von Astaria glauben, dass das Metall Zinn und der Edelstein Saphir von seiner ordnenden Kraft durchdrungen sind.

Ravensburger Bücher Absolut spannend!

Die Chroniken der Nebelkriege

Thomas Finn

Band 1 – Das unendliche Licht

Der Irrlichtfänger Kai geht bei dem berühmten Däumlingsmagier Thaddäus Eulertin in die Zauberlehre.
ISBN 978-3-473-**35260**-9

Band 2 – Der eisige Schatten

Der Zauberlehrling Kai ist der letzte Feuermagier – nur er kann die Welt vor der dunklen Zauberin Morgoya retten.
ISBN 978-3-473-**35269**-2

Band 3 – Die letzte Flamme

Die Welt wird von der bösen Nebelkönigin bedroht. Kai, der letzte Sonnenmagier, ist der Einzige, der sie aufhalten kann.
ISBN 978-3-473-**35272**-2

Ravensburger

HC_08_029

Mondsee
Genova
Eiland
der
Winde
Korsa
Inselkönigreich
Arborea
Arborea
Reich des Halbmondes
El Medina